西安外国语大学资助立项教材
受西安外国语大学教改基金资助（编号：XWK21YB03）

外国文学作品导读

孙霄　乔琦　邹莹　编

南开大学出版社

天　津

图书在版编目(CIP)数据

外国文学作品导读 / 孙霄,乔琦,邹莹编. —天津:
南开大学出版社,2022.5(2023.9 重印)
ISBN 978-7-310-06227-0

Ⅰ. ①外… Ⅱ. ①孙… ②乔… ③邹… Ⅲ. ①外国文
学－文学欣赏 Ⅳ. ①I106

中国版本图书馆 CIP 数据核字(2021)第 255921 号

外国文学作品导读
WAIGUO WENXUE ZUOPIN DAODU

南开大学出版社出版发行
出版人:陈　敬
地址:天津市南开区卫津路 94 号　　邮政编码:300071
营销部电话:(022)23508339　营销部传真:(022)23508542
https://nkup.nankai.edu.cn

天津创先河普业印刷有限公司印刷　全国各地新华书店经销
2022 年 5 月第 1 版　　2023 年 9 月第 2 次印刷
240×170 毫米　16 开本　22.5 印张　2 插页　378 千字
定价:88.00 元

如遇图书印装质量问题,请与本社营销部联系调换,电话:(022)23508339

目　录

第一章　古代文学

第一节　古希腊荷马史诗

一、作品导读

　　作为现代西方文化的"两希源头"之一，古代希腊文化古远悠长，并且本身就是"一个发展迟缓的各种族融合的文明"。[①]作为早期爱琴海文明的延伸，今天我们可以将古希腊文化追溯到米诺斯时期（公元前 3400—前 1400）的克里特岛，而岛上的居民则来自北非。马丁·贝尔纳《黑色雅典娜：古典文明的亚非之根》讨论的就是古希腊文明与亚非文明之间的亲缘关系。在克里特之后，爱琴海文明的繁荣与昌盛主要出现在两个城市——迈锡尼和伊利姆，后者正是广为流传的城市特洛伊。德国考古学家海因里希·史雷曼在 1875 年对希腊南部的迈锡尼城遗址的发掘显示，迈锡尼文化已经发展到了很高的艺术水平，除此以外，它还曾成功征服了克里特和特洛伊，实现了希腊部落文明与迈锡尼文明的融合。而在迈锡尼文化内部，又成功融合了早期入侵而来的欧洲部落移民，如阿卡狄亚人以及亚该亚人等。罗德·W.霍尔顿提出："毫无疑问，亚该亚人对形成早期希腊文明起了催化作用，正是他们具有活力和实际性，同时还有高贵性和庄严性，而这正是荷马传说中所描述的希腊人的特征。荷马多次将希腊人称为亚该亚人，言下之意希腊主义的真正创始者就是这个部落。"[②]此后涌入爱琴海的欧洲移民部落还有伊奥尼亚人以及爱

---

　　① 罗德·W.霍尔顿、文森特·F.霍普尔：《欧洲文学的背景》，王光林译，张子清校，重庆出版社，1991，第 11 页。
　　② 罗德·W.霍尔顿、文森特·F.霍普尔：《欧洲文学的背景》，王光林译，张子清校，重庆出版社，1991，第 14 页。

奥尼亚人等，这些部落文明缓慢融合的过程正发生于荷马时代的前后。

这些生活在希腊半岛、伊奥尼亚海中的一些岛屿以及一些殖民地如西西里岛、意大利南部、土耳其西岸及黑海沿岸一些地带的古希腊人，尽管生活艰难，却顽强地与命运抗争，充满欢乐地面对生活。当时间从公元前 12 世纪走向公元前 9 世纪左右，古希腊历史就逐步进入了所谓的"荷马时代"，也就是荷马史诗《伊利亚特》与《奥德赛》所反映的时代。

《伊利亚特》与《奥德赛》这两部荷马史诗的故事背景相传是发生于公元前 12 世纪末期的特洛伊战争——希腊半岛南部的阿凯亚人与小亚细亚北部的特洛伊人之间发生的一场历时 10 年的战争。在这 10 年的战争中，一些关于这场战争的事迹开始被记录和流传下来，后来逐渐也与希腊民间的一些神话故事相互交织，形成民间歌人口头传授、吟唱的一首首歌。相传荷马是一位出生于公元前 9 世纪到前 8 世纪左右的希腊盲人诗人，他可能加工和整理了这些歌，形成比较完整的故事情节和相对统一的形式风格，一直到公元前 6 世纪，在僭主庇西特拉图领导下，史诗才具有了文字记录。

《伊利亚特》一共 24 卷，15693 行，讲述的是特洛伊战争已经开始了 10 年，在这最后一年中，希腊联邦统帅阿伽门农和希腊将领——海洋女神忒提斯和佩琉斯的儿子——阿基琉斯（又译为"阿喀琉斯"）起了纷争，原因在于希腊人染上了瘟疫，而这场瘟疫是神对希腊人的惩罚，因为他们对神不敬。其中，阿伽门农就从太阳神阿波罗的神庙中掳走了神庙的女祭司克律塞特，于是作为将领的阿基琉斯前来劝说阿伽门农释放这名女祭司，但阿伽门农拒绝了。于是阿基琉斯愤然离开，并决定退出战场，希腊联邦的力量被大大削弱，由此造成了希腊人的大灾难。这就是史诗一开头所说的："女神啊，请歌唱佩琉斯之子阿基琉斯的/致命的愤怒，那一怒给阿开奥斯人带来/无数的苦难，把战士的许多健壮英魂/送往冥府，使他们的尸体成为野狗/和各种飞禽的肉食……"[①]这时候，阿基琉斯的好朋友帕特罗克洛斯穿上了阿基琉斯的盔甲冲上战场，力图挽救希腊军队。但不幸的是，帕特罗克洛斯被特洛伊的英雄赫克托尔，也就是帕里斯的哥哥，国王普里阿摩司的长子所杀死。阿基琉斯得知这一消息后，愤而回到战场决定为朋友报仇。最终他杀死了赫克托尔，并拖着他的尸体绕城跑了三圈。直到特洛伊城的老国王普里阿摩司夜晚前来希腊人营中恳求阿基琉斯归还儿子的尸体。阿基琉斯最终放还了赫克托

---

① 荷马：《伊利亚特》，罗念生译，载《罗念生全集》第 6 卷，上海人民出版社，2015，第 5 页。

尔的尸体，老国王带着尸体回国之后为城市的守卫者、战死的英雄赫克托尔举行了盛大的葬礼。《伊利亚特》的故事到这里就结束了。

《奥德赛》讲述的则是特洛伊战争之后的故事，一共 24 卷，12110 行。故事开始于特洛伊战争结束后，依靠"木马计"打败了特洛伊人的希腊生还者们已经陆陆续续回到了家乡，但提出"木马计"的英雄奥德修斯却被女神卡吕普索困在了一座海岛上，直到神明们开会决定放他归乡。另外一边，奥德修斯的儿子特勒马科斯得知其他人都回到了故乡，只有他的父亲还不见踪影，再加上家中被母亲的求婚者们所充塞，因此他决定外出寻父。接下来，史诗叙述了奥德修斯启程遇到海上风暴后被费埃克斯的公主所救，回忆自己在海上漂流历程的故事。其中包括智斗独眼巨人，制服将人变为猪的魔女基尔克，入冥府求问先知特瑞西阿斯归程，拒绝塞壬女妖歌声的诱惑，遇见狭小海道中的怪兽斯库拉，冒犯太阳神被罚以及被卡吕普索女妖困住 7 年等故事。最后，奥德修斯被国王派人送回家后和儿子特勒马科斯相认，依靠智慧探明妻子佩涅洛佩的忠贞，最终诛杀心怀恶念的求婚者们后，一家人团圆。

二、作品节选

荷马史诗·奥德赛 第二十三卷

——叙说明证消释疑云夫妻终团圆

人们这样议论，不知道发生的事情。
这时年迈的女管家欧律诺墨在屋里
给勇敢的奥德修斯沐完浴，抹完橄榄油，
再给他穿上精美的衬衫，披上罩袍，
雅典娜在他头上洒下浓重的光彩，
使他顿然显得更高大，也更壮健，
一头鬈发垂下，有如盛开的水仙。
好似有一位匠人给银器镶上黄金，
受赫菲斯托斯和帕拉斯·雅典娜传授
各种技艺，制作出无比精美的作品，
女神也这样把美丽洒向他的头和双肩。

奥德修斯走出浴室，容貌像不死的神明，
他回到刚才坐过的宽椅前重新坐定，
面对自己的妻子，对她开言这样说：
"怪人啊，居住在奥林波斯山上的天神们
给了你一颗比任何女人更残忍的心。
没有哪一个女人会像你这样无情意，
远离自己的丈夫，他经历无数艰辛，
二十年岁月流逝，方得归返回故里。
老奶妈，给我铺床，我要独自安寝，
这个女人的胸中是一颗铁样的心。"

审慎的佩涅洛佩这时回答他这样说：
"怪人啊，不要以为我高傲自负蔑视你，
我也没有惊惶失措，我清楚地记得
你乘坐长桨船离开伊塔卡是什么模样。
欧律克勒娅，去给他铺好结实的卧床，
铺在他亲自建造的精美的婚房外面。
把那张坚固的婚床移过来，备齐铺盖，
铺上厚实的羊皮、毛毯和闪光的褥垫。"

她这样说是考验丈夫，奥德修斯一听，
不由得气愤，立即对忠实的妻子大声说：
"夫人啊，你刚才一席话真令我伤心。
谁搬动了我的那张卧床？不可能有人
能把它移动，除非是神明亲自降临，
才能不费劲地把它移动到别处地方。
凡人中即使是一位血气方刚的壮汉，
也移不动它，因为精造的床里藏有
结实的机关，由我制造，非他人手工。

院里生长过一棵叶片细长的橄榄树，
高大而繁茂，粗壮的树身犹如立柱。

围着那棵橄榄树，我筑墙盖起卧室，
用磨光的石块围砌，精巧地盖上屋顶，
安好两扇坚固的房门，合缝严密。
然后截去那棵叶片细长的橄榄树的
婆娑枝叶，再从近根部修整树干，
用铜刃仔细修削，按照平直的墨线，
做成床柱，再用钻孔器一一钻孔。
由此制作卧床，做成床榻一张，
精巧地镶上黄金、白银和珍贵的象牙，
穿上牛皮条绷紧，闪烁着紫色的光辉。
这就是我作成的标记，夫人啊，那张床
现在仍然固定在原处，或者是有人
砍断橄榄树干，把它移动了地方？"

佩涅洛佩一听双膝发软心发颤，
奥德修斯说出的证据确凿无疑端。
她热泪盈眶急忙上前，双手紧抱
奥德修斯的颈脖，狂吻脸面这样说：
"奥德修斯啊，不要生气，你最明白
人间事理。神明派给我们苦难，
他们妒忌我们俩一起欢乐度过
青春时光，直到白发的老年来临。
现在请不要对我生气，不要责备我，
刚才初见面，我没有这样热烈相迎。
须知我胸中的心灵一直谨慎提防，
不要有人用花言巧语前来蒙骗我，
现在常有许多人想出这样的恶计。
宙斯之女、阿尔戈斯的海伦定不会
钟情于一个异邦来客，与他共枕衾，
倘若她料到阿开奥斯的勇敢的子弟们
会强使她回归故国，返回自己的家园。
是神明怂恿她干下这种可耻的事情，

她以前未曾渎犯过如此严重的罪行，
使我们从此也开始陷入了巨大的不幸。
现在你细述了我们的婚床的种种标记，
其他任何人都不知道婚床的这秘密，
除了你和我，还有那唯一的一个女仆，
阿克托里斯，我们的精造的婚房的门户
由她看守，父亲把她送给我作嫁妆。
你还是说服了我的心灵，我尽管很严峻。"

她这样说，激起奥德修斯无限伤感，
他搂住自己忠心的妻子，泪流不止。
有如海上飘游人望见渴求的陆地，
波塞冬把他们的坚固船只击碎海里，
被强烈的风暴和险恶的巨浪猛烈冲击，
只有很少飘游人逃脱灰色的大海，
游向陆地，浑身饱浸咸涩的海水，
兴奋地终于登上陆岸，逃脱了毁灭；
佩涅洛佩看见丈夫，也这样欢欣，
白净的双手从未离开丈夫的脖颈。
他们会直哭到有玫瑰色手指的黎明呈现，
若不是目光炯炯的女神雅典娜看见。
女神把长夜阻留在西方，让金座的黎明
滞留在奥克阿诺斯岸旁，不让她驾起
那两匹快马，就是黎明通常驾驭的
兰波斯和法埃同，给世间凡人送来光明。

（荷马：《荷马史诗·奥德赛》卷二十三，王焕生译，人民文学出版社，2003）

三、新文科阅读

从我们的角度来说，我们会认为爱琴海文明起源于所谓的米诺时期（公元前 3400—1400）的克里特岛（或者说米诺斯岛，就像希腊人有时所称呼的一样）。克里特岛的居民来自北非，经海上去南部有四百英里的地方，从他们随后的文化中可以充分看出埃及的影响。考古学家鉴别出三种截然不同的克里特生活时代：无关紧要的早期米诺（到公元前 2300）；和巴比伦的汉谟拉比时代同期的中期米诺（公元前 2300—1800）以及和伟大的埃及庙宇时代同期的晚期米诺（公元前 1800—1400）。这最后一种时代留下了一大批财富，有绘画、雕塑和金属制品，一些线性经文和亚琴·伊文思爵士于 1900 年发掘的耸人听闻的诺索斯宫殿。

纵观其历史，这个岛上的政府似乎专横跋扈。如果我们相信《伊利亚特》所提到的"九十座克里特城市"，我们就会觉得当时文明的主要形式是都市化。大概是内战的结果，再加上外国人的入侵，这些城市中最重要的一座诺索斯于公元前 1400 年毁之一炬。诺索斯的陷落标志着米诺文明的终结，这个灾难的发生一方面是由于岛上稀薄的自然资源的枯竭，同时也是由于军事征服。

……

后来，爱琴海文明的繁荣昌盛主要出现在两个城市，这就是希腊南部的迈锡尼和小亚细亚达达尼尔海峡附近的伊利姆（广为虚构的特洛伊）。尽管在地理位置上这两个城市相隔甚远，但它们的文明似乎是共同的，迈锡尼人看上去和米诺人同属一个混杂种族，但是伊利姆的居民，就像最终征服了他们的希腊人一样，很明显是地中海和巴尔干种族的结合。然而，迈锡尼和特洛伊的生活模式如出一辙，因而我们有可能将它们一同列入迈锡尼文明这一总标题下进行考虑。

（罗德·W.霍尔顿、文森特·F.霍普尔：《欧洲文学的背景》，王光林译，张子清校，

重庆出版社，1991）

希腊人的卓越观念也和希腊城邦的尺度有关。你的勇敢是你所关心的人看得见的，你的歌声是你熟知的人听得到的。当你只为陌生的追星族歌唱，哪怕他们成万上亿，哪怕他们如痴如狂，都不足以给你带来光荣，只能给你带来虚荣——一大把的银子另说。当你失去了和亲近的人的联系，只有数字能表明成就，最适合统计学衡量的是钱，挣钱的行业汲取了每个民族中多一半精英人物。大亨和歌星有点满足感，那是相当抽象的满足感。的确，在希腊城邦的尺度中，卓越的个人作为一个实体被看到，在我们这个几十亿人口的地球村里，卓越最多是被作为一个片面的性质被看到。要想出人头地，你就必须在一个狭窄的方面拼命训练（希腊人不带恶意地认为专门技术是奴隶

的特长），放弃你作为一个完整的人的生存，乃至放弃德性，放弃 arete。

卓越者固然与众不同，那是作为一个完整的人与众不同，是在卓越的方向上与众不同。希腊人大概难以理解"片面的深刻"这样的用语。他们大概更难理解我们把怪异和优异混为一谈。在希腊人看来，只有全面发展的优异个人才有个性，而我们今天所说的个性，常常只是有点怪异而已。对希腊人来说，仅仅个性，仅仅是我的，仅仅表现出自己与别人不同，是毫无意义的，个性有一个广泛的目标，那就是城邦的福祉和更高的生存。这一点也许在艺术观念的转变上表现得最为突出。在希腊，艺术是把一件事情做好的本事，而现在，艺术家所追求的则是单纯的标新立异，不管这种标新立异有何益处、有何卓越之处。倒是别人没做过，但不是别人没有能力去做，只是别人不屑去做，或羞于去做。

（陈嘉映：《希腊是一个奇迹》，载汉密尔顿《希腊精神》，葛海滨译，华夏出版社，
2008）

希腊早期的哲理格言中，有阿那克萨哥拉说过的一句话："在万物混沌中，思想产生并创造了秩序。"在一个由非理性的、令人畏惧的神秘力量统治的古代世界里，人们全靠他们甚至不能试着去理解的神明的恩赐活着，就在这样一个世界中，希腊崛起了，理性的时代开始了。关于希腊的最基本的事实是人们必须运用头脑来思考。古代的祭司说："到此并仅到此，我们划定思想的范围。"希腊人说："所有的事物都要被怀疑、被验证，思想没有界限。"一个非常重要的事实是当我们掌握了希腊的实在的有据可查的史料之后，我们发现希腊的祭司在思想领域从来没有起过任何决定性的作用，这和任何其他古代社会都是完全不同的。无论是在希腊的历史还是文学著作中，祭司都没有真正的地位。

……

昂扬的精神和顽强的生命力使他们坚定地反对暴君统治，也同样拒绝屈服于神权统治。他们不要任何专制的君王；而没有了束缚他们的主人，他们就可以自由思考。开天辟地以来，思想第一次获得了自由——一种甚至今天也难以实现的自由。不管是政权还是宗教，都允许雅典人自由地去思考。

（汉密尔顿：《希腊精神》，葛海滨译，华夏出版社，2008）

大约三千年以前，爱琴海的许多岛屿和海岸上出现一个很优秀很聪明的

种族，抱着一种簇新的人生观。他们既不像印度人埃及人耽溺于伟大的宗教观念，也不像亚述人波斯人致力于庞大的社会组织，也不像腓尼基人迦太基人经营大规模的工商业。这个种族不采取神权统治和等级制度，不采取君主政体和官吏制度，不设立经商与贸易的大机构，却发明了一种新的东西，叫做城邦。每个城邦产生别的城邦，嫩枝离开了躯干，又长出新的嫩枝。单是米莱一邦就化出三百个小邦，把全部黑海海岸做了殖民地。别的城邦也一样：从昔兰尼到马赛，沿着西班牙，意大利，希腊，小亚细亚，非洲的各个海岬和海湾，兴旺的城邦在地中海四周星罗棋布。

城邦的人如何生活呢？公民很少亲自劳动，他有下人和被征服的人供养，而且总有奴隶服侍。最穷的公民也有一个管家的奴隶。雅典平均每个公民有四个奴隶，普通的城邦如爱琴，如科林斯，奴隶有四五十万；所以仆役充斥，并且公民也不需要人侍候。像一切细气的南方民族一样，他生活简单：三颗橄榄，一个玉葱[我们称为洋葱]，一个沙田鱼头，就能度日；全部衣着只有一双凉鞋，一件单袖短褂，一件像牧羊人穿的宽大长袍，住的是狭小的屋子，盖的马虎，很不坚固，窃贼可以穿墙而进；屋子的主要用途是睡觉；一张床，二三个美丽的水壶，就是主要家具。公民没有多大生活上的需要，平时都在露天过活。

（丹纳：《艺术哲学：插图珍藏本》，傅雷译，傅敏编，广西师范大学出版社，2000）

四、问题研究

1. 希腊精神

丹纳在《艺术哲学》中曾为我们描述过古希腊人十分朴素的生活模式，但正是在这样的环境中，诞生了日后卓越的古希腊文明。这一现象的出现，与希腊人所具有的独特的精神文明密不可分。那么，希腊精神是什么呢？对于这个问题，伊迪斯·汉密尔顿在《希腊精神》中给予过充分的分析，他表示我们只有想象出这样一个现代社会，即所有的美国橄榄球队员同时也是最好的诗人、哲学家和政治领袖，我们才能彻底理解希腊生活的精神。[①]

因而，这个精神首先指的就是对卓越的追求。对于古代希腊人来说，尽

---

① 可参考汉密尔顿：《希腊精神》，葛海滨译，华夏出版社，2008。

管我们每个人不可能是至善至美的，甚至连神也会有多多少少的缺陷存在，但每一个希腊人都应该尽其所能地追求完美，这是他们的职责，也是对神的一种模仿。因而，我们在早期希腊人的教育中会发现军事、政治、哲学、数学、修辞学、舞蹈、音乐、绘画以及体育锻炼等科目。例如著名的古希腊哲学家柏拉图，在进行伟大而深刻的哲学思考的同时，也十分注重体育训练，他拥有健美的体格，并是多个运动奖牌的持有者。在追求卓越的过程中，古希腊人也十分注重对秩序、匀称和节制的追求。据说有人曾在德尔斐的阿波罗神殿上刻下了两句非常有名的箴言："了解你自己"和"节制有度"。①这两句箴言可以说概括了希腊文明的整体精神。我们在古希腊哲学中看到的是追求秩序与均衡感的民主城邦制在古希腊文学中看到的是人的武力与智力的圆融，这种对人的整体性发展的推崇也为我们理解希腊人生气勃勃的文化提供了一把钥匙。

　　2. 荷马问题

　　所谓的"荷马问题"一开始主要指的是荷马其人是否存在，以及《伊利亚特》和《奥德赛》是如何形成的这些问题。这个问题出现得很早，在公元前4世纪左右就已经诞生，而直到今天还没有一个定论。但根据德国考古学家海因里希·史雷曼在1871年对特洛伊遗址的发现，他在一定程度上证实了《荷马史诗》中的部分内容似乎是有历史依据的，也就是说，荷马史诗的背景可能是真实存在的。那么，两部史诗是如何形成，又是什么时候形成的呢？18世纪以来，西方产生了"小歌说"与"统一说"等主张。所谓"小歌说"指的是，《伊利亚特》与《奥德赛》是在民间口语相传的基础上编成的。比如德国哈勒大学教授服尔夫就曾指出这两部史诗"并非同出一个诗人的手笔，而是许多个歌人的集体创作；史诗的各卷，直至史诗发生了几百年之后，即公元前6世纪雅典僭主庇士特拉妥（Pisistratus）的时代，才有了最后的定形"。②其后，拉克曼发展了服尔夫的说法，创立了"小歌说"。之所以出现这种说法，一个重要的原因是两部史诗中有很多片段的审美风格差异较大。"统一说"则认为荷马确实存在，这两部史诗是他统一创作的。除此之外，历史学家罗脱也提出了另外一种看法，与"小歌说"相近，这就是"核心说"，主张两部史诗的基础是一些民间的短作，后来被扩大和引长，形成了比较完

---

　　① 罗德·W.霍尔顿、文森特·F.霍普尔：《欧洲文学的背景》，王光林译，张子清校，重庆出版社，1991，第9—10页。

　　② B.C.塞尔格叶夫：《古希腊史》，缪灵珠译，高等教育出版社，1955，第110页。

整的文本。现今学者们一般则采用"折中说"，也就是认为，荷马史诗是在民间文学如古代诗歌、神话传说等基础上，经过以荷马为代表的一群诗人的加工和整理，最后形成了现今的规模。①

最后，关于两部史诗的成书年代问题，其实至今仍有争论。据罗念生在《荷马问题》中记载，学者里姆施奈德在《荷马时代，从奥林匹亚到尼尼微》中认为荷马本人生活的时期不会早于公元前 700 年，但安德烈耶夫在《早期希腊城邦》中则认为《伊利亚特》《奥德赛》的形成不会早于公元前 8 世纪。常见的说法是 1977 年出版的《大英百科全书》所记载的：《伊利亚特》产生于公元前 8 世纪中叶，而《奥德赛》则产生于公元前 8 世纪末。②但从总体上说，是否真的存在荷马这个诗人，这位诗人是否写了这两部史诗？又是在什么时期创作的？这些至今还在争论的问题就形成了所谓的"荷马问题"。

五、延伸思考

1. 尝试通过两部作品中塑造的英雄形象分析荷马史诗的主题

可参考：两部荷马史诗《伊利亚特》和《奥德赛》展示了希腊人对人性的完整洞察。《伊利亚特》开篇言明其主题是"阿基琉斯的愤怒"，正是因为阿基琉斯的两次愤怒，僵持了 10 年之久的特洛伊战争才落下结束的大幕。因而，《伊利亚特》歌颂的是一个古代英勇战士的形象，无论是他与阿伽门农的争吵，还是他违背退出战场的决定重新上战场的行为，背后都洋溢着他对希腊联盟集体利益的尊重。而在《奥德赛》中，我们看到的希腊英雄奥德赛则以"足智多谋"而著称。无论是他在海上漂流时期与独眼巨人、魔女基尔克以及塞壬女妖等的斗争，还是他回到家乡与妻子的相认、与妻子的众多求婚者的周旋，无不体现出史诗对个人智慧的宣扬。两者结合起来，我们可以看到，荷马史诗通过对这些古希腊英雄故事的展示，歌颂的正是希腊人对人的整体性的追求，肯定了人在现世积极乐观的价值观念。

2. 尝试分析荷马史诗的叙事结构特征

可参考：热奈特在《叙事话语 新叙事话语》中曾经提出："民间故事似乎习惯于（至少大体上）遵循年代顺序，相反，我们（西方）的文学传统却以明显的时间倒错效果为开端。……大家知道，从中间开始，继之以解释性

---

① 可参考塞尔格叶夫：《古希腊史》，缪灵珠译，高等教育出版社，1955，第 110-111 页。
② 可参考罗念生：《前言：荷马问题》，载《罗念生全集》第 6 卷，上海人民出版社，2015。

的回顾，后来成为史诗体裁形式上的方法之一，大家也知道小说的叙述风格在这点上多么忠实于远祖，直至'现实主义'的 19 世纪，只需想到巴尔扎克的某些开场白，大家都会心悦诚服。"①因而我们说，正是荷马史诗开创了西方文学"从中间开始"的叙事结构。无论是在《伊利亚特》还是在《奥德赛》中，故事情节的缘起都不是从"从前"开始，而是从故事的中间开始。《伊利亚特》开始于持续了 10 年之久的特洛伊战争的最后一年，阿基琉斯与阿伽门农发生争吵，由此落下战争结束的大幕。《奥德赛》则开始于奥德修斯被卡吕普索困在岛上的第七年。

六、资料参考

奇怪的是，在文明初启的时候，别的地方的人正在血气方刚，幼稚蛮横的阶段，他们两个英雄中的一个却是绝顶聪明的尤利西斯 Ulysse，本领高强的水手，做人谨慎，有远见，性情狡猾，会随机应变，会层出不穷的扯谎，一心只想着自己的利益。他乔装回家，嘱咐老婆想法叫求婚的人多多送她项链、手镯；他直要他们孝敬够了才杀死他们。女亚喀耳刻委身于他的时候，或者水神卡利普索提议让他动身的时候，他都叫她们预先发誓，以防万一。人家问他姓名，他随时头头是道，背出一本现成的历史或家谱。便是他不认识的帕拉斯 Pallas[神话中的战神米涅瓦 Minerve 的别称]听了他编的故事，也佩服他恭维他，说道："噢，你这个骗子，你这个扯谎大家，想不到你这样诡计多端，除了神，谁也比不过你的聪明！"

（丹纳：《艺术哲学：插图珍藏本》，傅雷译，广西师范大学出版社，2000）

在这些神灵的明丽阳光下，人感到生存是值得努力追求的，而荷马式的人物的真正悲痛在于和生存分离，尤其是过早分离。因此，关于这些人物，现在人们可以逆西勒诺斯的智慧而断言："对于他们，最坏是立即要死，其次坏是迟早要死。"这种悲叹一旦响起，它就针对着短命的阿喀琉斯，针对着人类世代树叶般的更替变化，针对着英雄时代的衰落，一再重新发出。渴望活下去，哪怕是作为一个奴隶活下去，这种想法在最伟大的英雄也并非不足取。在日神阶段，"意志"如此热切地要求这种生存，荷马式人物感觉到自己和生

---

① 热拉尔·热奈特：《叙事话语　新叙事话语》，王文融译，中国社会科学出版社，1990，第 14 页。

存是如此难解难分，以致悲叹本身化作了生存颂歌。

（尼采《悲剧的诞生：尼采美学文选》，周国平译，上海人民出版社，2009）

荷马史诗是一种韵律诗，采用六音步扬抑抑格诗体写成，具有很强的节奏感。这种诗体是为朗诵或歌吟而创造出来的，在歌吟时，还伴有七弦竖琴的弹奏，以加强其节奏效果。史诗通常是在贵族宴会或公众宗教集会上吟唱。由于这种叙事长诗是由艺人说唱，为了能够在听众面前主动或应邀吟唱英雄业绩或神的传说，游吟诗人必须具有卓越超群的记忆力。同时，他们也借助于一些"表达方式"，即在诗中采用了一整套固定或相对比较固定的词句、短语，甚至整段重复，一字不改。于是，我们看到总是同样的诗句在描写一些典型的场景，如准备饭菜和供品，船只泊岸，或英雄出征前的准备，等等。相当数量的定语、形容词也在诗中极为频繁地重现。显然，这种方式有助于诗人的记忆、吟诵及临时的发挥。而那些程式化的用语，如"捷足的阿基琉斯""牛眼睛的可敬的赫拉""掷雷的宙斯""足智多谋的奥德修斯""头盔闪亮的赫克托尔""胫甲坚固的阿该亚人"，等等，这种套语的频繁出现不仅可以点出被修饰者的某些特点或属性，还有益于渲染史诗凝重、宏大、肃穆的诗性特征。这些重复词句的一再出现，就仿佛交响乐里一再出现的旋律一样，能给人一种更深的印象及更美的感受。当然，有时有些形容词的重复使用，只是为了音节上的需要，并不一定会对文本的意义有多少加强。

（吴晓群：《希腊思想与文化》，上海社会科学院出版社，2009）

七、习题讨论

尝试结合古代希腊关于特洛伊战争的神话故事和英雄传说，讨论造成阿基琉斯去世的"阿基琉斯之踵"的秘密说明了什么样的问题。

本节课件

第二节　索福克勒斯《俄狄浦斯王》

一、作品导读

公元前 8 世纪至前 4 世纪，古代希腊的历史逐步进入了可称为光辉灿烂的黄金时代，无论是城邦文明的兴盛还是民主制度的施行，都对整个希腊的政治与社会文化氛围的建构产生了有益的影响。在此期间，古希腊的科学、哲学与文学都纷纷获得了极大发展。例如古希腊文学方面的悲剧艺术已经达到了最高程度，诞生了最著名的三大悲剧诗人：埃斯库罗斯（Aeschylos）、索福克勒斯（Sophocles）和欧里庇得斯（Euripidēs）。亚里士多德称为"十全十美"的悲剧《俄狄浦斯王》就出自索福克勒斯之手。

古希腊哲学家亚里士多德曾在《诗学》中提出：悲剧是"从酒神颂的临时口占发展出来的"。[①]这意味着悲剧的起源与宗教相关，尤其与酒神狄奥尼索斯相关，哲学家尼采就极力肯定这种由酒神的沉醉而来的酒神精神，认为它可以恢复被亚里士多德等哲学家的三段论等所摧毁了的人的强烈的情感。也正是因此，最初的悲剧又可被称为"山羊之歌"，因为这些酒神颂歌队的成员在表演中把自己打扮成山羊的模样。从题材上看，古希腊悲剧大多取材于神话、英雄传说和史诗，反映的事件和情调都十分严肃。正如亚里士多德所说："悲剧是对于一个严肃、完整、有一定长度的行动的摹仿。"[②]在《诗学》中，亚里士多德还为我们总结了古希腊悲剧的形式从最初到最后定型的过程。他提道："埃斯库罗斯首先把演员的数目由一个增至两个，并减削了合唱歌，使对话成为主要部分。索福克勒斯把演员增至三个，并采用画景。"[③]这些都使得悲剧艺术的灵活性得到了极大的提升，悲剧的矛盾冲突也能够得到更好的体现。

生长于希腊全盛时期的悲剧诗人索福克勒斯（约公元前 496—前 406），充分表现了希腊人对完整性与和谐生活的追求，他早年受过良好的教育，不

---

① 亚里士多德、贺拉斯：《诗学·诗艺》，罗念生、杨周翰译，人民文学出版社，1962，第 14 页。
② 亚里士多德、贺拉斯：《诗学·诗艺》，罗念生、杨周翰译，人民文学出版社，1962，第 19 页。
③ 亚里士多德、贺拉斯：《诗学·诗艺》，罗念生、杨周翰译，人民文学出版社，1962，第 14 页。

仅擅长戏剧创作，同时在音乐、体育、舞蹈等领域也颇为出色，还曾担任财政总管、将军以及祭司等职务。古希腊喜剧作家阿里斯托芬曾称赞他是一个"生前完满，身后无憾"的人。索福克勒斯一生创作过 100 多部戏剧，但我们今天能够看到的只有 7 部，分别是《埃阿斯》《安提戈涅》《俄狄浦斯王》《厄勒克特拉》《特剌喀斯少女》《菲罗克忒特斯》以及《俄狄浦斯在科罗诺斯》，其中最有名的两部剧作为《俄狄浦斯王》与《安提戈涅》，两者都来自忒拜（Thebe）系统的英雄传说。

《俄狄浦斯王》共 4 场，讲述了希腊神话中忒拜城的创建者卡德摩斯后代的故事。戏剧遵循自古希腊史诗以来的"从中间开始"的习俗，一开场就展示了忒拜城遇到了灾荒和瘟疫等危机，祭司带乞援人来忒拜王宫前院恳求俄狄浦斯王找出杀害上一任国王拉伊俄斯的凶手，从而解救忒拜城。接下来，第一场中，国王宣布他将追查凶手，为此他询问了先知特瑞西阿斯，但后者没有明确告知俄狄浦斯王凶手是谁，只是说"杀害拉伊俄斯的凶手就在这里"，并预言凶手将"再也不能享受他的好运了。他将从明眼人变成瞎子，从富翁变成乞丐，到外邦去，用手杖探着路前进。他将成为和他同住的儿女的父兄，他生母的儿子和丈夫，他父亲的凶手和共同播种的人"。[①]第二场、第三场和第四场，在王后伊俄卡斯忒、仆人以及科林斯国牧羊人等人的对话中，观众将会发现，杀害前国王拉伊俄斯的凶手正是他的儿子俄狄浦斯。原来，忒拜城的国王拉伊俄斯与王后伊俄卡斯忒生下了一个儿子后，神谕表示，这个孩子在长大之后将会弑父娶母。因而拉伊俄斯便用铁丝贯穿儿子的脚踵，并命令仆人将他抛弃于荒郊野外。但仆人怜惜这个一无所知的婴儿，所以把他送给了科林斯国的一个牧羊人。而在科林斯国内，国王由于没有儿子，于是便收养了这个孩子。等到这个孩童成年之后，他得知了自己的命运，为了躲避神示的厄运，他逃离了科林斯国来到忒拜城，解开了人面狮身女妖斯芬克斯的谜语，最后成为忒拜国的新国王，娶了前国王的妻子，也就是他的母亲伊俄卡斯忒。最终，在真相大白之后，王后伊俄卡斯忒自缢身亡，俄狄浦斯王用别针刺瞎了自己的双眼，选择自我流放。

这部悲剧表面上展示的是一宗神秘的谋杀案，凶手最终也被逮捕归案，处于悲剧中心的俄狄浦斯王在真相面前感受到了命运的强大力量，而他对自我命运的抗拒和最终的选择，却同样展示出他作为人所具备的高贵光辉的品格。

---

① 引文出自索福克勒斯：《俄狄浦斯王》，罗念生译，载《罗念生全集》第 2 卷，上海人民出版社，2007，第 358 页。

二、作品节选

索福克勒斯：俄狄浦斯王 第三场节选

俄狄浦斯：难道我不该害怕玷污我母亲的床榻吗？

伊俄卡斯忒：偶然控制着我们，未来的事又看不清楚，我们为什么惧怕呢？最好尽可能随随便便地生活。别害怕你会玷污你母亲的婚姻；许多人曾在梦中娶过母亲；①但是那些不以为意的人却安乐地生活。

俄狄浦斯：要不是我母亲还活着，你这话倒也对；可是她既然健在，即使你说得对，我也应当害怕啊！   986

伊俄卡斯忒：可是你父亲的死总是个很大的安慰。

俄狄浦斯：我知道是个很大的安慰，可是我害怕那活着的妇人。

报 信 人：你害怕的妇人是谁呀？

俄狄浦斯：老人家，是波吕玻斯的妻子墨洛珀。

报 信 人：她哪一点使你害怕？

俄狄浦斯：啊，客人，是因为神送来的可怕的预言。

报 信 人：说得说不得？是不是不可以让人知道？

俄狄浦斯：当然可以。罗克西阿斯曾说我命中注定要娶自己的母亲，亲手杀死自己的父亲。因此多年来我远离着科任托斯。我在此虽然幸福，可是看见父母的容颜是件很大的乐事啊。

报 信 人：你真的因为害怕这些事，离开了那里？   1000

俄狄浦斯：啊，老人家，还因为我不想成为杀父的凶手。

报 信 人：主上啊，我怀着好意前来，怎么不能解除你的恐惧呢？

俄狄浦斯：你依然可以从我手里得到很大的应得的报酬。

报 信 人：我是特别为此而来的，等你回去的时候，我可以得到一些好处呢。

俄狄浦斯：但是我决不肯回到我父母家里。

---

① 此处大概暗射希庇亚斯（Hippias）的故事。希庇亚斯是雅典的僭主，后来被放逐。他在马拉松之役（公元前490年）前夕做了这样一个梦：他把雅典当作母亲，认为这是他借波斯兵力复辟的吉兆（见希罗多德（Herodotos）的史书第六卷，第107段）。

报　信　人：年轻人①！显然你不知道你在做什么。

俄狄浦斯：怎么不知道呢，老人家？看在天神面上，告诉我吧。

报　信　人：如果你是为了这个缘故不敢回家。　　　　　　　　　　1010

俄狄浦斯：我害怕福玻斯的预言在我身上应验。

报　信　人：是不是害怕因为杀父娶母而犯罪？

俄狄浦斯：是的，老人家，这件事一直在吓唬我。

报　信　人：你知道你没有理由害怕么？

俄狄浦斯：怎么没有呢，如果我是他们的儿子？

报　信　人：因为你和波吕玻斯没有血统关系。

俄狄浦斯：你说什么？难道波吕玻斯不是我的父亲？

报　信　人：正像我不是你的父亲，他也同样不是。

俄狄浦斯：我的父亲怎能和你这个同我没关系的人同样不是？

报　信　人：你不是他生的，也不是我生的。

俄狄浦斯：那么他为什么称呼我作他的儿子呢？

报　信　人：告诉你吧，是因为他从我手中把你当一件礼物接受了下来。

俄狄浦斯：但是他为什么十分爱别人送的孩子呢？

报　信　人：他从前没有儿子，所以才这样爱你。

俄狄浦斯：是你把我买来，还是把我捡来送给他的？

报　信　人：是我从喀泰戎峡谷里把你捡来送给他的。　　　　　　　1025

俄狄浦斯：你为什么到那一带去呢？

报　信　人：我在那里放牧山上的羊。

俄狄浦斯：你是个牧人，还是个到处漂泊的佣工。

报　信　人：年轻人，那时候我是你的救命恩人。

俄狄浦斯：你把我抱在怀里的时候，我有没有什么痛苦？

报　信　人：你的脚跟可以证实你的痛苦。

俄狄浦斯：哎呀，你为什么提起这个老毛病？

报　信　人：那时候你的左右脚跟是钉在一起的，我给你解开了。

俄狄浦斯：那是我襁褓时期遭受的莫大的耻辱。

报　信　人：是呀，你是由这不幸而得到你现在的名字的。

俄狄浦斯：看在天神面上，告诉我，这件事是我父亲还是我母亲做的？你

---

① 这是比较年长的人对比较年轻的人的称呼。

说。

报　信　人：我不知道，那把你送给我的人比我知道得清楚。

俄狄浦斯：怎么？是你从别人那里把我接过来的，不是自己捡来的吗？

报　信　人：不是自己捡来的，是另一个牧人把你送给我的。

俄狄浦斯：他是谁？你指得出来吗？

报　信　人：他被称为拉伊俄斯的仆人。　　　　　　　　　　　1042

俄狄浦斯：是这地方从前的国王的仆人吗？

报　信　人：是的，是国王的牧人。

俄狄浦斯：他还活着吗？我可以看见他吗？

报　信　人：（向歌队）你们这些本地人应当知道得最清楚。

俄狄浦斯：你们这些站在我面前的人里面，有谁在乡下或城里见过他所说
　　　　　的牧人，认识他？赶快说吧！这是水落石出的时机。　　1050

歌　队　长：我认为他所说的不是别人，正是你刚才要找的乡下人；这件事
　　　　　伊俄卡斯忒最能够说明。

俄狄浦斯：夫人，你还记得我们刚才想召见的人吗？这人所说的是不是
　　　　　他？

伊俄卡斯忒：为什么问他所说的是谁？不必理会这事。不要记住他的话。

俄狄浦斯：我得到了这样的线索，还不能发现我的血缘，这可不行。

伊俄卡斯忒：看在天神面上，如果你关心自己的性命，就不要再追问了；我
　　　　　自己的苦闷已经够了。

俄狄浦斯：你放心，即使发现我母亲三世为奴，我有三重奴隶身分，你出
　　　　　身也不卑贱。①

伊俄卡斯忒：我求你听我的话，不要这样。　　　　　　　　　　　1064

俄狄浦斯：我不听你的话，我要把事情弄清楚。

伊俄卡斯忒：我愿你好，好心好意劝你。

俄狄浦斯：你这片好心好意一直在使我苦恼。

伊俄卡斯忒：啊，不幸的人，愿你不知道你的身世。

俄狄浦斯：谁去把牧人带来？让这个女人去赏玩她的高贵门第吧！

伊俄卡斯忒：哎呀，哎呀，不幸的人呀！我只有这句话对你说，从此再没有

---

　　① 从第 1042 行起，伊俄卡斯忒就知道不好了。但她还在设法不让俄狄浦斯知道事情的底细。俄狄浦斯却认为伊俄卡斯忒害怕发现他出身卑贱。

别的话可说了！　　　　　　　　　　　　　　　1072

　　　〔伊俄卡斯忒冲进宫。

歌　队　长：俄狄浦斯，王后为什么在这样忧伤的心情下冲了进去？我害怕
　　　　　　　她这样闭着嘴，会有祸事发生。

俄狄浦斯：要发生就发生吧！即使我的出身卑贱，我也要弄清楚。那女
　　　　　　人——女人总是很高傲的——她也许因为我出身卑贱感觉羞耻。
　　　　　　但是我认为我是仁慈的幸运的宠儿，不至于受辱。幸运是我的
　　　　　　母亲；十二个月份是我的弟兄，他们能划出我什么时候渺小，
　　　　　　什么时候伟大。这就是我的身世，我决不会被证明是另一个人；
　　　　　　因此我一定要追问我的血统。

（索福克勒斯：《俄狄浦斯王》，罗念生译，载《罗念生全集》第 2 卷，上海人民出版
社，2007）

三、新文科阅读

　　为什么悲剧中的英雄必须受苦？他的"悲剧性罪恶"又是什么？对于这
个问题，我想简洁地做一个答复：他必须受苦只是因为他是原父，他的原始
悲剧被人以曲解的方式导演出来，他所以必须承担悲剧性罪恶主要是因他要
替众人受罪。因此，这幕戏剧的出现，我们可以说是一种经过有系统的曲解
所形成——或者我们也可以说是一种由伪善而刻意造成的。我想在最早期一
定是群众的行为成为英雄受苦的原因，不过由于时代久远，他们逐渐对此失
去关心终至于忘却，甚至开始怀疑英雄的受苦是由于他咎由自取。那些由胆
大妄为和反抗权威而造成的罪恶实为群众所犯，可是英雄（主角）却必须担
负这些罪恶。因此，即使违背了自己的意志，悲剧英雄也只有替群众背负起
这种罪过。

　　在希腊的悲剧中，其主题常涉及戴奥尼索斯（希腊神话中酒神及戏剧之
神）受苦的情形，而那些他的拥戴者则哀悼且仿效于他。这也是为什么已近
绝迹的戏剧在中世纪由于基督教的热情而再度掀起高潮的原因。

（弗洛伊德：《图腾与禁忌》，文良文化译，中央编译出版社，2005）

　　这是一个无可争辩的传统：希腊悲剧在其最古老的形态中仅仅以酒神的

受苦为题材，而长时期内惟一登场的舞台主角就是酒神。但是，可以以同样的把握断言，在欧里庇得斯之前，酒神一直是悲剧主角，相反，希腊舞台上一切著名角色普罗米修斯、俄狄浦斯等等，都只是这位最初主角酒神的面具。在所有这些面具下藏着一个神，这就是这些著名角色之所以具有往往如此惊人的、典型的"理想"性的主要原因。

……

我们整个现代世界被困在亚历山大文化的网中，把具备最高知识能力、为科学效劳的理论家视为理想，其原型和始祖便是苏格拉底。我们的一切教育方法究其根源都以这一理想为目的，其余种种生活只能艰难地偶尔露头，仿佛是一些不合本意的生活。可怕的是，长期以来，有教养人士只能以学者的面目出现；甚至我们的诗艺也必须从博学的模仿中衍生出来，而在韵律的主要效果中，我们看到我们的诗体出自人为的试验，运用一种非本土的十足博学的语言。在真正的希腊人看来，本可理解的现代文化人浮士德必定显得多么不可理解，他不知餍足地攻克一切学术，为了求知欲而献身魔术和魔鬼。我们只要把他放在苏格拉底旁边加以比较，就可知道，现代人已经开始预感到那种苏格拉底式的求知欲的界限，因而在茫茫知识海洋上渴望登岸。歌德有一次对爱克曼提到拿破仑时说："是的，我的好朋友，还有一种事业的创造力。"他这是在用优雅质朴的方式提醒我们，对于现代人来说，非理论家是某种可疑可惊的东西，以致非得有歌德的智慧，才能理解、毋宁说原谅如此陌生的一种生存方式。

（尼采：《悲剧的诞生：尼采美学文选》，周国平译，上海人民出版社，2009）

I	II	III	IV
卡德摩斯寻找被宙斯劫走的妹妹欧罗巴	龙种武士们自相残杀	卡德摩斯杀龙	拉布达科斯（拉伊俄斯之父）=瘸子（？） 拉伊俄斯（俄狄浦斯之父）=左腿有病的（？）
俄狄浦斯娶其母伊俄卡斯忒为妻	俄狄浦斯杀其父拉伊俄斯	俄狄浦斯杀斯芬克斯	俄狄浦斯=脚肿的（？）
安提戈涅不顾禁令安葬其兄波吕涅克斯	埃忒奥克勒斯杀死其弟波吕涅克斯		

可以说，第一栏的共同特点是对血缘关系估计过高。显而易见，第二栏表达同样的内容，但是性质相反，即对血缘关系估计过低。第三栏与杀死怪物有关。第四栏则需要作些说明。俄狄浦斯父系姓氏的特殊涵义经常引起人们的注意。然而，语言学家通常无视这种涵义，因为在他们看来，确定某一词汇意义的唯一方法是研究该词汇出现在其中的全部语境，而人名则恰恰因为它们被用作名称而与任何语境无关。若采用我们提供的方法，就不存在这样的问题，因为神话本身有其自己的语境。其重要性不再在于每个名字可能具有的意义，而在于所有名字都具有一个共同的特点，即所有的假设意义（这很可能永远是一种假设）都是指笔直地行走和笔直地站立这两方面的困难。

那么右边的两栏之间关系如何呢？第三栏与怪物有关。龙是地狱之神，只有把它杀死，人类才能从大地中诞生，斯芬克斯是个不允许人们生存的怪物。最后一个单位是第一个单位的翻版，这个单位与人类由土地而生有关。由于怪物被人打败，我们可以说第三栏的共同特点是对于人由土地而生的一种否定。

这对我们理解第四栏的意义有直接的帮助。在神话里，所有由土地而生的人都有一个普遍的特点；当他们从土地深处出现的时候，不是不会走路，就是只能步履蹒跚地行走。普埃布洛神话里的地狱之神就是这样：首先冒出地面的穆因乌以及地狱之神舒梅科利都是瘸子（"流血的脚""疼痛的脚"）。克瓦基乌特神话里的科斯基摩们在被地狱怪物奇亚基希吞下以后也是这样：当他们回到地面上时，"他们或者一瘸一拐地向前走，或者东倒西歪跌跌撞撞"。因此第四栏的共同特点是，坚持人是由土地而生的这一看法。这样，第四栏与第三栏的关系就相当于第一栏与第二栏的关系。相互矛盾的关系又是同一的，因为它们都是一样的自我矛盾体。这一论断解决了（或者更确切地说取代了）两种关系无法联系的问题。虽然这种关于神话思想结构的描述仍是临时性的，但它在目前阶段已经足够了。

（克劳德·列维·斯特劳斯：《结构人类学——巫术·宗教·艺术·神话》，陆晓禾、

黄锡光等译，文化艺术出版社，1989）

四、问题研究

1. "突转"与"发现"戏剧元素的运用

在上一讲，我们曾提到希腊文学自古希腊荷马史诗就运用了"从中间开

始"的结构,索福克勒斯在《俄狄浦斯王》剧作中仍旧使用了这种叙述模式。在《俄狄浦斯王》这部作品中,先知、神谕等已经知道结局,其他如王后、仆人、牧羊人等都是一知半解,只有主角俄狄浦斯王一无所知,而从不知到知的过程,是通过"突转"与"发现"两个戏剧元素来实现的。

亚里士多德于《诗学》中表示:"悲剧所以能使人惊心动魄,主要靠'突转'与'发现',此二者是情节的成分。"具体说来,"突转"指的是"行动按照我们所说的原则转向相反的方向",意味着悲剧中的主人公的处境按照可然律或必然律由顺境转入逆境,或者由逆境转入顺境;但这种"转变"不是逐渐形成的,而是突然发生的,或解作"事与愿违"的转变,即动机与效果相反。例如报信人前来邀请俄狄浦斯王回到科林斯继位,因为科林斯国王已经逝世,但俄狄浦斯惧怕"弑父娶母"的命运因而不愿回国。这时候报信人为了消除他杀父娶母的恐惧心理,告诉俄狄浦斯王他其实是科林斯国王的养子,是从忒拜城的牧羊人手中接过来的,不料这番话却造成了相反情况。"发现"指的是:"从不知到知的转变,使那些处于顺境或逆境的人物发现他们和对方有亲属关系或仇敌关系。"在《俄狄浦斯王》这部剧作中,"突转"与"发现"相互呼应,从而有力地增强了情节的戏剧化效果。[①]

2. "斯芬克斯之谜"

在《俄狄浦斯王》这部剧作中,开场是祭司偕乞援人来向俄狄浦斯王寻求拯救忒拜城的方法,祭司在这时提及,人们之所以相信俄狄浦斯王能够解决这个问题,不是因为他们把他当作天神,而正是因为他"曾经来到卡德摩斯的城邦,豁免了我们献给那残忍的歌女的捐税",因而人们把他当作天灾和人生祸患的救星,认为他靠天神的帮助救了他们。我们从这里得知,俄狄浦斯之所以能够当上忒拜城的国王,正是因为他依靠自己的能力——智慧——解决了狮身女妖斯芬克斯,从而拯救了忒拜城邦。结合古希腊神话传说,我们得知,斯芬克斯坐在忒拜城入口处的山上,向每一个想要进入忒拜的人提问:"什么动物早上四只脚,中午两只脚,晚上三只脚,脚最多时最软弱?"凡是回答不出的人都被它吃掉了。流浪的俄狄浦斯回答道:"人。"因为一个人落地时是四只脚,年老了以后加上一根拐杖,又成了三只脚。斯芬克斯最终跳崖自杀了。那些感恩的忒拜人就立俄狄浦斯为王。俄狄浦斯之所以称王的关键就在于他对"斯芬克斯之谜"的回答,而这个回答却与他自己作为一

---

① 可参考亚里士多德、贺拉斯:《诗学·诗艺》,罗念生、杨周翰译,人民文学出版社,1962,第32—34页。

名自小被拉伊俄斯"用铁丝贯穿脚踝"的跛脚者并不完全一致。因此，理解《俄狄浦斯王》悲剧的内涵就与俄狄浦斯回答的"斯芬克斯之谜"有极大的关系。

五、延伸思考

1. 俄狄浦斯为何选择刺瞎双眼，自我流放？

可参考：对这个问题的思考可以从俄狄浦斯对命运的抗争、他对神谕无知的践行过程、他在命运重压面前的自我选择以及他自我惩罚的方式等方面展开。

2. 《俄狄浦斯王》剧作中插入的"斯芬克斯之谜"寓意何在？

可参考：《俄狄浦斯王》这出悲剧一开始，俄狄浦斯已经成王，并已顺利统治了忒拜多年。而在他登上忒拜城的王位之前，他必须要经受人面狮身斯芬克斯之谜的考验，那么，问题就在于：《俄狄浦斯王》剧作中插入的"斯芬克斯之谜"寓意何在？这个情节的设置实际上紧扣着悲剧的主题，我们可以从斯芬克斯谜语中对"人"这种生物的描述和寓意为"双脚肿胀的人"的俄狄浦斯的"人"的特征进行比较。

六、资料参考

《俄狄浦斯王》是一出所谓命运悲剧，其悲剧效果应基于诸神占优势的意志与受不幸威胁的人的徒劳反抗之间的对立，深受触动的观者应从悲剧中学到屈服于神灵的意志、洞见自身的软弱无力。合乎逻辑地，现代诗人尝试过取得类似的悲剧效果，他们用自己虚构的情节编织相同的对立。只是观众不为所动地旁观，无辜的人尽管全力反抗，一个诅咒或者神谕如何在他们身上完成；后来的命运悲剧一直没有效果。

……

其命运之所以触动我们，只因为它也可能成为我们的命运，因为神谕在我们出生前对我们宣布的诅咒与对他的一样。我们大家或许都注定把最初的性冲动指向母亲，把最初的憎恨与残暴的愿望对准父亲；我们的梦让我们确信这些。俄狄浦斯王杀死了其父拉伊俄斯并娶了其母伊俄卡斯特，只是我们童年的遂愿。但比他幸运，只要我们未变成精神神经症病人，自那时起，我们就成功地把我们的性冲动与我们的母亲脱钩，忘却了我们对父亲的妒忌。在其身上实现那个原始时代儿童愿望的人，在其面前，我们悉数压抑畏缩，自那时起，这些愿望在我们的内心遭受压抑。诗人在那种探究中让俄狄浦斯的罪责见光，他逼迫我们认识我们自己的内心，其中还始终存在那种冲动，哪怕受到抑制。

（西格蒙德·弗洛伊德：《梦的解析》，朱更生译，吉林大学出版社，2019）

俄狄浦斯，这弑父的凶手，这娶母的奸夫，这斯芬克斯之谜的解破者！这神秘的三重厄运告诉我们什么呢？有一种古老的，特别是波斯的民间信念，认为一个智慧的巫师只能由乱伦诞生。考虑一下破谜和娶母的俄狄浦斯，我们马上就可以这样来说明上述信念：凡是现在和未来的界限、僵硬的个体化法则以及一般来说自然的固有魔力被预言的神奇力量制服的地方，必定已有一种非常的反自然现象——譬如这里所说的乱伦——作为原始事件先行发生。因为，若不是成功地反抗自然，也就是依靠非自然的手段，又如何能迫使自然暴露其秘密呢？我从俄狄浦斯那可怕的三重厄运中洞悉了这个道理，他解破了自然这双重性质的斯芬克斯之谜，必须还作为弑父的凶手和娶母的奸夫打破最神圣的自然秩序。的确，这个神话好像要悄声告诉我们：智慧，特别是酒神的智慧，乃是反自然的恶德，谁用知识把自然推向毁灭的深渊，他必身受自然的解体。"智慧之锋芒反过来刺伤智者；智慧是一种危害自然的罪行"——这个神话向我们喊出如此骇人之言。然而，希腊诗人如同一束阳光照射到这个神话的庄严可怖的曼侬像柱上，于是它突然开始奏鸣——按着索福克勒斯的旋律！

（尼采：《悲剧的诞生：尼采美学文选》，周国平译，上海人民出版社，2009）

他（俄狄浦斯王）便拿了母后的胸针直刺自己的双眼。这一举动是对眼睛所见做出的审判，更是对视觉以及光线本身做出的审判。按照我的解读，这也是对阿波罗神的抗议，因为是他带来了光明和瘟疫。相比之下，弗洛伊德把自插双目比拟为自我阉割，我倒觉得反而没那么贴切。

向阿波罗神抗议未必就构成对立辩证的关系，因为俄狄浦斯虽然无悔地追寻着真相，可在某种意义上，他的傲慢与巧智恰恰是与真理的本性相悖的。从这个角度看待现实，你确实会发现真相，但同时真相也会令你疯狂。那么，俄狄浦斯要如何才能解脱呢？剧中似乎并无明确的答案，而且，即使后来变成谕言之神似乎也不会让你彻底解脱。只要还受制于诸神，你就不可能获得自由：即使你把神魔视为宿命，那也无济于事。

在剧中，俄狄浦斯一开始就表现出惊人的无知。而这正是全剧设定的前提，无可辩驳也不容置疑。伏尔泰对此很不以为然，但你要知道，知者与智者的无知恰恰是一条古老的心理学定理，并且至今仍在每天折磨着我们。我猜，这可能才是俄狄浦斯情结的力量源泉：真正起作用的不是无意识的罪恶感，而是无知的必要性，因为只有这样，我们才不会被现实原则摧毁。尼采这么说不是为了赞颂艺术的伟大，相反，他是想指出艺术的根本局限。

（哈罗德·布鲁姆：《剧作家与戏剧》，刘志刚译，译林出版社，2016）

七、习题讨论

亚里士多德在《诗学》中提出，"悲剧是对一个严肃、完整、有一定长度行动的模仿"，从而引起人的怜悯和恐惧，使人的情感得到净化，你同意这种观点吗？

本节课件

第三节 古印度两大史诗《摩诃婆罗多》《罗摩衍那》

一、作品导读

印度两大史诗，即《摩诃婆罗多》和《罗摩衍那》。"摩诃"意为"伟大的"，而"婆罗多"则是印度古代王族名称，故书名意思是"伟大的婆罗多族的故事"。《摩诃婆罗多》被誉为"世界最长的史诗"，史诗篇幅巨大，达 10 万余颂之多，也被称为"历史传说"。《罗摩衍那》也被称为"大诗""最初的诗"，欧洲人则按自己的文体分类习惯称之为"史诗"。

　　《摩诃婆罗多》相传作者是毗耶娑，又称广博仙人，但事实上这部篇幅巨大的史诗可能不是由单独的一个人所创作的。根据奥地利梵文学者温特尼茨的考证，《摩诃婆罗多》的成书年代约在公元前 4 世纪至公元 4 世纪之间，共 18 篇，均以列国纷争时代的印度社会为历史背景，讲述婆罗多族两支后裔和般度族争夺王位继承权的斗争过程。象成的奇武王有二子，长子持国，次子般度。持国生下来就双目失明，所以王位交由弟弟继承。持国长子名为难敌，为俱卢族；般度长子名为坚战，称般度族。般度死后，持国短暂摄政，在坚战成年后交还王位。这一行为引起难敌强烈的不满，决心阻止坚战继位，夺回自己的王位。难敌建造了一座美丽但是却涂满了树胶的房子，并邀请般度五子，企图纵火焚烧他们。但早有提防的五兄弟从密道逃走，却又在般遮罗国国王的大典上因阿周那赢得了黑公主而暴露了真实身份。持国王听闻，派人接回五兄弟，并将一半的国土分给了他们。坚战随之加冕为王，将都城定在天帝城。但坚战又在难敌的圈套中输掉了一切，与他的兄弟们一同在森林中被放逐了12年之久。在结束了12年的流放生活和一年的隐逸生活之后，般度族按照规定收回国土，难敌毁约，战争最终爆发。坚战获胜登基为王，却在胜利之后终日为战争的惨烈后果悲伤不已。多年后，坚战五兄弟和黑公主也结束了他们在尘世的生活，前往雪山，最终升入天国。

　　《罗摩衍那》意为"罗摩的漫游"或"罗摩的生平"，约成书于公元前 4 至 2 世纪，共 24000 颂。该史诗的作者蚁垤被认为是世俗梵语的第一位诗人。但与《摩诃婆罗多》一样，史诗一般不是出自一人之手，往往是由伶工到处歌唱的。每一个歌唱者根据观众的反应，对史诗的内容都有所删减，因此称蚁垤为该书的编纂者似乎更为适宜。《罗摩衍那》写阿逾陀城的十车王有 3 个王后，共生育有 4 个孩子。长子罗摩因折断提罗国的神弓而娶公主悉多为妻。十车王也因此决定将王位传给罗摩，但二王后却在侍女的怂恿下，利用国王曾经许下的誓言，要求立自己的儿子为王，并将罗摩流放 14 年。罗摩得知该事之后，为了维护父亲的信誉，自愿流放。妻子悉多和弟弟罗什曼也甘愿与罗摩一起流放。在流亡期间，悉多被楞伽岛的十首魔王罗波那劫走。在最终杀死魔王救回悉多之后，罗摩却对悉多的贞洁产生了怀疑。悉多为了证明自己的清白跳火自焚，火神将其救出，交还给罗摩，并且为悉多证明清白。罗摩携悉多、罗什曼返回阿逾陀城。随后罗摩登基为王，但在悉多怀孕之后，他却听信谣传，将悉多遗弃在恒河边。怀孕的悉多被蚁垤仙人所救，生下二子。十几年后，罗摩举行盛大的马祭，蚁垤仙人带着悉多二子出现，当众弹唱仙人创作的《罗摩衍那》。悉多也来到众人面前，恳请大地女神证明自己的贞洁。大地应声开裂，悉多坐在宝座之中，沉入地下。众人看见这一场景，全都赞美悉多的坚贞，罗摩却为此痛悔不已。不久，罗摩把王位传给二子，自己与弟弟同往恒河，沐浴净身后升天。

　　两大史诗所展示的社会形态基本上属于印度的奴隶制时代，反映了贯穿其中的政治斗争和社会生活中体现的民族精神。第一，史诗以达磨为标准，反映当时以王权争夺为核心的政治斗争。两大史诗所揭示的矛盾和斗争，主要是善与恶、正义与非正义、正法与非法之间不断的冲突，主要人物都与代表善、正义和正法的天神或代表恶、非正义和非法的阿修罗有联系，人之间的斗争，不过是神与阿修罗之间的较量。两大史诗不但是印度古代神话的宝库，而且是后来印度文艺创作取之不竭的重要源泉之一。在宗教、政治、伦理和审美意识等方面，两大史诗也对印度文化和民族精神产生了源泉性的巨大影响。

二、作品节选

摩诃婆罗多

镇群王①说
说那些俱卢族、般度族和苏摩迦族②英雄，
来自各地的高贵国王，他们怎样战斗？

护民子③说
请听俱卢族、般度族和苏摩迦族英雄，
在这俱卢之野、苦行之地④的战斗情况。

般度族和苏摩迦族的勇士渴望胜利，
他们进入俱卢之野，向俱卢族挺进。

---

　　① 镇群王是般度族后裔。他在俱卢之野举行祭祀时，聆听护民子讲述般度族和俱卢族大战的故事。
　　② 苏摩迦族也就是般遮罗族，是般度族的盟友。
　　③ 护民子是毗耶娑的弟子。他从毗耶娑那里听来婆罗多族两支后裔俱卢族和般度族大战的故事，现在讲给镇群王听。
　　④ 俱卢是俱卢族和般度族的共同祖先。俱卢曾在这里修炼苦行，因此俱卢之野又称苦行之地。

他们通晓吠陀①，热爱战斗，
渴望在战场上搏杀和取胜。

他们走向难以战胜的难敌②的军队，
率领军队，停在西边，面朝东方。

贡蒂之子坚战③在普五地区的外围，
下令按照规则，扎下成千座军营。

整个大地只剩下儿童和老人，
没有车和马，仿佛成了虚空。

因为在太阳普照的赡部洲④，
所有的兵力都集中到这里。

各色人等汇集一起，占据许多由旬⑤，
绵延许多地区、河流、山峦和树林。

坚战王为全体人员和牲口，
安排的饮食，国王啊！

坚战王为他们确定各种口令，
一说就能知道"这是般度人"。

俱卢族王难敌也为所有的战士，

---

① 吠陀是印度上古婆罗门教圣典的总称。
② 难敌是俱卢族国王持国的长子。
③ 坚战是般度族五位王子中的长兄，贡蒂是他的母亲。
④ 赡部洲是印度神话中围绕弥卢山的七大洲之一，印度即位于赡部洲。
⑤ 由旬是印度古代长度单位，长度说法不一，意思是一头牛套上车后，一次能拉的距离。

确定战斗的标志、口令和装饰。

心气高傲的难敌看到般度族的旗帜，
和国王们一起，列队与般度族对阵。

难敌的头顶上撑着白色华盖，
周围有一千头大象和众弟兄。

般度族军队看到难敌，群情沸腾，
吹响螺号，擂响战鼓，数以千计。

看到自己的军队如此兴奋，

般度五子①和黑天②满怀喜悦。

人中之虎婆薮提婆之子黑天和阿周那，
为了鼓舞士气，站在车上，吹响天螺。

听到"五生"和"天授"③螺号声，
士兵们和牲口们屎尿失禁。

犹如群兽听到兽王狮子的吼声，
持国之子难敌的军队瑟瑟发抖。

尘土弥漫，士兵们什么也看不清，
太阳笼罩在尘土之中，消失不见。

---

① 般度五子是般度的五个儿子，由贡蒂生下的坚战、怖军和阿周那，由玛德利生下的孪生子无种和偕天。
② 黑天是雅度族婆薮提婆的儿子。贡蒂是他的姑母，因此，他与般度五子是表兄弟。
③ 五生是一个藏在贝螺中的阿修罗。黑天杀死这个阿修罗，获得他的贝螺做螺号，故名"五声"螺号。
阿周那的螺号是天神因陀罗赐给他的，故名"天授"螺号。

乌云降下一阵阵血肉之雨，

落在士兵身上，仿佛是奇迹。

随即地面起风，尘土飞扬，

挟带沙石，侵袭这些士兵。

那时，国王啊！两边的军队站在俱卢之野，

兴奋地准备战斗，犹如两座翻滚的大海。

这两支军队相遇，确实是奇迹，

犹如世界末日，两座大海汇合。

由于俱卢族人都应召参加军队，

剩下儿童老人，大地成了虚空。

然后，俱卢族和般度族制定协议，

确定战斗法则，婆罗多族雄牛啊！

遵守传统习惯，不会出现欺诈，

即使战斗结束，双方都会满意。

如果用语言挑战，就用语言应战；

退出战斗行列的人，不应遭杀害。

（毗耶娑：《摩诃婆罗多：毗湿摩篇》，黄宝生译，译林出版社，2018）

罗摩衍那

罗摩刚毅又镇定，

他走进弹宅迦林；

他看到了苦行场所，

这一位不可战胜的人。

那里挂满了俱舍草衣，

洋溢着虔诚庄严的风致；
正如天空中一轮太阳，
炽热照射，不容逼视。

是一切有情的避难所，
经常洒扫得干干净净；
那些天女们成群结队，
总是来到这里拜舞歌颂。

这里点缀着宽阔的火坛、
杓子等祭器、鹿皮和俱舍草、
烧火用的木柴、盛水的瓶子，
果子和根茎也都准备好。

这里有野兽，有大树，
还有洁净甜美的果子；
这里有喃喃的诵经声，
伴随着圣洁的献礼祭祀。

这里遍布林中的野花，
还有开满荷花的池塘，
这里挤满了年迈的牟尼①，
穿着树皮和黑鹿皮衣裳。

他们淡泊，只吃果子和根，
好像那太阳和火神一样；
这里还点缀着至高的仙人，
神圣、纯洁、断绝了食粮。

---

① 牟尼（muni）是对婆罗门仙人、圣人或苦行者的称呼。

这净修林就像梵天①宫阙，
响彻了喃喃诵经的声音；
这里点缀着许多婆罗门②，
都深通大梵、挺拔超群。

那一位幸福有大弓的罗摩，
看到了这个苦行的场所，
这一个有大光辉的人走上去，
把那张大弓的弓弦退落。

具有神通力的大仙们，
看到了走来的罗摩；
他们愉快地迎上前去，
还看到了光辉的悉多。

他就像是初升的月亮，
这些行达磨③的人看到他；
忠于誓言的人为他祝福，
款待热诚，无以复加。

看到罗摩仪容英俊，
端庄尊严，衣着齐整。
同时却是蔼然可亲，
林居者都大为吃惊。

所有的那些林居者，
惊诧得连眼都不眨；
他们看到了奇迹般的
悉多、罗摩和罗什曼那。

---

① 梵天是印度教三大神之一，居住在天上梵天界。

② 印度古代社会实行种姓制，主要有四种种姓：婆罗门掌管着祭祀和文化，刹帝利掌管王政和军事，吠舍从事商业或农业，首陀罗从事农牧渔猎和各种仆役。

③ 达磨（dharma）可以译为法或正法，意思是法则、法规、规律、规范或职责。

> 这一些超群出众的人们，
>
> 乐于看到众生的幸福快乐；
>
> 他们就在草棚子里面，
>
> 尽地主之谊款待罗摩。

[蚁垤:《罗摩衍那（森林篇）》, 季羡林译, 译林出版社, 2002]

三、新文科阅读

几千年来，印度民族执著追求灵肉双美的人生理想，由此产生出"人生四期"的生活方式和森林中的冥思哲学——奥义书、佛教和耆那教哲学。对永恒的神性的向往和膜拜，激发了印度民族持续不断的宗教狂热，致使他们创造出数量上无与伦比、艺术上精美绝伦的艺术品。然而，梵与佛性，以及它们与人的灵魂的契合状态，很难用物质的东西来表达，所以印度民族往往以象征和意象的方式来表达超验的存在，表达内心中的神秘体验。这就显示出印度美学和艺术的根本特点：它力图描述不能描述的东西，力图表现不能表现的东西。这种对永恒神性的憧憬和渴慕以及内心无法言述的美的情感体验，使印度民族坚信：美从来就是主观的情感体验和感受的体现，美就是在有限之中达到对"无限"的亲和之后所产生的愉悦。这便是印度古典美学的独特之处。

（邱紫华:《印度古典美学》, 华中师范大学出版社, 2006）

在第二次世界大战之后，人类对国与国的战争，国家集团与国家集团之间的大规模的战争的警惕性大为提高，强调执行战俘公约，呼吁缔结禁止生物武器、细菌武器、化学武器、热核武器等大规模杀伤性武器的条约的舆论日盛一日，这都是人道精神的继承和发展，是类似《摩诃婆罗多》中要限制战争的残酷性的精神的延续和发扬。《摩诃婆罗多》的作者们是诗人，不是历史学家，更不是军事战略家。他们的战争观不是全面的、系统的理论，而是通过史诗作品中的人物和人物之间的斗争，还有故事情节和情节的发展进程，最后在进行大战时表现出来的。我们应该注意的不是其对军事上的贡献，而是其有关战争的思想内涵曾经给予或可以给予我们的宝贵启示。

（刘安武:《印度两大史诗研究》, 中国大百科全书出版社, 2016）

四、问题研究

1. 最初的诗

《罗摩衍那》也称《罗摩传》或《罗摩的生平》，是古印度的又一部伟大的史诗，全书都是诗体，约有 20000 颂。它确定了印度史诗内容上的四大因素，即：政治、战争、爱情、风景。其写法和风格为后来文人打下了基础。因此，印度人民将其称作"最初的诗"，认为它是后世印度诗歌的典范。

2. 《摩诃婆罗多》中的民主意识

《摩诃婆罗多》本来就是封建贵族刹帝利和他们的同盟者婆罗门大显身手的大舞台。他们准备进行大搏斗，然后展开大搏斗，最后进行大搏斗的善后处理。他们身上，或者说在他们的言行中浸透了上层贵族习气或高种姓的傲慢气质。当我们从他们的某些言行中观察到了闪光的某种民主意识时，绝不意味着这种民主意识成了他们身上的主流。另一方面，大史诗中平民的角色本来就极少，这极少出身平民的角色很难在舞台上露面，他们所表现出来的言行，又不一定反映他们本来所应有的思想，即他们的思想不一定都带民主意识，因为他们也受到了上层统治阶级和为他们服务的或对立的婆罗门的种姓意识的熏陶或污染，某些方面已经脱离了本色。我们还要看到，大史诗所表现的本来就是神话传说故事，许多人物如天神、天魔或其他半人半神、半人半魔，都是脱离社会或游离于社会生活之外，与社会思潮相去甚远，所以大史诗在"初篇"中就像演出前列出演员名单一样，把他们都一一列出并标明了所要演的角色。令人感兴趣的，往往倒是反面角色表现出对正统的贵族统治阶级思想体系的背叛，他们的某些思想闪现出火花，这在当时被认为是违反正统的，是错误的，可是客观地说或在今天看来，却是带有人民性的或者是反传统精神的。

3. 《罗摩衍那》中艺术化了的伦理道德意识

《罗摩衍那》像一部连续剧或连台本戏，从罗摩出生前开始到罗摩升天落下帷幕，中间经过种种曲折起伏，矛盾冲突迭起。有生动美丽的神话场景，有宫廷巨变，有悲欢离合的故事，还有诗情画意的自然景色，特别是有刀光剑影的战场，英雄人物的阵阵厮杀，所以它被称为英雄史诗。印度传统甚至称它为悲悯的史诗，意思是悲剧性的史诗。人们还说它是正义战胜邪恶的传说故事，也说它是英雄人物的传奇，等等。这些都是毫无疑义的。然而这一幕幕的场景中，诗人所表现的伦理意识和精神气质却是那样使我们感到似曾相识，原来与中国传统儒家的伦理道德意识是大体吻合的。所不同的是载体，不是教条，而是由人物和故事情节组成的经过艺术加工的文学作品。于是，这"寓教于乐"的文学作品流传下来，净化着人们的思想感情和心灵，而某些人物也成了千百年来人们效法和崇敬的楷模。

五、延伸思考

1. 东方史诗发生的同质性

人类自身的类同化特征投射到史诗创作中，就表现为审美发生和文学创作的趋同性。将古代东方作为一个整体来考察，就会发现同属于东方的蒙古史诗和印度史诗在产生、发展、传播等方面存有诸多的相似之处。独特的生产生活方式和生存地域环境、频繁的部族战争、个人意识的逐渐觉醒、民族融合与文化互渗促成了两个民族史诗的形成，而且蒙古史诗与印度史诗又都有着漫长的发展流变过程，史诗中所包含的神话内容、神灵观念等都与其各自的民族神话相联系。

2. 比较视野下的印度史诗和希腊史诗异同

印度史诗与希腊史诗在文学发生上的相似与相异。两个民族的史诗都是社会转型期与人类意识觉醒期的产物，在文学发生上有很大的相似性，但区域的民族生活与世界文化的广泛交流与影响、史诗自身的定型与流变又逐渐促使其异质特点的形成与发展。

3. 分析印度史诗的文学治疗功能

文学治疗是文学本初具有的功能之一。在人类的初始阶段，人们敬畏自然，认为在人之外还有超自然的神力存在，这种神力能帮助人达到辟邪、疗救，免除灾祸的目的。印度神话和史诗中的神秘文化是那个时代的巫术和宗教在文学作品中的映射。在《摩诃婆罗多》和《罗摩衍那》中，预兆、幻术、诅咒等更是随处可见。如日食预兆着婆罗多族的毁灭，幻术往往是用来诱使敌人的手段。探究印度史诗中的神秘文化，是对人自身的一种解码和发现，使文学作品拥有了超越文本而对现实生活产生具体功用的效果。

4. 思考史诗中的达磨（正法）观念

"达磨"意即"法"或"正法"。两大史诗里的达磨，内含伦理道德、哲学、宗教等多层含义，其中以伦理道德含义的强调最为突出。《摩诃婆罗多》中的达磨，主要指正义和人的正确行为。人的行为怎样才正确？一要符合正义的要求，二要符合本人所属社会地位所规定的职责，特别强调人们在生活中恪守种姓职责、义务的重要性。《罗摩衍那》中的达磨也以伦理道德含义为主，包含仁、义、礼、智、信等丰富的内容，明确地提出了忠、孝、悌等伦理规范，比《摩诃婆罗多》要求更严格、更细密。作为伦理道德概念，达磨的内涵随着时代、社会的发展而变化，《摩诃婆罗多》中强调正直、诚实、守信，《罗摩衍那》增加了孝、悌、贞节等内容。同是反映争夺王权的家族矛盾，《摩诃婆罗多》突出正义战胜邪恶；《罗摩衍那》则重在家族和睦、兄弟相让互爱，也就是注重家庭伦理，要求人们严格遵行与本身地位相应的职责。

　　所谓"正法"或"法"（达磨）是印度哲学中的一个概念。在史诗中，"法"是作为国家社会乃至整个宇宙的结构秩序，同时也是每个人所要遵循的行为标准。印度人把"法"作为一个绝对的抽象原则来看待，尽管般度族兄弟，尤其是怖军、阿周那有许多言行与世俗伦理相悖，但他们仍是"法"的象征和"法"的维护者，因为他们不会被一般的世俗道德所局限。婆罗多大战最后的结局，说明"法"一定能战胜"非法"。

六、资料参考

　　这部史诗描写的中心是一场无益而可怕的毁灭性战争造成的悲剧。史诗始终贯穿着婆罗门教的基本教义，并试图用生动的艺术形象和抽象的哲学语言这两种方式阐述这些教义。首先，作为正面形象群体的般度族五兄弟的人生历程，体现了印度教的人生理想。印度教认为人生的目的有依次四个："法"（宇宙与人生的基本法则）、"利"（财富）、"欲"（情欲）、"解脱"（脱离俗世），相应地，人生也分为四个阶段，即"梵行期"（拜师学习宗教经典的求知时期）、"家居期"（过俗世生活并满足世俗欲望的时期）、"林栖期"（在森林中修行的时期）、"遁世期"（抛弃现实人生，严格修炼苦行，为"解脱"作准备的时期）。般度族兄弟乃至俱卢族兄弟，都度过了人生的四个时期。前三个时期满足了求知的欲望，追逐俗世的财产与权力，然后遁入森林，寻求"解脱"。可以说是印度教徒人生轨迹与人生理想的形象诠释。

　　　　　　[王向远：《王向远著作集（第1卷）·东方文学史通论》，宁夏人民出版社，2007]

　　一般说来，梵语文学中诗体叙事的作品不少。但是，正如每个人都知道的，《罗摩衍那》和《摩诃婆罗多》是印度教徒的两部特殊的史诗，印度教民族因这两部伟大史诗感到再大的骄傲也并不过分。即使梵语文学中仅仅有这两部史诗，那仍然是任何语言所望尘莫及的。思想的高尚、内容的神圣、描写的优美和人物的崇高，这些从两部史诗被诗人创作出来的时代开始，就使世界感到震惊。罗摩无疑是人类最高的典范；而悉多则是妇女中履行神圣职责的圣洁的化身；坚战无疑是公正的典型；而老祖父毗湿摩的英勇和自我牺牲在世界历史上是独一无二的；黑天是瑜伽得道者和人类光辉品德的楷模。不过，是蚁垤仙人和广博仙人的诗歌的美使得他们这些人物在我们的心目中由人上升为神，是这两位诗人的笔的赐予，使得今天的每一个印度教徒认为他们的名字是值得崇拜的。每一个印度教儿童的心目中永恒地存在着对这两个伟大人物的无限虔诚和崇敬，甚至罗摩和黑天的名字成了无数印度教徒求解脱的手段。诗人们因自己的诗作而能得到的最大的报偿，他们已经得到了，也就是说，我们已经把他们所刻画的人物当成了神。当我们仔细考察诗人们的诗作的优越性后，我们不能说，是我们不恰当地滥用了我们的慷慨精神。他们所取得的成就是世界上其他任何诗人都未能取得的。他们给我们树立了完整的人物形象，为的是让我们把这些人物形象当作人生的典范。这些人物不是没有生命的不动的画像，而是活生生的有说有笑的完整的人。这样完整的人物远远超出了莎士比亚、但丁、荷马、维吉尔、内扎米和费尔多西的幻想范围。

（普列姆昌德：《罗摩的故事》，殷洪元译，国际文化出版公司，1987）

　　大史诗《摩诃婆罗多》是一个丰富的宝藏。它几乎是印度奴隶制时代上升期全部思想和艺术成就的总集。从它里面的插话也可以看出，那些古代作者根据自己的观点以及自己所代表的阶级、阶层和社会集团的利益，努力创作或改造已经流行的材料，并且尽量都集合到一部大作品中来。在遥远的古代，这样创造包罗万象的庞大文学作品的组织能力确实是可惊的。

［金克木：《梵竺·庐集（甲）·梵语文学史》，江西教育出版社，1999］

　　两大史诗的西传和欧洲启蒙运动与浪漫主义密切相关。为了向教会神权、封建专制作斗争，宣扬个性解放、人权天赋，欧洲学者对风格迥异的东方文学表示出极大的兴趣。他们陆续介绍、翻译两大史诗，从中汲取了丰富的养分。

世界其他各种语言的改写本、节译本非常繁多，各国对两大史诗研究的专门论著更是多得无法统计，美国则成立有专门研究印度史诗的学会。

《摩诃婆罗多》和《罗摩衍那》还是印度人民的文化脐带，各民族人民无论在种族、肤色、信仰上有何差异，但都受到《摩诃婆罗多》和《罗摩衍那》的精神滋养。同时，两大史诗是印度人民对外文化交往的闪光名片，给婆罗多民族带来了无上的荣耀和友谊。

（郁龙余等：《中外文学交流史·中国-印度卷》，山东教育出版社，2014）

"……翻译《摩诃婆罗多》全书。译文决定采取散文体，译本拟分作十二卷。金先生亲自动笔翻译了《摩诃婆罗多》的前四章。这前四章中包含全书的篇目纲要，翻译难度很大。金先生的译文为全书的翻译起了示范作用。"金克木不仅为《摩诃婆罗多》的翻译起了"示范作用"，而且在《梵语文学史》中为一系列神名、人名、书名、地名、术语等专用名词的翻译，起了"示范作用"。真正懂得翻译甘苦的人，知道这种译名的示范作用，是十分重要和见功底的。

郁龙余是印度两大史诗在中国翻译、研究的见证者，他认为："一位卓越的译者，除了奉献优秀的译本之外，还应有自己的研究成果。季羡林、金克木是这样，作为他们学生的黄宝生也是这样。这是值得中国的印度文学研究者学习的。"

[郁龙余等：《中国外国文学研究的学术历程（第 10 卷）·印度文学研究的学术历程》，
陈建华主编，重庆出版社，2016]

七、习题讨论

印度两大史诗的战争起因都与女性有关，但反映出的妇女观和婚姻观有何不同？

本节课件

第二章 中古文学

第一节 但丁《神曲》

一、作品导读

但丁（Dante Alighieri，1265—1321），世界文学史上里程碑式的作家，他影响了包括浪漫主义诗人、现代主义诗人在内的一大批作家及思想家。当代俄国诗人阿赫玛托娃在纪念但丁诞辰 700 周年的演说中表明"自己有意识的一生是在这个伟大名字（指但丁）的光辉下度过的，备感幸福"，她指出"教皇派和皇帝派早已成为历史的过去，白党和黑党也是如此，而《炼狱篇》第三十歌中贝娅特丽齐的出现——却是永存于世的形象。直到现在她仍然戴着橄榄叶花冠，蒙着白面纱，披着绿斗篷，里面穿着烈火般的红色的花袍，伫立在人间"[1]。一方面但丁在《神曲》中刻写了意大利的党派纷争，另一方面但丁又以其高超的虚构空间建构能力和精湛的象征寓意手法使《神曲》超越于对特定历史的锚定。诚如恩格斯所言："封建中世纪的结束和现代资本主义的开端，是以一位大人物为标志的。这位人物就是意大利人但丁，他是中世纪的最后一位诗人，同时又是新时代的最初一位诗人。"[2]

《神曲》原名为《喜剧》，但丁对这个命名做过解释："就内容而论，它开始是恐怖而丑恶的，而在结局时是幸运的，动人的，可喜的，因为它以《地狱篇》开始而以《天堂篇》告终。至于谈吐的方式，它的语调是粗朴而卑微

---

[1] 阿赫玛托娃：《回忆与随笔》，高莽译，上海文化出版社，2018，第 159-160 页。

[2] 《马克思恩格斯文集》第二卷，中共中央马克思恩格斯列宁斯大林著作编译局编译，人民出版社，2009，第 26 页。

的，因为这种语调甚至是女流之辈谈话时也使用的俗语。"①薄伽丘在《但丁传》中将其尊称为"神圣的喜剧"，1555 年的威尼斯版本以《神圣的喜剧》作为书名，中译本通常译为《神曲》。

《神曲》由《地狱篇》《炼狱篇》《天堂篇》三大部分构成，每一部分均为 33 篇，加上序曲，全书共 100 篇。《神曲》在形式上采用三韵句，也称三行连环体，每三行诗构成一个诗节，每节诗的第一行和第三行押韵，第二行和后一节诗的第一、三行押韵，形成 ABA，BCB，CDC……这样的连环体，这是但丁以民间诗歌格律为基础创作的。"三"在《神曲》中以多种形式出现，象征着圣父、圣子、圣灵三位一体。

《地狱篇》第一篇开头写人物但丁"在人生旅程的半途醒转，/发觉置身于一个黑林里面，/林中正确的道路消失中断"，黑森林荒凉、芜秽，极其恐怖，紧接着又被猛豹、饿得凶相尽显的狮子和贪婪的母狼拦住去路。人物但丁的幻游之旅从令人绝望的迷途开始，古罗马大诗人维吉尔的亡灵带他穿越地狱、炼狱，充满神圣之爱的贝缇丽彩带他游历天堂。黑森林、豹子、狮子、狼、维吉尔、贝缇丽彩、人物兼叙述者但丁、地狱、炼狱、天堂等形形色色的物与人，既具体逼真又饱含象征意味。《神曲》把古典传统、宗教救赎思想、人文主义理想等融为一体，意蕴丰富。

二、作品节选

但丁和维吉尔从第一层降到第二层，看见亡魂接受地狱判官米诺斯判决。米诺斯以为但丁也来受刑，经维吉尔斥责才明白真相。但丁和维吉尔听到痛苦凄厉的声音，然后在黑暗中看见亡魂如欧椋鸟和白鹤遭地狱的飓风疾卷、驱掀。亡魂丛中，但丁和维吉尔认出了谢米拉密丝、蒂朵、克蕾婀帕特拉、海伦、阿喀琉斯、帕里斯、特里斯坦……最后看见保罗和芙兰切丝卡这对情侣如鸽子滑翔而来，并且听芙兰切丝卡叙述一个凄艳的悲剧。

就这样，我从地狱的第一层降到

第二层。第二层环绕的空间较小，

里面的痛苦却大得令人号啕。

那里，米诺斯在悍然伫立吼叫。

① 但丁：《致斯加拉亲王书》，缪灵珠译，章安祺编订，载《缪灵珠美学译文集（第一卷）》，中国人民大学出版社，1998，第 310-311 页。

他守着入口，审察亡魂的罪状；
判决、处分，都看他如何缭翘……
我的意思是，当命舛的亡魂到场，
就会在他跟前把一切招供；
那个洞悉种种罪孽的阎王，
就知道亡魂该进地狱的哪一重。
他会以尾巴盘身；盘绕的次数
决定把亡魂向第几层地狱发送。
米诺斯前面，总挤着亡魂的队伍。
亡魂一个接一个的接受裁夺，
发言、倾听后，就被掷入深处。
"你呀，竟来到这个悲惨的黑窝。"
米诺斯见我出现，就马上丢掉
审判亡魂的重大职责，对我说：
"来得好，看你把自己向谁托交。
啊，别因为进口宽敞而上当！"
我的导师说："怎么你也要叫嚣？
不要阻挡啊，他注定来到这地方，
其他事情别再问。上面的意旨
要怎样就怎样，容不了半点阻障。"
这时候，痛苦凄厉的声音开始
传入我的耳朵。接着，在我
置身处，号啕的巨响把我鞭笞。
我来到一个众光喑哑的场所，
听见咆哮如大海在风暴中荡激，
并遭两股相冲的烈风鞭剥。
地狱的飓风，一直在吹刮不已，
用狂暴的威力驱逐着那些阴魂，
把他们疾卷、折磨，向他们攻袭。
这些阴魂逃到崩陷的土墩，
就在那里尖叫、哀号、痛哭，
并且破口辱骂神武的至尊。

我知道，受这种刑罚折磨的人物，
生时都犯了纵欲放荡的罪愆，
甘于让自己的理智受欲望摆布。
恍如欧椋鸟一双双的翅膀，在寒天
把他们密密麻麻的一大群承载，
狂风也如此把邪恶的阴魂驱掀。
他们被吹上、吹下、吹去、吹来，
得不到希望的安慰；不要说稍息，
想减轻痛苦也无望啊，唉！
恍如灰鹤唱着歌曲在鼓翼，
在空中排成一列长长的队伍，
只见众幽灵哀鸣不绝，一起
被那股烈风向我这边吹拂。
于是我说："老师呀，这些人丛
是谁，要遭黑风这样鞭挞？"
"你向我问及的这一群人之中，"
维吉尔闻言答道："第一个是女皇，
说各种语言的民族都由她辖统。
她在生的时候败坏放荡，
竟颁布律令规定淫乱合法，
以清洗自己的秽行，免受讪谤。
她是谢米拉密丝。记载说她
是尼诺斯之妻，继承了夫君的帝位，
统领的土地现在由苏丹收纳。
第二个，因为痴情而把生命摧毁，
且对西凯奥斯的骨灰不忠。
然后是克蕾婀帕特拉，生时淫额。
你看海伦。为了她，灾难重重
随岁月运转。你看，显赫的阿喀琉斯。
他与爱神交战而将生命断送。
你看帕里斯，看特里斯坦……"他如此
边指边说，介绍了千多个幽灵。

他们丧生，都因为让爱欲纵恣。
听完了老师这样一一点着名
介绍古代的英雄美人之后，
我有点眩惑，心中涌起了悲情。
于是说道："诗人哪，我希望能够
跟这两位讲几句话。他们一起
在风中似乎飞得轻灵而悠游。"
维吉尔说："等他们和我们的距离
近一点再说吧。届时借牵引
他们的爱来相邀，他们会依你。"
于是，当风向一改，把他们吹近，
我就高声喊道："劳累的幽灵啊，
可能的话，请你们过来谈谈心。"
如鸽子受了欲望的呼召牵拉
而平展双翅，向温馨的鸽巢
回归，在空中乘自己的意志翔滑，
幽灵离了群，不再和蒂朵一道，
翩过凶邪的冥霭向我们飞来。
诚挚的呼唤，竟能把他们感召。
"生灵啊，你大方而又充满友爱，
肯穿过黝黯的空间，到这里探访
我们。我们曾用血把世界沾揩。
如果我们的朋友是宇宙的君王，
我们必定会求他赐你安宁。
因为呀，你怜悯我们悲惨的境况。
你们讲的话，我们会细听；
喜欢听的，我们会一一奉启。
趁烈风在这里暂停，且交谈半顷。
在上面的阳间，我的出生地
位于岸边。就在那里，波河
带着支流泻入大海才歇息。
爱欲，把柔肠迅速攻克，俘虏了

这男子。俘虏的手段——我的美态——
已被夺去。为此，我仍感怆恻。
爱欲，不容被爱者不去施爱。
猛然借此人的魅力把我虏住。
你看，他现在仍不肯把我放开。
爱欲，把我们引向同一条死路。
该隐界在等候毁灭我们的人。"
他们就把这番话向我们倾诉。
听了这些悲惨的亡魂自陈，
我不禁垂首，垂了颇长的时间。
"在想什么呢？"诗人见了就问。
我回答说："啊，真是可怜。
欲望何其强，柔情蜜意何其多！
竟把他们引向这样的惨变！"
之后，我再度转身对他们说：
"芙兰切丝卡呀，你所受的苦，
叫我感到悲悯而潸然落泪。
不过告诉我，在甜蜜的叹息之初，
爱神在什么时候，用什么方法
叫你体验到这些危险的情愫？"
芙兰切丝卡答道："别的痛苦即使大，
也大不过回忆着快乐的时光
受苦。这点哪，令师早已觉察。
不过你既然兴趣浓厚，希望
知道我们的爱苗怎样滋延，
就告诉你吧——说时会眼泪盈眶。
有一天，我们一起看书消遣，
读到兰斯洛特怎样遭爱情桎梏。
那时，我们俩在一起，毫无猜嫌。
那个故事，多次使我们四目
交投，使我们的脸色泛红。
不过把我们征服的只有一处。

当我们读到那引起欲望的笑容

被书中所述的大情人亲吻，

我这个永恒的伴侣就向我靠拢，

吻我的嘴唇，吻时全身震颤。

书和作者，该以噶尔奥为名。

那天，我们再没有读其余部分。"

当这个幽灵叙述当时的情景，

另一个就哭泣。为此，我哀伤不已，

刹那间像死去的人，昏迷不醒，

并且像一具死尸倒卧在地。

（但丁：《神曲1·地狱篇》，黄国彬译注，外语教学与研究出版社，2009）

三、新文科阅读

在我看来，但丁的政治学说只应视作纯系但丁个人经历的因素；对于马基雅维里却无论如何不能这么看待。这不是在一般的意义上这么说，因为人物的智力活动在任何个人经历中都是至关重要的，不仅人物的实践活动，而且人物的思想和想象也具有举足轻重的作用；而且是在这样的意义上，即但丁这一学说缺乏任何历史——文化的作用和生命力，它仅仅是在诗人所属的政党遭到失败，他被从佛罗伦萨放逐，四处漂泊之后，作为他的生活道路的发展的因素，才显得重要。

但丁的政治——国家观念，他的思想感情，他的总的思考方式，经历了根本的演变过程。这一演变过程的后果是把他同其他人割裂开来。不错，可以把他的学说称作"吉伯林主义"，但只是借用这个提法。无论如何，它超越了旧吉伯林主义，是"新吉伯林主义"。实际上，这并非政治学说，而只是乌托邦式的政治理想，它染上了一重既往的时代的余晖；或者说，这只是试图把正在酝酿，形成的诗的素材，尚处于萌芽状态，将在《神曲》中臻于完善境地的诗的想象，构成一种学说。

但丁凌驾于各个城市公社之间充斥的毁灭和杀戮的争斗之上，幻想建立一个超越城市公社，超越支持黑党的教会和支持吉伯林党的旧帝国的社会，幻想建立一个能够摆脱党派之争，有效地履行法律的政治形式。他是一个阶级战争中的失败者，幻想在仲裁者的权力的庇护下，消除战争。然而，他诚然带着失败者的怨恨、痛苦、感情，却依然是精通既往时代的学说和历史的"学者"。既往的时代向他启示了奥古斯都罗马帝国及其中世纪的反照——日耳曼民族的罗马帝国的模式。他冀求超越现在，但他的目光却投向过去。马基雅维里的目光也投向过去，但完全是以不同于但丁的方式。

（葛兰西：《论文学》，吕同六译，人民文学出版社，1983）

自但丁时代以降，精神的现实主义者就面临这样的问题，身边的西方世界之政治现实不再能够将精神充分地纳入它的公共制度。西方历史中的这个断裂，相当于希腊文明中的赫拉克利特时代。我们可以看到，精神与政治分道扬镳的过程有三个主要阶段。但丁以及他发现精神的孤独，标志着第一阶段开始。但丁以后的两个世纪曾被形容为中世纪的"衰落期"或"黄昏"，因为整个欧洲露出解体的种种迹象，在有些国家早一些，有些晚一些，在有些国家比较彻底，有些不大彻底。在法国，内部的失序是随着法国在克雷西战役（1346 年）和普瓦捷战役（1356 年）中败北而出现的，持续至 1445 年的军队改革。在英国，同样的失序以及相当于 1358 年法国扎克雷起义的农民起义来得稍晚，时间在理查二世统治时期（1377—1399 年）；在兰开斯特家族（the Lancasters）的统治下的短暂恢复之后，随即是玫瑰战争（1455—1485 年）中秩序的全面崩溃。直到 15 世纪下半叶，王朝的巩固和对彼此为战的国内武力的制伏才达到一个新的水平：法国是在路易十一世（Louis XI，1461—1483 年在位）期间，英国是通过都铎王朝的建立（1485 年），西班牙是通过阿拉贡的菲迪南（Ferdinand of Aragon）和卡斯蒂利亚的伊莎贝拉（Isabella of Castile）联合当政（1479 年），葡萄牙是在约翰二世（John II）的手里（1481 年），俄罗斯是通过伊凡大帝（Ivan the Great，1462 年），在德意志的领土上是随着马克西米利安一世（Maximilian I）即位（1493 年）。在中世纪社会解体期间，也就是从但丁时代至 16 世纪期间，没有出现任何一位一流的政治思想家起来收拾乱局。

第二阶段以宗教改革家和世俗的精神现实主义者出现为标志。以路德和加尔文为代表的宗教改革家试图以衰落的教会本体重建由精神主导的政治制度。这一导致教会分裂的努力总体来讲失败了，精神运动最终被诸特殊化的西方政治领域所吸纳。世俗的精神现实主义者，马基雅维里（Machiavelli）、博丹、霍布斯、斯宾诺莎（Spinoza），他们每个人都以人格的力量，试图在一个多元特殊政治统一体的世界中为精神寻找居所。马基雅维里尝试过唤启魔鬼般的领袖；博丹设想以国家作为沉思的起始点，借以通往 fruitio Dei［享有神性］；霍布斯开创了对政治激情的心理学分析，并唤启一个极权主义的属灵权力来慑服它们；斯宾诺莎试图找到一种统治构造，使世界可以容纳知性的神秘家。他们四人都作为政治思想家受到孤立，且因其无神论、不道德或"不辨是非"而背负骂名。

第三阶段再次使上述两类思想家发展到一个新的高度。对应于先前宗教改革家的，是以马克思（Karl Marx）为代表的政治-宗教活动家，他们试图以革命摧毁现存社会，以便为无罪的"新人"——无产阶级——开辟活动空间，从而实现精神与社会制度的重新结合。对应于16和17世纪的精神现实主义者的，是尼采（Friedrich Nietzsche）的彻底孤立的自由心灵，他对欧洲虚无主义的分析是对后中世纪的西方世界的最后判决，正如《神曲》是对它的最初判决。

［沃格林：《政治观念史稿（第3卷）：中世纪晚期》，段保良译，华东师范大学出版社，

2008］

这部结构谨严的作品（指《神曲》）固然不是一部寻常意义的史诗，因为没有贯串全诗广阔基础的本身完整的动作情节，但是实际上它并不缺乏既坚实而又融贯完整的结构。它的对象不是某一个特殊事迹，而是永恒的动作，绝对的目的，显现于不朽事迹的上帝的慈爱；它的场所是地狱、净界和天堂，人类的行动和遭遇的世界，特别是个别人物的行动和命运，都沉没在这个永恒不变的客观存在里。在一切事物的这种终极目的和伟大目标的面前，一切个别特殊的旨趣和目的都消逝了，但是同时这生动的世界中，一切本来可消逝的幻变无常的事物却以史诗的形式转化为客观存在，牢固地建立在最内在的原则上面，有价值还是无价值，都凭最高概念或上帝的审判来决定。凡是尘世人物的希求和遭遇，意图和实现，都按原来的样子在这部史诗里变成化石似的铜像而永远存在着。这样，这部史诗包含了最客观的生活整体：地狱、净界和天堂的永恒情况。在这个不可磨灭的基础之上，尘世人物各按照自己的特殊性格在活动着，或则毋宁说，他们曾经活动过，而现在则连同他们的所作所为，都在永恒正义中变成僵化不动了，他们自己也从此永远不朽了。荷马的英雄们通过女诗神而在我们的记忆中变成不朽，但丁的这些人物是通过他们自己，他们的个性，而招致他们的处境；他们不是在我们的观念中不

朽，而是他们本身就是不朽的。通过诗神之母而达到的这种不朽在《神曲》里由于经过上帝自己的审判而具有客观的价值，因为在上帝的名义下，当时这位最大胆的诗人对全部过去和现在进行了谴责或祝福。——诗的叙述也就应按照这种对象的性质进行，它只能采取叙述在永远固定的境界中游行的形式。这种境界像赫希俄特和荷马所描绘的神们一样，是由诗人凭自由的想象来发现，构成形象和分配地位的，但是同时所描述的场面和故事却仍根据实在的见闻。地狱充满着暴烈的骚动，在苦痛中仍有造型艺术的严峻，到处放射着恐怖的微光，但是诗人对阴魂们的同情冲淡了这种恐怖气氛。净界的气氛比较温和，描绘仍然很周密。最后，天堂全是一片灿烂的光辉，绝对没有具体形象，一切都沉浸在思想的永恒以太中。这位天主教诗人所创造的世界固然也反映出古代影响，但是其作用只限于提供了人类智慧历程的引路人和陪伴，在教义和教条方面则全是中世纪经院派神学和慈爱。

（黑格尔：《美学》第三卷下，朱光潜译，商务印书馆，2017）

四、问题研究

1. 但丁创作《神曲》的目的

但丁在《致斯加拉亲王书》中谈到《神曲》的创作目的："在于解脱生于斯世的人们于悲惨的情况，而领导他们达到幸福的状态。"[①]《地狱篇》《炼狱篇》《天堂篇》对亡灵境遇的书写包含着对人类的警告和对迷途者的指引，呼吁人们"凭借自由意志，理智地选择行善之道，通过苦难的磨炼与灵魂的净化，达到至真至善至美的境界，从而消除人世的纷争、罪恶，实现人与人之间的和谐相处，实现个人与社会的协调统一"[②]。

2. 《神曲》的多重意义

"在文艺复兴紧衔而至的但丁的时代，一个显见的事实因而是世界的神秘意义正在悄悄地退隐，诗人创作的原动力无论是上帝，是爱，还是神学体系中的别的什么东西，诗以它日渐觉醒的自我意识，要求为它的自足提供理

[①] 但丁：《致斯加拉亲王书》，缪灵珠译，章安祺编订，载《缪灵珠美学译文集（第一卷）》，中国人民大学出版社，1998，第312页。

[②] 袁鼎生、周纪文、牛宏宝：《西方美学主潮》，周来祥主编，广西师范大学出版社，1997，第430页。

论上的说明，已是势在必然了。"①讨论过诗的字面意义、寓言意义、道德意义、神学意义的诗人但丁提供给我们的正是一部有着多重意义的虚构作品。在人物但丁游历地狱、炼狱、天堂这条主线上，交织着歌颂禁欲主义、肯定世俗人生、歌颂上帝、批判教会等多重思想意义。

《地狱篇》第五篇中芙兰切斯卡和丈夫的弟弟保罗坠入情网，死后被关在地狱第二层，亡灵被罚在狂风中飘荡，完全符合禁欲主义的要求。但诗中写到人物但丁在听维吉尔介绍飘荡在半空中受折磨的各位亡灵后，对他们产生了深深的同情和怜悯，"诗人哪，我希望能够/跟这两位讲几句话。他们一起/在风中似乎飞得轻灵而悠游"，但丁深陷于芙兰切斯卡的讲述中，"为此，我哀伤不已，/刹那间像死去的人，昏迷不醒，/并且像一具死尸倒卧在地"。不同于全诗大部分篇幅对亡灵遭遇的抒写，保罗和芙兰切斯卡这个片段热烈而尖锐地呈现出人物兼叙述者但丁对世俗情感的认同。"罗马曾把世道造就良好/它通常有两个太阳，它们使世人看到/两条大道：一条是世俗之道，另一条是上帝之道"（《炼狱篇》第十六篇）。《神曲》的多重意义不仅限于类似于"世俗之道""上帝之道"的矛盾对立中，在现实与虚构之间文本中的可能世界一方面与现实世界展开对话，另一方面又超脱于现实世界的逻辑，因而解读《神曲》要特别注意其可能世界艺术。

3. 但丁对后世文学的影响

可以参阅以下资料：薄伽丘《但丁传》，柯勒律治《关于但丁的演讲》，雪莱《为诗辩护》，艾略特《但丁》，曼德尔施塔姆《关于但丁的谈话》，阿赫玛托娃《回忆与随笔》等。诗歌方面，但丁对 19 世纪浪漫主义诗人和 20 世纪现代主义诗人都产生了深刻影响。

五、延伸思考

1. 柯勒律治在《关于但丁的演讲》一文中提醒我们注意但丁地狱之行的地理真实感，并把它看作但丁的伟大魅力之一，请思考《神曲》所构建的可能世界的意义。

可参考："但丁对地狱、炼狱、天堂的地理空间做了清晰描绘，'这一点给他的诗性力量赋予了令人惊异的独特性。他采用了比混沌（chaos）还要败

---

① 陆扬：《但丁与阿奎那——从经学到诗学》，《外国文学研究》1997 年第 3 期。

坏的自然的上千种虚妄形式，那些形式不是现实，而是来自这些形式所唤起的激情。他迫使这些形式为永恒服务．'"①

也可参阅朱振宇在《但丁赋予自然宇宙神学含义》一文中的相关论述："将《地狱篇》34 歌和 14 歌结合在一起，可以读出但丁眼中人类世界地理的形成史：撒旦的堕落引起了土地的丢失，为北半球造成了巨大的洞穴。人堕落之后，旧人用土做成的'自然'也像大地一样失去了完整，就像旧人眼泪流进了身体的裂缝一样，源自眼泪的罪恶之水填补了北半球洞穴的部分空间，形成了地狱。要想得救，就要登上炼狱山，并由此升入天国。"②

2. 注意理解《神曲》的二重性

可参考：恩格斯称但丁是"中世纪的最后一位诗人，同时又是新时代的最初一位诗人"。黑格尔指出《神曲》表现的"对象不是某一个特殊事迹，而是永恒的动作，绝对的目的，显现于不朽事迹的上帝的慈爱；它的场所是地狱、净界和天堂，人类的行动和遭遇的世界，特别是个别人物的行动和命运，都沉没在这个永恒不变的客观存在里"③。

另外，可以参阅蒋承勇《从神圣观照世俗——对但丁〈神曲〉"两重性"的另一种理解》，《四川外语学院学报》2002 年第 2 期。

六、资料参考

歌德曾经指出，但丁"和乔陀（与但丁同时的意大利画家）一样，主要是具有造形艺术感的天才，因此能运用想象力的目光把事物看得那样清晰，从而能用鲜明的轮廓把它勾画出来，即使是最隐晦、最离奇的事物，他描绘起来，都仿佛是眼前现实中的事物一样"。这一论断是中肯的。由于诗人具有这种造形艺术感，《神曲》中对于诗中人物活动的场所——地狱、净界和天堂的描写，不象中古一般文学作品那样模糊混乱，而是构思明确，想象丰富。诗人幻想地狱在北半球，是一个巨大无比的深渊，越往下面积就越小，形状象圆形剧场；净界是一座雄伟的高山，耸立在南半球的海洋中，山顶上是亚当夏娃未犯罪时居住的地上乐园（即伊甸乐园）；天堂由托洛米天文体系里的九重天和超越时间空间的净火天（即严格意义上的天堂）构成，这九重天以

---

① 柯勒律治：《关于但丁的演讲》，载梁坤主编《新编外国文学史——外国文学名著批评经典》，中国人民大学出版社，2008，第 66 页。

② 朱振宇：《但丁赋予自然宇宙神学含义》，《中国社会科学报》2017 年 9 月 12 日第 4 版。

③ 黑格尔：《美学》第三卷下，朱光潜译，商务印书馆，2017，第 179 页。

不同的速度环绕着大地旋转，净火天则是永恒静止的。三个境界细分为若干层，体现出作者根据哲学、神学观点所要阐明的道德意义。三个境界的性质不同，因而色调也各不相同。地狱是痛苦和绝望的境界，色调是阴暗的或者浓淡不调的；净界是宁静和希望的境界，色调是柔和爽目的；天堂是幸福和喜悦的境界，色调是光辉耀眼的。在《地狱》篇里但丁只借自然景象来描绘人物受苦的场面，例如，犯淫行罪者的灵魂永远不停地被飓风刮来刮去，犯叛卖罪者的灵魂被冻结在冰湖里。在《净界》篇才直接描写了自然景色，例如，第一篇正文一开始就描写诗人初来净界山下时的景色：天空呈现出东方蓝宝石般的柔和的颜色，美丽的启明星使东方整个天空微笑，黎明在战胜残夜，夜色望风而逃。又如，第二十八篇中描写了地上乐园的景色：小鸟依然在歌唱，满怀喜悦地接受树叶间清晨的微风，树叶在轻轻地唱着小鸟歌中的叠句：这种声音恰如希腊神话中的风王放出东南风时，在松林中响起的松涛，《天堂》篇描写的是非物质的、纯精神的世界，自然界的景物，除了作为比喻外，按照情理不可能在那里出现；为了表现自己所见的情景和圣者们喜悦的程度，诗人不得不借助于自然界空灵的现象——光——来描写。这三个来世的境界的描写都各具特色。

　　但丁在塑造人物形象和描写情景时，善于用取材于现实生活和自然界的比喻。例如，形容鬼魂们注视但丁和维吉略，好象人们通常在新月下彼此相望一样，又好象老裁缝穿针时凝视着针眼一样。形容两队魂灵相遇，彼此接吻，像蚂蚁在路上觅食，彼此相遇时互相碰头探询消息的样子。形容禁食的魂灵瘦得两眼深陷无神，像宝石脱落的戒指。描写的对象越不平常，就越用人们所熟悉的事物来比喻。形容火星天上的光芒耀眼的十字架上有无数亮光（指得救者的魂灵之光）上下左右动来动去，像暗室中一道光线从缝隙里射入时，光线中有无数尘埃飞舞一样。形容基督上升，光芒下射，照耀着圣者们，象日光从云缝透出，射在繁花如锦的草坪上一样。这些比喻使人物和情景鲜明突出，取得了造型艺术的效果。不仅如此，但丁还用比喻描写人的心理和精神状态。形容自己听了维吉略的话以后，疑虑顿消，精神振奋，象小花受夜间寒气侵袭而低垂闭合，一经阳光照射，便朵朵挺起在梗上开放一样。形容自己喝了优诺艾河的水（饮后使人记起善事），精神上获得了新生，象新树长出新叶，欣欣向荣。这类比喻都显得贴切、自然。

　　（田德望：《但丁和他的〈神曲〉》，载《外国文学评论》第一辑，外国文学出版社，

1979）

> 远处出现了一座
>
> 褐色朦胧的山，我生平似乎
>
> 还没有见过这样高的山。
>
> 我们欢欣，可是转瞬
>
> 欢欣就化为悲哀：
>
> 从新陆地吹来了风暴，
>
> 打击着我们的船头，
>
> 风暴三次将我们的船旋卷在海水中；
>
> 第四次使船尾翘了起来，船头没入水里，
>
> 另一端非常高兴；海水完全将我们淹没了。

在但丁的笔下，尤利西斯的故事读起来像一篇明白晓畅的浪漫作品，一篇引人入胜的海客奇谈；而丁尼生笔下的尤利西斯首先是一个自我意识极强的诗人。但是丁尼生的诗写得很平淡，它只具有两个维度；其中包含的东西不会多于一个对文字美有所感觉的普通英国人所能看到的一切。我们并不需要一开始就知道诗中的山是什么山，或者"另一端非常高兴"这些字的含义是什么，就能感觉到但丁的作品具有更深一层的意义。

值得再次指出的是，但丁在他的历史人物中至少引入一个甚至对他来说也仅仅是虚构的人物，这样做是非常正确的。因为，在但丁选择受诅咒的人物这一方面，《地狱篇》是不存在气量狭小或者主观固执等问题的。这使我们注意到地狱不是一个地方，而是一种境界；人类受着他想象出来的人物的诅咒或者祝福，就像他受到现实中的人的诅咒和祝福一样，虽然地狱是一种境界，但是我们必须通过感觉意象的具体化才能想象到，或许才能体验到这种境界；以及尸体的复活也许具有一种比我们所能理解到的更深的意义。但是这些都是在读了许多遍之后才能获得的感想；首次欣赏某一首诗时，是不需要这些的。

对于一首诗的体验既是瞬间的，又是终生的……大部分诗不能使人终生不忘，就像人的大部分激情不能使人终生不忘一样：但丁的诗篇是那些使人终生难以忘怀的诗中的一部分。

（艾略特：《但丁》，卞之琳、李赋宁等译，载《传统与个人才能：艾略特文集·论文》，

上海译文出版社，2012）

　　每一位诗人都从自己的一些感情出发。当我们追究到这些最根本的感情时，很难说莎士比亚和但丁谁优谁劣。但丁的责骂，他个人的肝火——有时蒙上旧约里先知们警告的薄薄一层伪装——他的思乡怀旧，他对失去过去幸福——或对已经成为过去、看起来好象是幸福的东西——的悔恨，以及他的勇气百倍的努力，企图从他个人的本能冲动中建造出永恒和神圣的东西——如同他的《新生》里所做的那样——这一切都能从莎士比亚那里找到对等的东西。和但丁一样，莎士比亚也从事于一场斗争——对于诗人来说，只有斗争才有生命——斗争的目的就是把个人的和私自的痛苦转化成为更丰富、更不平凡的东西，转化成普遍的和非个人的东西。但丁对于佛罗伦萨，或对皮斯托亚城，或对各式各样的人物和事件所怀的盛怒，莎士比亚全面的玩世不恭、愤世嫉俗和幻想破灭的感情，从他心灵深处不断地、汹涌澎湃地洋溢出来，这些都不过是诗人们巨大的努力，想要把私人的失败和失望加以性质上的转变，使之成为积极的东西。伟大的诗人，在写自己本人的过程中，也就写了他的时代。因此尽管但丁几乎完全没有意识到这件事，他却成为十三世纪的喉舌；尽管莎士比亚几乎完全没有觉察到这一事实，他却变成十六世纪末的代表人物，代表着历史的一个转折点。但是你却不能肯定地说但丁相信或者不相信托马斯·阿奎那的哲学；你也不能肯定地说莎士比亚相信或不相信文艺复兴时期的混合的、浑浊不清的怀疑主义……诗歌并不是哲学或神学或宗教的代替物，如同刘易斯先生和默里先生有时似乎是这样认为的那样；诗歌有它本身的功能。但是由于这种功能不是理性的，而是感情的，因此不能用理性语言来充分说明诗歌的功能。我们能说的只是诗歌给人提供"安慰"：这是一种奇特的安慰，这种安慰可以同样由象但丁和莎士比亚如此不同的作家来提供。

　　（托斯·艾略特：《艾略特文学论文集》，李赋宁译注，百花洲文艺出版社，1994）

　　但丁……对维吉尔狂热的倾诉值得深入研究，我们能够从中看出古典文化与基督教文化之间的碰撞，这在但丁尊称维吉尔为"老师和楷模"并且感谢他对自己的影响中可见一斑。世俗的赞誉以及神秘的旅程共行，维吉尔这个受到诅咒的灵魂反常地成为地狱向导，带领但丁穿越禁地地狱……

　　但丁记录的是一个受到祝福的神圣灵魂被救赎的过程，而艾略特的诗歌反映的则是他对宗教的怀疑问题仍然充满不确定性。对于艾略特而言，但丁的《神曲》仅仅是使他感到震惊的神秘过去的一部分——这种模式能够给予他启迪，然而他却永远无法回到这种模式中去。

（黛博拉·帕克、马克·帕克：《〈地狱〉解码》，田颖慧译，西苑出版社，2015）

七、习题讨论

1.《神曲》中涉及大量充满象征意味的数字、空间、动物、人物等，试着挑选相关内容谈一谈你的理解。

2. 梳理并讨论但丁对艾略特的影响。

本节课件

第二节 《一千零一夜》

一、作品导读

《一千零一夜》是阿拉伯中古时期著名的民间故事集，高尔基赞誉其是民间文学中"最壮丽的一座纪念碑"。《一千零一夜》的故事主要由三部分组成：第一部分来自波斯和印度，是《一千零一夜》的核心部分，波斯古代有一本故事集叫《赫左尔·艾夫萨乃》（意为"一千个故事"）；第二部分出自伊拉克，有许多以巴格达为中心的阿巴斯王朝时期流行的故事，现实主义精神较强；第三部分来自埃及，有许多埃及麦马立克王朝时期流行的故事。其他的还有来自希腊、希伯来等地的故事。因此，《一千零一夜》是阿拉伯及其附近地区不同国家、民族文化交流和民间故事的集大成之作。16世纪《一千零一夜》在埃及编定成书。1814年至1818年，也门的谢赫根据当时流传较为全面的印度手抄本，编纂出版的"加尔各答首版本"，成为《一千零一夜》第一个阿拉伯原文印本。1835年由埃及政府出面编订并在开罗附近的布拉格出版了"布拉格本"，成为《一千零一夜》的定本。在西方，《一千零一夜》于 1704 年由法国人迦兰将其译为法文出版，后英文转译为《阿拉伯之夜》。在我国，因在明朝以后国人称阿拉伯为"天方国"，故而曾译为《天方夜谭》）。

《一千零一夜》故事集并没有讲 1001 个故事，按阿拉伯人的语言习惯，在 1000 或 100 之后加上 1，以强调其多。《一千零一夜》有 264 个故事，内容丰富，人物众多，包罗万象，广泛地反映了中古时期阿拉伯的社会生活、风土人情等。其中有赞美人间真善美、讲述正义战胜邪恶的故事，如《阿里巴巴与四十大盗》是最具代表性的故事。出身穷苦的樵夫阿里巴巴无意中发现了强盗藏宝藏的山洞，虽然他并不打算据为己有，但还是引来了杀身之祸，强盗们准备谋害阿里巴巴。由于女仆马尔基娜机智勇敢，几次三番与强盗们斗智斗勇，最终杀死了强盗，使得阿里巴巴一家转危为安。最后，阿里巴巴让女仆恢复自由身，并让自己的侄儿娶她为妻。这个故事突出表现了阿里巴巴的善良和正直，女仆马尔基娜的聪明和勇敢。有阿拉伯人经商贸易与航海冒险的故事，赞美中古阿拉伯人的积极进取精神，《辛伯达航海旅行的故事》是其中最具代表性的故事。辛伯达不畏艰险七次航海旅行经商贸易，每次都九死一生，但最后都凭着勇气和智慧满载而归。辛伯达的身上表现了中古阿拉伯商人进行创业活动时的坚毅勇敢和顽强进取精神。其中还有歌颂美好爱情与婚姻的故事，许多描绘了男女爱情的真挚美好与忠贞不渝，如《巴索拉银匠哈桑的故事》描述了凡人和仙女之间的爱情，唱响了一曲幸福在人间的忠贞爱情之歌。还有许多暴露社会丑恶与揭示百姓苦难的故事，这类故事在反映广大人民苦难的同时，也揭示了其根源在于统治阶级的骄奢淫逸。如《渔翁的故事》中，渔翁饱尝辛苦，却是一贫如洗，度日维艰，于是他发出了愤慨之声："呸，你这个世道！如果长此下去，让我们老在灾难中叫苦、呻吟，这就该受到诅咒。"《渔夫和哈里发的故事》也描写了哈里发的残暴统治和渔夫的苦难生活。

《一千零一夜》具有写实主义的特点。故事集以真实的叙述，把上至宫廷的权力争夺，下到市井的奴隶买卖，都一一展现了出来，真实再现了中古时期的阿拉伯社会历史风貌。此外，故事集又具有十分浓郁的浪漫主义色彩，充满了奇思妙想，有取之不尽的宝袋、腾空而起的飞毯、突然降临的神魔、神奇的魔法戒指等，使人置身于魔幻的故事世界。故事集还有故事套故事的框架结构。《一千零一夜》用简便灵活的大故事套小故事的方式把众多故事组织起来，并将其统一在开篇第一个故事《国王山鲁亚尔及其兄弟的故事》

中，形成框架结构。《一千零一夜》叙述的特点是语言形象生动，通俗易懂，诗文并茂。此外，还有细节描写、心理刻画等表现手法的成功运用，使故事更具艺术魅力。总之，《一千零一夜》可谓是一部中古阿拉伯社会生活的百科全书。

二、作品节选

一天，我们的船路过一座非常美丽、可爱的小岛。小岛的景色美极了，有绿色的大森林，数不尽的奇珍异果，五彩缤纷的花儿竞相开放，鸟儿在林中婉转歌唱，还有清澈见底的小溪缓缓地流淌，只是岛上不见一个人影儿。我们的船靠岸后，大家都前呼后拥地上岸，到岛上观光，感叹安拉创造世界的伟大和奇妙。我独自前行，徜徉在大自然的怀抱里。我独自坐在小溪边，一边吃东西，一边看风景，那时候，正是凉风习习、天气清爽，周围安静得一点声音也没有，我竟不知不觉地在风景如画的小岛上睡着了。

就这样，在充满着芬芳气味的林荫下面，我沉睡了很久很久。一觉醒来，周围清幽静寂，不见一个人影（儿）。原来，商船已经开走了，把我一个人扔在岛上。我左顾右盼，还是久久不见一个人影（儿），似乎连岛上的动物也消失了，我恐怖极了，陷入绝望之中。我孤零零的一个人流落荒岛，没有吃，没有喝，疲惫不堪，几乎失去了生活的信心，绝望之余，不禁悲叹道：

"一个人不是每次都碰上好运气的，上次遇难被人救，这次要想再次脱险，恐怕是太难了。"

想到这儿，我哭了起来，非常绝望，暗自抱怨自己为什么不待在家里，好吃好喝，快乐享福，偏要背井离乡，到海上来奔波，这不是自找苦吃吗？明明第一次就险些丧命，不吸取教训，又离开巴格达跑到海上来奔波……我后悔极了。我气得快要发疯，不知怎么办才好。

冥冥之中，只好自我安慰："我们是属于安拉的，我们都要归宿到安拉那儿去的。"

我不敢呆在原处，害怕孤独向我袭来，只好不安地、漫无目的地走动。后来我拼命爬上一棵大树，向远方眺望，我看见的只是晴朗的天空、湛蓝的海水、茂密的森林以及飞鸟和沙砾。我就这样望呀望，突然，我发现很远的地方有一个巨大的白色影像，我赶忙溜下树，向白影像出现的方向走去，想去看个究竟。

那原来是幢白色的圆顶建筑。我靠拢后，绕着它转了一圈，却找不到它的大门。这房子光滑、明亮，我无法爬上去。这时太阳已经偏西，天快黑了，我急着进这屋子，找个地方休息，就在我束手无策的时候，我发现太阳突然不见了，四周一片漆黑。当时正是夏天，我以为是空中有了乌云，才会如此，我又惊又怕，再抬头细看，只见天空中出现一只身躯庞大，被称为神鹰的野鸟。这种鸟常常捕捉大象喂养雏鸟，我刚才看见的那幢白色圆顶建筑，原来是个神鹰蛋。我不由地惊叹安拉的造物之奇。这时，那只神鹰慢慢地落了下来，两脚向后伸直，缩起翅膀，安然孵在蛋上。

突然，我脑子里冒出个想法，于是我立即行动起来。我解下缠头，对折起来，搓成一条绳子，拴住自己的腰，再牢牢把绳子绑在神鹰腿上，暗想道："也许这只神鹰能把我带到有人烟的地方去，那就比呆在荒岛上强多了。"

那天夜里，我一直不敢睡觉，怕睡梦中神鹰突然起飞，使我毫无准备。

第二天清晨，神鹰起来，伸长脖子狂吼一声，然后展翅翱翔，带着我直冲云霄。它越飞越高，我仿佛觉得已经接近天边了。它飞呀飞，飞了很久才慢慢下降，最后落到一处高原地带，我战战兢兢地解开缠头，离开神鹰腿。虽然离开了那个岛，却不知又到了什么地方，我仍然感到迷茫、恐惧。

这时，只见神鹰从地上抓起一样东西，又飞向天空中。我仔细看，原来它抓的是一条又粗又长的蟒蛇。我向前走了几步，这才发现自己站在一处极高的地方，脚下是深深的峡谷，四面是高不可攀的悬崖。我又开始埋怨自己不该冒险，自言自语地叹道："安拉保佑，这里既无野果充饥，又无河水解渴，唉！我真不幸，刚刚脱离危险，又落深渊。听天由命吧！只盼伟大的安拉来拯救了。"

我鼓起勇气，强打精神，走进山谷里，发现那儿遍地都是名贵珍奇的钻石和枣树一样粗大的蟒蛇。蟒蛇张着口，像是一口能吞下一只大象，它们都昼伏夜出，以躲避神鹰的扑杀。

天上有神鹰，地下有蟒蛇，这下可完了，我身临其境，懊悔不已，只好乞求安拉保佑了。

很快太阳落山，夜幕降临了。我怕蟒蛇吃了我，忘了饥饿，哆嗦着徘徊在山谷中，想找个栖身的地方。我发现附近有个山洞，洞口很小，我赶紧钻进洞去，推过旁边的一块大石堵住洞口，心想先暂时躲一躲吧，等明天出去，再找出路。待我定睛一看，只见一条大蛇正孵着蛋卧在洞中，我顿时吓得半死，全身发抖，没办法，只好认命了。我眼睛大大地睁了一个晚上。

好不容易熬到第二天天亮，我飞快地跑到洞口推开大石头，逃了出去。由于整夜未眠，加之又渴又饿，只觉得头重脚轻，像醉汉一样，走起路来一步三晃。正在徘徊无望的时候，突然从天空中落下一头被宰的牲畜，我环顾四周，仍不见一个人影，顿时吓得毛骨悚然。

我想起从前有人对我讲过的一个传说：传说出产钻石的地方，都是极深的山谷，人们没法下去采集它们，珠宝商人就想出了一个办法，把羊宰了，剥掉皮，丢到山谷中去，血淋淋的羊肉沾满钻石后，被山中巨大的兀鹰携着飞向山顶。当鹰要啄食的时候，他们叫喊着奔去，赶走兀鹰，收拾沾在羊肉上的钻石，然后把羊肉扔给兀鹰，带走钻石。据说这是珠宝商人获得钻石的唯一方法。

我看见那只被宰的大羊，想起听过的传说，就赶紧跑上前去一看，果然羊肉上有许多钻石，我立即毫不犹豫地把口袋、缠头、衣服和鞋子里都装上钻石，躺下去，把羊拖来盖在自己身上，用缠头把自己绑在羊身上。

等了一会儿，落下一只兀鹰，掳着被宰的羊飞腾起来，一直落到山顶上。它正要啄食羊肉，忽然崖后发出叫喊声和敲木板的响声，兀鹰闻声高飞远逃，我赶紧解开缠头，浑身鲜血淋淋，从地上爬了起来，接着那个叫喊的商人迅速跑过来，他见我站在羊前，吓得哆嗦着不知所措。他翻着死羊看见它身上什么也没有，气得马上哭喊起来：

"多倒霉，哪儿来的魔鬼？夺走了我的珠宝！愿安拉驱逐他。"喊完叫完，他垂头丧气，拼命拍打手掌。

见他这么伤心，我走过去，站在他面前。他不解地问道：

"你是谁？为什么到这儿来？"

"你别害怕。我不是坏人，也是个买卖人，有着悲惨不幸的经历和遭遇，我糊里糊涂就来到了这荒山野岭。你别伤心，我这儿有许多钻石，我会分一部分给你，让你满意。"

听了我的话，商人非常感激，亲切地和我交谈。其他取钻石的商人，见我和他们的伙伴那么友好，也都前来问候、祝福我，邀我与他们结伴而行。我对他们讲了自己的遭遇和流落到山谷中的经过，并且给了那个商人许多钻石，商人非常高兴地说道：

"向安拉起誓，安拉保佑，使你绝处逢生。凡是到这山谷来的人，无一能幸免于难，你算是幸运者。"

我脱离险境，离开蟒蛇成堆的山谷，又回到了人世间，心情轻松极了。

我和商人们呆在一块儿，平静地过了一夜。第二天，同他们一起下山，隐约看见那山谷里的蟒蛇，感到十分后怕。

（《一千零一夜》，纳训译，人民文学出版社，1984）

三、新文科阅读

　　《一千零一夜》对中国友善的想象一个最重要的原因也是征服未果所带来的对中国的认识。阿拉伯人对中国也不是没有过野心，但是阿拉伯人在征服伊朗以后向东推进的远征困难很大，在与中国交界的地方停止下来。这种结果使阿拉伯人认识到中国是强大的。此外，陆上丝绸之路和海上丝绸之路使阿拉伯人了解到的是中国物产的丰富，经济的发达，久而久之，形成了阿拉伯人对中国印象不错的集体想象。

　　对中国的美好想象还得益于先知穆罕默德的圣训，曰："学问即使远在中国，亦当求之。"这句圣训虽然是先知穆罕默德要求伊斯兰教信徒必须富于求知的精神，但我们也可以解读出其中所蕴涵的信息，即中国是一个有学问的国度。显然，阿拉伯人在很久远的年代就已经对中国产生了良好的印象，这种印象通过先知穆罕默德得到了强化，影响了后来的阿拉伯人对中国的认识。从《一千零一夜》中我们可以看到这种影响的痕迹。在《赛义夫·穆鲁克和白迪娅·杰玛尔的故事》中，赛义夫·穆鲁克王子从父亲赠送的礼物包裹上看到上面绣着的一个美丽女子的画像以后，当即迷上了这个姑娘，然而这个姑娘是居住在天国巴比伦城举世无双的伊拉姆·本·阿德花园。赛义夫·穆鲁克王子非此女不娶，老国王只好多方设法，召集群臣商议，但是谁也不知道如何能够找到这美丽的女子，只有一个大臣向国王献策："伟大的陛下，要知道这个地方在哪里，不妨去中国，那是一个很大的国家，也许有人会知道"。（《天方夜谭》729）这话简直就是对先知圣训的一个极佳的注释，是对先知圣训的实践。

（林丰民：《〈一千零一夜〉中的东方形象与对他者的想象》，《外国文学研究》2004
年第 2 期）

四、问题研究

1. 《一千零一夜》中的东方形象

《一千零一夜》中所塑造的东方形象是他者的形象。他者中国、他者印度和他者波斯的形象之间存在着巨大的差异。这种差异产生于阿拉伯人对异族的中国、印度和波斯不同的想象和不同的文化态度。他们长期与不同东方国家交往过程决定了他们对中国和印度的善意与友情，也决定了他们对波斯居高临下的姿态。中国人和印度人在这部作品中基本上呈现出正面的、美好的形象，而波斯人则常常被描述为负面的形象。造成这种差异的原因主要就在于阿拉伯人对印度、中国和波斯的集体想象的不同，而对各不相同的东方民族的集体想象的不同又跟阿拉伯人同这些民族的交往密切相关，与军事的征服、政治的交往、商业的往来和宗教的排他性等因素都有关系。总的来说，《一千零一夜》中塑造的东方形象存在着巨大差异。（参阅林丰民《〈一千零一夜〉中的东方形象与对他者的想象》）

2. 《一千零一夜》对世界文学的影响

《一千零一夜》对世界文学产生了广泛的影响。大约在"十字军"东征时期（1095—1291），《一千零一夜》的故事就被"十字军"带回欧洲，开始对欧洲文学产生影响。薄伽丘的《十日谈》和乔叟的《坎特伯雷故事集》都受到了它的框架式结构的影响，但丁的《神曲》，流浪汉小说《小赖子》和塞万提斯的《堂吉诃德》以及莎士比亚的戏剧《终成眷属》也都或多或少地受到了它的影响。斯威夫特的《格列夫游记》、孟德斯鸠的《波斯人的信札》、大仲马的《基督山伯爵》、卡列维诺的《寒冬夜行人》也都受到了《一千零一夜》的影响。

五、延伸思考

1. 《一千零一夜》的框架式结构和曲折动人的情节

可参考：《一千零一夜》中的故事，是用一种灵妙简便的方式组织在一起的，即用山鲁佐德给山鲁亚尔讲故事作为全书总的结构线索，把众多纷纭歧出的独立故事，灵活而有机地组合在一个庞大的框架之中。这种用一个线索统领全局，再用大故事套小故事，最终形成既有小故事的各自独立，又集结在一个丰富多彩而又完整统一的故事系统的结构，被人们称为"框架结构"。这种结构始源于古印度的寓言故事集《五卷书》。它常常从一个中心故事衍生出来许多偶然的小故事，枝叶纷披。它虽然故事纷繁，但不易使人眼花缭乱，反而有逐渐深入、层次分明之感。这种结构的故事线索大多是单一的，故事沿着单一的线索向前推进。它便于讲者讲故事，也便于听者记忆故事，更便于保存、补充新的故事。无疑，它是当时说故事人的一种需要。

2. 《一千零一夜》中的他者想象

可参考：法国学者巴柔指出"形象因为是他者的形象，故而是一种文化事实；此外，我们说的也是文化的集体形象。它应该被当作一个客体、一个人类学实践来研究。它在象征世界中占有一席之地，且具有功能，我们在这里把这一象征世界称之为'集体想象物'"。他者的形象作为一种"集体想象物"，受到"自我"／"注视者"一方的基本立场的支配。巴柔很详细地把注视异族文化的基本态度做了概括。第一种认为异族文化现实具有绝对的优越性，从而让异族文化凌驾于本民族文化/本土文化之上。"这种优越性全部或部分地影响到异国文化。其结果是本土文化，注视者文化被这个作家或集团视作低劣的。对应于异国文化的正面增值，就是对本土文化的贬低。"（参阅孟华《比较文学形象学》）

3. 《五卷书》和《一千零一夜》比较研究

可参考：《五卷书》是印度著名的寓言故事集，《一千零一夜》则是阿拉伯的民间故事集。《五卷书》在结构、内容、思想、手法四个方面对《一千零一夜》产生了影响。然而在成书时间、写作目的、情节安排以及故事题材四个方面，两部作品又有着各自的鲜明特色。通过对两部故事集的对比分析得出的结论是，在文化的传播过程中文学之间会产生影响，但影响的结果是创造出具有各民族自己特色的民族文学。（参阅李俊璇《影响与再创造——〈五卷书〉与〈一千零一夜〉之比较》）

六、资料参考

当然我们还会举出许多例子，从这些例子中我们不难看出一种历史性的联系。尽管文学不是历史，但它至少可以提供一些线索，创造一些气氛，使我们产生一种历史的遐想。

《一千零一夜》中提到中国，除作为故事展开的背景，更为重要的是作为人物活动的舞台。这种直接的描述是匠心独运、精心构思的。例如几个比较有名的民间故事《辛伯达航海的故事》《阿拉丁的故事》《驼背的故事》等，都是全部或部分把中国作为主人公活动的中心舞台。《一千零一夜》中多次提到中国，正是它产生的那个历史时期阿拉伯和中国开始确定的那种历史性联系的具体反映，它代表了那个时代阿拉伯人对中国的一般认识和普遍感情。

（刘介民：《从民间文学到比较文学》，暨南大学出版社，1998）

　　在民间文学的宏伟巨著中，《沙赫拉扎特》（即《一千零一夜》）是最壮丽的一座纪念碑。这些故事极其完美地表现了劳动人民的意愿，陶醉于美妙诱人的虚构，流畅自如的语言，表现了东方各民族——阿拉伯人、波斯人、印度人——美丽幻想所具有的豪放的力量。

（郅溥浩：《神话与现实——〈一千零一夜〉论》，社会科学文献出版社，1997）

　　讲故事就是为了使故事之讲述不断持续下去，任何故事都具有永无止境向前发展的潜能。故事包含永远再生或永远再现的种子。如果讲故事的功能在于延长讲故事的过程，正如一个人从生到死似乎一直都在心中不断给自己讲故事一样，那么这种功能的价值便是模棱两可的。它一方面通过使故事不断向前发展，将死神挡在门外；同时，它又使讲故事的人和听者的愿望永远得不到满足。

　　任何叙事都不是为了到达终点，而是为了使这根重复的线条、系列或者链条不断向前发展。所有讲故事的过程都以持续发展的方式，将死神挡在门外。同时，它又以永不终结的方式，对有关开头、中部、结尾和根茎的种种男性假定予以致命的打击。这样看来，所有讲故事的人都像珀涅罗珀或山鲁佐德……

（米勒：《解读叙事》，申丹译，北京大学出版社，2002）

　　《一千零一夜》是以"夜"作为单位。它或是在故事具有一定长度时打住，或是在故事的精彩处停顿。每夜结束前，文中写道："山鲁佐德知道天色已明，便停止了讲述……"而在第二天夜里开始讲故事前，文中写道："山鲁佐德对国王说道……"这种以夜为单位的故事叙述艺术，是阿拉伯说书艺人的独创，在世界文苑中堪称一绝。

（郅溥浩：《神话与现实——〈一千零一夜〉论》，社会科学文献出版社，1997）

所能确认的《浮士德》第二部受到的《一千零一夜》的影响，最令人吃惊。这里的庞大情节段落是来自山鲁佐德童话的……第一场中有大量受到《一千零一夜》启发的例子：掘宝主题、化妆舞会的末尾，歌德甚至表示了对《一千零一夜》和山鲁佐德的崇敬。上帝对敏菲斯特说道："多好的运气把你带到这边，莫不是直接来自《天方夜谭》？倘使你也像谢赫娜扎德那样娓娓不倦，我保证让你晋爵加官。"

（郅溥浩：《神话与现实——〈一千零一夜〉论》，社会科学文献出版社，1997）

七、讨论习题

谈谈《一千零一夜》的故事结构对后世的影响。

本节课件

第三节　紫式部《源氏物语》

一、作品导读

紫式部（约978—约1016）是日本古典文学的代表作家，她创作的长篇小说《源氏物语》是日本古典文学名著，对于日本文学的发展产生了巨大的影响，被誉为日本文学的高峰，也是世界上第一部长篇写实小说。紫式部本姓藤原，"紫"是从她创作的《源氏物语》中的女主人公紫姬而来，"式部"来自她父兄担任过的官职名。紫式部出身于贵族家庭，22岁时嫁给比自己年长20岁的藤原宣孝，婚后两年多，丈夫故去。后来紫式部被召入宫，成为一条天皇中宫彰子的侍从女官，为彰子讲解《日本书纪》和《白氏长庆集》，宫廷生活丰富了紫式部的人生阅历，直接影响了她的创作。约1010年夏，紫式部最终完成《源氏物语》全书，前后历时10年。紫式部的作品还有《紫式部日记》《紫式部家集》等，包括随笔、日记、小说以及诗歌等形式。

　　《源氏物语》约成书于 1001 至 1011 年之间，时值日本平安时代，正是藤原道长执政下的贵族社会全盛时期。作品分为两大部分，54 帖（回），文字近百万。第一部（前 44 帖）以光源氏在官场和情场上的生活经历为中心，第二部（后 10 帖）写光源氏之子薰君的生活。小说时间跨度 70 余年，经历 4 代天皇，描绘了 400 多个人物。小说主要以光源氏为主线，描写了他与众多女子的恋情，反映了平安时代贵族社会的风俗人情。主人公光源氏是桐壶天皇和更衣之子，后来娶左大臣的女儿葵姬为妻，同时追逐夕颜、空蝉、末摘花等多位女性，并与继母藤壶私通，生子冷泉。因政局变动，朱雀即位，右大臣和弘徽殿女御掌握实权，光源氏被流放。后来冷泉即位，光源氏被重用，娶了紫姬和三公主，建造了六条院，后因紫姬之死等一系列变故，光源氏出家，郁郁而终。

　　《源氏物语》以宏伟的结构，典雅的语言，"物哀"的审美风格，成为物语文学的经典之作。小说的人物描写十分丰富立体，主要体现在对主人公光源氏和众多女性形象的描写上。如光源氏既是一个相貌出众、多才多艺的贵族公子，又是一个任情而动、用情不专的博爱主义者。小说中的一系列贵族妇女形象，如紫姬、明石姬、末摘花、空蝉、夕颜、藤壶、三公主、浮舟等都性格鲜明，小说中大多数女性的婚姻和爱情都充满了不幸，这部作品写出了平安时期女性悲剧的群像。

　　《源氏物语》作为物语文学，代表了贵族物语小说的最高成就，也开创了"物哀"审美的艺术风格，对后世的日本文学的发展产生了深远的影响，如川端康成的作品就深受《源氏物语》"物哀"风格的影响。《源氏物语》里大量引用了白居易等中国诗人的诗句和中国古典典籍，体现了中日文化的交流。

二、作品节选

第三回　空蝉

　　却说源氏公子当晚在纪伊守家里，辗转不能成眠，说道："我从未受人如此嫌恶，今夜方知人世之痛苦，仔细想来，好不羞耻！我不想再活下去了！"小君默默无言，只是泪流满面，蜷伏在公子身旁。源氏公子觉得他的样子非常可爱。他想："那天晚上我暗中摸索到的空蝉的小巧身材和不很长的头发，样子正和这小君相似。这也许是心理作用，总之，十分可爱。我对她无理强求，追踪搜索，实在太过分了；但她的冷酷也真可怕！"想来想去，直到天明。也不像往日那样仔细吩咐，就在天色未亮之时匆匆离去，使小君觉得又是伤心，又是无聊。

空蝉也觉得非常过意不去。然而公子音信全无。她想："敢是吃了苦头，存戒心了？"又想："倘就此决绝，实甚可哀。然而任其缠绕不清，却也令人难堪。归根结底，还是适可而止吧。"虽然如此想，心中总是不安，常常耽入沉思。源氏公子呢，痛恨空蝉无情，但又不能就此断念，心中焦躁不已。他常常对小君说："我觉得此人太无情了，太可恨了。我想要把她忘记，然而不能随心所欲，真是痛苦！你替我设法找个机会，让我和她再叙一次。"小君觉得此事甚难，但蒙公子信赖，委以重任，又觉得十分荣幸。

小君虽然是个孩子，却颇能用心窥探，等待良机。恰巧纪伊守上任去了，家中只留女眷，清闲度日。有一天傍晚，天色朦胧，路上行人模糊难辨之时，小君赶了他自己的车子来，请源氏公子上车前往。源氏公子心念此人毕竟是个孩子，不知是否可靠。然而也不暇仔细考虑，便换上一套微服，趁纪伊守家尚未关门之时急急忙忙前去。小君只拣人目较少的一个门里驱车进去，请源氏公子下车。值宿人等看见驾车的是个小孩，谁也不介意，也就没有来迎候，倒反而安乐。小君请源氏公子站在东面的边门口等候，自己却把南面角上的一个房间的格子门砰的一声打开，走进室内去。侍女们说："这样，外面望进来看得见了！"小君说："这么热的天，为什么把格子门关上？"侍女回答道："西厢小姐从白天就来这里，正在下棋呢。"源氏公子想道："我倒想看看她们面对面下棋呢。"便悄悄地从边门口走到这边来，钻进帘子和格子门之间的狭缝里。小君打开的那扇格子门还没有关上，有缝隙可以窥探。朝西一望，设在格子门旁边的屏风的一端正好折叠着。因为天热，遮阳的帷屏的垂布也都挂起，源氏公子可以分明望见室内的光景。

座位近旁点着灯火。源氏公子想："靠着正屋的中柱朝西打横坐着的，正是我的意中人吧。"便仔细窥看。但见这个人穿着一件深紫色的花绸衫，上面罩的衣服不大看得清楚；头面纤细，身材小巧，姿态十分淡雅。颜面常常掩映躲闪，连对面的人也不能分明看到。两手瘦削，时时藏进衣袖里。另一人朝东坐，正面向着这边，所以全部看得清楚。这人穿着一件白色薄绢衫，上面随随便便地披着一件紫红色礼服，腰里束着红色裙带，裙带以上的胸脯完全露出，样子落拓不拘。肤色洁白可爱，体态圆肥，身材修长，鬟髻齐整，额发分明，口角眼梢流露出无限爱娇之相，姿态十分艳丽。她的头发虽不甚长，却很浓密，垂肩的部分光润可爱。全体没有大疵可指，竟是一个很可爱的美人儿。源氏公子颇感兴趣地欣赏她，想道："怨不得她父亲把她当作盖世无双的宝贝！"继而又想："能再稍稍稳重些更好。"

这女子看来并非没有才气。围棋下毕，填空眼时，看她非常敏捷；一面口齿伶俐地说话，一面结束棋局。空蝉则态度十分沉静，对她说道："请等一会儿！这里是双活呢。那里的劫……"轩端荻说："呀，这一局我输了！让我把这个角上数一数看！"就屈指计算："十，二十，三十，四十……"机敏迅速，仿佛恒河沙数也不怕数不完似的。只是品格略微差些。空蝉就不同：常常用袖掩口，不肯让人分明看到她的颜貌。然而仔细注视，自然也可看到她的侧影。眼睛略有些肿，鼻梁线也不很挺，外观并不触目，没有娇艳之色。倘就五官一一品评，这容貌简直是不美的。然而全体姿态异常端严，比较起艳丽的轩端荻来，情趣深远，确有牵惹心目之处。轩端荻明媚鲜妍，是个可爱的人儿。她常常任情嬉笑，打趣撒娇，因此艳丽之相更加引人注目，是个讨人喜欢的女孩。源氏公子想："这是一个轻狂女子。"然而在他的多情重色的心中，又觉得不能就此抹杀了她。源氏公子过去看到的女子，大都冷静严肃，装模作样，连颜貌都不肯给人正面看一看。他从来不曾看见过女子不拘形迹地显露真相的样子。今天这个轩端荻不曾留意，被他看到了真相，他觉得对她不起。他想看一个饱，不肯离开，但觉得小君好像在走过来了，只得悄悄地退出。

源氏公子走到边门口的过廊里，在那里站着。小君觉得要公子在这里久候，太委屈了，走来对他说："今夜来了一个很难得来的人，我不便走近姐姐那里去。"源氏公子道："如此说来，今夜又只得空手回去了。这不是教人太难堪么？"小君答道："哪里的话！客人回去之后，我立刻想办法。"源氏公子想："这样看来，他会教这个人顺从我的。小君虽然年纪小，然而见乖识巧，懂得人情世故，是个稳健可靠的孩子呢。"

棋下毕了，听见衣服窸窣之声，看来是散场了。一个侍女叫道："小少爷哪里去了？我把这格子门关上了吧。"接着听见关门的声音。过了一会，源氏公子对小君说："都已睡静了。你就到她那里去，给我好好地办成功吧！"小君心中想："姐姐这人的脾气是坚贞不拔的，我无法说服她。还不如不要告诉她，等人少的时候把公子带进她房间里去吧。"源氏公子说："纪伊守的妹妹也在这里么？让我去窥探一下吧。"小君答道："这怎么行？格子门里面遮着帷屏呢。"源氏公子想："果然不错。但我早已窥见了。"心中觉得好笑，又想："我不告诉他吧。告诉了他，对不起那个女子。"只是反复地说："等到夜深，心焦得很！"

这回小君敲边门，一个小侍女来开了，他就进去。但见众侍女都睡静了。他说："我睡在这纸隔扇口吧，这里通风，凉快些。"他就把席子摊开，躺下了。众侍女都睡在东面的厢房里。刚才替他开门的那小侍女也进去睡了。小君假装睡着，过了一会儿，他拿屏风遮住了灯光，悄悄地引导公子到了这暗影的地方。源氏公子想："不知究竟如何？不要再碰钉子啊！"心中很胆怯。终于由小君引导，撩起了帷屏上的垂布，钻进正房里去了。这时候更深人静，可以分明地听到他的衣服的窸窣声。

空蝉近来看见源氏公子已经将她忘记，心中固然高兴，然而那一晚怪梦似的回忆，始终没有离开心头，使她不能安寝。她白天神思恍惚，夜间悲伤愁叹，不能合眼，今夜也是如此。那个下棋的对手说："今晚我睡在这里吧。"兴高采烈地讲了许多话，便就寝了。这年轻人无心无思，一躺下便酣睡。这时候空蝉觉得有人走近来，并且闻到一股浓烈的香气，知道有些蹊跷，便抬起头来察看。虽然灯光幽暗，但从那挂着衣服的帷屏的隙缝里，分明看到有个人在走近来。事出意外，甚为吃惊，一时不知如何是好。终于迅速起身，披上一件生绢衣衫，悄悄地溜出房间去了。

源氏公子走进室内，看见只有一个人睡着，觉得称心。隔壁厢房地形较低，有两个侍女睡着。源氏公子将盖在这人身上的衣服揭开，挨近身去，觉得这人身材较大，但也并不介意。只是这个人睡得很熟，和那人显然不同，却是奇怪。这时候他才知道认错了人，吃惊之余，不免懊恼。他想："教这女子知道我是认错了人，毕竟太傻；而且她也会觉得奇怪。倘丢开了她，出去找寻我的意中人，则此人既然如此坚决地逃避，势必毫无效果，反而受她奚落。"既而又想："睡在这里的人，倘是黄昏时分灯光之下窥见的那个美人，那么势不得已，将就了吧。"这真是浮薄少年的不良之心啊！

轩端荻好容易醒了。她觉得事出意外，吃了一惊，茫然不知所措。既不深加考虑，也不表示亲昵之状。这情窦初开而不知世故的处女，生性爱好风流，并无羞耻或狼狈之色。源氏公子想不把自己姓名告诉她。既而一想，如果这女子事后寻思，察出实情，则在他自己无甚大碍，但那无情的意中人一定恐惧流言，忧伤悲痛，倒是对她不起的。因此捏造缘由，花言巧语地告诉她说："以前我两次以避凶为借口，来此宿夜，都只为要向你求欢。"若是深通事理的人，定能看破实情。但轩端荻虽然聪明伶俐，毕竟年纪还小，不能判断真伪。源氏公子觉得这女子并无可憎之处，但也不怎么牵惹人情。他心中还是恋慕那个冷酷无情的空蝉。他想："她现在一定躲藏在什么地方，正在笑我愚蠢呢。这样固执的人真是世间少有的。"他越是这么想，偏生越是想念空蝉。但是现在这个轩端荻，态度毫无顾虑，年纪正值青春，倒也有可爱之处。他终于装作多情，对她私立盟誓。他说："有道是'洞房花烛虽然好，不及私通趣味浓'。请你相信这句话。我不得不顾虑外间谣传，不便随意行动。你家父兄等人恐怕也不容许你此种行为，那么今后定多痛苦。请你不要忘记我，静待重逢的机会吧。"说得头头是道，若有其事。轩端荻绝不怀疑对方，直率地说道："教人知道了，怪难为情的，我不能写信给你。"源氏公子道："不可教普通一般人知道。但教这里的殿上侍童小君送信，是不妨的。你只装作若无其事的样子。"他说罢起身，看见一件单衫，料是空蝉之物，便拿着溜出房间去了。

（紫式部：《源氏物语》，丰子恺译，人民文学出版社，1983）

三、新文科阅读

日本学者研究中国古典文学，实际上是在为日本民族文学文化寻根，中国学者研究日本古典文学是通过一面镜子反观传统中国文学文化的国粹精华。迅速融入他国文学文化当中被他者吸收，并能滋养他国文学文化的汉文学文化，有着顽强的生命力且饱含滋润人类心灵的养分。日本文学局部描写细腻，情感表达温婉、些微，感情基调平稳、含蓄且绵延，即便是描写激烈冲突与沉痛哀伤，均回避正面叙写，让一股情感绵绵地浸润、渗透在文本中，虽纤柔幽远，却具备很强的穿凿力。这一文学文化特色与我国中原文化中刚烈、壮美的"血性"文学文化意识相异。中日文学文化比较研究有着巨大的探讨空间。

（杨芳：《〈红楼梦〉与〈源氏物语〉时空叙事比较研究》，世界图书出版广东有限公司，2014）

在真正意义上将散文与韵文融为一体的无疑是紫式部的《源氏物语》。

紫式部第一次把创作物语与歌物语完美地结合在一起，并在物语创作方法上既继承了物语写实加虚构的传统，又注重描写人物的内心世界。用文叙事、以歌抒情，使原本单调的物语文学变得丰满起来。

......

《源氏物语》不仅在内容与题材上没有丝毫粗陋低俗的痕迹，在文章技法上也达到了紫式部唯"雅"为最高境界的极致。全书五十四卷工整统一，语句优美流畅，用词典雅洗练；在语言上的搭配上千变万化，极富个性。此外，紫式部在馥采典文、辞直义畅、博喻酿采、高论宏裁、摈古竟今等诸多方面，在日本文学史上堪称空前绝后。

......

《源氏物语》没有《长恨歌》那样的道德上的批判，它所写的是纯粹的爱情与悲伤，展现出了深刻的悲愁的境界。它参照、引用甚至以迭影的方式套用了《长恨歌》的框架以及爱情方面的"长恨"的意识源泉，并将它置于日本平安朝文化的背景之下，使之得到修正与拓展。

（姚继中：《〈源氏物语〉与中国传统文化》，中央编译出版社，2004）

四、问题研究

1. 《源氏物语》中的"物哀"

"物哀"是日本文学传统的审美范畴，指在悲中求其状，哀中展其美。这种思想和情感表现为对自然景物和现实人生的感物兴叹。《源氏物语》中，"以'真实'为根底，将'哀'发展为'物哀'，从简单的感叹到复杂的感动过程，从而深化了主体感情，并由理智支配其文学素材，使'物哀'的内容更为丰富和充实，含有赞赏、亲爱、共鸣、同情、可怜、悲伤的广泛含义，而且其感动的对象超出人和物，扩大为社会世相"。日本江户国学家本居宣长认为，"物哀"在《源氏物语》中表现得最完美，是《源氏物语》的基本精神（或本质）。他在《〈源氏物语〉玉小栉》中指出："在诸多物语之中，唯《源氏物语》最为优秀，可以说是无与伦比的。先前的古物语的任何故事，都没有写得如此深深地渗入人心，任何的'物哀'都没有如此纤细、深沉。"又说："在人的种种感情中，只有苦闷、忧愁、悲哀——即一切不能如愿的事，才是使人感受最深的。"

2. 作者对主人公源氏的刻画是充满矛盾的

在主观上，毫无疑问作者是把他作为一个理想人物来塑造的，故对他进行多方面的美化。源氏不仅相貌俊美无比，"竟不像是尘世间的人"，而且聪明颖悟、才华超群，不论吟诗作文、弹琴绘画、唱歌跳舞皆胜人一筹。同时他还是一个既具有济世救国的才能，又有雍容大度的政治家风度的人，在错综复杂的宫廷斗争中，不重名利，表现了容忍和退让。尤其是他非常温柔多情，对女性关怀体贴，有情有义，有始有终，深得女性青睐。特别是写他在官位高升、飞黄腾达之时，仍不忘旧情，把他一生结识过的主要妇女都接到六条院中，共享荣华，作者把他美化到极点。然而作者主观上所向往的这种理想贵族在现实中是难以找到的。冷峻的社会现实和严肃的写实精神，促使作者深刻地开掘了源氏的生活领域及内心世界，由此真实地反映了这一贵族阶层所固有的本质。实际上源氏一生从 12 岁到 52 岁的 40 年生涯中，政治上并未有任何业绩，生活上更是放荡形骸，在小说中，作者通过源氏的一生展示了平安时代贵族从荣华到没落以致精神崩溃的历史命运，使这个人物在许多方面体现了贵族阶级的本质特征。源氏一生荒淫放荡的生活经历正是贵族社会的产物。而他性格的种种表现也是在大贵族掌握政治实权的错综复杂的历史条件下形成的。"摄政关白"时代的日益腐朽没落的社会现实，也就是主人公在生活上、政治上，从追求到彷徨、从悲观厌世到精神破灭的悲剧性结果的根本原因。

五、延伸思考

1. 《源氏物语》是如何表达女性悲剧的？

可参考：《源氏物语》中塑造了上、中、下层贵族妇女群像，这些女性虽然有不同的地位、身份，但都无法逃脱悲剧的命运。无论是皇妃、公主、贵妇，还是中等阶层的妇女，无不是在悲哀、苦恼和不幸中生活着，也都处于爱而不得的处境中。如被爱情折磨得嫉妒成性、哀怨绝望的六条妃子；与源氏乱伦，一生为犯罪感折磨的藤壶妃；最受源氏宠爱，对源氏的朝秦暮楚、到处渔色的行为很是不满但又努力隐忍的紫姬；政治婚姻的牺牲者葵姬、三公主；既对源氏的追求抗拒到底，但又爱恋着源氏而承受着巨大精神痛苦的空蝉；为攀附权贵、忍辱负重的明石姬；古板教条、容貌丑陋、委曲求生的末摘花；性格温顺、薄命如纸的夕颜；等等。作者把她们放在特定的气氛中刻画她们的性格，以细腻的笔触一一描绘出她们在一夫多妻制盛行、妇女无社会地位的情况下所遭遇的种种不幸和苦痛。这些妇女，无论身份高低，其处境都是一样的，都成了贵族社会的被损害者和牺牲品。其结局或出家为尼，或英年早逝，都充满悲剧色彩。我们从众多妇女的内心苦恼和痛苦遭遇中，也就了解到了平安时代女性的不幸命运。

2. 谈谈《源氏物语》与中国文学的关系

可参考：《源氏物语》与中国文学的关系密切。小说中广泛地采用了汉诗文，引用中国文学典籍200余次，涉及著作20余种，其中引用白居易的诗句就达90余处，涉及李白诗40余篇，并将《礼记》《战国策》《史记》《汉书》等中国史实和典故巧妙地融入故事情节中，加强了人物刻画的深度，提高了作品的艺术感染力，使该作品充满浓郁的中国古典文学意境。此外，作品中还处处体现着中国古代文化的气息，宫廷贵族的书画、乐器、服装、装饰品和生活用品中不乏中国古代艺术品，这既是两国古代文化交流的结果，也是古代中国文学、文化对平安时代文学产生的重要影响的反映。

3. 何谓"物语"？谈谈《源氏物语》作为物语文学的代表性

可参考：日文"物语"一词，意为故事或杂谈。物语文学是日本古典文学的一种体裁，产生于平安时代（公元10世纪初）。它在日本民间评说的基础上形成，并接受了我国六朝、隋唐传奇文学的影响。《源氏物语》之前，物语文学分为两个流派，一为创作物语（如《竹取物话》《落窪物语》等），纯属虚构，具有传奇色彩；一为战记物语（如《伊势物语》《大和物语》等），以和歌为主，大多属客观叙事或历史记述。《源氏物语》开辟了日本物语文学的新道路，使日本古典现实主义文学达到一个新的高峰。作品把创作物语与和歌物语结合起来，并在物语创作方法上继承了写实的传统，摒弃物语只重视史实，缺少心理描写的缺陷，认为物语不同于历史只记述表面的粗糙的事实，其真实价值和任务在于描写人物的内心世界，因而对物语的创作进行了探索和创新。（参阅叶渭渠《源氏物语》）

六、资料参考

紫式部的创作不可避免地有其历史和阶级的局限性。她既不满当时的社会现实，哀叹贵族阶级的没落，却又无法彻底否定这个社会和这个阶级；她既感到"这个恶浊可叹的末世……总是越来越坏"，可又未能自觉认识贵族阶级灭亡的历史必然性，所以她在触及贵族腐败政治的时候，一方面谴责了弘徽殿一派的政治野心和独断专行，另一方面又袒护源氏一派，并企图将源氏理想化，作为自己政治上的希望和寄托，对源氏政治生命的完结不胜其悲。书中第四十一回只有题目《云隐》而无正文，以这种奇特的表现手法来暗喻源氏的结局，正透露了作者的哀婉心情。

另外在写到妇女命运的时候，她一方面对她们寄予深切的同情，另一方面又把源氏写成一个有始有终的妇女的庇护者，竭力美化源氏，在一定程度上对源氏表示同情与肯定。

此外，作品中还充满了贵族阶级的美学情趣、佛教的因果报应思想，以及虚空感伤的情调。

（紫式部：《源氏物语》，丰子恺译，上海译文出版社，2019）

《红楼梦》与《源氏物语》都隶属于东方文学文化体系，都以古雅的民族语言构筑了真实而虚幻的情趣世界。曹雪芹重构明清时代充满中国风物情味的家族社会，大家族成员的一言一行、一事一物都集中体现中国人传统的思维方式、审美趣味与民风民俗。紫式部重构日本平安时期宫廷贵族社会特有的风物人情，叙写平安朝贵族社会四代人的悲欢离合与言不尽的情怨哀愁。《红楼梦》与《源氏物语》包容中国、日本封建社会物质文化、制度文化、精神文化三个基本层面的内容，是中国古代文学文化及日本贵族文学文化回顾与总结的浓缩艺术表现形式。

［杨芳：《〈红楼梦〉与〈源氏物语〉时空叙事比较研究》，世界图书出版广东有限公司，

2014］

《源氏物语》以引用《长恨歌》开篇，会产生什么样的效果呢？一般说来，有意识地引用某一作品，应该以这一作品事先已为读者所熟知为前提。以杨贵妃为例，如果读者不知晓《长恨歌》，那么就没有引用的效果。可以说，读者开始阅读《源氏物语》后，面向未知的未来，越读越会通过引用已知的女性的命运而使之与主人公的命运相重叠。作者是在读者若明若暗的期待中，描述了崭新的人物形象和人生轨迹。

为桐壶帝深爱的桐壶更衣的人生预测是阴暗的，或许会像杨贵妃那样引发战乱，或许会被斩首而断送一生。即使是追随威震一方的帝王，如同杨贵妃那样深受帝王的宠爱，在死后也只能是使汉皇悲叹不绝，缅怀芳魂，留下深深的遗恨。

这便是圆满的效果。用简洁的语言道出千言万语的寓意，表述帝王的宠爱之深，进而充分说明"滔天大祸"之甚。

（中西进：《源氏物语与白乐天》，马兴国、孙浩译，中央编译出版社，2001）

《源氏物语》最大的特色，就在于它的象征性。毋庸置疑，贯穿《源氏物语》通篇五十四卷的主旋律就是爱与美。而这种爱与美融为一体的审美意识，只能是"象征性的美"。柏拉图就理想的美指出了"美的理念"，并由此对真、善、美作了概念性区别。他所认定的美是一种纯粹的，亦或是美的理想形态，所以，他的"美的理念"通常被认为难以与其他的审美观融合。然而，近年来欧美世俗社会的风潮已将美的意识扩大，把女性的肉体美也融入到美的范畴。因此，原先的"美"这一词就十分轻率地把"爱"与"美"捆绑在了一起。其结果是，爱就成了性爱，与友爱、博爱对立了起来。《源氏物语》中的男女人物形象错综复杂，倘若将其比喻成音乐的话，犹如合奏一般，有的是琴，有的似筝，有的如笛，相互配合，互为默契。合奏的每一个音符都描绘出人与人心中的微妙情感，合奏的旋律使人感受到人物心理深层的颤动，而自始至终不变的基调则让人洞察到了爱的真谛。缪斯给人间带来的爱，也只能建立在象征的美之上。

（野岛芳明：《源氏物语交响乐》，姚继中译，重庆大学出版社，1999）

首先要从作品所表现的、确认其具有关联的部分入手。而且，表征最为明显的当属语言，所以可从有关字句入手，溯本追源。这样，中世以来的注释家取为典据的原著；近代的研究者，或指出多所摘引的，诸如《白氏文集》《史记》《汉书》《晋书》《文选》《游仙窟》《述异记》《西京杂记》《战国策》《礼记》《管子》《元稹诗集》；或指出有所参照的，诸如《白氏文集》《诗经》《史记》《汉书》《孝经》《仪守》《老子》《庄子》《管子》《归去来辞》《游仙窟》等；举凡与之有所关联之处，都要重新加以比较分析，循此方法进行探讨。

我先以探求对《源氏物语》给以影响的中国文学渊源为第一阶段，摘出源于中国文学作品的词句，加以整理，再依次究明纯粹意义上的——按照比较文学的方法——影响关系。摘出词句时，是按照这样的分类来进行的：痕迹非常明显，直接摘引中国文学作品的，作为第一类；媒介诗文比较鲜明，对类似事物，借用媒体词句加以表现或说明的，作为第二类；列为第三类的是：不直接借用媒体词句，也不作显而易见的提示，但从表现上的类似，查其含意解释，可以推断在其背后隐含着中国文学的因素，从而可使鉴赏的兴味大为提高。按此分类整理之后，再以此为依据，进而考察其构思主题。利用这样的几种网眼不同的网，是不会没有收获的。假如整理得严格有序，被这种网眼捞获的作品很多，或者即使频度不大，那直接引用的明显的依据也会以其影响关系的深厚而浮现出来。这样处理之后，便可看出过去研究者一致提出的中国文学作品，并非全都与《源氏物语》处于同样的距离，这就可以按一定的远近法，重新加以排列。

（丸山清子：《源氏物语与白氏文集》，申非译，国际文化出版公司，1985）

紫式部的文学观，是建立在日本传统的写实的"真实"和浪漫的"物哀"的基础上，同时大量吸收中国文学理念和方法，并且适当调和融合二者，从而形成自己独特的文学性格。

（叶渭渠、唐月梅：《中国文学与〈源氏物语〉——以白氏及其〈长恨歌〉的影响为中心》，《中国比较文学》1997年第3期）

七、讨论习题

试分析比较《源氏物语》与《红楼梦》的思想内容或人物形象。

本节课件

第三章　14—16 世纪文学

第一节　塞万提斯《堂吉诃德》

一、作品导读

米盖尔·德·塞万提斯·萨阿维德拉（Miguel de Cervantes Saavedra，1547—1616），西班牙文艺复兴时期著名的小说家、戏剧家和诗人。他的长篇小说《堂吉诃德》被狄更斯、福楼拜、托尔斯泰等人誉为第一部现代长篇小说（Novel），他本人也被评为"现代小说之父"。除了闻名世界的《堂吉诃德》上下两卷，塞万提斯还创作了田园小说《伽拉苔娅》、长篇小说《佩尔西雷斯和塞西斯蒙达》、中短篇小说集《训诫悦集》、剧本《被围困的努曼西亚》以及长诗《帕尔纳索斯之旅》等作品，是西班牙文学世界里最伟大的作家。

相比于英法等国，西班牙的人文主义思想产生较晚，这一方面与西班牙国内严肃的政治与狂热的宗教氛围有关，另一方面也与西班牙被比利牛斯山隔离于人文主义发达的法国之外的地理位置相关。"1516 年，卡洛斯一世，即神圣罗马帝国皇帝查理五世即位，由于哈布斯堡家族登上西班牙王位，外加在美洲的征服者展开的活动，使西班牙在这段历史时期内逐渐位居世界上最强大的国度之一。"[1]但西班牙的强盛历史并没有持续很久，1588 年，西班牙无敌舰队在海上大败，这一事件成了西班牙衰落的历史象征，但 16 世纪后半叶的西班牙却在闭关锁国的政策中仍旧沉醉于最强帝国的美梦中。塞万提斯的《堂吉诃德》就诞生于这样的历史背景中。1594 年，塞万提斯被委任为格拉纳达境内的收税员，几度因未及时收缴税款上交国库而被捕入狱，《堂吉

---

[1] 简·莫里斯：《西班牙：昨日帝国》第 2 版，朱琼敏译，东方出版中心，2018，第 220 页。

诃德》正是他在塞维利亚监狱中产生的创作念头，最终问世于 17 世纪初期。

《堂吉诃德》原名为《奇情异想的绅士堂吉诃德·台·拉·曼却》，分上下两部。上卷 52 章，出版于 1605 年，记载了堂吉诃德两次出游的神奇经历。作品的主人公吉哈达是一位来自西班牙拉·曼却地区的穷绅士，他身材瘦削，面貌清癯，虽然已经五十多岁，却狂热地爱上阅读骑士小说，并意图像小说中的骑士英雄们一样出门远游，扫除一切暴行，争得生前身后之名。在第一次旅行中，堂吉诃德把大路旁的一家客店当成了城堡，并要求城堡的主人，实际上是客店老板为他举行骑士受封仪式，就像无数骑士小说中描写的那样。客店老板虽然一直嘲笑堂吉诃德，但担心他的疯癫会使店里受灾，便在一系列荒唐的动作中完成了所谓的封赠仪式。之后，堂吉诃德听从"城堡主人"的劝告，准备回家为自己置办行装以及招收仆人。堂吉诃德的第二次出行就带上了他的邻居，当时已经成为他的侍从的桑丘·潘沙。后者家里很穷，正想着如何挣钱，就接受了堂吉诃德的招揽，准备骑上自家的骡子和堂吉诃德出门一起碰碰运气。在接下来的旅途中，两人遭遇了一系列荒诞不经的故事。例如堂吉诃德把风车当作巨人大战一场，把贵妇人当作受难的公主因而与其仆从展开战斗，把羊群当成军队举枪乱刺，等等，其中还穿插了一些当时常见的爱情故事片段。最终，在本堂神甫和理发师的配合下，几人成功将堂吉诃德骗回了家。之后，在 1615 年出版的下卷 74 章中，塞万提斯描写了堂吉诃德的第三次出游以及桑丘·潘沙在公爵夫妇的捉弄下如愿做了海岛总督的故事。最终，堂吉诃德因败于邻居参孙假扮的"白月骑士"之手而被迫回家，桑丘也结束了总督的工作，遭受 3300 鞭来使堂吉诃德假想的心上人摆脱魔法的困扰。回家后的堂吉诃德经历了一场重病，最终逝世，但在临死之时，堂吉诃德表示自己"以前成天成夜读那些骑士小说，读得神魂颠倒；现在觉得心里豁然开朗，明白清楚了。现在知道那些书都是胡说八道，只恨悔悟已迟"。①

尽管在《堂吉诃德》下部出版之后一年，塞万提斯即已去世，但他和他的这部作品已经成了世界文学史中当之无愧的瑰宝。从 17 世纪到 21 世纪，塞万提斯的《堂吉诃德》逐渐得到越来越严肃的对待，透过文本中那些荒诞、笑闹、欢快的情节，我们可以看到塞万提斯对人性、历史乃至政治生活等等的深刻洞察。

---

① 塞万提斯：《堂吉诃德》下册，杨绛译，人民文学出版社，1978，第 511 页。

二、作品节选

堂吉诃德 第一部第一章 节选

著名绅士堂吉诃德·台·拉·曼却的品性和日常生活。

不久以前，有位绅士①住在拉·曼却的一个村上，村名我不想提了。他那类绅士，一般都有一支长枪插在枪架上，有一面古老的盾牌、一匹瘦马和一只猎狗。他日常吃的砂锅杂烩里，牛肉比羊肉多些②，晚餐往往是剩肉凉拌葱头，星期六吃煎腌肉和摊鸡蛋③；星期五吃扁豆④；星期日添只小鸽子：这就化了他一年四分之三的收入。他在节日穿黑色细呢子的大氅、丝绒裤、丝绒鞋，平时穿一套上好的本色粗呢子衣服，这就把余钱化光。他家里有一个四十多岁的管家妈，一个二十来岁的外甥女，还有一个能下地也能上街的小伙子，替他套马、除草。我们这位绅士有五十来岁，体格很强健。他身材瘦削，面貌清癯，每天很早起身，喜欢打猎。据说他姓吉哈达，又一说是吉沙达，记载不一，推考起来，大概是吉哈那。不过这点在本书无关紧要，咱们只要讲来不失这故事的真相就行。

且说这位绅士，一年到头闲的时候居多，闲来无事就埋头看骑士小说，看得爱不释手，津津有味，简直把打猎呀、甚至管理家产呀都忘个一干二净。他好奇心切，而且入迷很深，竟变卖了好几亩耕地去买书看，把能弄到手的骑士小说全搬回家。他最称赏名作家斐利西阿诺·台·西尔巴⑤的作品，因为文笔讲究，会绕着弯儿打比方；他简直视为至宝，尤其是经常读到的那些求情和怨望的书信，例如："你以无理对待我的有理，这个所以然之理，使我有理也理亏气短；因此我埋怨你美，确是有理。"又如："……崇高的天用神圣的手法，把星辰来增饰了你的神圣，使你能值当你的伟大所当值的价值。"

可怜的绅士给这些话迷了心窍，夜里还眼睁睁醒着，要理解这些句子，

---

① 原文 hidalgo，指不事生产劳动，专靠剥削为生的地主，但没有爵位，还算不上贵族，是平民与贵族之间的阶级。他们世代信奉基督教，是纯粹西班牙血统，不混杂摩尔人或犹太人的血。

② 西班牙那时期的羊肉比牛肉贵。

③ 原文 duelos y quebrantos，　星期六在西班牙是吃小斋的日子，不吃肉，可是准许吃牲畜的头、尾、脚爪、心、肝、肠、胃等杂碎，称为 duelos y quebrantos。但各地区、各时期习俗不同，在塞万提斯的时代，在拉·曼却地区，这个菜就是煎腌肉和摊鸡蛋。

④ 星期五是天主教的斋日，不吃肉。

⑤ 塞万提斯同时代的骑士小说作家。

探索其中的意义。其实，即使亚理斯多德特地为此还魂再生，也探索不出，也不会理解。这位绅士对于堂贝利阿尼斯①使人受的伤和自己受的伤，总觉得不大合式，因为照他设想，尽管外科医生手段高明，伤口治好了也不免留下浑身满脸的瘢疤。不过话又说回来，作者在结尾声明故事还未完待续，这点他很赞成。他屡次手痒痒地要动笔，真去把故事补完。只因为他时时刻刻盘算着更重要的事，才没有这么办，否则他一定会动笔去写，而且真会写出来。他常和本村的神父（西宛沙大学②毕业的一位博学之士）争论骑士里谁最杰出：是巴尔梅林·台·英格拉泰拉呢，还是阿马狄斯·台·咖乌拉？可是本村的理发师尼古拉斯师傅认为他们都比不上太阳骑士，能和太阳骑士比美的只有阿马狄斯·台·咖乌拉的弟弟堂咖拉奥尔，因为他能屈能伸，不是个谨小慎微的骑士，也不象他哥哥那么爱哭；论勇敢，他一点不输他哥哥。

　　长话短说，他沉浸在书里，每夜从黄昏读到黎明，每天从黎明读到黄昏。这样少睡觉，多读书，他脑汁枯竭，失去了理性。他满肚子尽是书上读到的什么魔术呀、比武呀、打仗呀、挑战呀、创伤呀、调情呀、恋爱呀、痛苦呀等等荒诞无稽的事。他固执成见，深信他所读的那些荒唐故事都是千真万确的、世界上最真实的信史。他常说：熙德·如怡·狄亚斯③是一位了不起的骑士，但是比不上火剑骑士；火剑骑士只消把剑反手一挥，就把一对凶魔恶煞也似的巨人都劈成两半。他尤其佩服贝那尔都·台尔·咖比欧，因为他仿照赫拉克利斯用两臂扼杀地神之子安泰的办法，在隆塞斯巴列斯杀死了有魔法护身的罗尔丹。他很称赞巨人莫冈德，因为他那一族都是些傲慢无礼的巨人，唯独他温文有礼。不过他最喜欢的是瑞那尔多斯·台·蒙达尔班，尤其喜欢他冲出自己的城堡，逢人抢劫，又到海外把传说是全身金铸的穆罕默德的像盗来。他还要把出卖同伙的奸贼咖拉隆狠狠地踢一顿，情愿赔掉一个管家妈，甚至再贴上一个外甥女作为代价。

　　总之，他已经完全失去理性，天下疯子从没有象他那样想入非非的。他要去做个游侠骑士，披上盔甲，拿起兵器，骑马漫游世界，到各处去猎奇冒险，把书里那些游侠骑士的行事一一照办：他要消灭一切暴行，承当种种艰险，将来功成业就，就可以名传千古。他觉得一方面为自己扬名，一方面为

---

① 骑士小说里的英雄。下面举的都是骑士小说里的人物，本书第六章一一提到那些小说。
② 一所小规模的大学，这类大学是当时人经常嘲笑的。
③ 熙德·如怡·狄亚斯（Cid Ruy Díaz）是 11 世纪的西班牙民族英雄。

国家效劳，这是美事，也是非做不可的事。这可怜家伙梦想凭双臂之力，显身成名，少说也做到个特拉比松达①的皇帝。他打着如意算盘自得其乐，急要把心愿见诸实行。他头一件事就是去擦洗他曾祖传下的一套盔甲。这套盔甲长年累月堆在一个角落里没人理会，已经生锈发霉。他用尽方法去擦洗收拾，可是发现一个大缺陷，这里面没有掩护整个头脸的全盔，光有一只不带面甲的顶盔。他巧出心裁，设法弥补，用硬纸做成个面甲，装在顶盔上，就仿佛是一只完整的头盔。他拔剑把它剁两下，试试是否结实、经得起刀剑，可是一剑斫下，把一星期的成绩都断送了。他瞧自己的手工一碰就碎，大为扫兴。他防再有这种危险，用几条铁皮衬着重新做了一个，自以为够结实了，不肯再检验，就当它是坚牢的、带面甲的头盔。

（塞万提斯：《堂吉诃德》上册，杨绛译，人民文学出版社，1978）

三、新文科阅读

西班牙历史大事记

在腓尼基人、希腊人、迦太基人与罗马人的影响下，西班牙由毫无生机的蛮荒之地成为罗马最为发达的行省。	公元前 11 世纪　腓尼基人建立贸易中心。 公元前 6 世纪　希腊人建立殖民地。 公元前 218 年　第二次布匿战争开启了罗马人的西班牙征服战。
西哥特国王延续了罗马的制度，统治了基督教西班牙 300 年，建都托莱多。	409 年　汪达尔人与其他蛮族南侵西班牙。 414 年　西哥特人入侵西班牙，不久成为统治者。 589 年　罗马天主教成为西班牙的国教。
摩尔人用两年时间占领西班牙大部疆土，但在后续七个世纪间与幸存的北方基督教王国战火不断，而后者在收复失地运动中一路南下。	711 年　穆斯林入侵西班牙。 718 年　科瓦东加战役，北方幸存基督教徒获胜。 756 年　科尔多瓦哈里发国家建立。 1085 年　基督徒夺回托莱多。

---

① 据骑士小说，勇敢的骑士瑞那尔多做了这地方的皇帝。

15 世纪末见证了西班牙最为壮观的胜利时刻。天主教双王领导下实现统一的西班牙将最后一批摩尔人逐出国门，将它的探险家送到新世界，并将社会重新组织起来，维护天主教纯正性。	1479 年 卡斯蒂利亚和阿拉贡在伊莎贝拉和斐迪南的统治下统一。 1480 年 引入宗教法庭。 1492 年 攻克格拉纳达。 　　　　哥伦布起航前往美洲。 　　　　驱逐犹太人。
哈布斯堡家族登上西班牙王位，外加在美洲的征服者开展的活动，使西班牙在一段短促的历史时期内位居世界上最强大的国度之一。	1516 年 卡洛斯一世，即神圣罗马帝国皇帝查理五世继位。 1519 年 科尔特斯登陆墨西哥。 1532 年 皮萨罗登陆秘鲁。 1556 年 腓力二世继位。
无敌舰队屈辱战败，打击了西班牙的自信，而在接下来的 4 个世纪间，它一路衰败：失去了它的帝国，在欧洲的一系列战争无果而终，王位继承战永不停息，最终导致了西班牙内战的终极灾难。	1588 年 无敌舰队大败。 1609 年 驱逐摩里斯科人。 1700 年 王位继承战将波旁家族送上王位。 1808 年 法国人占领西班牙。 1811 年 继委内瑞拉宣布独立后，其他南美共和国随之独立。 1833 年 第一次卡洛斯战争。 1874 年 第二次卡洛斯战争。 1898 年 美西战争。 1931 年 宣布共和。 1936 年 西班牙内战。
近 40 年间，内战梦魇让西班牙变得麻木、犹豫不前，在弗朗西斯科·佛朗哥的独裁统治下，走向与世隔绝的终点，世界主义和物质主义价值观最终战胜古老的孤立传统。	1938 年 佛朗哥将军成为国民政府首领。 1939 年 国民军内战获胜。 1953 年 与美国缔结条约。 1955 年 加入联合国。
随着佛朗哥王朝的终结，民主的水闸打开，变革喷涌而入，西班牙陷入了一种不确定性——激动兴奋但也可能危机四伏。	1975 年 佛朗哥去世，胡安·卡洛斯成为国王，民主国家成立。

（简·莫里斯：《西班牙：昨日帝国》第 2 版，朱琼敏译，东方出版中心，2018）

　　欧洲中世纪的职业军人想试着建立一种互助组织，可以相互扶助，维护共同利益。出于这种密切团结的需要，骑士制及骑士精神就此应运而生。

　　……

　　这些骑士准则或骑士精神在欧洲各地不尽相同，但它们无一例外地强调

"服务精神"和"敬忠职守"。"服从"在中世纪被认为是高尚的品德，只要你工作出色、恪尽职守，做一个善于服从的仆人并不是什么丑事。至于忠诚，当处于一个必须忠实履行许多职责才能维持正常生活的时代，当然会成为骑士们第一重要的品德。

成为年轻骑士的一个重要仪式就是起誓永远忠于上帝、忠于国王。此外，他还要允诺向那些比自己更穷苦的人们慷慨解囊。他发誓要行为谦卑，言辞适当，永不夸耀自己的功绩。他将与所有的受苦大众做朋友，当然那些穆斯林除外。

骑士的这些誓言其实只是《摩西十诫》的中世纪话语版。围绕着它们，骑士们还发展出一套关于礼貌和行为举止的复杂礼仪。中世纪的骑士努力以亚瑟王的圆桌骑士和查理曼大帝的宫廷贵族为榜样，正如普罗旺斯骑士的抒情诗或歌颂骑士英雄的史诗向他们述说的那样。他们期望自己像朗瑟罗一样英勇无敌，忠诚如罗兰伯爵。不管他们衣着多么简朴甚至褴褛，不管他们是不是囊中羞涩，钱财不丰，但始终保持着文明的举止和优雅的谈吐，从不敢玷污骑士的声名。

就这样，骑士团队变成了修习教养的最好学校，而教养和礼仪正是和谐社会生活的发酵剂。骑士精神意味着谦虚有礼，向周围世界展示什么样的穿着和进餐方式是合宜的、如何彬彬有礼地邀女士共舞，以及其他成百上千日常生活的礼节。这些东西都有助于使生活变得更有趣，更显得雅致。

（亨德里克·威廉·房龙：《人类的故事》，郭亚卿译，北方文艺出版社，2018）

《词与物》主要阐述福柯的"话语实践理论"。在书中，福柯首先提出一个观点。认为"承担科学话语的个人在其环境、作用、知觉能力和实际可能上无不被统治和支配着他们的历史条件所决定"。而且正是这种条件提供了认识文化和知识形态的基础。在这里，作者批判了传统的主体观，提出"人的死亡"的观点，认为人不是一种自然事实，而是一种历史性的知识建构，弗洛伊德开创的精神分析学、列维-施特劳斯的结构主义等，是对现存占统治地位的知识形态的颠覆，它们使这些传统的知识形态"非合法化"；认为现代的哲学已经超越了追求真理、追求人的解放的境地。福柯特别批判了萨特的存在主义哲学，认为存在主义是"资产阶级为反对马克思而建立的最后一道防线"。接着，福柯分析了西方历史上的三个不同历史时期的知识形态。他认为，文艺复兴时代的知识形态、古典时代的知识形态和现代的知识形态是三种不同类型。在文艺复兴时代，词与物之间以"模仿"为原则建立起联系，而启蒙运动开创的古典时代则以"同一和差异"为原则建立起联系，这种表征系统成为语法、自然史和经济分析的基础。世界进入现代之后，在现代人文科学认知方式的影响下，人们又"返回了语言"，并且发现语言是一个"粗暴的存在"。因此，在当代，语言反映世界与存在的真实性已经越来越受到怀疑，越来越受到批判。福柯认为，古典的词与物的表征系统向现代方式的转变带来了知识系统的分裂，原本融为一体，以"科学"为名的知识体系被分裂成两个独立的系统，即人文科学和自然科学。最后，福柯认为，伴随着知识系统的前进，人类的知识体系仍然会存在着分裂的可能，新的知识体系将会出现。

（金歌等：《中外名著博览·人文社科》，上海科学技术文献出版社，2015）

四、问题研究

1. 堂吉诃德形象分析

堂吉诃德是世界文学史上杰出的艺术典型。在他的身上，我们既可以看到荒诞可笑的一面，又可以看到崇高可爱的一面。杨绛在翻译《堂吉诃德》时，曾经引用英国作家约翰的话说："'堂吉诃德的失望招得我们又笑他，又怜他。我们可怜他的时候，想到了自己的失望；我们笑他的时候，自己心上明白，他并不比我们更可笑。'可笑而又可爱的傻子是堂吉诃德的另一种面貌。"[①]

从荒唐可笑的一面来看，堂吉诃德的身上充满了错乱和悖谬。例如他身材瘦削，面貌清癯，面对假想的敌人精力充沛，却又常常显示出疲惫不堪的一面；他要去做一个巡游世界的游侠骑士，但盔甲却破烂不堪，用硬纸板做的面甲也不堪一击，碎在自己的剑下，只好随便用几条铁皮衬着重新做一个，就当它是一个结实的头盔；他的马儿"蹄子上的裂纹比一个瑞尔所兑换的铜钱还多几文"，比"郭内拉（15 世纪意大利君主宫里的滑稽家）那只皮包瘦骨的马还毛病百出"，但堂吉诃德却把它看作马中希世难得的骏马；等等。在出游的过程中，他把客店当作城堡、把妓女当作贵妇人、把风车当作巨人、

---

① 杨绛：《〈堂吉诃德〉译本序》，载塞万提斯《堂吉诃德》，杨绛译，人民文学出版社，1978，第6页。

把羊群看作军队、把狮子看作骑士、把贵妇人当作落难的公主等，并因此而到处乱杀乱砍，也反被殴打取笑，这使得他的行为显得可笑又可怜。

而从高尚可敬的一面来看，堂吉诃德把书里的游侠骑士的种种事迹都当作值得学习的现象，呈现出非常理想化的一面。他声称自己"要到各处去猎奇冒险，把书里那些游侠骑士的行事一一照办：他要消灭一切暴行，承当种种艰险，将来功成业就，就可以名传千古。他觉得一方面为自己扬名，一方面为国家效劳，这是美事，也是非做不可的事"。为此，他选择用自己的身躯去抵挡一切灾难，即便面对数倍强于自己的"敌人"，也仍然面不改色、勇敢冲锋，把生死置之度外，充满了济世救人的理想主义。

从根本上来说，堂吉诃德的可笑与可爱，皆与他混淆现实与幻想有关。他揭示了过度沉迷于骑士小说的危害，但也同时向我们展示了他的理想信念的可贵性。当然，堂吉诃德这个"骑士梦"的演绎，也同样提醒我们，坚守"错误"信仰的可怕之处。

2.《堂吉诃德》的叙述者问题

通过阅读《堂吉诃德》上下两部，我们会发现在小说文本中，叙述者似乎拥有多重身份。在第一部前言部分，塞万提斯曾虚构了自己和朋友的一场对话，这里明确表示了这部作品就是他本人虚构出来的，正如他说："清闲的读者，这部书是我头脑的产儿。"但是到了小说第一部第八章，叙述突然被中断，叙述者表示："作者把一场厮杀半中间截断了，推说堂吉诃德生平事迹的记载只有这么一点。当然，这部故事的第二位作者决不信这样一部奇书会被人遗忘，也不信拉·曼却的文人对这位著名骑士的文献会漠不关怀，让它散失。因此他并不死心，还想找到这部趣史的结局。靠天保佑，他居然找到了。如要知道怎么找到的，请看本书第二部。"接下来在第九章一开始，叙述者"我"就介绍了剩下的内容来源所在。原来是有一天，叙述者"我"正在逛市场时，碰见了一个兜售旧抄本的小孩子，在这些旧书中，"我"发现了一部用阿拉伯文写作的文献，在翻译的帮助下"我"发现它恰巧是堂吉诃德的故事。从这个文本中"我"得知了，原来这是一位名叫熙德·阿梅德·贝南黑利的阿拉伯历史学家所写的。接着，到了第一部结束的部分，叙述者"我"再一次表示，贝南黑利的记载就到此结束，他"尽管钻头觅缝，探索堂吉诃德第三次出门干的事，却找不到什么报道；至少没找到真实的记载"，直到他遇到了一位老医生，这位医生有一只铁皮箱，其中有一些用哥特字所写的羊皮手稿，其上记录了堂吉诃德与桑丘·潘沙第三次出门的情况，这就是第二部要叙述的内容了。

由此，我们可以看到，塞万提斯让他的叙述者"我"声称这部作品来自阿拉伯历史学家贝南黑利，而贝南黑利的《堂吉诃德传》又来自更古老的，可能来自哥特人的羊皮手稿。除此以外，作为书中人的堂吉诃德与桑丘·潘沙，在第二部中却广受塞万提斯时期人们的欢迎，甚至中国皇帝都想要他把第二部赶快送往中国，这又与第一部提到的文本的古老来源相冲突。《堂吉诃德》的这种叙述特征深刻揭示了文学创作与民间传统文化之间的紧密联系。更进一步，通过把创作权赋予如阿拉伯人、哥特人等异族作家，这种叙述特征还使得塞万提斯能够灵活避免西班牙当时的时代、民族以及宗教等等的局限，也显示出塞万提斯对传统叙述模式的突破和创新，具有非常现代的"原小说"艺术特征。[①]

五、延伸思考

1. 堂吉诃德与桑丘·潘沙的形象比较

可参考：我们可以从身体形象与精神理念两个方面来比较二者。堂吉诃德身材瘦削，热爱阅读与思考，发疯时精力充沛，总想消除一切暴行；清醒时学识渊博，谈吐问答都显得十分高明；桑丘·潘沙则是西班牙农民的典型形象，他身材矮胖，"骑在灰不溜秋的驴背上活像一个教皇"，一心想要发财做总督，有时胆小怕事，有时又显得质朴善良。

2. 《堂吉诃德》小说为什么要嘲讽"骑士道"？

可参考：从小说的前言部分，我们可以非常清楚地得知，塞万提斯借朋友之口明确表示"这部书是攻击骑士小说的""这部作品的宗旨不是要消除骑士小说在社会上、在群众之间的声望和影响吗？""把骑士小说的那一套扫除干净。那种小说并没有什么基础，可是厌恶的人虽多，喜欢的人更不少"。我们可以参考第三部分"新文科阅读"中记载的西班牙历史大事记，看看这个时期的西班牙，处于什么样的历史时期。更进一步，我们还可以思考，当我们在堂吉诃德因骑士小说而"发疯"时，看到他身上反倒闪烁着某些值得赞美的精神品质的时候，所谓骑士精神的落伍是否反倒是一种对现实的讽刺？

---

① 可参考童燕萍：《写实与虚构的对立统一——〈堂吉诃德〉的模仿真实》，《外国文学评论》1998年第 3 期。

六、资料参考

西洋武士道的没落产生了堂·吉诃德那样的戆大。他其实是个十分老实的书呆子。看他在黑夜里仗着宝剑和风车开仗,的确傻相可掬,觉得可笑可怜。

然而这是真正的吉诃德。中国的江湖派和流氓种子,却会愚弄吉诃德式的老实人,而自己又假装着堂·吉诃德的姿态。《儒林外史》上的几位公子,慕游侠剑仙之为人,结果是被这种假吉诃德骗去了几百两银子,换来了一颗血淋淋的猪头——那猪算是侠客的"君父之仇"了。

真吉诃德的做傻相是由于自己愚蠢,而假吉诃德是故意做些傻相给别人看,想要剥削别人的愚蠢。

(鲁迅:《真假堂吉诃德》,载《鲁迅全集》第四卷,人民文学出版社,2005)

我们将要阅读其他的小说家的作品,在这个过程中,《堂吉诃德》在某种程度上一直会与我们在一起。我们将在绝非荒凉的山庄的堂吉诃德式的主人——所有虚构小说最吸引人、最叫人喜欢的人物之一——约翰·庄迪斯的身上,认出堂吉诃德的最重要、最令人难忘的性格特点,即随心所欲的崇高性格。在读果戈理的《死魂灵》的时候,我们将在拟似流浪汉与无赖冒险故事的模式和不平常的追寻中,很容易地发现,书中的主人公是在古怪地重复、病态地模仿堂吉诃德的冒险经历。其次要说到福楼拜的《包法利夫人》这部小说,我们不仅将在书中发现这位夫人本人像我们骨瘦如柴的西班牙贵族一样,发疯似的沉湎于不切实际的漫游,而且我们还可以找到更加有意思的东西,即,福楼拜在以坚定不移、不屈不挠的精神追寻创作这部小说的残酷无情的冒险旅程中,他本人也可以被称为一个地地道道的堂吉诃德,因为他具有非常伟大的作家的最显著的特点:毫不动摇的艺术的至诚。最后,在托尔斯泰的《安娜·卡列尼娜》里,我们在书中主要人物之一列文身上隐约中又可看到这个严肃认真的骑士。

(纳博科夫:《〈堂吉诃德〉讲稿》,金绍禹译,上海三联书店,2007)

《堂吉诃德》依然是一部粗糙的古书,书中充满了西班牙独特的残酷,毫无同情心的残酷,这残酷诱使一个像孩子似地游戏的老人走火入魔。这部书的写作是在侏儒与遭受苦难的人们任人嘲弄的年代,在那个年代傲慢与专横跋扈比过去、比后来都更加不可一世，在那个年代持有与官方思想不同意见的人在市中心的广场上被活活烧死，而围观的人却拍手称快，在那个年代仁慈与善良似乎已经被清除干净。事实上，这部书最早的读者面对这样的残酷举动放声地大笑。然而世人很快就找到了读这本书的别的方法。随着这部书的问世，产生了整个欧洲的现代小说。菲尔丁、斯摩莱特、果戈理、陀思妥耶夫斯基、都德、福楼拜都将这个故事搬出西班牙，根据自己的需要重新加以塑造。在创作者的笔下原是一个小丑的人物，在历史的进程中最后变成了一个圣人。而即使是始终目光敏锐地觉察一切感伤的核心中的残酷并加以揭露的纳博科夫，对于这个人物也都顺其自然了。"我们已经不再嘲笑他了，"他最后总结说，"他的文章是怜悯，他的口号是美。他代表一切的温和、可怜、纯洁、无私以及豪侠。"

（盖伊·达文波尔特：《〈堂吉诃德〉讲稿·前言》，载纳博科夫《〈堂吉诃德〉讲稿》，

金绍禹译，上海三联书店，2007）

　　事实上，对我来说，现代的奠基者不只笛卡儿一人，塞万提斯也是。

　　或许两位现象学家在他们对于现代的评论之中，忽略的正是塞万提斯。对此，我想说：如果哲学与科学确实遗忘了人的存在，这似乎就更清楚了，一门伟大的欧洲艺术因为塞万提斯而成形，而这艺术，正是对这被遗忘的存在进行的探索。

　　······

　　当上帝缓缓离开他曾经号令宇宙并为其规定价值秩序、分隔善恶并赋予万物意义的那个位置，堂吉诃德也走出了他的家园，他再也认不得这个世界。至高无上的审判者缺席了，世界猝然出现在一片骇人的模糊暧昧之中；独一无二的神圣真理离析为人们赞同的几百个相对真理。现代世界于是诞生，而小说（现代世界的图像与模型）也一同诞生。

（米兰·昆德拉：《小说的艺术》，尉迟秀译，上海译文出版社，2019）

七、习题讨论

　　桑丘贫苦，长期处于饥饿状态，堂吉诃德虽为穷乡绅，然而一日三餐不

成问题，你认为塞万提斯笔下的堂吉诃德瘦削，桑丘矮胖的原因可能是什么？

本节课件

第二节　莎士比亚《哈姆莱特》

一、作品导读

威廉·莎士比亚（William Shakespeare，1564—1616）是欧洲文艺复兴时期出现的英国最著名的诗人、剧作家。1564 年 4 月 23 日，莎士比亚生于埃文河畔的斯特拉福镇上一个富裕的市民家庭，14 岁结束学业之前，他一直在该镇的文法学校学习，这一点也常常在他成名之后遭到竞争者们的攻击。但我们从莎士比亚作品中对其他文学作品的暗示、指涉以及征引等现象可以确认，他虽没有上过大学，却博览群书，对古代文学传统深有体会。更为重要的是，莎士比亚的创作在总体上并非来自古老的文学传统，而是从真正的生活经历中获得营养的。1582 年，年仅 18 岁的莎士比亚娶了比他年长 8 岁的安娜·哈瑟薇，两人孕育了一女二子，其中一个早年夭折的儿子据载名为哈姆勒特。之后，20 多岁的莎士比亚因为一些原因离开了斯特拉福镇前往纽约谋生，他的戏剧创作也正是从这里开始。

从最初在剧院中当演员、改写剧本，到成为剧院的股东和合伙人，莎士比亚大部分的资金收入都来自在剧院的工作。而他的戏剧创作工作最初可能是从修改其他作者的古老剧本开始的。其中也包括我们所熟知的《哈姆莱特》剧本，其来源也是非常古老的丹麦历史和民间传说故事，已经历过多位作家的改编。这种行为很快引起了一些职业剧作家的担忧，例如格林就曾提醒大学才子马洛等人不要相信演员们，"因为其中有一只用我们的羽毛装饰起来的新出锋头的乌鸦（up-start-crow），他的虎狼之心披上了演员的皮，他以为他能够写出无韵诗，跟你们当中的能手一样；作为一个绝对的万能之手，他认为自己是国内唯一的场面震撼者（Shake-scene）"①。这里讽刺的就是莎士比亚。经过了不到 10 年的时间，莎士比亚就用创作的这些剧本为自己赢得了巨大的声誉。晚年的莎士比亚离开了热闹的伦敦，又返回了故居斯特拉福镇，1616 年 4 月 23 日逝世，享年 52 岁。作为一名诗人兼剧作家，据记载，莎士比亚一生共著有 154 首十四行诗以及 37 部剧本，在这 37 部戏剧中，有历史剧、喜剧、悲喜剧以及悲剧等类型。其中莎士比亚于 17 世纪初所创作的几部伟大的悲剧，彻底奠定了他在世界文学史上无可动摇的地位。例如我们所熟知的莎士比亚四大悲剧《哈姆莱特》《奥赛罗》《李尔王》《麦克白》就都创作于这个时期。

莎士比亚的代表性悲剧《哈姆莱特》取材于古代丹麦历史，描述了丹麦王子哈姆莱特在德国威登堡大学就读时期，突然接到了父亲的死讯，因而回国奔丧的故事。在丹麦宫廷中，哈姆莱特的叔父克劳狄斯已经即位，他的母亲在父亲葬礼过后一个月将要改嫁给他的叔父，这一切都叫哈姆莱特充满怀疑和不满。因此他悲叹道："脆弱啊，你的名字就是女人！"紧接着，哈姆莱特在霍拉旭的提醒下，在夜晚的露台上看到了父亲的鬼魂，确定了杀人凶手正是头戴王冠的叔父克劳狄斯。克劳狄斯趁着哈姆莱特的父亲在花园中睡觉的时候，把毒药灌进了他的耳朵里，并且还引诱了他的妻子，也就是哈姆莱特的母亲。这个真相让哈姆莱特异常痛苦，他苦笑着讲"这是一个颠倒混乱的年代"，倒霉的自己"却要负起重整乾坤的责任"。

哈姆莱特虽然声称"让我驾着像思想和爱情一样迅速的翅膀，飞去把仇人杀死"，但他并未立即付诸复仇的行动，因为在他看来，"暗杀的事情无论干得怎样秘密，总会借着神奇的喉舌泄露出来"，因而，在叔父克劳狄斯策划谋害他的同时，哈姆莱特本人设计了一出"戏中戏"，要在克劳狄斯面前上演一出和自己的父亲惨死的情节相仿的戏剧，以求通过克劳狄斯的反应来得到一些更确切的凭证。但当哈姆莱特终于再一次确认了克劳狄斯的罪行之后，哈姆莱特并没有在克劳狄斯单独祷告之时动手，反倒错手杀死了心爱的奥菲利娅的父亲波洛涅斯。克劳狄斯试图通过英王之手除掉哈姆莱特，但哈姆莱特却趁机设计除掉了两个帮凶，逃回丹麦。在这里，他遇见了要求为父亲报仇的奥菲利娅的兄长雷欧提斯。在决斗中，哈姆莱特的母亲因为误喝了克劳狄斯为哈姆莱特准备的毒酒而死去，哈姆莱特与雷欧提斯也双双中了毒剑，

---

① A. A. 阿尼克斯特：《莎士比亚的戏剧》，徐云青译，新文艺出版社，1957，第 6 页。

在生命的最后时刻，得知原委的哈姆莱特终于杀死了克劳狄斯，并嘱咐朋友霍拉旭将自己的故事告诉给后来的人们。①

二、作品节选

哈姆莱特 第三幕第一场 节选

[哈姆莱特上。

哈姆莱特：生存还是毁灭，这是一个值得考虑的问题；默然忍受命运的暴虐的毒箭，或是挺身反抗人世的无涯的苦难，在奋斗中扫清那一切，这两种行为，哪一种更高贵？死了，睡去了，什么都完了；要是在这一种睡眠之中，我们心头的创痛，以及其他无数血肉之躯所不能避免的打击，都可以从此消失，那正是我们求之不得的结局。死了，睡去了；睡去了也许还会做梦。嗯，阻碍就在这儿：因为当我们摆脱了这一具朽腐的皮囊以后，在那死的睡眠里，究竟将要做些什么梦，那不能不使我们踌躇顾虑。人们甘心久困于患难之中，也就是为了这一个缘故。谁愿意忍受人世的鞭挞和讥嘲、压迫者的凌辱、傲慢者的冷眼、被轻蔑的爱情的惨痛、法律的迁延、官吏的横暴和俊杰人才费尽辛勤所换来的得势小人的鄙视，要是他只要用一柄小小的刀子，就可以清算他自己的一生？谁愿意负着这样的重担，在烦劳的生命的压迫下呻吟流汗，倘不是因为惧怕不可知的死后，惧怕那从来不曾有一个旅人回来过的神秘之国，是它迷惑了我们的意志，使我们宁愿忍受目前的折磨，不敢向我们所不知道的痛苦飞去？这样，重重的顾虑使我们全变成了懦夫，决心的赤热的光彩，被审慎的思维盖上了一层灰色，伟大的事业在这一种考虑之下，也会逆流而退，失去了行动的意义。且慢！美丽的奥菲利娅！——女神，在你的祈祷之中，不要忘记替我忏悔我的罪孽。

奥菲利娅：我的好殿下，您这许多天来贵体安好吗？

哈姆莱特：谢谢你，很好，很好，很好。

---

① 译文引自莎士比亚：《哈姆莱特》，载《莎士比亚全集·悲剧卷上》，朱生豪译，沈林校，译林出版社，1999。

奥菲利娅：殿下，我有几件您送给我的纪念品，我早就想把它们还给您；请您现在收回去吧。

哈姆莱特：不，我不要，我从来没有给你什么东西。

奥菲利娅：殿下，我记得很清楚您把它们送给我，那时候您还向我说了许多甜蜜的言语，使这些东西格外显得贵重；现在它们的芳香已经消散，请您拿了回去吧，因为送礼的人要是变了心，礼物虽贵，也会失去了价值。拿去吧，殿下。

哈姆莱特：哈哈！你贞洁吗？

奥菲利娅：殿下！

哈姆莱特：你美丽吗？

奥菲利娅：殿下是什么意思？

哈姆莱特：要是你既贞洁又美丽，那么顶好不要让你的贞洁跟你的美丽来往。

奥菲利娅：殿下，美丽跟贞洁相交，那不是再好没有吗？

哈姆莱特：嗯，真的，因为美丽可以使贞洁变成淫荡，贞洁却未必能使美丽受它自己的感化；这句话从前像是怪诞之谈，可是现在的时世已经把它证实了。我的确曾经爱过你。

奥菲利娅：真的，殿下，您曾经使我相信您爱我。

哈姆莱特：你当初就不应该相信我，因为美德不能熏陶我们罪恶的本性；我没有爱过你。

奥菲利娅：那么我真是受了骗了。

哈姆莱特：进尼姑庵去吧！为什么你要生一群罪人出来呢？我自己还不算是一个顶坏的人，可是我可以指出我的许多过失；一个人有了那些过失，他的母亲还是不要生下他来的好。我很骄傲、使气、不安分，还有那么多的罪恶，连我的思想里也容纳不下，我的想象也不能给它们形相，甚至于我没有充分的时间可以把它们实行出来。像我这样的家伙，匍匐于天地之间，有什么用处呢？我们都是些十足的坏人，一个也不要相信我们。进尼姑庵去吧。你的父亲呢？

奥菲利娅：在家里，殿下。

哈姆莱特：把他关起来，让他只好在家里发发傻劲。再会！

奥菲利娅：哎哟，天哪！救救他！

哈姆莱特：要是你一定要嫁人，我就把这一个咒诅送给你做嫁奁：尽管你像冰一样坚贞，像雪一样纯洁，你还是逃不过谗人的诽谤。进尼姑庵去吧，去！再会！或者要是你必须嫁人的话，就嫁给一个傻瓜吧；因为聪明人都明白你们会叫他们变成怎样的怪物。进尼姑庵去吧，去！越快越好。再会！

奥菲利娅：天上的神明啊，让他清醒过来吧！

哈姆莱特：我也知道你们会怎样涂脂抹粉；上帝给了你们一张脸，你们又替自己另外造了一张。你们烟行媚视，淫声浪气，替上帝造下的生物乱取名字，卖弄你们不懂事的风骚。算了吧，我再也不敢领教了；它已经使我发了狂。我说，我们以后再不要结什么婚了；已经结过婚的，除了一个人以外，都可以让他们活下去；没有结婚的不准再结婚，进尼姑庵去吧，去。（下）

（莎士比亚：《哈姆莱特》，载《莎士比亚全集·悲剧卷上》，朱生豪译，沈林校，译林出版社，1999）

三、新文科阅读

在《俄狄浦斯王》中，作为根据的儿童愿望幻想如在梦中一样被曝光与实现；在《哈姆莱特》中，它依旧被压抑，而我们只是通过由它发出的抑制作用而获悉其存在——类似于有神经症时的事态。借助现代戏剧令人倾倒的作用，奇特地表明可以协调一致的是，人们可能对主角的性格依旧完全不清楚。这出剧基于哈姆莱特踌躇于完成委派给他的复仇任务；何为这种踌躇的缘由或者动机，台词没有交代；最多种多样的解释尝试也不能说明之。根据如今仍占统治地位、由歌德说明理由的见解，哈姆莱特构成那种人的典型，其旺盛的行动活力因思想活动蔓延发展而麻痹（"因意念的苍白而病恹恹"）。按照其他见解，诗人试图描绘一种病态、犹豫不决、落入神经衰弱范围的性格。只是这出剧的情节表明，哈姆莱特绝不该让我们觉得是根本无力行动的一个人。我们看见他两次出场行动，一次在迅速爆发的激情中，捅死了裱糊布后面的偷听者；另一次按计划，甚至诡计多端，他凭借文艺复兴王子的毫无疑虑，把两名宫廷侍从打发去了给他本人准备的死神那里。那什么阻碍他完成其父的幽灵对他提出的任务呢？此处又呈现出情况，那是这项任务的特殊性质。哈姆莱特可以做一切，只是不能在那个人身上完成复仇，后者排除了他的父亲，在他母亲身边占据其位置，对他显示实现其被压抑的儿童愿望。本该催促他复仇的厌恶就在他身上代之以自责，代之以良心的顾忌，责备他，按字面理解，说他自己不比应由他惩罚的罪人更好。我在这件事上把主角心灵中必定依旧为潜意识之事翻译成有意识之事；如果某人要把哈姆莱特称为癔症患者，我只能承认它是我的解释的结论。性厌恶与此很相称，哈姆莱特后来在与奥菲利娅的谈话中表现出性厌恶，同样的性厌恶，在以后的岁月中会越来越多地占领诗人的心灵，直至在《雅典的泰门》中的巅峰表现。

（西格蒙德·弗洛伊德：《梦的解析》，朱更生译，吉林大学出版社，2019）

奥斯瓦尔多·费拉里：在莎士比亚这里，您把英语看成是神秘的。您谈论"神秘的英语"时就提到了莎士比亚。

豪尔赫·路易斯·博尔赫斯：是的，因为他使用了两个来源的词语（撒克逊来源和拉丁语来源）。那个时候，英语或许比现在更加灵活：新词永远都可以使用，观众也接受它们。相反，现在合成词在德语中可以自然而然地使用，在英语中却会显得有点做作。尽管乔伊斯始终致力于造词，但他完成的是一件不为普通人所理解的文学作品，不是吗？

……

奥斯瓦尔多·费拉里：当然，现在，说回到莎士比亚，他的个人生活，您告诉我们说一旦实现了经济上的康宁，曾经是剧院经理和作家的他就停止了写作……

豪尔赫·路易斯·博尔赫斯：是的。

奥斯瓦尔多·费拉里：这大概是一个非同寻常的迹象，表明有时缪斯会暂时选择一个人来表达自己。

[豪尔赫·路易斯·博尔赫斯、奥斯瓦尔多·费拉里：《最后的对话（二）》，陈东飚译，
新星出版社，2018]

尽管如此，当我望着书架上的《莎士比亚全集》时，我还是不得不承认那位主教至少在这一点上是对的：在莎士比亚的时代，女人是完全彻底地不可能写出莎士比亚戏剧的。既然事实是那么难以找到，那就让我们进行想象，假如莎士比亚有一个禀赋超群的妹妹，权且叫她朱迪思吧，那会发生什么事情呢？莎士比亚本人很可能是进过文法学校的——他的母亲继承了一笔遗产，

他在那儿大概学了拉丁文——奥维德、维吉尔、贺拉斯——还有文法和逻辑的基础课程。众所周知，他是一个野孩子，偷捕兔子，或许还射杀过一只鹿，没到该结婚的时候就和相邻的一个女孩子结了婚，而她则在比应当生小孩的时间还早时就给他生了一个孩子。这件越轨行为逼得他跑到伦敦去自谋生计。他似乎有点儿爱好戏剧，于是他就在戏院门口给人牵马。很快，他就在戏院里谋得了一份工作，成了一个很走红的戏子，而生活在伦敦这个世界中心里，什么人他都见得到，什么人他都能认识，他在舞台上操练他的技艺，在街头训练他的才智，甚至得以出入女王的宫廷。

与此同时，让我们设想一下他那禀赋超群的妹妹吧，她一定留在家里。她和他一样富于冒险精神，和他一样充满想象力，也和他一样渴望着看看外边的世界。可是父母不让她上学。她没有机会学文法和逻辑，更不用说读贺拉斯和维吉尔了。她不时拿起一本书来，或许是她哥哥的，读上几页。可是接着她的父母亲就进来了，要她去补袜子或者照看炉子上的炖肉，不要用书啊纸啊来瞎混时光。他们说话的语气一定是既严厉又和蔼的，因为他们是家道殷实的人，知道女人的生活状况应该怎么样，而且他们也爱自己的女儿——确实，她可以说是她父亲的心肝宝贝呢。也许她曾经在存放苹果的阁楼里偷偷涂抹过几页诗文，不过她一定小心翼翼地藏起来或者烧掉了。

（弗吉尼亚·伍尔芙：《莎士比亚的妹妹：伍尔芙随笔集》，伍厚恺、王晓璐译，四川文艺出版社，2019）

四、问题研究

1. 哈姆莱特的"延宕"

对于《哈姆莱特》这部伟大的悲剧来说，其核心在于哈姆莱特对复仇的犹豫与延宕中。千百年来，针对这个问题，已经形成了一系列的解读。例如歌德认为，哈姆莱特的犹豫来自他用脑过度所带来的行动力衰竭；也有人认为这种性格特征正是莎士比亚试图刻画的一类犹豫不决的神经质人物；精神分析学家弗洛伊德则认为，这种犹豫出自哈姆莱特"弑父娶母"的潜意识情结。对于处于文艺复兴末期，经历过人文主义熏陶的莎士比亚来说，哈姆莱特的犹豫或者说延宕，与他对人的本质的再思考深有关联。对于他而言，原来那种人是"宇宙的精华，万物的灵长"式赞美，现在已经逐渐值得怀疑。

在欧洲文艺复兴的发展过程中，不同时期的"人文主义"具有并不相同的内涵。到了蒙田以及莎士比亚等人这里，他们逐渐发现，人其实是一切生物中最虚弱的存在，他是有限的，也并非"万物的尺度"，因而对人性的怀疑和追问形成了一条新的文化脉络。

在《哈姆莱特》剧作中，哈姆莱特的游移不定从根本上来说，正是因为他对"生存还是毁灭"这个生命存在意义问题的重新思考。我们看到哈姆莱特不断发出的是对人、对丹麦这个国家以及对整个世界的负面性看法。在他看来，"人世间的一切是多么可厌、陈腐、乏味而无聊"，而"丹麦是一所牢狱"，这个"覆盖众生的穹苍，这一顶壮丽的帐幕，这一个点缀着金黄色的火球的庄严的屋宇，只是一大堆污浊的瘴气的集合"。人类虽然曾经被称作"一件多么了不得的杰作！多么高贵的理性！多么伟大的力量！多么优美的仪表！多么文雅的举动！在行为上多么像一个天使！在智慧上多么像一个天神！宇宙的精华！万物的灵长！"，可是在哈姆莱特看来，"这一个泥土塑成的生命算得什么？人类不能使我发生兴趣"。之所以如此，则是因为在他看来，母亲、恋人、朋友、亲人全部都可能变质，人生充满了虚伪与苦痛，"逃过了今天，明天还是逃不了"，既然一个人在"离开世界的时候，只能一无所有，那么早早脱身而去，不是更好吗"？这种对人生的洞悉、对现实的迷惘和由此导致的对生命的漠视是他没有动力付诸行动的根本原因，也是他后期残忍对待奥菲利娅、对波罗涅斯误死于自己之手等事件感到漠然的原因所在，因而他调侃自己是一个倒霉蛋，因为整个世界已经分崩离析，渴望让他来重整这个颠倒的世界秩序是没有任何意义的。①

2. 《哈姆莱特》悲剧的情节结构

前面我们曾经提到，《哈姆莱特》取材自古老的丹麦历史，在莎士比亚之前，已有人将其编写为王子复仇的故事。但在莎士比亚的笔下，王子复仇的故事是以多条线索和层次展开的。在这部悲剧中，我们可以看到，除了哈姆莱特向叔父克劳狄斯复仇的主线，还有福丁布拉斯对英王的复仇线索。除此以外，哈姆莱特对大臣波洛涅斯的误杀，也引出了波洛涅斯的儿子雷欧提斯对哈姆莱特的复仇，由此导致最终鱼死网破的结局。

在复仇线之外，我们还可以从文本中看到前国王与王后、克劳狄斯与王后以及哈姆莱特与奥菲利娅这三条情爱线索，每一条线索最终都以悲剧告终。

---

① 译文引自莎士比亚：《哈姆莱特》，载《莎士比亚全集·悲剧卷上》，朱生豪译，译林出版社，1999。

在情爱线之外，《哈姆莱特》中还充满了民间文学常见的"失误"与"巧合"，其中，误杀线索也有三条：哈姆莱特将两位叛变的友人送往英国，英王因哈姆莱特篡改的书信误杀了两位信使；哈姆莱特对波罗泊斯的误杀引起了最终的决斗；决斗中的观看者王后因误喝克劳狄斯为侄子准备的毒药而死。在所有的线索中，除了胜利了的福丁布拉斯，剩下的人全是失败者，爱与恨皆成空幻，生与死全凭运气，种种现象全都表现了人的脆弱与无奈。

五、延伸思考

1. 莎士比亚笔下的哈姆莱特为何不愿在叔父克劳狄斯单独祷告时动手？

可参考：这个情节其实与英国的宗教改革的成果相关。可参考剧中的两个细节，其一，为鬼魂向哈姆莱特揭示克劳狄斯的罪恶时说的话；其二，哈姆莱特在叔父祈祷时的内心独白。

2. 莎士比亚为何要将悲剧性元素与喜剧性元素融合在一起？

可参考：可以参考莎士比亚的"悲喜剧"以及《哈姆莱特》中的第五幕第一场，在这里，哈姆莱特在送走两位信使返回丹麦的路上来到墓地，他一开始并不知道他所遇见的掘墓人所掘之墓，将要埋葬他曾经的恋人奥菲利娅。哈姆莱特伴着掘墓人的歌唱插科打诨，在得知真相之时又感到沉重的悲伤。我们可以思考，这种喜剧元素与悲剧元素的穿插对于戏剧的表演来说，具有什么样的作用？还可以更进一步思考，它是否展示了人生真实的另一面？

六、资料参考

起初，他（莎士比亚）大概是修改其他作者的古老剧本，以后他才改为独立创作剧本。不过即使到后来，他对于别人的剧本，也并不是不屑于改编的。但是，莎士比亚的改编工作总是带有这样一种切实认真的性质，以致莎士比亚每一次借用古老的、有时是广泛受人欢迎的题材，实际上等于是创造了一种完全新颖的作品。

……

莎士比亚通常只是保存了题材情节，而在描述人物的动作和性格上，却相当地加以丰富，并且完全革新了登场人物的预言。原来在莎士比亚先驱者的剧本上，仅仅是剧情概要的东西，在他的剧本上就获得了有生命力的丰富多彩和说服力。他深刻地揭示了事件的原因与本质。他创造出来的，不是苍白无力的影子，而是有血有肉的人物。

（A. A. 阿尼克斯特：《莎士比亚的戏剧》，徐云青译，新文艺出版社，1957）

我以为，我们在欧洲任何一个国家或者任何一个历史时期都从来没有见到过这样深刻的激情。莎士比亚的风格是各种猛烈辞句的复合体，没有一个人能够像他这样随心所欲地驾驭语言。交错的对比，狂暴的夸张，省字符号，惊叹符号，颂歌的狂热，意念的转换，可怕的或神圣的形象的堆积，全都掺杂在一行诗句中；照我看来，他似乎没有一个字不是大声喊出来的。

"我干了些什么错事？"王后问汉姆莱脱。他回答说：你的行为可以使贞节蒙污，使美德得到了伪善的名称；从纯洁的恋爱的额上取下娇艳的蔷薇，替它盖上一个烙印；使婚姻的盟约变成情徒的誓言一样虚伪；啊！这样一种行为，简直使盟约成为一个没有灵魂的躯壳，神圣的宗教变成一串谵妄的狂言；苍天的脸上也为它带上羞色，大地因为痛心这样的行为，也罩上满面的愁容，好像世界末日就要到来一般。

这是一种狂热的风格。所有的隐喻都是夸张的，所有的意念都是接近荒诞的。一切都被激情的旋风所改变所损伤。汉姆莱脱所力加抨击的罪恶蔓延毁坏了他的全部天性。除了堕落和谎言之外，他在这世上再也看不到别的东西。他责骂世人不讲贞操；同时也责骂贞操本身。无生命的东西也卷入了悲伤的漩涡。落日在天空抹上的红霞；夜色在大地撒下的阴影，全都变成了脉脉含羞的红晕和心情激动的苍白；这个一边说着一边流泪的可怜人，在绝望的迷惘中看到整个世界和他自己全部颠倒错乱了。

（泰纳：《莎士比亚论》，载歌德等《莎剧解读》，张可、元化译，上海教育出版社，

1998）

看到一个英雄以自己的力量去行动；按照自己的心意去爱去恨；去承担与完成要做的事情；把一切困难撇在一边；最终得以达到伟大的目的；这使我们感到喜悦。诗人和历史学家要告诉我们的是这样骄傲的命运将落在一个人的身上。在《汉姆莱脱》中，我们得到的是另一种教训：这个英雄没有计划，然而整个剧本是充分有计划的。这里没有这样一个坏蛋，他按照自己所

想望的和严密筹划出来的复仇阴谋而受到应得的惩罚。一件可怕的行为发生了，它带着它的后果向前滚转前进，甚至带累了无辜者；这个罪犯似乎要躲避为他所设的深渊；但是正当他以为能够逃避并且顺利地完成自己的路程的时候，他陷入了深渊。

因为罪恶的本质是使无辜者遭到灾祸，正如美德的本质是把幸福带给不应享有它的人一样，其实，往往犯罪者并未受到惩罚，行善者也毫未受到褒奖。而在我们这个剧本中是多么奇怪！黑暗的深渊把鬼魂送来要求复仇，可是徒然！周围的环境都趋向一个方向，迫切要求复仇，可是徒然！人间的或地狱的力量都不能扭转命运的摆布。审判的时刻到来了，邪恶的随同善良的一起倒了下来，一个种族被刈除，另外一个种族又滋生了。

（歌德：《论〈哈姆莱特〉》，载歌德等《莎剧解读》，张可、元化译，上海教育出版社，
1998）

《哈姆莱特》是很激进的戏剧实验，或许是迄今最激进的一次。莎士比亚在剧情上凿了个口子，从第二幕第二场开始，一直到第三幕第二场结束，观众对舞台的现实性彻底失去了信任。由于剧情极力怂恿观众充当共犯，于是，所有困惑我们都能坦然接受。舞台上的哈姆莱特像是个很有主见的人，也是个了不起的奸雄，受人爱戴却从不回馈，且很可能会滥杀无辜。个别评论家对此颇有微词，而且也的确言之成理。然而，观众对哈姆莱特的爱却有增无减，即使明知他并不缺少也不需要这样的爱。威廉·哈兹里特曾代表观众说过一句话，他说：我们就是哈姆莱特，大家难分彼此已有两个世纪，而且可能永远都不会分开。这部戏就像一首"无尽的长诗"，不属于任何文类；它的主人公虽然效仿者众，却始终独树一帜，成为莎剧乃至整个西方文学中最孤立的人物。

哈姆莱特是悲剧英雄吗？其实，王子和剧情都是多面的，所以不论怎么回答，反映出的都是你的态度，而非他的面目。该剧融入了某些极为个人甚或家庭的成分。剧本的原稿现已散失，但很可能就是莎士比亚年轻时的手笔（也有学者认为是托马斯·基德，即名剧《西班牙悲剧》的作者，虽然证据较为可疑）。或许，莎士比亚父亲的死、独子哈姆尼特的死，都和《哈姆莱特》有很密切的关系，只是我们所知甚少。或许，莎士比亚想以此弥补自己在创作上的某次过失，虽然对此我们一样不得而知。

（哈罗德·布鲁姆：《剧作家与戏剧》，刘志刚译，译林出版社，2016）

七、习题讨论

结合原文，思考莎士比亚悲剧中的语言艺术。

本节课件

第四章　17—18 世纪文学

第一节　莫里哀《伪君子》

一、作品导读

　　莫里哀（Molière，1622—1673）原名让·巴蒂斯特·波克兰，是 17 世纪法国古典主义喜剧的代表人物。在莫里哀之前，欧洲文学史上虽有如古希腊喜剧作家阿里斯托芬的《云》《鸟》《阿卡奈人》、罗马作家普劳图斯的《一坛金子》等名作，但在戏剧领域中，悲剧历来都是核心，而在莫里哀之后，喜剧正式进入文学的主流殿堂。

　　17 世纪 20 年代以来的法国，政治上，从路易十三起用黎塞留，到路易十四亲政宣布"朕即国家"，整体呈现出打击封建势力，实行中央集权的特征。与此相适应，法国的文化领域也出现了独尊古典主义的趋势，这种文学潮流与当时欧洲大陆的唯理主义哲学背景也相互呼应。在此基础上，莫里哀的喜剧创作展现出对法国乃至整个欧洲现实社会的强烈批判精神和战斗精神。

　　例如在莫里哀的初期创作中，《可笑的女才子》就批判了法国贵族社交圈故作风雅的习气。戏剧开场就是一场相亲的结束，原因在于：玛德隆姐妹拒绝两男子求婚，因为他们没有遵循浪漫爱情常见的规则，也没有使用高贵典雅的语言。而在这种故作风雅的习气背后，其实是金钱在作祟。就如其中妹妹卡多丝所说："您都看不见吗？他们是拜访爱人来的，可是大腿上光光的，没有一点花边，帽上也没有羽毛，一头乱蓬蓬的头发，衣服上竟一条绸带也没有；天啊，这算什么求爱的人呵！服装是这么粗陋！言谈又那么枯燥！我们真不能忍受，实在吃不消。我还注意到他们的胸饰也不是名手缝制的，他们的短裤也不够肥大，至少还差着半尺。"①再如《妇人学堂》，抨击了欧洲把妇女送入修道院接受修道院教育的习俗以及其中所蕴含的夫权思想。剧中的男主人公阿诺夫为此还给女主人公阿尼斯提供了一部又名《妻子日课》的格言集。如格言第二规定："她只需按照占有她的那位丈夫所喜欢的那样来打扮自己，美丽不美丽，只有丈夫关心，别人觉得她难看，那又有什么关系。"又如格言第四，妇德在命令你："出门应把帽檐拉低，把自己的目光遮住，因为要讨丈夫的欢心，就不应讨别人的欢喜。"②

　　代表莫里哀最高戏剧成就的，是他于1664—1668年创作的四部性格喜剧：《伪君子》《唐璜》《恨世者》和《吝啬鬼》。晚年的莫里哀依旧醉心于戏剧事业，最终在出演自己的《无病呻吟》剧目时，因病去世。

　　在莫里哀的喜剧创作中，《伪君子》是一部非常具有代表性的作品，展示了莫里哀喜剧的最高艺术成就。《伪君子》是一部五幕诗体剧。剧本内容讲的是一位名叫达尔杜弗（Tartuffe）的破落贵族故意在教堂中假扮虔诚，吸引富商奥尔贡，将其当作心灵导师请回家供奉。达尔杜弗进入奥尔贡家里之后，不仅迷惑奥尔贡让他撕毁女儿玛丽雅娜的婚约，逼玛丽雅娜嫁给自己，而且还觊觎奥尔贡继妻艾耳密耳的美色，不停骚扰她。除此以外，达尔杜弗还企图霸占奥尔贡的家产。为此，他挑动奥尔贡与儿子大密斯的关系，使奥尔贡剥夺了儿子的继承权，立下字据表示把全部财产都赠送给达尔杜弗，并且还把家里的一桩政治秘闻透露给了达尔杜弗。达尔杜弗在得到这一切之后，毫不迟疑地露出了自己的真面目，不仅要赶走奥尔贡一家人，还要向王上告密。在女仆道丽娜、女儿玛丽雅娜、继妻艾尔密尔、妻舅克莱昂特等人的计谋下，达尔杜弗虚伪的本质被揭穿。最终在王爷的圣明审判中，达尔杜弗受到了惩罚。

　　在这部作品中，达尔杜弗是喜剧的中心人物，而因为他在一开始被打扮成了穿着黑袍的教会人士，所以在1664年5月首演之后引起了一场轩然大波，剧本遭到禁演，莫里哀本人也为此受到了来自教会方面的种种迫害。但作家本人并没有因此而退缩，长久以来，他不断上书国王路易十四，为自己的喜剧辩护，并请求他开禁，最终于1669年成功再次上演（可参看新文科阅读部分）。自此以后，莫里哀的《伪君子》就逐渐成为世界文学史中一部经久不衰的佳作。

---

① 莫里哀：《莫里哀喜剧选》上册，赵少侯、王了一等译，人民文学出版社，1959，第173页。
② 莫里哀：《莫里哀喜剧选》上册，赵少侯、王了一等译，人民文学出版社，1959，第318-319页。

二、作品节选

伪君子 第四幕第五场

达尔杜弗：有人告诉我，您愿意和我在这地方谈谈。

艾耳密尔：是的。我有几句秘密话要和您讲。不过在我说给您听以前，先把那扇门关好，再四处张望张望，别叫人撞见了。我们现在可千万别像方才那样，再来那么一回了。我从来没有那样吃惊过。大密斯闹得我为您担惊受怕到了极点；您也不是看不出来，我尽力劝他平心静气，收回他的主张。我当时也的确心慌意乱之至，简直没有想到否认他那些话；可是感谢上天，结果反而再好没有，我们倒更有保障了。由于我丈夫对您的敬重，满天的乌云散了，他对您也不会起疑心了。为了杜绝坏人的流言蜚语，他要我们时时刻刻守在一起；这样一来，我就不怕别人责难，能像现在一样，关好了门，一个人和您待在一起，也才敢不避嫌疑，向您表白我的衷肠，不过我接受您的情意，也许显得有点儿太快了。

达尔杜弗：夫人，我不大了解您这番话的意思，方才您说话，可不是这样来的。

艾耳密尔：哎呀！您要是为了先前没有答应，就怒气冲冲的，可也真叫不懂女人的心啦！她明明是半推半就，您会看不出她的意思，也真叫不在行啦！男人在我们心里引起了好感，我们当时由于害羞，总要抵抗一阵子的。爱情在我们心里扎下了根，即使理由十足，可是当面承认，我们总有一点难为情的。我们开头不肯，可是人一看我们的模样，就知道我们心里其实愿意，面子上尽管口不应心，那样的拒绝也就等于满口应承。我对您表心显然过于露骨了些，很少顾到我们女人的廉耻，不过既然话已出口，我倒要请您说说看，我有没有用心劝阻大密斯？我有没有腼腼腆腆，耐着心烦听您谈情说爱？我要是不喜欢听您谈情说爱，会不会像您看见的那样行事？婚事宣布以后，我要亲自劝您退婚，情急到了这般地步，您倒说说看，不是对您有意又是什么？我要整个儿心是我的，这门亲事成功的话，起码就有一半儿心给了别人，您说我会不会难过？

达尔杜弗：夫人，听心爱的人说这些话，当然是万分愉快！句句话像蜂蜜一样，一长滴又一长滴，沁人心脾，那种香甜味道，我从来没有尝过。我用心追求的幸福，就是得您的欢心，我把您能见爱看成我的正果。不过我对我的幸运。还是请您许我斗胆怀疑一下吧。您这番话，我可能当做一种权宜之计，要我取消就要成为定局的婚事。我不妨把话对你明说了吧。我决不相信甜言蜜语，除非是我盼望的恩情，能有一点实惠给我，保证情意真挚，让我对您的柔情蜜意，能在心里树立经久不渝的信念。

艾耳密尔：（她咳嗽，警告她的丈夫）怎么？您想快马加鞭，一下子就把柔情蜜意汲干？人家好不容易把心里最多情的话也给您掏出来了，您还嫌不够，难道不把好处全给您，真就不能满足您了吗？

达尔杜弗：人越觉得自己不配，越不敢希望幸福到手。长篇大论也难保证我们的希望不落空。命运太辉煌了，人反而容易起疑心，要人相信，先得现享现受。拿我来说，我就相信自己不配您的慈悲，疑心我的唐突不会有好结果。夫人，我是什么也不相信，除非您有实实在在的好处，能够满足我的爱情。

艾耳密尔：我的上帝！您的爱情活像一位无道的暴君，压制人心，惟我独尊，予取予求，漫无止境，我就心慌意乱，不知道怎么办才好！什么？人就不能逃避您的追求，连喘气的时间您也不给？您一步也不放松，为所欲为，不留回旋余地，而且明明知道人家对您有意，还这样迫不及待地逼人，不也太过分些了吗？

达尔杜弗：您既然怜悯我的赤诚，青眼相加，为什么又不肯给我确实的保证？

艾耳密尔：不过您口口声声全是上天，我同意您的要求，岂不得罪上天？

达尔杜弗：如果您只有上天和我的爱情作对，去掉这样一种障碍，在我并不费事，您大可不必畏缩不前。

艾耳密尔：可是人家一来就拿上天的裁判吓唬我们！

达尔杜弗：夫人，我能帮您取消这些可笑的畏惧，我有解除顾虑的方法。不错，上天禁止某一些享受（这是一个恶棍在说话）[①]；不过我能叫它让步的。有一种学问，根据不同的需要，放松束缚我们的良

---

① 这个小注是莫里哀自己添加的。

心的绳索，也能依照我们动机的纯洁，弥补失检的行为。夫人，我会教您这些秘诀的；您只要由我引导就成了。不要害怕，满足我的欲望吧！一切有我，有罪我受。夫人，您咳嗽得厉害。

艾耳密尔：可不，我真难受。

达尔杜弗：你要不要来一块甘草糖？

艾耳密尔：我害的一定是一种恶性感冒，我看现在就是全世上的糖也无济于事。

达尔杜弗：这可真糟。

艾耳密尔：是啊，说不出来有多糟。

达尔杜弗：说到最后，解除您的顾虑并不困难。您放心好了，事情绝对秘密。只有张扬出去的坏事才叫坏事。世人的议论是获罪于天的根源，私下里犯罪不叫犯罪。

艾耳密尔：（又咳嗽了一阵之后）说到最后，我看，我非横下心来依顺您不可了，我非同意样样应允您不可了，不这样做的话，我就不必妄想人家心满意足，明白过来。走到这一步，的确糟糕；不守妇道，在我也是身不由己。不过人家既然是执意要我走这条路，不肯相信一切能说出来的话，要更有说服力的证据，我就非横下心来，满足人家不可。万一我同意这样做，事情本身有获罪于天的地方，谁逼我这样出丑丢人，谁就活该受着吧，反正罪过决不该归我承当。

达尔杜弗：对，夫人，由我承当，事情本身……

艾耳密尔：请您把门开开，看看我丈夫在不在那边廊子。

达尔杜弗：您有什么必要顾虑到他？没有外人，我就说给您听吧，他是一个我牵着鼻子走路的人。他以我们的全部谈话为荣；我已经把他摆布到这步田地：看见什么，不信什么。

艾耳密尔：不管怎么样，请您先出去一会儿，在外面四处仔细看看。

（莫里哀：《莫里哀喜剧六种》，李健吾译，上海译文出版社，1978）

三、新文科阅读

诗由于固有的性质不同而分为两种；比较严肃的人摹仿高尚的行动，即高尚的人的行动，比较轻浮的人则摹仿下劣的人的行动，他们最初写的是讽刺诗，正如前一种人最初写的是颂神诗和赞美诗。

……

　　总之，悲剧是从临时口占发展出来的（悲剧如此，喜剧亦然，前者是从酒神颂的临时口占发展出来的，后者是从下等表演的临时口占发展出来的，这种表演至今仍在许多城市流行），后来逐渐发展，每出现一个新的成分，诗人们就加以促进；经过许多演变，悲剧才具有了它自身的性质，此后就不再发展了。

……

　　按照我们的定义，悲剧是对于一个完整而具有一定长度的行动的摹仿（一件事物可能完整而缺乏长度）。所谓"完整"，指事之有头，有身，有尾。所谓"头"，指事之不必然上承他事，但自然引起他事发生者；所谓"尾"，恰与此相反，指事之按照必然律或常规自然的上承某事者，但无他事继其后；所谓"身"，指事之承前启后者。所以结构完美的布局不能随便起讫，而必须遵照此处所说的方式。

……

　　因此，情节也须有长度（以易于记忆者为限），正如身体，亦即活东西，须有长度（以易于观察者为限）一样。（长度的限制一方面是由比赛与观剧的时间而决定的[与艺术无关]，如果须比赛一百出悲剧，则每出悲剧比赛的时间应以漏壶来限制，据说从前曾有这种事。另一方面是由戏剧的性质而决定的。）[限度]就长度而论，情节只要有条不紊，则越长越美；一般的说，长度的限制只要能容许事件相继出现，按照或然律或必然律能由逆境转入顺境，或由顺境转入逆境，就算适当了。

　　（亚里士多德、贺拉斯：《诗学·诗艺》，罗念生、杨周翰译，人民文学出版社，1962）

Unités（trois）

三一律

英语：unities, units；

德语：Einheiten；

西班牙语：unidades

　　三一律体系是试金石，也是法国古典主义剧作法的钥匙。三一律只有放在它那个时代的美学——意识形态的背景里才有意义。

1. 三一律的历史

三一律的规则创始于 16 世纪和 17 世纪（夏泼兰，从 1630 年到 1637 年；道比涅亚克，1657；拉·麦纳迪耶尔），它出自亚里士多德《诗学》的美学理论，《诗学》被（错误地）认为是三一律的创始者和立法者。行动律，确实由亚里士多德所提出（参见《诗学》第五章），后来受卡斯特尔维特洛（1570）翻译和论述亚里士多德的影响，又增加了地点律和时间律。地点律和时间律很少被完全遵守，因为它们对剧作法设置了太严格的限制；特别是对戏的叙述实验和尝试，起了"严禁栏杆"的作用。布瓦洛下了一个最著名的定义："三一律只有一个地点、一天时间、一个贯穿戏剧始终的事件。"

2. 三一律的结论

三一律全部局限在（表演的）舞台时间/地点，与（被表现材料的）外部时间/地点的集中一致。三一律的教条收紧时间性/空间性的集中，把行动的进展变得连续和同质，这就是古典主义剧作法的基本定律（其目的是为了获得逼真效果和高尚趣味，并通过被整体局限的精神来囊括一切）。

戏剧材料便处于：集中、扭曲、突出关键时刻（危机）、叙述外部事件和行动的内在化的严格控制之下。

（帕维斯：《戏剧艺术辞典》，宫宝荣、傅秋敏译，上海书店出版社，2014）

悲剧和喜剧是古代希腊戏剧仅有的两个辉煌部门。喜剧在民间成长，从批评出发，用欢笑来完成任务，配合实际生活，比悲剧更其密切。阿里斯托芬的作品具体说明这些情形。雅典沦亡给喜剧带来一种新形势，它不得不从个别例证转向一般刻画，从政治讽刺转向世态调侃，缺点是不及先前那样尖锐，然而另一方面，通过情节的贯串，对生活却也开始更广泛的反映。罗马共和国的喜剧作家普罗塔斯，由于在生活细节上，语言运用上，扎根扎在人民的怀抱，比起另一位模拟米南德的新型喜剧的泰伦斯，自然也就更受罗马观众欢迎。在欧洲民族大动乱期间，戏剧文学有一千多年陷于停滞，但是表演程式，仰仗江湖艺人的传授，到了文艺复兴时代，又在意大利"职业喜剧"或者"即兴喜剧"方面，取得新的生命。这种坚韧的乐生精神，同样表现在法兰西十三世纪以来就有的闹剧里面。空气流动的意大利"职业喜剧"，和生气勃勃的法兰西闹剧，结合演员的定型创造，在十七世纪三十年代，形成巴黎剧场的重要演出。戏剧事业随着资产阶级的兴起，有了彰明较著的发展，师法泰伦斯的典雅的"文学喜剧"和以演技为主的定型喜剧，在舞台上逐渐显出合流的趋势。剧作家风起云涌，天才的剧作家诞生了。莎士比亚在英吉利，洛坡·德·维加在西班牙，高乃依在法兰西，先后以绝高才华，在各自的国家，从事剧本创作。但是像阿里斯托芬那样泼辣，像米南德那样深入世态，专心致志，写出各类喜剧，成为现代喜剧的前驱的，就是我们这里所要谈起的较后于他们的莫里哀。

（李健吾：《李健吾文集·文论卷3》，北岳文艺出版社，2016）

莫里哀对法王的宠渥付出了心力。路易赏识他的机智和勇气，任命他为凡尔赛宫和圣日耳曼宫的娱宾总管。在欢乐节的庆典上，席开一星期（从1664年5月7日至13日），有比武竞技、盛乐、音乐、芭蕾舞、舞会、戏剧等，所有这些都在凡尔赛宫和公园上演，以火炬和饰佩4000支蜡烛的大灯来照明。莫里哀因此宴受赐6000里弗。有些学者惋惜莫里哀的天才被法王误用在朝廷演出开心的娱乐，他们认为这位喜剧诗人如花更多的时间去想去写，垂世的名作会更成熟。但他同时也身负剧团的重担，且不论如何，身为经理兼演员的操劳与责任也不容许他深居象牙塔中。许多作家穷而后工，逸裕反致庸碌，唯困境能激荡灵感。莫里哀最杰出的一出戏是1664年5月12日在他创作盛期演出的《欢乐节》中的一部分。

这是《伪君子》（Tartuffe）一剧的首演，与欢乐节的气氛不合，因它毫不留情地把披着虔诚与道德外衣的虚假给揭露出来。一个世俗人士组成的宗教团体圣克里门会（The Compagnie Saint sacrenet），即后来的志士社（Cabale des Dévots），其会员都誓为禁演这出戏而尽力。国王和拉瓦利埃的态度暧昧，久为这个宗教团体的信徒所诟病。路易原有意支持莫里哀，但在凡尔赛宫看过这出喜剧之后，收回成令，不答应让它在巴黎皇家剧院公演。为了安慰莫里哀，特请他在枫丹白露一个包括有教廷使节的团体前诵读《伪君子》，以为补偿。就历史材料所知，此团使节并没提出异议（1664年7月21日）。同月，这出戏在奥尔良公爵及其夫人（亨立埃塔·安娜）的官邸，在皇后、太后及御前上演。公演的铺垫工作差不多时，八月圣巴泰勒米（St. Barthélemy）主教皮埃尔·路累（Pierre Roullé）印发对国王的谏词，要求禁演此戏，并趁机指摘莫里哀是"一个人，或毋宁说是恶魔化身为人，历来最不虔诚、最放荡的人"。他写《伪君子》用以"挖苦整个教会"，莫里哀"该被柱烧，以便预尝炼狱之火"。皇上叱退路累，但仍不答应让《伪君子》公演。不过他为表示他的立场，将莫里哀的年金提高到6000里弗，并接替保护"先生剧团"，此即"国王剧团"（Troupe du Roi）。

争议僵持两年之后，莫里哀将此剧稍作润饰，加上数行，念给皇上听，指出这讽刺指向的不是真诚的信仰而是矫伪而已。亨利埃塔夫人支持作者的请准上演，路易口头上答应了。趁他去佛兰德斯作战时，《伪君子》第一次在皇家剧院公演，1667 年 8 月 5 日推出，距御前戏演已有三年之久。

（杜兰特：《路易十四时代》，台湾幼狮文化译，华夏出版社，2009）

四、问题研究

1. 古典主义

17 世纪的法国，政治上打击封建势力，加强中央集权，与此相适应，王权出于政治的需要，有意识钳制一切对专制不利的思想文化，建立统一的审美标准，这种倾向展现在文化领域中，就逐渐形成了独尊古典主义的趋势。所谓古典主义，即是因以古希腊罗马文学为典范，学习古典与模仿古典而得名。

首先，古典主义文学的特征在于对王权的拥护。例如我们前面介绍的莫里哀的《伪君子》，最终需要用"王爷圣明"来救场。甚至在与王权关联甚小的理论著作中，也可以看到对王权的歌颂。如布瓦洛的《诗的艺术》在结尾处大唱赞歌："我们在当今时代还会有什么可怕？一切的文艺事业都沐着爱日光华；我们有贤明君主，他那种远虑深谋，使世间一切才人都不受困苦。发动讴歌吧，缪司！让诗人齐声赞美。他的光荣助诗兴胜于你全部箴规。"[1]

其次，古典主义推崇理性。它要求作品中必须具有高度的理性，如布瓦洛《诗的艺术》第三章就表示："但是我们，对理性要服从它的规范。"[2]因而古典主义文学作品要求主人公克制个人情欲，履行公民义务。例如法国古典主义悲剧的创始人高乃依，他的名作《熙德》就以充满爱国主义和英雄情结的人物为创作对象，表现出荣誉高于个人情感的思想倾向。再如古典主义兴盛时期的作家拉辛，在其名作《安德洛玛克》中通过描写沦陷于个人情感中的人物悲惨的结局来反衬理智的重要性。

---

① 布瓦洛：《诗的艺术》第 2 版，范希衡译，人民文学出版社，2010，第 69 页。
② 布瓦洛：《诗的艺术》第 2 版，范希衡译，人民文学出版社，2010，第 32 页。

最后，古典主义坚持在题材内容与形式两方面学习和模仿古希腊罗马文学。例如拉辛《安德洛玛克》即取材于古希腊文学中忒拜城英雄赫克托尔妻子的故事，形式上严格恪守"三一律"。可以说，古典主义文学的标准最早可追溯到古希腊哲学家亚里士多德和罗马作家贺拉斯等人的文艺理论，后来在法国文论家布瓦洛这里得到集中总结。

2．"三一律"

古典主义不仅在题材内容上学习和模仿古希腊罗马文学，而且在形式上也要求向古典文学靠拢。亚里士多德在《诗学》中曾规定："悲剧是对于一个完整而具有一定长度的行动的摹仿。"①由于戏剧情节内容与演出观看的形式等原因，亚里士多德已经注意到戏剧艺术对形式的严格要求，尤其是对情节主题一致性的要求。接下来，他还说到具体的时间："就长短而论，悲剧力图以太阳的一周为限。"②实际上正是对悲剧表演的时间提出了建议。此后，贺拉斯在《诗艺》中也对作品题材、语言与形式做了更为细致的规定。例如，创作新字"这种自由，用得不过分，是可以允许的。这种新创造的字必须渊源于希腊，汲取的时候又必须有节制，才能为人所接受"③。

到了 17 世纪，法国作家布瓦洛在《诗的艺术》中延续了这条理论线索。如同亚里士多德与贺拉斯对戏剧题材与形式的规定那样，布瓦洛依照古典法则对文学体裁做了严格的等级规定并进一步发展了对戏剧的形式规定，明确要求戏剧创作应该恪守"三一律"，即戏剧创作在时间、地点和情节上要保持一致，一出戏所表现的故事必须发生在一天之内，地点是一个场景，情节服从于一个主题。如布瓦洛《诗的艺术》第三章："我们要求艺术地布置着剧情的发展；要用一地、一天内完成的一个故事，从开头到结尾维持着舞台充实。"④

3．"达尔杜弗"形象分析

在莫里哀看来，喜剧有责任通过娱乐改正人的错误，因此他要用滑稽的描画，攻击他所处的历史时期的社会恶习。在《伪君子》中，莫里哀重点攻击的世纪恶习即"虚伪"。

此剧的核心人物"达尔杜弗"作为伪君子的代名词，一出场就以虚伪的

---

① 亚里士多德、贺拉斯：《诗学·诗艺》，罗念生、杨周翰译，人民文学出版社，1962，第 25 页。
② 亚里士多德、贺拉斯：《诗学·诗艺》，罗念生、杨周翰译，人民文学出版社，1962，第 26 页。
③ 亚里士多德、贺拉斯：《诗学·诗艺》，罗念生、杨周翰译，人民文学出版社，1962，第 139 页。
④ 布瓦洛：《诗的艺术》第 2 版，范希衡译，人民文学出版社，2010，第 32-33 页。

宗教态度把自己假扮为一位虔诚的教士。在教堂里，他双膝着地跪在地上，"一会儿长叹，一会儿闭目沉思，时时刻刻毕恭毕敬地用嘴吻着地"。但这一切只不过是做给奥尔贡看的假象。当他如愿以偿进入奥尔贡家后，虽然表面上依旧装腔作势，整日鞭子不离手，但背地里却贪图口腹之欲，"一个人可以吃下六个人的东西"，因为吃得好又睡得饱，女仆道丽娜形容他"又肥又胖，红光满面，嘴唇都红得发紫"。除此以外，达尔杜弗还把自己伪装成一名超脱世俗情欲的圣人，禁止家庭成员的娱乐消遣行为。但实际上，他不仅企图霸占已有心上人的玛丽亚娜，逼迫玛丽雅娜与自己订婚，还觊觎艾尔密尔的美色，声称上帝为她造了这样一副动人的容貌，自己禁不住对她产生了炽热的恋爱。最后，达尔杜弗的伪装还体现在他对钱财的贪婪攫取中。在教堂中时，他多次向奥尔贡表示自己得到的布施已经太多，并表示要把钱散给更穷的人。但实际上却千方百计挑拨奥尔贡与儿子大密斯的关系，最终取得了奥尔贡的家产，并堂而皇之要求赶走奥尔贡一家人以独霸家产。

我们从中也可以看出，达尔杜弗对待上帝、宗教以及他人都是不真诚的，这种不真诚的危害是巨大的，它展示的是一个人内在的彻底的自私与自利。可以说，达尔杜弗是被物质欲望和虚伪的道德双重扭曲的人物，这是莫里哀深刻观察的结果，也高度概括了17世纪法国社会的内在伪善。

五、延伸思考

1. 思考"三一律"在戏剧文学创作中的利与弊

可参考：第三部分"新文科阅读"中的相关资料，一方面，可以思考"三一律"把整部戏剧压缩到一个地点、一天时间与一条主线中，可以带来什么样的戏剧效果？另一方面，可以结合高乃依、拉辛、莫里哀以及英国文学中的莎士比亚等戏剧作家对"三一律"的践行情况来分析，这种艺术形式有什么样的弊端？

2. 思考《伪君子》剧本的开场有何特色

可参考：《伪君子》是一部五幕喜剧作品，但剧本的主人公达尔杜弗却直到第三幕才出场，那么前面的两幕戏剧有何作用呢？可参考莫里哀《"达尔杜弗"序言》："我为了这样做，整整用了两幕，准备我的恶棍上场。我不让观众有一分一秒的犹疑；观众根据我送给他的标记，立即认清了他的面貌；从头到尾，他没有一句话，没有一件事，不是在为观众刻画一个恶

人的性格……"　①

六、资料参考

> 他不缺任何荣誉,
>
> 没有他我们的荣誉受损。

　　　　　法兰西学院大厅内莫里哀肖像底座的题词

　　我们谈到莫里哀,歌德说,莫里哀是很伟大的,我们每次重温他的作品,每次都重新感到惊讶。他是个与众不同的人,他的喜剧作品跨到了悲剧界限边上,都写得很聪明,没有人有胆量去模仿他。他的《悭吝人》使利欲消灭了父子之间的恩爱,是特别伟大的,带有高度悲剧性的。但是经过修改的德文译本却把原来的儿子改成一般亲属,就变得软弱无力,不成名堂了。他们不敢象莫里哀那样把利欲的真相揭露出来。但是一般产生悲剧效果的东西,除掉不可容忍的因素之外,还有什么呢?

　　我每年都要读几部莫里哀的作品,正如我经常要翻阅版刻的意大利大画师的作品一样。因为我们这些小人物不能把这类作品的伟大处铭刻在心里,所以需要经常温习,以便使原来的印象不断更新。

　　　　　　　　　　(歌德:《歌德谈话录》,朱光潜译,人民文学出版社,1982)

　　这在今天并不是什么可耻的事儿,伪善是一种时髦的恶习;任何恶习,只要一时髦,人们就拿它当作美德。正人君子这个角色,在所有的各种角色里面,可以说是最容易扮演的一个。如今的时代,伪善这行职业具有神妙不测的好处。这是一种艺术,仗着这种艺术,蒙蔽欺骗的勾当就永远受到尊敬;即便被人发觉,人们也是一声不敢言语。人类其他一切恶习,都会遭受公众的责备,甚至人人都有公开加以抨击的自由;但是伪善却是一种享有特权的恶习,它可以拿一只手把世人的嘴都给堵上,悠闲自在地逍遥法外。他们可以利用伪善的丑面具密切地结成狐群狗党。只要你得罪了其中的一位,大家都出来跟你算账。

　　[莫里哀:《唐璜》(第五幕第二场),载《莫里哀喜剧选》上册,赵少侯、王了一等译,

　　　　　　　　　　　　　　　　　　　　　　　人民文学出版社,1959]

---

　　① 莫里哀:《关于喜剧"达尔丢夫"序言》,载中国社会科学院文学研究所编《文艺理论译丛》下,知识产权出版社,2010,第812页。

好好地研究宫廷，好好地认识都市，

二者都是经常地充满人性的典式。

就是这样，莫里哀琢磨着他的作品，

他在那艺术里也许能冠绝古今，

可惜他太爱平民，常把精湛的画面，

用来演出他那些扭捏难堪的嘴脸，

可惜他专爱滑稽，丢开风雅与细致，

无聊地把塔巴兰硬结合上特朗斯：

在那可笑的袋里史嘉本把他装下，

他哪还像是一个写《恨世者》的作家！

喜剧在本质上与哀叹不能相容，

它的诗里绝不能写悲剧性的苦痛；

但是喜剧的任务也不是跑到街口，

运用下流的词句博取众庶的欢呼。

它的演员们应当高尚地调侃诙谐；

剧情要善于纠结，还要能轻巧解开；

情节的进行、发展要受理性的指挥，

绝不要冗赘场面淹没着主要目的……

（布瓦洛：《诗的艺术》第 2 版，范希衡译，人民文学出版社，2010）

　　这出戏（《伪君子》）及他（莫里哀）的其他许多剧作都表明，与同世纪大多数道德家相比，莫里哀在对真实的把握中，很少注重类型化，较多注重个性化。莫里哀刻画的不是"吝啬鬼"式的人物，而是一个特定的人。这个人爱轻声咳嗽，是个老偏执狂者，他写的不是"人类的敌人"，而是上层社会一个不可征服的年轻正直狂人，这个人满脑子都是自己的观点，要对世界进行审判，认为这个世界不适合自己；莫里哀塑造的不是一个"没病找病"式的人物，而是一个富有的、身强力壮的、身体健康的、爱发脾气的家庭暴君，他老是忘了自己的病人角色。但尽管如此，每个人都能感觉到，莫里哀也还是完全属于他生活的那个道德-类型化的世纪；因为他寻找个性化的真实仅仅是为了取笑，取笑对他来说意味着避开中间人物和大多数普通人。对他来说，一个应该认真对待的人物也会是一种"类型"。他寻求的是舞台效果,他的才能更为活跃,发挥得更为自由。

(埃里希·奥尔巴赫:《摹仿论:西方文学中现实的再现》,吴麟绶、周新建、高艳婷

译,商务印书馆,2018)

七、习题讨论

由莫里哀的《伪君子》剧做进一步思考,在当下的社会生活中有哪些"虚伪"的面貌,以及我们可以做些什么。

本节课件

第二节 歌德《浮士德》

一、作品导读

歌德(1749—1832),德国诗人,启蒙时代精神的伟大代表。早期历史剧《葛兹·封·伯利辛根》弘扬侠义、忠诚、高贵的骑士精神,用以对抗污浊、卑俗的现实社会。诗剧《普罗米修斯》反映了狂飙突进运动对个体的推崇。小说《少年维特之烦恼》敏锐地描绘了沉闷压抑的社会环境。戏剧《托夸多·塔索》演绎的是文艺复兴时期诗人塔索的故事,歌德很认同塔索,他谈道:"我有塔索的生平,有我自己的生平,我把这两个奇特人物和他们的特性融合在一起……我有理由这样说:它是我的骨中之骨,肉中之肉。"[1]宗白华称《浮士德》为近代人的圣经,"近代人失去了希腊文化中人与宇宙的谐和,又失去了基督教对超越上帝虔诚的信仰,人类精神上,获得了解放,得着了自由,但也就同时失所依傍、彷徨、摸索、苦闷、追求,欲在生活本身的努力中寻

---

[1]《歌德谈话录》,艾克曼辑录,洪天富译,上海三联书店,2016,第243页。

得人生的意义与价值。歌德是这时代精神伟大的代表"。[①]歌德在近代文化史上的意义就是他带给近代人一个"新的生命情绪",也就是对"生命本身价值的肯定"。

《浮士德》分上下两部,在主体部分之前还有一段献词和两个序幕(舞台上的序幕和天堂里的序幕),"天堂里的序幕"是整个诗剧的总纲。第一部"几乎是纯粹主观的,一切都产生于较狭隘的,更热情的个人",第二部"几乎完全没有主观的成分,所呈现的是一个更高尚,更宽广,更明朗,更冷静的世界;谁要不曾奋斗求索过,有了些人生阅历,谁对它就会一筹莫展"(歌德语)。

诗剧主人公浮士德来自15世纪德国的民间传说,传说中的浮士德是一个颇有能耐的炼金术士,用魔术吸引观众,因贪图享乐,与魔鬼签订合同,最后被魔鬼带进地狱。歌德受到英国剧作家马洛《浮士德博士的悲剧》的影响,在民间传说的基础上,把浮士德塑造为追求知识、爱情、美和价值的不断进取的追寻者形象。同时《浮士德》中表达了中年学者浮士德对生活的厌倦和追求中的迷惘:"我早晨蓦然惊醒/禁不住泪满衣襟/白白度过一日的时光/不让我实现任何希望/连每种欢乐的预感/也被顽固的批评损伤/而且用千百种丑恶的人生现实/阻碍我活泼心胸的创造兴致/到了黑夜降临/我们不得不忧心忡忡地就寝/这时我还是不得安宁/常常被噩梦相侵/所以我觉得生存是种累赘/宁愿死而不愿生。"随后,魔鬼梅非斯特的出现点燃了浮士德生之欲望。在《浮士德》中上帝对魔鬼的存在所做的解释是:"人在努力时太容易松懈,很快会爱上绝对的清闲;因此我乐意造一个魔鬼,让他刺激人,与人做伴。"

二、作品节选

第四场 书斋

浮士德、梅非斯特上。

浮士德:敲门?进来!谁又来找我麻烦?

梅非斯特:是我。

浮士德:进来!

---

① 宗白华:《美学与意境》,人民文学出版社,1987,第61页。

梅非斯特：你要说上三遍。

浮　士　德：进来吧！

梅非斯特：这才使我欢喜。

我希望，我们会和睦相处！

为了给你把郁闷解除，

我扮作贵公子①来到这里，

穿着绣金边的红袍，

披着厚实的锦缎外套，

帽子上面插着鸡毛，

腰佩一把锋利的长剑，

我要爽爽气气地奉告，

劝你也作同样的打扮；

让你获得自由解放，

去把人生的滋味品尝。

浮　士　德：不管穿什么服装，狭隘的浮生

总使我感到非常烦恼。

要只顾嬉游，我已太老；

要无所要求，我又太年轻。

人世能给我什么恩赐？

你要克己！要克己！

这是一句永远的老调，

在人人的耳边喧嚷，

我们一生，随时都听到

这种声嘶力竭的歌唱。

我早晨醒来，只有觉得惶恐，

总不由得落泪伤心，

想到今日，在这一天之中，

一个愿望也不会实现，一个也不行，

甚至任何快乐的向往

---

① 在最初的浮士德故事书中恶魔来到浮士德面前是扮作方济各会灰衣修士。在木偶戏中穿红衣，披黑色斗篷，帽插鸡毛。在德国民间流传的神话中称他贵族，贵公子。

　　　　　也被任意的挑剔打消，
　　　　　活跃的满腔创新的思想
　　　　　都受到无数俗虑的干扰。
　　　　　等到黑夜降临，上床就寝，
　　　　　我又要感到惶惶不安；
　　　　　在床上也是心神不宁，
　　　　　许多噩梦使我胆寒。
　　　　　驻在我的胸中的神，
　　　　　能深深激动我的内心，
　　　　　但这支配我全部力量的神，
　　　　　却没有对付外力的本领；
　　　　　因此，我觉得生存真是麻烦，
　　　　　我情愿死，不愿活在世间。

梅非斯特：可是死亡决不是受人欢迎的客官。

浮　士　德：头上戴着血淋淋的桂冠、
　　　　　荣获胜利的死者，真是福人！
　　　　　还有拼命狂跳了一番
　　　　　而死于少女怀中的人！
　　　　　我也曾醉心于崇高的地灵之力，
　　　　　那时真应当失魂丧命！

梅非斯特：可是却有人没把棕色的毒汁
　　　　　在那天夜里一饮而尽。

浮　士　德：做包打听，好像是你的嗜好。

梅非斯特：我虽不是全知，所知的却也不少。

浮　士　德：既然有熟悉的甘美的声音
　　　　　引我脱离恐怖的混乱，
　　　　　用那快活时代的余韵
　　　　　诱发残余的童年情感，
　　　　　因此我诅咒所有那一切，
　　　　　用诱饵、幻术将灵魂勾住，
　　　　　而且用诱惑、谄媚的魅力

将它禁闭在凄凉的洞府①！
我先要诅咒傲慢的思想，
它紧紧束缚我们的精神，
我再要诅咒迷人的假象，
它紧紧胁迫我们的官能！
诅咒荣誉和不朽的声名，
在梦中进行诱惑的妄想！
诅咒媚惑我们的私有品，
奴仆、锄犁、子女和妻房！
我诅咒玛门②，他若用金钱
诱我们从事大胆的事业，
他若给我们准备好软垫，
使我们贪恋闲散的安逸！
诅咒葡萄的玉液琼浆！
诅咒那种最高的宠爱③！
诅咒希望！诅咒信仰④，
特别是要诅咒忍耐！

精灵合唱：（隐而不露。）

唉！唉！
你已破坏
美丽的世界。
拳头好厉害；
世界已崩溃！
是半神把它摧毁！
我们来
清除废墟的瓦砾，
我们为
消逝的荣华叹息。

---

① 指肉体的躯壳
② 财神。见《马太福音》第六章。
③ 天主的宠爱。
④ 信、望、爱为基督教中的三德。

　　　　　　强力的

　　　　　　凡间之子，

　　　　　　把人世

　　　　　　重建得更辉煌，

　　　　　　把它建设在你的胸中！

　　　　　　你要心情轻松，

　　　　　　开拓

　　　　　　新的生活，

　　　　　　让新的乐章

　　　　　　在人间传诵！

梅非斯特：这些小鬼

　　　　　　是我的跟随。

　　　　　　他们劝你寻乐和力行，

　　　　　　说得多聪明！

　　　　　　他们要劝你

　　　　　　去遍历人世，

　　　　　　别让血滞而心枯，

　　　　　　要脱离孤独。

　　　　　　不要再玩弄你的忧伤，

　　　　　　它像秃鹰吞噬你的生命①；

　　　　　　即使你跟下等的人们来往，

　　　　　　也会感到并没有离群。

　　　　　　可是我并无此意，

　　　　　　要推你混入下层。

　　　　　　我不是什么伟人；

　　　　　　你如想跟我一起

　　　　　　到世间阅历一番，

　　　　　　那我也心甘情愿

　　　　　　立即听你的使唤。

　　　　　　我就做你的同伴，

---

① 普罗米修斯被锁在高加索的悬崖绝壁上，宙斯派秃鹰每天去啄食他的肝脏。

　　　　　　　如果你中意，

　　　　　　　我就做仆从，就做奴隶！

浮 士 德：你这样待我，我将何以为报？

梅非斯特：来日方长，现在不必提起。

浮 士 德：不行，恶魔奉行利己主义，

　　　　　　　决不会轻易免费效劳，

　　　　　　　去干有利于他人之事。

　　　　　　　请你讲明你的条件；

　　　　　　　这样的仆人给家中带来危险。

梅非斯特：我愿在今生承担奴仆的义务，

　　　　　　　听你使唤，无休无止，

　　　　　　　如果我们在来世相遇

　　　　　　　你也同样替我办事。

浮 士 德：我不考虑什么来世，

　　　　　　　你砸烂了这个人世，

　　　　　　　就会有另一个世界产生。

　　　　　　　从这个大地涌出我的欢喜，

　　　　　　　这个太阳照临我的忧思，

　　　　　　　有一日我跟它们分离，

　　　　　　　管它有什么变化发生。

　　　　　　　我也不想多管闲事，

　　　　　　　管它将来有没有爱憎，

　　　　　　　管它那个未来的人世，

　　　　　　　是否还有上下之分。

梅非斯特：你有此心，就可以大干。

　　　　　　　订约吧；你将在最近几天

　　　　　　　欣然看到我的妙技，

　　　　　　　我将给你看人所未见的奇迹。

浮 士 德：可怜的恶魔想提供什么？

　　　　　　　作着崇高努力的人类精神生活，

　　　　　　　几时曾被尔等认清？

　　　　　　　可是，你有不能果腹的食品？

　　　　　你有滚动不停的纯金

　　　　　像水银一样从你手里散开？

　　　　　你有不能决胜的赌牌？

　　　　　你有个姑娘，在我怀里

　　　　　已经跟邻座的男子眉目传情？

　　　　　你有荣名的无上欢喜，

　　　　　忽然像流星一样消隐？

　　　　　给我看看未摘先烂的水果①，

　　　　　每天更换新的绿叶的树木②！

梅非斯特：这种定货吓不倒我，

　　　　　我可以供应这种宝物。

　　　　　朋友，那样的时辰已经不远，

　　　　　我们可以安享一顿美餐。

浮 士 德：我如有一天悠然躺在睡椅上面，

　　　　　那时我就立刻完蛋！

　　　　　你能用甘言哄骗住我，

　　　　　使我感到怡然自得，

　　　　　你能用享乐迷惑住我，

　　　　　那就算是我的末日！

　　　　　我跟你打赌！

梅非斯特：好！

浮 士 德：再握手一次③！

　　　　　如果我对某一瞬间说：

　　　　　停一停吧！你真美丽！

　　　　　那时就给我套上枷锁，

　　　　　那时我也情愿毁灭！

　　　　　那时就让丧钟敲响，

　　　　　让你的职务就此告终，

---

　　① 古代传说死海附近有一种果实，外表很美，摘下便成灰烬。

　　② 希腊神话中坦塔罗斯因泄露天神的秘密，被打入地狱，站在水中，树枝低垂到他的头上，他饥饿时想吃树上的果子，大风就把树枝吹高，使他无法接近。

　　③ 浮士德以双手交叉的姿态握住梅非斯特的手。

> 让时钟停止，指针垂降[①]，
>
> 让我的一生就此断送！

梅非斯特：要三思而行，我们都不会遗忘。

浮　士　德：对于此事你享有全权，

　　　　　　我并非贸然干这冒险勾当。

　　　　　　我一停滞[②]，

　　　　　　就变成奴隶，

　　　　　　你的，别人的，都是一样。

（歌德：《浮士德》，钱春绮译，上海译文出版社，2013）

三、新文科阅读

　　须知，所谓"浮士德精神"，就是诗剧主人公以其一生的奋斗、失败、再奋斗所体现出来的全部人生态度和精神追求，绝非干巴巴的一则公式、一个定义、一句教条所能概括和涵盖。

　　"浮士德精神"，具有十分丰富的、多方面的内容。小而论之，它涉及个人的立身行事、荣辱观念、理想追求；大而论之，它涉及对社会、对人类、对宇宙的认识和态度。积极乐观，奋发进取，自强不息——永远向上，永不自满自足，不断精益求精——勇于探索真理，不畏艰险，不怕牺牲，上下求索，九死不悔——热爱生活，心系大众，"敢把天下的苦乐承担"，"舍己救人"——以奋斗为乐，为拯济人类而大胆改造自然，征服自然——高瞻远瞩，永远乐观地面向未来……所有这些，不都体现在诗剧的主人公身上，不都可以称作浮士德精神吗？

　　刚刚与靡非斯托签完打赌的契约，浮士德面对这个只知道以声色犬马之娱诱惑世人的魔鬼，如此展示了自己的抱负和理想：

> 真正的男子汉只能是
>
> 不断活动，不断拼搏。
>
> 听着，这儿讲的并非什么享乐，

---

① 古时时钟机件损坏，停止走动时，时针降落到六点钟的地方。

② 对某种现状感到满足。

而是要陶醉于最痛苦的体验，

还有由爱生恨，由厌倦转活跃。

我胸中对知识的饥渴业已治愈，

不会再对任何的痛苦关闭封锁。

整个人类注定要承受的一切，

我都渴望在灵魂深处体验感觉，

用我的精神去攫取至高、至深，

在我的心上堆积全人类的苦乐，

把我的自我扩展为人类的自我，

哪怕最后也同样失败、沦落。

老博士的这段自白，应该讲就是何谓"浮士德精神"的权威解释。

他这样的精神，在《浮士德》产生的年代，在欧洲的启蒙运动时期，在新兴资产阶级登上历史舞台并逐渐成为主角的 17 世纪、18 世纪，正体现着一种新的文化精神，一种新的人生态度，一种不断拼搏、进取，永远追求"至高、至深"，在"把我的自我扩展为人类的自我"的道路上无所畏惧的积极进步人生观和世界观。

[杨武能：《"浮士德精神"与西方近、现代文明——试析〈浮士德〉的哲学内涵（下）》，
载《浮士德：全 2 册》，河北教育出版社，2015]

有限里就含着无尽，每一段生活里潜伏着生命的整个与永久。每一刹那都须消逝，每一刹那即是无尽，即是永久。我们懂了这个意思，我们任何一种生活都可以过，因为我们可以由自己给与它深沉永久的意义。《浮士德》全书最后的智慧即是：

一切生灭者

皆是一象征。

在这些如梦如幻流变无常的象征背后潜伏着生命与宇宙永久深沉的意义。

现在我们更可以了解人生中的形式问题。形式是生活在流动进展中每一阶段的综合组织，他包含过去的一切，成一音乐的和谐。生活愈丰富，形式也愈重要。形式不但不阻碍生活，限制生活，乃是组织生活，集合生活的力量。老年的歌德因他生活内容过分的丰富，所以格外要求形式，定律，克制，宁静，以免生活的分崩而求谐和的保持。这谐和的人格是中年以后的歌德所

兢兢努力惟恐或失的。他的诗句：

> 人类孩儿最高的幸福
>
> 就是他的人格！

流动的生活演进而为人格，还有一层意义，就是人生的清明与自觉的进展。人在世界经历中认识了世界，也认识了自己。世界与人生渐趋于最高的和谐，世界给予人生以丰富的内容，人生给予世界以深沉的意义。这不是人生问题可能的最高的解决么？这不是文艺复兴以来，人类失了上帝，失了宇宙，从自己的生活的努力中，所能寻到的人生意义么？

浮士德最初欲在书本中求智慧，终于在人生的航行中获得清明。他人生问题的解决我们可以说：

> "人当完成人格的形式而不失去生命的流动！生命是无尽的，形式也是无尽的，我们当从更丰富的生命去实现更高一层的生活形式。"

这样的生活不是人生所能达到的最高的境地么？我们还能说人生无意义无目的么？歌德说：

> "人生，无论怎样，他是好的。"

歌德的人生启示固然以《浮士德》为中心，但他的其他创作都是这种生活之无限肯定的表现。尤其是他的抒情诗，完全证实了我们前面所说的歌德生活的特点。

他一切诗歌的源泉，就是他那鲜艳活泼，如火如荼的生命本体。而他诗歌的效用与目的却是他那流动追求的生命中所产生的矛盾苦痛之解脱。他的诗，一方面是他生命的表白，自然的流露，灵魂的呼喊，苦闷的象征。他像鸟儿在叫，泉水在流。他说："不是我做诗，是诗在我心中歌唱。"所以他诗句的节律里跳动着他自己的脉搏，活跃如波澜。他在生活憧憬中陷入苦闷纠缠，不能自拔时，他要求上帝给他一支歌，唱出他心灵的沉痛。在歌唱时他心里的冲突的情调，矛盾的意欲，都醇化而升入节奏、形式，组合成音乐的谐和。混乱浑沌的太空化为秩序井然的宇宙。迷途苦恼的人生获得清明的自觉。因为诗能将他纷扰的生活与刺激他生活的世界，描绘成一幅境界清朗，意义深沉的图画（《浮士德》就是这样一幅人生图画）。这图画纠正了他生活的错误，解脱了他心灵的迷茫，他重新得到宁静和清明。

（宗白华：《美学与意境》，人民出版社，1987）

四、问题研究

1. 浮士德精神

浮士德对知识、爱情、政治、美和事业的追求，体现出个体"不断努力进取的精神，也可以称为自强不息、精进不懈的精神"[①]。浮士德的追求在不断肯定又不断否定的过程中迂回展开，"歌德实际上就在自己创造的新的思想体系中完成了对人的新理解：人，虽然存在着深刻的矛盾，但其本质就是追求至善至美的精神——'浮士德精神'的载体。这是一种积极的人生态度，反映的是启蒙运动之后欧洲先进思想家和知识分子对人认识的深化"[②]。

2. 《浮士德》的具象描写、幻想性与抽象性

歌德美学思想中非常重要的一点即为重视形象思维，从具体形象中表现一般意义。《浮士德》具有多元艺术形式，融具象描写、浪漫幻想和高度抽象性为一体。

诗剧化用德国民间传说、希腊神话、希伯来文化原型等，把浮士德形象及其追寻历程的五个阶段写得具体可感，魔鬼梅非斯特又是否定性精神的具体化。诗剧兼具戏剧和诗歌的特点，在浮士德的主线故事里加入了奇特的幻想成分，比如浮士德和海伦的儿子欧福里翁、瓦格纳的人造人等。歌德谈到过《浮士德》第一部和第二部的区别：第一部几乎纯粹是主观的，一切都产生于较狭隘的、更热情的个人，这种人的半蒙昧状态，也许能讨人们喜爱；但第二部里几乎完全没有主观的成分，所呈现的是一个更高尚、更宽广、更明朗、更冷静的世界，谁要不曾奋斗求索过，有了些人生阅历，谁对它就会一筹莫展。《浮士德》第二部带有更多的象征意味和抽象性。

五、延伸思考

1. 《浮士德》的历史内涵

可参考：结合《浮士德》的三个文化来源来理解。第一，德国的民间故事或传说；第二，以《圣经》为主要载体的希伯来基督教文化；第三，经过

---

① 董问樵：《浮士德研究》，复旦大学出版社，1987，第47页。
② 聂珍钊主编《外国文学史》，高等教育出版社，2018，第204页。

意大利文艺复兴得以发扬光大的古希腊罗马文化。

2. 思考《浮士德》的现代意义

可参考：结合下面的相关评价来理解。

普希金：一部现代生活的《伊利亚特》

郭沫若：一部时代精神的发展史（曾译《浮士德》，俄文版，译者为帕斯捷尔纳克）

黑格尔：绝对的哲学悲剧（《精神现象学》）

卢卡契：封建主义向资本主义过渡的诗意见证（《浮士德研究》）

雅斯贝尔斯：不受限制的行为的悲剧（讲演"歌德的人性"）

六、资料参考

468

凡是真的、善的和美的事物，不管它们外表如何，都是简单的，并且还总是相似的。但是，我们所加以指责的错误却是各各不同和千变万化的。错误不仅跟善的和真的事物发生冲突，而且还跟它自身发生冲突。它是自相矛盾的。因此，在我们的文学里谴责的语言就必然超过赞美的语言。

484

对所有的一切艺术，我们都必须表示宽容，可是唯独对希腊艺术，我们却永远是受惠者。

485

要想逃避这个世界，没有比艺术更可靠的途径，要想同世界结合，也没有比艺术更可靠的途径。

486

即使是在感到最大幸福和最大不幸的时刻，我们都需要艺术家。

（歌德：《歌德的格言和感想》，程代熙、张惠民译，载伍蠡甫主编《西方古今文论选》，

复旦大学出版社，1984）

从以前的民间故事版本《浮士德》中，浮士德跟魔鬼签约获得了个人的幸福，但是灵魂被出卖了，堕落到地狱之中。歌德的《浮士德》对这个问题

重新进行了解答：浮士德经过一系列奋斗，最终获得了个人的幸福，尽管做出了妥协，跟魔鬼曾经签约，也可以解读为他走过很多的弯路，但是最终还是回到正道上，得到了上帝的拯救，因此他最终没有出卖个人的灵魂。

歌德通过这种方式来解决人的精神发展中每个人在自己的生活道路上都必然会遇到的问题。如果用哲学一点的语言来说，就是怎么来解决人自己的自然欲求和道德律令之间的冲突。

我们再提一下《浮士德》里对于人性、精神、精神哲学方面独到的地方。通过《浮士德》这部作品，我们可以透视复杂的人性结构，就像我们前面所说的一样，歌德并没有简单地断言人性是善还是恶，他展现的是善恶交织的复杂结构。

在《浮士德》中我们可以看到，浮士德离开梅菲斯特就无法存在，反之亦然。对复杂的人性结构的透视尽管不是用哲学语言表达出来，但歌德对人性奥秘的透视，比很多貌似深刻的哲学家要深刻得多，也更富有让人回味的空间。

（王宏图：《〈浮士德〉中的人生哲学》，《名作欣赏》2016 年第 1 期）

我们可以说，歌德一生的上半期是努力于调解灵与肉间及心灵与心灵间之矛盾冲突，以求避免一切内与外的骚扰。但他人格的构造却是如此的幸福，在他的每一种心能中总是积极的，善的，于世于己有益的部分占最优势，故他在一切奋斗中从不损害及自己与世界而永为胜利的前进者与造福者。所以认识他很深刻的人，总不致迷惑于他一时的偏颇与过分，而对于他道德的人格将承认克乃勒尔的批评。克氏在 1780 年说："我很知道，他不是时时可爱的。他很有些令人不快的方面，我也曾领略过。但他这人全体的总和是无限好的。"再者赫尔德在 1787 年也曾批评过他道德的与精神的人格，"他有一个清明广大的理性，真挚亲切的情感，极端纯洁的心"。

（比学斯基：《歌德论》，载宗白华《西方美学名著译稿》，重庆大学出版社，2014）

班奈特非常有益地提醒我们，《浮士德》的独特艺术在于让诗系统地消除一切我们赖以理解它的视角。只有刻意含混，你才能阻止视角主义，而歌德似乎发明了七十七种含混的方法。尼采的歌德体现了狄奥尼索斯精神而不是阿波罗精神，正如弗洛伊德的歌德体现了爱神而不是死神。我认为《浮士德》

中的唯一神祇或小神就是歌德自己，因为这位非凡的诗人既非基督徒也非伊壁鸠鲁派，既不是柏拉图主义者也不是经验论者。也许，自然精神而不是靡菲斯特在为歌德代言，但我们如今觉得歌德的精神令人烦恼或激愤，所以靡菲斯特当然成了《浮士德》中最打动人的形象，他被埃里希·赫勒正确地推举为尼采虚无主义观念的合法先驱。赫勒认为，尼采终归是一位浮士德式人物，不过这一看法却回避了尼采自己的反讽。

（布鲁姆：《西方正典》，江宁康译，译林出版社，2015）

当歌德决定把"史诗"和"诗剧"结合起来，用荷马史诗和民间文学的"一条绳索"的手法去写浮士德的一生后，歌德就解决了"史诗剧"的基本结构。但是，歌德要做的事情还很多，他还必须对传统的"诗剧"形式加以全面的改革，以适应他作品的宏伟的内容。他也确实是这样地做了。

首先，他在《浮士德》中必须突破古典主义戏剧的框框，破除"三一律"，破除"悲剧"和"喜剧"严格分开的界限，才能表现浮士德一生的经历。在这方面，他大大得益于莎士比亚和莫里哀。他赞美莎士比亚说："我初次看了一页他的著作之后，就使我终身折服；当我读完他的第一个剧本时，我好像一个生来盲目的人，由于神手一指而突然获得天光。……我没有片刻犹豫地拒绝了有规则的舞台。我觉得地点的统一，好像牢狱一般的狭隘，行动和时间的统一是我们想象力的讨厌的枷锁。我跳向自由的空间，这时我才觉得有了手和脚。"（《莎士比亚纪念日的讲话》）他赞美莫里哀说："莫里哀是很伟大的，我们每次重温他的作品，每次都重新感到惊讶，他是个与众不同的人。他的喜剧作品，跨到了悲剧界限上。……我每年都要读几部莫里哀的作品，……因为我们这些小人物不能把这类作品的伟大处铭刻在心里，所以需要经常温习，以便使原来的印象不断更新。"（1825 年 5 月 12 日与爱克曼的谈话）在莎士比亚和莫里哀的启发下，他把《浮士德》写成喜中有悲，悲中有喜的悲喜剧，把"悲剧"和"喜剧"结合起来，在戏剧情节上完全突破了"三一律"的束缚，使自己深刻的哲学思想和思接千载视通万里的想象力，得以充分表现出来。

歌德的"史诗剧"是一种开放式的戏剧，它包罗万象，兼收并蓄。歌德为了开创这种新的戏剧，借鉴的目光，几乎旁及一切戏剧，凡是他用得上的戏剧形式，他都"拿来"，没有任何清规戒律。他反对古典主义戏剧的教条，但也深知"三一律"的优点是能使剧情集中，尤其是情节的一致，并不是糟粕。他在《浮士德》的整体结构中扬弃了"三一律"，在局部结构中又有选择地采用它。例如在《海伦》一幕中，保持了情节和地点的一致。他在 1826 年 7 月的一封信稿中作了说明："在地点不变的情况下，描写了三千年间发生的事情，严守了情节一致和地点一致两条，而在时间跨度上，全凭幻想。"歌德所写的关于海伦和特洛亚战争的故事，是纪元前一千多年的事情，而有关欧福良即拜伦的情节则是歌德同时代的事情，因此，作品情节囊括了三千年的时间跨度。《浮士德》第二部第三幕是海伦的核心情节，需要情节的集中和地点的一致，歌德就部分地采用了"三一律"的编剧法。

……

《浮士德》的"舞台序剧"则借鉴印度诗人迦梨陀娑的名剧《沙恭达罗》。1791 年，歌德读了这个剧本，十分欣赏。该剧有幕序剧，歌德有意模仿它，便写成"舞台序剧"，但成复调结构，经理、剧作家、丑角三种声音代表三种独立的意见，并不统一。序剧同时在于告诉观众：这是在演戏，打破舞台上制造的幻觉。

《浮士德》把荷马史诗、古希腊悲剧、希伯来诗剧、中世纪的神剧、莎士比亚、莫里哀、市民戏剧、印度戏剧的形式熔于一炉，就成了新颖的戏剧形式——"史诗剧"，实现了歌德孜孜以求的把"史诗"与"诗剧"结合起来的宏愿。

（李万钧：《〈浮士德〉是一部伟大的戏剧》，《文艺研究》1991 年第 1 期）

七、讨论习题

"一切无常世象，无非是个比方；人生欠缺遗憾，在此得到补偿；无可名状境界，在此已成现实；跟随永恒女性，我等向上、向上"，如同《浮士德》剧终时的神秘合唱，这部诗剧多处用到象征手法，请结合文本加以分析。

本节课件

第五章　19世纪文学（上）

第一节　浪漫主义诗歌

一、作品导读

　　浪漫主义（romanticism）一词源于中世纪的"罗曼司"（romance）。法语词"罗曼司"最初指"大众语言"，也称"白话"，"到了12世纪初，'罗曼司'由最初的一个词慢慢演变成'故事'的代名词，从一种语言变为一种文体了。现代英语中的romance一词，就是从法语的romans派生而来，其意既指中世纪的叙事作品，也指现实生活中的风流韵事以及充满理想与诗意的爱情故事"[①]。18世纪英国的感伤主义文学，德国的狂飙突进运动，法国启蒙作家卢梭对"回归自然"和"自由抒发个人情感"的重视，都为19世纪浪漫主义诗歌的集中出现做好了铺垫。

　　1798年华兹华斯、柯勒律治的《抒情歌谣集》的出版是英国浪漫主义兴起的标志。1800年和1815年，诗集再版时，华兹华斯写的两篇长序被称作英国浪漫主义诗歌的"美学宣言"。英国浪漫主义诗歌成果斐然，代表性的成就包括：华兹华斯的《割麦女》《丁登寺赋》，柯勒律治的《古舟子咏》，拜伦的《唐璜》《海盗》，雪莱的《西风颂》《解放了的普罗米修斯》，济慈的《夜莺颂》《希腊古瓮颂》等。德国施莱格尔兄弟在1798年创办的《雅典娜神殿》杂志上发表了浪漫主义宣言和诗作，《片断》第116条指出浪漫文艺的第一条法则是：诗人为所欲为，不能忍受任何约束。追求主观性，强调个人感情的自由抒发，是浪漫主义诗歌的重要艺术特征，《抒情歌谣集》序言明确提出"诗，

[①] 白璧德：《卢梭与浪漫主义》中译本序，孙宜学译，商务印书馆，2015，第1页。

是强烈感情的自然流露"。浪漫主义诗歌的另一个重要特征是反对古典主义的刻板限制，强调创作的绝对自由，拜伦在《唐璜》中宣告：我宁愿永远孤独/也不愿用我的自由思想/去换一个国王的宝座。

　　欧洲浪漫主义文学经历了三次浪潮：18世纪末到19世纪初，以华兹华斯、柯勒律治、施莱格尔兄弟、夏多布里昂等为代表；1815年到1825年前后，拜伦、雪莱和济慈的成就最高；1827年到1848年前后，雨果掀起了浪漫主义的一个高潮，作为具体运动的浪漫主义也就此结束。前两个阶段的浪漫主义运动，英国诗歌成就最高。

　　19世纪浪漫主义诗歌带有明显的革命精神，鲁迅评价拜伦"立意在反抗"，拜伦自己说，"我始终只有两种情感：酷爱自由，厌恶伪善"。对自由的追求，对自然的热爱，对主观情感的抒发和对诗歌形式美的讲究，皆为浪漫主义诗人的重要开拓。

二、作品节选

割　麦　女

华兹华斯

看她，在田里独自一个，
那个苏格兰高原的少女！
独自在收割，独自在唱歌；
停住吧，或者悄悄走过去！
她独自割麦，又把它捆好，
唱着一只忧郁的曲调；
听啊！整个深邃的谷地
都有这一片歌声在洋溢。

从没有夜莺能够唱出
更美的音调来欢迎结队商，
疲倦了，到一个荫凉的去处
就在阿拉伯沙漠的中央；
杜鹃鸟在春天叫得多动人，

也没有这样子荡人心魂，
尽管它惊破了远海的静悄，
响彻了赫伯里底斯群岛。

她唱的是什么，可有谁说得清？
哀怨的曲调里也许在流传
古老，不幸，悠久的事情，
还有长远以前的征战；
或者她唱的并不特殊，
只是今日的家常事故？
那些天然的丧忧、哀痛，
有过的，以后还会有的种种？

不管她唱的是什么题目，
她的歌好像会没完没了；
我看见她边唱边干活，
弯着腰，挥动她的镰刀——
我一动也不动，听了许久；
后来，当我上山的时候，
我把歌声还记在心上，
虽然早已听不见声响。

哀希腊 节选

拜伦

希腊群岛啊，希腊群岛！
从前有火热的萨福唱情歌，
从前长文治武功的花草，
涌出过德罗斯，跳出过阿普罗！
夏天来镀金，还长久灿烂——
除了太阳，什么都落了山！

开俄斯、岱奥斯两路诗才，
英雄的竖琴，情人的琵琶，
埋名在近处却扬名四海：
只有他们的出身地不回答，
让名声远播，在西方响遍，
远过了你们祖宗的"极乐天"。

千山万山朝着马拉松，
马拉松朝着大海的洪流；
独自在那里默想了一点钟，
我心想希腊还可以自由；
我既然脚踏着波斯人坟地，
就不能设想我是个奴隶。

俯瞰萨拉密斯海岛的石崖，
曾经有一位国王来坐下；
成千条战船，人山人海，
排开在下面；——全都属于他！
天刚亮，他还数不清呢——
太阳刚落山，他们的踪影呢？

他们呢？你呢，祖国的灵魂！
如今啊，在你无声的国土上，
英雄的歌曲唱不出调门——
英雄的胸脯停止了跳荡！
难道你一向非凡的诗琴
非落到我这种手里不行？

在戴了枷锁的民族里坚持，
博不到名声，也大有意义，
只要能感到志士的羞耻，
歌唱中，烧红了我的脸皮；

为什么诗人留这里受罪？
为希腊人害羞，为希腊流泪。

难道我们该只哭悼往日？
只脸红吗？——我们的祖先是流血。
大地啊！请把斯巴达勇士
从你的怀抱里送回来一些！
勇士三百里我们只要三，
来把守一次新火门山峡！

什么，还是不响？都不响？
啊！不；死人的声音
听来象遥远的瀑布一样，
回答说，"只要有一个活魂灵
起来，我们就来，就来！"
只是活人却闷声发呆。

西风颂 节选

雪莱

一

狂放的西风啊，你是秋天的浩气
你并不露面，把死叶横扫个满天空，
象鬼魂在法师面前纷纷逃避，

焦黄，黝黑，苍白，发烧样绯红，
遭瘟染疫的一大群：你把飞荚
车载到它们幽暗的床笫去过冬，

让它们在那里低低冷冷的躺下，

每一片都象尸首在坟里发僵，
等你的春风青姊妹出来吹喇叭

唤醒沉沉的大地，成片成行，
把花蕾赶出来象放羊去吃草尝新，
叫漫山遍野弥满了活色生香：
你刮遍了四处八方，豪放的精灵，
摧毁者又是保存者；听啊，你听！

二

你啊，顺你的激流，趁高空骚动，
松开了云朵，象地上残叶飞飘，
朵朵摇脱了天海交结的枝丛，

那些雨电的神使；四下里披罩了
你的这一片气浪的蔚蓝色表面，
就象凶狠的麦纳德竖起了千百条

闪亮的怒发，一直从朦胧的天边
横斜的直撒上天心而并不掉落——
暴雨欲来的鬈丝！你给残年

唱出了挽歌，你也叫夜色四合
给它寥廓浩茫的陵墓构成圆顶，
凭借了你的全部集聚的气魄，

从凝固结实的气流里就会飞迸
黑雨同火花同冰雹：你啊，你听！

（《英国诗选》，卞之琳译，湖南人民出版社，1983）

三、新文科阅读

1800 年刊载在《雅典娜神殿》最后一卷上名为《断念集》的断片集并未含有多少关于反讽的篇段。唯独有一篇，只一行多一点，一个更大的、几乎具备宇宙性的反讽观点。它是这么写的："反讽是对一种永恒活力、一种无限充盈的混乱的清楚意识。"此断片当然可以用一种底气更足的方式来解读，不过，如果一个人读懂了此断片中的暗示，慨叹自身微不足道、昙花一现、破碎无依，他就接近了忧思反讽的概念，它在世纪之初成为浪漫派理论的一个著名的论题。在施莱格尔后期发表的论反讽的某些言论中，很明显，他的思想朝那个方向倾斜，或者至少没有和那个方向隔绝。在 1804—1806 的科隆讲演上，他在哲学的语境下说，反讽让我们注意到"知识的最高主题那无穷尽的充分性和多样性"。1829 年，他在逝世前不久的德累斯顿讲演上断言："真正的反讽……是爱的反讽。这种反讽来自如下的冲突：一方面是人感觉到界限以及自身的局限，另一方面是所有真爱中蕴含的无限性概念。"

……

早期浪漫主义项目因此成为新神话学的项目，而在新反思的无尽链条中，新神话学这个名字也可解读为诗歌的另一个指称。事实上，施莱格尔说过：这样一种唯实论的理想在我的心里也酝酿已久，它得不到表达，只不过是因为我仍在脑内找方式去传达。但我知道我只能在诗歌里找到，因为在哲学形式里，尤其系统性哲学里，唯实论绝不会再次出现。皆因唯实论必定源于唯心论，必定停留在唯心论的领地，故即使视之为一种普遍传统，我们也要期待这种新唯实论会以唯心与唯实的和谐为基础，以诗歌的形式现身。

新神话学为世界的这种新的诗性世界观提供了基础。在两段论述中，施莱格尔举唯实论哲学家及自然泛神论者斯宾诺莎为例，阐释了这个观点。可是，似乎是为了避免我们把唯实论与哲学等同起来，他完全对斯宾诺莎的系统性哲学和数学论证法置之不理，而只是集中在他的想象力上，在他的世界整体视角上，在"一切即一，一即一切"（the all-in-one and the one-in-all）上。斯宾诺莎从世界的角度看事物的独特方式显然被看作一个范例，它展示了新神话学诗歌观"对周遭自然的象征性的表达"，以及我们理解的通常不被意识所理解的事物的能力，让所有事物"关联地和质变地"出现的能力。世界的神话学世界观的另一个例子是"浪漫主义诗的奇妙智慧"，这智慧没有在"个人观念中而是在整体结构中"显现，并在塞万提斯和莎士比亚那里找到了例证。在这个语境下，我们也可以列举更多的例子，比如"理性思考推理的法则"的悬置，比如把我们迁移到"想象力美丽的混乱"之中的那股合力，比如上述提及的许多其他浪漫主义诗歌特质。但是，弗·施莱格尔却把话说得很清楚，新神话学并不是一个在不久的将来就可以开展的研究项目，而是基础性的任务之一，此任务在反思的基础上证明其实现的不可能性和必要性。为了让自己与此项目保持距离，施莱格尔通过他的演讲者之口，用热衷过头的言辞表示："我不会拐弯抹角。"他说，"我坚称我们的诗歌缺乏一个焦点，而古人的焦点就是神话"。在结尾处，他说："因此，以光与生命的名义，我们不要再犹豫，我们要循着自己的思维，让召唤我们的大变革加速到来。"因此，一个人完全可以把施莱格尔此前提及系统时曾说过的话应用在新神话学上："一个人的思维拥有系统或不拥有系统都同等重要。一个人便会选择结合二者。"

（贝勒尔：《德国浪漫主义文学理论》，李棠佳、穆雷译，南京大学出版社，2017）

《荒屋》历经二百年之后，仍旧被奉为一首优美绝伦、极度深刻的诗作。当前流行于英美的唯物主义与新历史主义派别的文学批评——马克思主义与福柯思想的奇特混合——指责华兹华斯没有保持坚定的政治立场，放弃了早年对法国大革命的支持。到1797年，华兹华斯已经摆脱了长期的政治与心理的危机，他的诗不再寻求解决社会病痛的政治途径。《康柏兰的老乞丐》《荒尾》《迈克尔》以及华兹华斯其他描写英国下层百姓苦难生活的诗篇都是浸透着同情与深刻情感的杰作，唯有浅薄的意识形态家才会以政治理由抵制它们。新派的学术道德家们应该反思华兹华斯何以被雪莱——政治上是他那个时代的托洛茨基——或其他激进派诗人如黑兹利特与济慈所接受。雪莱、黑兹利特与济慈深刻意识到的是华兹华斯那不可思议的天才，他教会人们如何感同身受他人的各种颠踬困顿。

（布鲁姆：《西方正典》，江宁康译，译林出版社，2015）

虽然卢梭在自己的大多数作品中描写了当时的上流社会，以及与他的田园梦想（因为他的梦想，就像我所说的，只是一种田园梦想）相比，这一社会是多么无聊和堕落，但他是非常善于讽刺的。一般来说，特别是在《忏悔录》中，他并没有因对法则的任何细小的顾虑而控制自己放弃微不足道的甚至是不体面的细节。从最好的角度讲，法则对他来说只是一种空洞的习俗；从最坏的角度讲，则是"罪恶的伪饰"或"虚伪的面具"。《忏悔录》的每一个读者一定都会震惊于书中出现了某些预示拉马丁的段落，偶尔在同一页中还会出现其他似乎预示了左拉的段落。卢梭描述自己是如何被迅速地从"天使梦"中带到地球上来的那一段是典型的。总之，卢梭在一个阿卡狄亚式的幻象——它辉煌但不真实——和一个生动的、实际的、常常是悲惨的现实之间摇摆。他并不运用自己的想象将现实与实际分离开来，并因此获得某种仍被人当作自然，但只是一种被精选过的、高贵化的自然。"非常奇怪的是，"卢梭说，"我的想象总是在外部条件最不适宜的时候变得最令人适宜地活跃，相反，当我周围的一切都是快乐的，它却最不快乐。我可怜的头脑不能屈服于外物。它不会装饰，而只会创造。现实对象得到了最好的反映。它只能修饰想象的对象。如果我希望描绘春天，我一定要在冬天才这样做"。

　　这段话可以说预示了自卢梭以来两种一直流行的文学和艺术类型——浪漫主义艺术和在 19 世纪中期倾向于取代它的所谓的现实主义艺术。这种所谓的现实主义与这之前的浪漫主义相比，并不能代表方向性的根本变化。就如某些人所说的，它只是完全一致的浪漫主义。浪漫主义虚幻性的极端总是倾向于造成一种极端的倒退，因为想象只徜徉在自己幻想的王国，最终人们开始感到需要重新恢复自己对事实的感觉。事实越微不足道，人就越肯定自己的双脚再次站在了大地上。堂吉诃德所做的一切都是为了桑丘·潘沙的胜利。除了这种一个极端产生另一个极端的倾向外，浪漫主义和 19 世纪所谓的现实主义之所以保持着那么密切的关系，还有一些特殊的原因，这一点我以后还要详细谈到。它们都只是自然主义的不同方面，将现实主义与浪漫主义联系起来的红线是：它们都将法则视作某种外在的、不自然的东西而加以抛弃。一旦摆脱了法则，或诸如此类的东西，整个"人为的"习俗以及由此产生的东西，按照浪漫主义者的观点，就是阿卡狄亚。但是，随着限制性的法则越来越失去效力，实际上出现的是人兽。卢梭主义者刚开始走过这个世界时就如同走过一个迷人的花园，随着他的理想和现实之间必然出现的冲突，他变得越来越忧郁和痛苦。既然人已经证明并不全是好的，他就倾向于将他们都只看作全是坏的，并就这样描述他们。实际上，所谓的现实主义因此就成了一种特殊类型的讽刺，一种源于强烈的感情幻灭的产物。1848 年革命的失败就导致了这种普遍幻灭。任何人都没有此时的乌托邦主义者更相信自己理想主义的高尚，而一旦去经受检验，谁也没有他们失败得可耻。许多人认为，现存的一切都将摆脱已经证明只令现实如此失望的理想，从而不再对人性抱有梦想，而是要像福楼拜所说的那样，要冷静地观察人，就好像它们只是柱牙象或鳄鱼。但在观察人性时所持的这种冷静的、科学的、冷淡的虚饰下面，常常潜藏的是一种腐朽的、玩世不恭的泛情主义和一种带有明显的浪漫主义色彩的想象。想象仍然是理想主义的，也就是说，它仍然在竭力挣脱现实，只有其理想主义经历了一种奇怪的演变。它没有夸大人性的可爱，而是夸大了人性的丑。它不是在西班牙为自己建立了一座城堡，而是建造了一座地牢，在这过程中，它获得了一种奇特的满足。我现在所说的特别适用于法国的现实主义者，因为他们的幻灭比其他国家的人更具逻辑性。他们常常为自己的主人公确立栩栩如生的物质环境，但在处理这些人物身上的那些本应特别具有人性的方面时，他们常常像卢梭一样力不从心：他们将纯粹的逻辑用于服务纯粹的感情，这种方式达到的不是现实，而是幻想的极限。所谓的现实主义作家多是具有浪漫主义想象的极端典型。左拉笔下的农民并不真实，他们都是幻象。如果一个人这样使自己的想象放纵恣肆的话，那么，就像拉马丁所抱怨的那样，他可以想象出更适宜的东西。

（白璧德：《卢梭与浪漫主义》，孙宜学译，商务印书馆，2015）

四、问题研究

1. 浪漫主义文学产生的理论基础

康德、费希特、谢林、黑格尔等德国古典哲学为浪漫主义文学的主观性提供了理论依据；圣西门、傅里叶、欧文等的空想社会主义理论中的"平等"和"爱"是浪漫主义文学的重要思想来源。

2. "拜伦现象"和"拜伦式英雄"

拜伦是矛盾的，他熔铸"放浪形骸的公子""虚荣傲岸的爵爷"和"孤高忧郁的自我主义者"为一身，渴望自由，向往壮丽的事业，崇尚伟大的精神，却被黑暗的时代所扼杀。拜伦是一切专制制度的死敌，与压迫者势不两立。拜伦在1824年抵达希腊，投身希腊反抗土耳其统治的民族解放斗争，病逝于军中，拜伦的伟大不只在其诗歌成就，也因其生命晚期的无畏行动。

拜伦式英雄，指拜伦在"东方故事诗"中抒写的一系列桀骜不驯的叛逆者形象:《海盗》中的康拉德,《莱拉》中的同名主人公,《异教徒》中的威尼斯人,等等,这些形象高傲、倔强、忧郁、孤独、与社会格格不入、富有反抗精神。因与拜伦的精神气质相契合,"东方故事诗"中的这一系列浪漫生动的形象被称为"拜伦式英雄"。

五、延伸思考

1. 浪漫主义与古典主义的关系

可参考:克罗齐在《美学或艺术和语言哲学》中提到的:"从一方面说,这是一种针对法国的理性主义和古典主义文学的正确反映,因为法国的这种文学时而是讽刺的,时而又是轻佻的,缺乏情感和幻想,丧失深刻的诗意。但从另一方面来说,浪漫主义又不是针对古典主义的一种反抗行为,它反抗的却是古典性,是平铺直叙的思想,是艺术形象的无穷尽,它反对使混乱、执拗、不愿意变成纯净的激情净化,却主张这种激情保持混沌、执拗,不愿变成纯净的状态。"[①]

2. 华兹华斯和柯勒律治诗歌理论的意义

可参考:"诗是一切知识的开始和终结"(华兹华斯)——把诗提到了最崇高的地位,"这一提高带来了一系列重大后果,如一方面发挥了诗的陶冶和净化人的思想、情感和灵魂的头等重要作用,另一方面又造成了诗即文学的绝对的独立性"[②]。柯勒律治强调"诗的天才以想象力为灵魂",使诗人更重视对潜意识的挖掘和表现,为现代主义诗歌艺术奠定基础。(参阅王佐良《英国浪漫主义诗歌史》)

六、参考资料

这些诗的主要目的,是在选择日常生活里的事件和情节,自始至终竭力采用人们真正使用的语言来加以叙述或描写,同时在这些事件和情节上加上一种想象的光彩,使日常的东西在不平常的状态下呈现在心灵面前,最重要的是从这些事件和情节中真实地而非虚浮地探索我们的天性的根本规律——

---

① 贝内代托·克罗齐:《美学或艺术和语言哲学》,黄文捷译,中国社会科学出版社,1992,第 26 页。
② 王佐良:《英国浪漫主义诗歌史》,人民文学出版社,1991,第 38 页。

主要是关于我们在心情振奋的时候如何把各个观念联系起来的方式，这样就使这些事件和情节显得富有趣味。我通常都选择微贱的田园生活作题材，因为在这种生活里，人们心中主要的热情找着了更好的土壤，能够达到成熟境地，少受一些拘束，并且说出一种更纯朴和有力的语言，因为在这种生活里，我们的各种基本情感共同存在于一种更单纯的状态之下，因此能让我们更确切地对它们加以思考，更有力地把它们表达出来，因为田园生活的各种习俗是从这些基本情感萌芽的，并且由于田园工作的必要性，这些习俗更容易为人了解，更能持久，最后，因为在这种生活里，人们的热情是与自然的美而永久的形式合而为一的。我又采用这些人所使用的语言（实际上去掉了它的真正缺点，去掉了一切可能经常引起不快或反感的因素），因为这些人时时刻刻是与最好的外界东西相通的，而最好的语言本来就是从这些最好的外界东西得来的，因为他们在社会上处于那样的地位，他们的交际范围狭小而又没有变化，很少受到社会上虚荣心的影响，他们表达情感和思想都很单纯而不矫揉造作。因此，这样的语言从屡次的经验和正常的情感产生出来，比起一般诗人通常用来代替它的语言，是更永久、更富有哲学意味的。一般诗人认为自己愈是远离人们的同情，沉溺于武断和任性的表现方法，以满足自己所制造的反复无常的趣味和欲望，就愈能给自己和自己的艺术带来光荣。

但是，我也知道，现在有几个作家偶尔在自己的诗中采用了一些琐碎而又鄙陋的思想和语言，因而遭到了一致的反对，我也承认，这种缺点只要存在，比起矫揉造作或生硬改革，更使作家丧失名誉，可是同时我认为，这种缺点就全部看来并不是那样有害。这本集子里的诗至少有一点和这些诗不同，即是，这本集子里每一首诗都有一个有价值的目的。这不是说，我通常作诗，开始就正式有一个清楚的目的在脑子里，可是我相信，这是沉思的习惯加强了和调整了我的情感，因而当我描写那些强烈地激起我的情感的东西的时候，作品本身自然就带有着一个目的。如果这个意见是错误的，那我就没有权利享受诗人的称号了。一切好诗都是强烈情感的自然流露。这个说法虽然是正确的，可是凡有价值的诗，不论题材如何不同，都是由于作者具有非常的感受性，而且又深思了很久。因为我们的思想改变着和指导着我们的情感的不断流注，我们的思想事实上是我们已往一切情感的代表，我们思考这些代表的相互关系，我们就发现什么是人们真正重要的东西；如果我们重复和继续这种动作，我们的情感就会和重要的题材联系起来。久而久之，如果我们本来具有强烈的感受性，我们就会养成这样的心理习惯，只要盲目地和机械地服从这种习惯的引导，我们的描写事物和表露情感在性质上和彼此联系上都必定会使读者的理解力有某种程度的提高，他的情感也必定会因之增强和纯化。

[华兹华斯：《〈抒情歌谣集〉序言（1800 年版）》，曹葆华译，载伍蠡甫主编《西方古今文论选》，复旦大学出版社，1984]

我们都知道艺术是自然的模仿者。无疑地，如果所有的人对"模仿"和"自然"这些词有一致的概念，那么，我希望表达的真理，就会是陈词滥调了。然而，假定这是事实，也未免对一般的人过奖了。首先，说到模仿，腊上的印记不是模仿，而是印章的翻版；印章本身是一种模仿。……我们若能哲学地来理解：在所有的模仿中必须并存着两个因素，不仅并存着，而且还要察觉出它们的并存来；那就足够了。这两个因素是相象与不相象，或说，同一与殊异；在一切真正的美术创作中，殊异事物的结合是必要的。艺术家可以随意选择他的立足点，只要是能产生预期的效果：异中有同，同中有异，求得二者在一件艺术品中的融合。……

其次，谈到自然。我们必须要模仿自然！诚然如此，但是，要模仿自然中的什么呢？——一切事物或每一件事物吗？不，是自然中的美的事物。那么什么是美的事物呢？什么是美呢？抽象地说，是许多种事物的统一，是不同事物的结合；具体地说，是样子美好的东西与有生命的东西的统一。……如果艺术家只临摹自然，natura naturata（原注：拉丁文，无生气的自然），多么无谓的努力！如果，他从一个符合于美的概念的既定形式着手模仿，他的作品会多么空虚，不真实！……请相信我的话：你必须掌握住本质——natura naturans（原注：拉丁文，有生气的自然），这就得先在自然（按其最高的意义）与人的灵魂之间有一种结合。

（柯勒律治：《论诗或艺术》，刘若端译，载伍蠡甫主编《西方古今文论选》，复旦大学出版社，1984）

几位重要的英国浪漫主义诗人有共同的趋势，但又各有本身特点。拜伦的特点不同一般。一方面，在异域情调和号召民族解放等方面他最有浪漫主义精神；另一方面，在诗艺上他又是同浪漫主义唱对台戏的，如他追随被华兹华斯等人批判过的十八世纪诗人，特别是蒲柏。他以口语入诗，但这种口语不同于华兹华斯所提倡的普通人的自然语言，而是有文化教养的上层人士的闲谈语言，在这点上拜伦实际上是开创了以后维多利亚朝诗人勃朗宁要走的路，而勃朗宁的语言又影响了更后的英美现代派诗人。在英国诗史上，口语体诗构成一个传统，拜伦是其中承先启后的关键人物。

从所产生的影响来说，拜伦又明显地超过其他浪漫诗人。这影响既是文学的，更是政治的。拜伦的作品在全欧洲广泛流行，不仅在许多国家出现了仿作，而且许多青年在拜伦诗作和为人的激励下变成了果敢的革命者。诚如鲁迅所说：

> 其力如巨涛，直薄旧社会之柱石。余波流衍，入俄则起国民诗人普式庚，至阑则作报复诗人密克威支，入匈牙利则爱国诗人裴彖飞；其他宗徒，不胜具道。

（王佐良：《英国文学史》，商务印书馆，2017）

七、讨论习题

在当下诗歌叙事越来越受关注的背景下，重申诗歌的浪漫抒情性。

本节课件

第二节　雨果《巴黎圣母院》

一、作品导读

雨果（1802—1885），法国浪漫主义运动的领袖，19世纪浪漫主义、人道主义代表作家。雨果的戏剧《克伦威尔》的序言非常重要，是法国浪漫派对当时在文坛上占统治地位的古典派的挑战式宣言书，也是在这个宣言书里，雨果提出了美丑对照原则。戏剧《欧那尼》，小说《巴黎圣母院》《悲惨世界》，诗歌《历代传说》等，都是美丑对照原则的实践。

《巴黎圣母院》中交织着多层次的对照关系。专制王朝和乞丐王朝的对照使小说虚构空间充满张力；爱斯梅拉达与菲比斯、伽西莫多、克洛德等不同人物的对照关系收紧了小说的结构；人物自我的内外对照更是对复杂人性的揭示。在《巴黎圣母院》的诸多形象中，克洛德最具立体感，后面的作品节选是关于克洛德人生的一次转折——"从学校的梦里"到"现实的世界里"，从"生活在科学里"到"开始到人生中来生活"。

二、作品节选

大约就在那个时期，一四六六年夏季异常的炎热招来了一场大瘟疫，它在巴黎子爵领地夺去了四万多人的生命，据若望·德·特渥依斯所说，其中就有"国王的星象家阿尔努尔先生，一个诚实、聪明、和蔼的人"。大学区里传说蒂尔夏浦街是瘟疫最猖狂的地带，克洛德的父母正是住在他们领地中心的那条街上。那青年学者十分惊骇地跑回父母家去，他一进门就发现父母都已经在头一天晚上死去了，只有一个襁褓中的小弟弟还活着，独自在摇篮里啼哭，那是克洛德的家庭留给他的惟一亲人。年轻人把孩子抱在怀里，若有所思地走出家门，直到那时他都是生活在科学里，此刻才开始到人生中来生活。

这个变故是克洛德一生的一个转折点。作为一个孤儿，一个长子，一个十九岁的家长，他忽然从学校的梦里被召回到现实的世界里来了。于是，被怜悯激动着，他开始爱怜地专心抚养那个小孩，他的弟弟，这个除了书本之外还没有爱过谁的人，从此竟有了一种奇怪而甜蜜的人的感情。

这种感情发展到了奇特的地步，在一个这么新鲜的灵魂里，这种感情就像初恋一般。他小时刚记事就离开他的父母，当了修道士，被关闭在书斋里狂热地学习一切和研究一切，直到那时为止他一直专注于他那研究科学而发展起来的理解力和日益增长的文学方面的想象力，这位可怜的学者还没有时间去感觉他的心的存在。这个没有父母的小兄弟，这个小孩儿，突然从天上掉进了他的怀抱，使他变成了一个新人。他明白了世界上除开索邦神学院的理论与荷马的诗歌之外还有别的东西。他明白了人是需要感情的，他知道没有温情，没有爱的生命，就像一个干燥的车轮，转动时格轧格轧地乱响。因为他正处在幻想一个个接连不断的那种年纪，便以为只要有来自家族和血统的感情就够了，只要爱一个小兄弟就足够充实他的一生了。

他的性格本来就已经十分深刻、虔诚、专注，现在又被这种狂热推动着，使他投身于对小兄弟的热爱之中。那可怜的美丽的粉红色的小生物，那只有另一个孤儿做依靠的孤儿，使他心灵深处深受感动。由于他是个深思熟虑的人，他便以无限的爱怜去看待小若望。给他一切可能的关注和爱护，仿佛他是什么异常精致异常珍贵的东西似的。他对于那孩子不仅是一位兄长，简直变成了那孩子的母亲。

小若望还没有断奶就失去了母亲。克洛德把他交给奶妈喂养。除了蒂尔夏浦那个领地之外，他还从父亲那里承继了一座附属于让第耶的方形堡的磨坊。那磨坊在一个靠近文歇斯特（比赛特）的小山冈上。磨坊的女主人正奶着一个漂亮的孩子，那地方离大学区并不算远，克洛德便亲自把小若望送去给她哺养。

从那时起，他觉得肩负起一个重大的责任，便生活得更严肃了。对小兄弟的思念，不仅成为他的安慰，而且是他研究学问的动力。他决心把自己发誓奉献给上帝的全部热忱用来照顾小兄弟，他没有别的伴侣，别的孩子，只有小兄弟的快乐与幸福，于是他比以前更加专心从事他的宗教职务。他的才能，他的博学，他那巴黎主教家臣的身分，使每座教堂都向他敞开大门。到了二十岁，由于罗马教廷的特别许可，他当上了神甫，并且由于他是圣母院神甫群中最年轻的一个，他还执掌那个据说因为弥撒举行得很晚而称为"懒圣坛"的圣坛所的职务。

他在那里更加埋头在心爱的书堆里面，除了跑到磨坊奶妈那儿去一个钟头之外，他一步也不离开。这种如今罕见的求知欲与修炼的结果，使他很快就在修道院里引起敬仰和尊崇。他博学的名声从修道院传到了群众中，和当时常有的情形一样，他的名声在群众中竟变成了"巫师"的称号。

复活节后第一个星期天，他在那个"懒圣坛"给懒人们念过弥撒后正往回走（圣坛就在本堂右侧的唱诗室的门边靠近圣母像的地方），围着放弃儿木榻聊天的老妇人的谈话引起了他的注意。于是他走到那十分可怕可厌的不幸的小东西跟前，那种惨状，那种畸形，那种被抛弃的身世，使他想起了自己的弟弟，心里突然闪出一个念头：假若他自己死了，他亲爱的小若望也会同样悲惨地给扔到那只放弃儿的木榻上去。这些都一下子来到他的心头，于是他心里突然感到一种极大的悲悯，就把那个弃儿领走了。

他把那孩子从麻袋里抱出来的时候，发现他的确是难看极了，那可怜的小东西左眼上长着一个肉瘤，脑袋缩在两肩当中，背是驼的，胸骨凸起，双腿蜷曲，但是显得很有生气。虽然没法弄清楚他嘴里嘟嘟囔囔讲的是哪一种语言，他的哭声却表现出几分健康和精力。

这种丑陋越发激起了克洛德的同情，他在心里发誓，为了对小兄弟的爱，他一定要把这孩子抚养成人，将来小若望万一犯了什么罪过，也可以用这桩为了他才做的善事来补偿。这是他用他弟弟的名义贮备的一桩功德，这是他打算为弟弟事先积蓄的一件好货物，因为他担心小家伙有一天会发现自己缺少那种资财——那种通过去天堂的关卡时要缴纳的惟一的资财。

他给他的养子受了洗，取名叫伽西莫多（注：伽西莫多的本义是复活节后第一个星期日），也许他是想纪念收养那孩子的日期，也许他是想用这个名字来表示可怜的小生物是何等残废而且发育不全。真的，独眼、驼背、罗圈腿的伽西莫多只能说是勉强有个人样儿。

（雨果：《巴黎圣母院》，陈敬容译，人民文学出版社，2003）

三、新文科阅读

基督教把诗引到真理。近代的诗艺也会如同基督教一样以高瞻远瞩的目光来看事物。它会感觉到万物中的一切并非都是合乎人情的美，感觉到丑就在美的旁边，畸形靠近着优美，粗俗藏在崇高的背后，恶与善并存，黑暗与光明相共。它会要探求艺术家狭隘而相对的理性是否应该胜过造物主的无穷而绝对的灵智；是否要人来矫正上帝；自然一经矫揉造作是否反而更美；艺术是否有权把人、生命与创作割裂成为两个方面，每一件东西如果去掉了筋脉和弹力是否会走得更好，还有，是否"凡要成为和谐的那种方法"都是不完整的。正是在这个时候，诗着眼于既可笑又可怕的事件上，并且在我们刚才考察过的基督教的忧郁精神和哲学批判精神的影响下，它将跨出决定性的一大步，这一步好象是地震的震撼一样，将改变整个精神世界的面貌。它将开始象自然一样行动，在它的创作中，把阴影掺入光明，把粗俗结合崇高而又不使它们相混，换句话说，就是把肉体赋与灵魂；把兽性赋与灵智，因为宗教的出发点总是诗的出发点。两者相互关连。

这是古代未曾有过的原则，是进入到诗中来的新类型，由于作为一个条件，它使整个事物都有所改变，于是在艺术中发展出一种新形式。这种新类型就是"滑稽"，这种新形式就是喜剧。

……

相反，在近代人的思想里，滑稽、丑怪却具有广泛的作用。它到处都存在：一方面，它创造了畸形和可怕；另外一方面，创造了可笑与滑稽。它把千种古怪的迷信聚集在宗教的周围，把万般奇美的想象附丽于诗歌之上。是它，在空气、水、火和泥土里满把地播种下我们至今还觉得是活生生的、中世纪人民传说中的无数的中介物；是它，使得魔法师在漆黑的午夜里跳着可怕的圆舞；也是它，给予撒旦以两只头角，一双山羊蹄，一对蝙蝠翅膀。是它，总之都是它，它有时在基督教的地狱里投进以后被但丁和弥尔顿严峻的天才所召唤来的那些奇丑的形象，有时则扔入加洛这个滑稽的米开朗琪罗在其中自娱的形象。从理想世界到真实世界，是要经过无数的人类的滑稽变形。

（雨果：《〈克伦威尔〉序言》，柳鸣九译，载伍蠡甫主编《西方古今文论选》，复旦大学出版社，1984）

四、问题研究

1.《巴黎圣母院》的对照艺术

雨果在《〈克伦威尔〉序言》中提出："丑就在美的旁边，畸形靠近着优美，粗俗藏在崇高的背后，恶与善并存，黑暗与光明相共。"《巴黎圣母院》的对照艺术具有多层次性和复杂性。从人物设置来看，不同人物之间的美与丑（爱斯梅拉达与伽西莫多，菲比斯与伽西莫多）、善与恶（克洛德与伽西莫多，爱斯梅拉达与克洛德，爱斯梅拉达与菲比斯，爱斯梅拉达与伽西莫多），人物自身外表与内心（菲比斯的内外反差与爱斯梅拉达的内外一致）等，形成多元对比关系。从时空设置来看，《巴黎圣母院》的对照艺术同样惊人：小说中的中世纪背景与小说创作年代之间拉开了距离，背离中又有胶着，中世纪的民间文化是浪漫主义的重要来源；富有传奇色彩的乞丐王朝与锚定历史的路易十一专制王朝的较量，在打破过去、现在与未来界限的同时，宣告着虚构的力量。

2. 雨果的浪漫主义特色

雨果的诗歌、戏剧、小说等文体都呈现着浪漫主义特色，包括语言的热情，鲜明的对照，传奇的情节，想象和夸张等。《悲惨世界》对珂赛特到森林打水看见木星的叙述极具浪漫色彩："木星正卧在天边深处。那孩子不认识那颗巨星，她神色仓皇地注视着它，感到害怕。那颗行星当时隔地平线确实很近，透过一层浓雾，映出一种骇目的红光。舞作惨黯色，扩大了那颗星的形象。仿佛是个发光的伤口。"

五、延伸思考

1. 结合具体作品谈谈雨果创作中"浪漫"与"现实"的融合

可参考：雨果像巴尔扎克一样擅长在作品中锚定历史，《悲惨世界》《九三年》等小说中都涉及真实历史事件，但雨果对历史的依赖程度要远远低于巴尔扎克，我们在雨果的作品中看到了更多的叙述热情。

2. 如何解读克洛德？

可参考：克洛德形象极为复杂，解读要避免简单化，既要注意其个体生命成长的纵向维度，又要充分考虑个体自身内部以及与其他主体之间的碰撞与分裂。

六、资料参考

我试图说明形式的重要性，而在十九世纪上半叶，形式被普遍忽略。人们丝毫不讲究语言的纯粹、丰富和特性以及诗句的音乐性。平易占了上风。然而，当平易不能达到超凡脱俗的境界时，它就是灾难性的。一般说来，浪漫派作家们几乎只关心听从心灵的冲动而行事，他们致力于传达心灵冲动的情绪，而并不留意读者的抗拒，不关心我谈到的形式问题。他们相信自己感情的冲动、激烈、独特和不加修饰的力量；他们毫不迟疑地对此加以表达。他们的诗句参差不齐得令人吃惊，他们用词模糊，笔下的形象往往不明确抑或落入俗套。他们对语言和诗学的丰富资源一无所知：要么就是他们视其为发挥天才的羁绊。但这是些天真的观念、可恶的懒怠。今天我们看到诸如拉马丁、缪塞、维尼等大诗人为所有这些忽略所苦到了何等地步，他们还将深受其苦。如果我们对后来的情况加以考察，就很容易证实这一点。我们会注意到，如果说这些诗人催生了难以数计的模仿者，但他们却后继无人，换言之，没有人能够发展他们所没有的思想和技巧。他们可以让人模仿，却不能让人学习。

然而雨果从他们当中站了起来。他看到了他们语言上的缺陷以及诗歌艺术江河日下，在这位行家眼中，他的对手们赢得的一切成功都不能掩盖这些情况。雨果不愧为行家里手。最能说明问题的莫过于他为自己选择的真正的大师：拉丁语诗人中的维吉尔，尤其是贺拉斯。在法国作家中，他深入研究那些最坚实和最丰富的作家并取得丰硕成果，这些作家中很多人默默无闻、无人问津，其中几个实际上完全不为人知。我要谈的是十六世纪末和十七世纪初的诗人和散文作家，他们对雨果的影响是确定无疑的，他甚至从其中最默默无闻的一位那里借用了一两页。当我们从拉辛上溯到龙沙时，我们发现词汇变得丰富起来，形式更加严谨和富于变化。高乃依、杜巴达斯和多比涅曾是雨果的范例，但他也许在心中将他们与拉辛对立起来。像任何真正的诗人，雨果是第一流的批评家。他的批评是以行动来表达的，他的行动是很早就将一门艺术的潜力与其对手的弱点相对照，终其一生他将通过不断实践来发挥这些潜力。

（瓦莱里：《文艺杂谈》，段映虹译，百花文艺出版社，2002）

雨果在他的长篇小说《海上劳工》的序言中提到："宗教、社会和自然，这是人类的三大斗争。"《巴黎圣母院》是为了控诉宗教的黑暗而作的。小说通过爱斯梅拉达的悲剧，揭露了中世纪欧洲社会的黑暗，抨击了教会的邪恶势力，尤其是小说通过对克洛德这个核心人物的描写，对宗教教义与宗教生活的合理性提出了质疑。

在雨果笔下，副主教克洛德首先是宗教恶势力的代表，是制造爱斯梅拉达悲剧的罪魁祸首。他身披教服，内心阴暗险恶；他从事神圣的职业，干的却是残酷无情的勾当；他指使伽西莫多拦路抢劫，企图强行占有女郎；他谋杀弗比斯，又把罪责强加于爱斯梅拉达；他煽起宗教狂热，借宗教和封建王权的力量，置女郎于死地。小说通过对克洛德罪恶行径的描写，揭露了教会势力的残暴、虚伪；他坠死钟楼的结局，是道义上对他的惩罚。

但是，作品的深刻之处还在于把克洛德写成宗教教义和宗教生活的牺牲品。作为牺牲品的克洛德，他并非生来就是残酷险恶的，他的性格有一个演变的过程。

……

综上所述，克洛德·弗罗洛是中世纪教会恶势力的化身，也是教会宗教生活的牺牲品。小说通过对教会恶势力化身的克洛德的描写，揭露了中世纪教会伪善的一面；通过对宗教生活牺牲品的克洛德的描写，深刻地揭露了被教会控制的中世纪宗教文化、教育对人性的束缚，揭示了教会生活的不人道的一面，从而表现了对宗教生活合理性的怀疑，对教会和宗教教义的批判。雨果从人性、人道主义原则出发观照中世纪的宗教生活，揭示了中世纪宗教环境里人的某种无奈和灵魂的压抑，尤其是宗教教义制约下神职人员的悲剧式的宿命，从而表现了其对个性自由与人性解放的呼唤。

（蒋承勇：《文学与人性：外国文学面面观》，浙江工商大学出版社，2019）

雨果在说明自己的小说时这样写道："这是 15 世纪巴黎的图画，是反映在巴黎的 15 世纪的图画。"他在小说里以浪漫主义色彩浓烈的笔调出色地描写了巴黎城市的壮丽图景和中世纪阴暗生活的风貌，把读者带进一个充满绚烂色彩和奇特声响的世界，使他们看到高大的哥特式的建筑、此起彼伏的屋脊的海洋、纵横交错的街道、散布在街头的刑场绞架、阴森的巴士底狱和流浪人聚居的神秘的怪厅这一片奇特的景象。雨果还以不少的篇幅描绘了巍峨壮观的巴黎圣母院，它是建筑术的奇迹，"好像是巨大的石头交响乐"，"每一块石头都生动地表现出艺术家的天才加以修饰了的、用于百种形式表达出来的劳动者的幻想"，它那雄伟的整体带着难以数计的繁复的人与兽的浮雕，高踞在中世纪的巴黎之上。雨果用生动细致的描写把它加以拟人化，写它像是一个肃穆庄严、壮丽而又神秘的有生命的存在物，俯视和见证了历代的生活和眼前的这个悲剧。这更加重了小说的浪漫主义气氛。小说的情节也是典型浪漫主义的，充满了现实生活中所不可能有的巧合、夸张和怪诞，例如伽西莫多一个人在圣母院上的抵抗、爱斯梅拉达母女在绞刑之前的重逢、伽西莫多与爱斯梅拉达两个可怜人的尸骨一被分开就化为灰尘等等，完全都是作者奇特想象的产物。但由于作者对自己的故事充满了一种热烈的激情，运用了巨大的浪漫主义的艺术力量，这一切仍具有引人入胜的效果。

（柳鸣九：《〈巴黎圣母院〉导读》，载《柳鸣九文集》卷九，海天出版社，2015）

以前对于一个小说家最美的赞词莫过于说他有想象。今天，这一赞词几乎成了一种贬责了。这是因为小说的一切条件都变了，想象不再是小说家最主要的品质。

大仲马和欧仁·苏都具有想象。维克多·雨果在《巴黎圣母院》中想象出了充满情趣的人物和故事，乔治·桑在《莫帕拉》里用主人公的虚构的爱情振奋了整个一代人。但是，从来没有人把想象派在巴尔扎克和司汤达的头上。人们总是谈论他们巨大的观察力和分析力；他们伟大，因为他们描绘了他们的时代，而不是因为他们杜撰了一些故事。这种进步正是他们带来的，从他们的作品开始，想象在小说里就无足轻重了。请看我们当代的伟大小说家吧，居斯达夫·福楼拜、龚古尔兄弟、阿尔封斯·都德，他们的才华不在于他们有想象，而在于他们强有力地表现了自然。

[左拉：《论小说》，柳鸣九译，载高建平、丁国旗主编《西方文论经典（第三卷）·从德国古典美学到自然主义》，安徽文艺出版社，2014]

七、讨论习题

"我们不想向读者详细描写那个四面体的鼻子，那张马蹄形的嘴，小小的左眼为棕红色眉毛所塞，右眼则完全消失在一个大瘤子之下，横七竖八的牙齿缺一块掉一块，跟墙垛子似的，长着老茧的嘴巴上有一颗大牙践踏着，伸出来好像是大象的长牙，下巴劈裂，特别引人注目的是这一切表现出的一种神态，混合着狡狯，惊愕，忧伤……"《巴黎圣母院》中隐身叙述者时不时会跳出来对叙述进程加以指点，请思考这种叙述干预有何优势。

本节课件

第六章　19 世纪文学（中）

第一节　巴尔扎克《高老头》

一、作品导读

奥诺雷·德·巴尔扎克（Honoré de Balzac），1799 年 5 月 22 日出生于法国古城图尔，是 19 世纪法国著名小说家。巴尔扎克出生于一个中产阶级家庭，他的父亲原来是一位农民，后来依靠自我奋斗打开了巴黎政府的大门。巴尔扎克 15 岁时，他们一家就迁居到了巴黎。他的母亲则出身于比较富裕的资产阶级家庭。从 8 岁开始，巴尔扎克就离开家庭居住在寄宿学校中。对于巴尔扎克来说，显然法国时代的大洪流对他产生的影响更为巨大。巴尔扎克出生之时，拿破仑帝国政治才刚刚开始，此年拿破仑从埃及回到了法国，发动了"雾月政变"，之后一举取得了法兰西的统治大权，到了 1804 年，拿破仑称帝，成立了法兰西第一帝国。巴尔扎克的少年时代就是在拿破仑时期度过的。茨威格在《三大师传·巴尔扎克传》中就说："巴尔扎克置身于这样一个前所未有的变革时代里，必定很早就意识到了一切价值的相对性。"①但很不幸的是，在巴尔扎克成年之后，他所面对的世界已经来到了王权复辟后的时代。就在他们举家迁至巴黎的 1814 年，拿破仑被迫退位，被流放至厄尔巴岛，法国波旁王朝复辟。而我们在巴尔扎克庞大的展现"资产阶级百态"的作品《人间喜剧》中所看到的，正是巴尔扎克在文学上如拿破仑在军事政治中的那种野心与激情。

巴尔扎克最初服从父母的意愿，进入大学学习法律，但很快，他发现自

---

① 茨威格：《三大师传》，申文林译，高中甫校，浙江文艺出版社，2018，第 7 页。

己志不在此，反而开始了写作的生涯。巴尔扎克最初的写作生活清贫而孤独，他独自住在一间房子的阁楼上。1820年，他写成了自己的第一部作品《克伦威尔》，但并未获得成功。但对于创作，巴尔扎克仍旧充满热情。也许是迫于生活的压力，巴尔扎克在二十几岁时还曾与人合作，写过多部情节离奇的浪漫主义小说。除此以外，他还办过报纸，印刷、出版过小说等，但无疑都没有成功，甚至还使他债台高筑。他的很多作品，正是在债权人催债的背景下匆匆赶出来的文本。自1829年长篇小说《舒昂党人》以本名发表之后，二十多年来，巴尔扎克发表了不下百部小说以及剧本。1850年8月，时年51岁的巴尔扎克因病去世，死后被葬入拉雪兹神父墓地，而他的那些作品，得以永远地屹立于世界文学之林。

巴尔扎克的代表作《人间喜剧》是他倾注了二十多年心血而完成的一部文集，其中收录了96篇小说作品。从时间上看，可以说是巴尔扎克从发表《舒昂党人》之后小说创作的总和，其中描述了19世纪上半叶法国的形象化历史。在1842年写作的《人间喜剧》前言部分，巴尔扎克充分表露了他的野心，他提出："这套有待完成的作品应当表现三种形态：男人、女人和事物，也就是写人，写其思想的物质表现；总之，是要写人与生活。"（《人间喜剧·前言》）更进一步，在巴尔扎克看来，对人与生活的描写不应该是零碎的、侧面的，而应该表现社会生活与人性的方方面面。正是怀着这样的思绪，他研读了一系列前人的作品。联想英国作家司各特历史小说所暴露的短板，巴尔扎克最终想到要把自己全部的作品联系起来，构成一部包罗万象的19世纪上半叶之法国史，并且"其中每一章都是一篇小说，每篇小说都标志着一个时代"。（《人间喜剧·前言》）

例如，在巴尔扎克的《人间喜剧》中，占据了极大篇幅的对19世纪社会风俗的研究，依次描述了19世纪上半叶的"私人生活场景""外省生活场景""巴黎生活场景""军事生活场景"和"乡村生活场景"，其中有名的小说《高老头》位于"私人生活场景"中，但小说中的一些人物，也出现在了其他场景中，如"巴黎生活场景"中出现的伏脱冷，正是《高老头》小说中恶的典范。除此以外，巴尔扎克在小说中对人的观察和刻画也令人心惊。例如《高老头》中如同飞蛾逐火一般向着奢靡华贵的巴黎上层社会扑去的拉斯蒂涅，读者会亲眼看到他如何一步一步摆脱原初羞耻心与是非观，最终在其他小说篇章中成功融入了上流社会，成为资产阶级发家者的典型代表。再像溺爱女儿的高老头，前半生独立奋斗积攒家业，最后全给了女儿们挥霍，自己却一步步从伏盖公寓的一层搬到三层，再从三层搬到四层，最终凄凉地死在了狭窄的四层房间中。读者也会看到，这位拥有基督式父爱的父亲，如何用金钱教育把自己的女儿养成不愿意联系穷老父亲的上流社会贵妇人，而高老头又如何在钱财的一点一点流失中被女儿们所抛弃等。

二、作品节选

高老头 （父亲的死）节选

欧也纳在德·纽沁根夫妇和德·雷斯托夫妇家奔走毫无结果，只得听从他朋友的意见。在两位女婿府上，他只能到大门为止。门房都奉有严令，说：

"先生跟太太谢绝宾客。他们的父亲死了，悲痛得了不得。"

欧也纳对巴黎社会已有相当经验，知道不能固执。看到没法跟但斐纳见面，他心里感到一阵异样的压迫，在门房里写了一个字条：

请你卖掉一件首饰吧，使你父亲下葬的时候成个体统。

他封了字条，吩咐男爵的门房递给泰蕾丝送交女主人；门房却送给男爵，被他往火炉里一扔了事。欧也纳部署停当，三点左右回到公寓，望见小门口停着口棺木，在静悄悄的街头，搁在两张凳上，棺木上面连那块黑布也没有遮盖到家。他一见这光景，不由得掉下泪来。谁也不曾把手蘸过的蹩脚圣水盂，①浸在盛满圣水的镀银盘子里。门上黑布也没有挂。这是穷人的丧礼，既没排场，也没后代，也没朋友，也没亲属。毕安训因为医院有事，留了一个便条给拉斯蒂涅，告诉他跟教堂办的交涉。他说追思弥撒价钱贵得惊人，只能做个便宜的晚祷；至于丧礼代办所，已经派克里斯朵夫送了信去。欧也纳看完字条，忽然瞧见藏着两个女儿头发的胸章在伏盖太太手里。

"你怎么敢拿下这个东西？"他说。

"天哪！难道把它下葬不成？"西尔维回答，"那是金的啊。"

"当然啰！"欧也纳愤愤的说，"代表两个女儿的只有这一点东西，还不给他带去么？"

柩车上门的时候，欧也纳叫人把棺木重新抬上楼，他撬开钉子，诚心诚意的把那颗胸章——姊妹俩还年轻，天真，纯洁，象他在临终呼号中所说的"不懂得讲嘴"的时代的形象——挂在死人胸前。除了两个丧礼执事，只有

---

① 西俗吊客上门，必在圣水盂内蘸圣水。"谁也不曾把手蘸过"即没有吊客的意思。

拉斯蒂涅和克里斯朵夫两人跟着柩车，把可怜的人送往圣艾蒂安·杜·蒙，离圣·热内维埃弗新街不远的教堂。灵柩被放在一所低矮黝黑的圣堂①前面。大学生四下里张望，看不见高老头的两个女儿或者女婿。除他之外，只有克里斯朵夫因为赚过他不少酒钱，觉得应当尽一尽最后的礼数。两个教士，唱诗班的孩子和教堂管事都还没有到。拉斯蒂涅握了握克里斯朵夫的手，一句话也说不上来。

"是的，欧也纳先生，"克里斯朵夫说，"他是个老实人，好人，从来没大声说过一句话，从来没损害别人，也从来没干过坏事。"

两个教士，唱诗班的孩子，教堂的管事，都来了。在一个宗教没有余钱给穷人作义务祈祷的时代，他们做了尽七十法郎所能办到的礼忏：唱了一段圣诗，唱了 Libera②和 De profundis③。全部礼忏花了二十分钟。送丧的车只有一辆，给教士和唱诗班的孩子乘坐，他们答应带欧也纳和克里斯朵夫同去。教士说：

"没有送丧的行列，我们可以赶一赶，免得耽搁时间。已经五点半了。"

正当灵柩上车的时节，德·雷斯托和德·纽沁根两家有爵徽的空车忽然出现，跟着柩车到拉雪兹神甫公墓。六点钟，高老头的遗体下了墓穴，周围站着女儿家中的管事。大学生出钱买来的短短的祈祷刚念完，那些管事就跟神甫一齐溜了。两个盖坟的工人，在棺木上扔了几铲子土挺了挺腰；其中一个走来向拉斯蒂涅讨酒钱。欧也纳掏来掏去，一个子儿都没有，只得向克里斯朵夫借了一法郎。这件很小的小事，忽然使拉斯蒂涅大为伤心。白日将尽，潮湿的黄昏使他心里乱糟糟的；他瞧着墓穴，埋葬了他青年人的最后一滴眼泪，神圣的感情在一颗纯洁的心中逼出来的眼泪，从它坠落的地下立刻回到天上的眼泪。④他抱着手臂，凝神瞧着天空的云。克里斯朵夫见他这副模样，径自走了。

拉斯蒂涅一个人在公墓内向高处走了几步，远眺巴黎，只见巴黎蜿蜒曲折地躺在塞纳河两岸，慢慢地亮起灯火。他的欲火炎炎的眼睛停在旺多姆广场和荣军院的穹窿之间。那便是他不胜向往的上流社会的区域。面对这个热闹的蜂房，他射了一眼，好像恨不得把其中的甘蜜一口吸尽。同时他气概非

---

① 教堂内除正面的大堂外，两旁还有小圣堂。

② 拉丁文：解脱。

③ 拉丁文：来自灵魂深处。

④ 浪漫派诗歌中常言神圣的眼泪是从天上来的，此处言回到天上，即隐含此意。

凡地说了句：

"现在咱们俩来拼一拼吧！"

然后拉斯蒂涅为了向社会挑战，到德·纽沁根太太家吃饭去了。

（巴尔扎克：《高老头》，傅雷译，载《人间喜剧》第5卷，人民文学出版社，1994）

三、新文科阅读

巴尔扎克出生的这个一七九九年便是拿破仑帝国开始的年份。新世纪所熟悉的再不是"矮个子将军"，再不是科西嘉岛来的冒险家，而只是拿破仑，法兰西帝国的皇帝了。在巴尔扎克童年时代的那十年或十五年里，拿破仑贪恋权力的双手已经合抱住了半个欧洲。那时他野心勃勃的梦想已经驾上鹰的翅膀飞翔在从近东到西欧的整个世界上空了。首先要回顾巴尔扎克的十六年与法兰西帝国的十六年，即与或许是世界史上最离奇古怪的时代完全吻合。那个时代对于惊心动魄地经历过种种重大事件的人来说，对于巴尔扎克本人来说，不可能是无关紧要的。因为早年的经历和命运实际上不就是同一件事物的内部和外表吗？来了那么一个人，他从蓝色地中海的某个小岛来到了巴黎。他没有朋友，没有生意，没有名望，也没有地位，但却陡然间在巴黎抓住了刚刚变成脱缰野马的政权，而且把它的头扭转过来，牢牢控制住了。这个人是单枪匹马的。这个外省人赤手空拳得到了巴黎，接着又得到了法国，随后又得到了这一大片世界。世界历史上的这种冒险家的突如其来的念头不是通过许多图书和令人难以置信的传说或者故事介绍给巴尔扎克的，而是有声有色地，通过他所有饥渴的感官渗透进了他的生活，并且随着回忆中的那千百次形象生动的真实事件在他还没有东西进入过的内心世界里定居了下来。这样的阅历必定会成为范例。……巴尔扎克青年时代的一切追求必定都化成了一个鼓舞人的名字，化成了一个概念，化成了一个想象：拿破仑。

（茨威格：《三大师传》，申文林译，浙江文艺出版社，2018）

货币使一切形形色色的东西得到平衡，通过价格多少的差别来表示事物之间的一切质的区别。货币是不带任何色彩的，是中立的，所以货币便以一切价值的公分母自居，成了最严厉的调解者。货币挖空了事物的核心，挖空了事物的特性、特有的价值和特点，毫无挽回的余地。事物都以相间的比重在滚滚向前的货币洪流中漂流，全都处于同一个水平，仅仅是一个个的大小不同。

……

我并不想断言：我们的时代已经完全陷入这样一种精神状态。但是我们的时代正在接近这种状态，而与此相关的现象是：一种纯粹数量的价值，对纯粹计算多少的兴趣正在压倒品质的价值，尽管最终只有后者才能满足我们的需要。

这种自由的状态是空虚、变化无常，使得人们毫无抵抗力地放纵在一时兴起的、诱人的冲动中。我们可以把这样的自由与无安全感的人的命运作一比较，他弃绝了上帝后重新获得的"自由"只为他提供了从一切短暂易逝的价值中制造偶像崇拜物的机会。商人整天为生意忧心忡忡，迫切希望无论如何要把货物出手，他遭遇的是和弃绝上帝的人同样的命运。但最后当钱到手商人真的"自由"了后，他却常常体会到食利者那种典型的厌倦无聊，生活毫无目的，内心烦躁不安，这种感受驱使商人以极端反常、自相矛盾的方式竭力使自己忙忙碌碌，目的是为"自由"填充一种实质性的内容……出钱获得解放的农民，变成赚钱机器的商人，领薪水的公务员，这些人似乎都把个体从种种限制——即与他们的财产或地位的具体状态紧密相关的限制——中解放了出来，但事实上，在这里所举到的这些人身上却发生了截然相反的情况。他们用钱交换了个体之自我中具有积极含义的内容，而钱却无法提供积极的内容。……因为货币所能提供的自由只是一种潜在的、形式化的、消极的自由，牺牲掉生活的积极内容来换钱，暗示着出卖个人价值——除非其他价值立即填补上它们空缺后的位置。

（西美尔：《金钱　性别　现代生活风格》，顾仁明译，刘小枫编，学林出版社，2000）

"人各为己"是巴尔扎克最反对于本阶级的人生哲学。他无时无刻不在批判泛滥成灾的个人主义。作为一个无情的阶级内部揭发人，他受到本阶级"正人君子"的不断的指责。他写的"最有人性的"商人，如高里欧，在革命时期的真真假假的饥荒年月，利用专业公会分会主席的权力，从西西利和乌克兰低价买进粮食，囤积到有最大利润可图的时际脱手。又如香水商人赛撒·毕洛斗，靠着参加一七九五年十月五日被拿破仑粉碎的王党暴动的反动的政治资本，把路易十六的老婆使用的高级香水献给路易十八，当上巴黎第二区区长助理，生意越做越大，造假的本领越来越高。高里欧老年的悲剧是金钱显示威力的悲剧。毕洛斗和亲友组织股份有限公司，合伙购买私人书面担保的公地，只是他的公证人和他培养出来的银行家预谋好了的一个骗局：他被迫宣告破产。近亲也好，恩人也好，金钱都一口吞了下去。高里欧的粮食囤积和毕洛斗的股份有限公司，一个成功，一个失败，都是卡特尔的史前时期经常遇见的现象。银行家很快就充实这种史前现象，让金钱显示它的特殊的组织才能和破坏不是一伙的垄断机构的特殊力量。我们回想一下纽沁根这个犹太人，仰仗银行投机的策略上的一再破产和投资范围的不断扩大，不但自己当上了男爵，还使他的女婿拉斯提雅克当上了伯爵，并几次出任路易·菲力浦的内阁大臣。

然而这到底是"史前时期"，新型的银行家和古老的高利贷者在竞争中还有相互借重的一面。葛朗代和索缪尔的最大的银行就有来往，"在他认为相宜的时候，葡萄园主就暗中参预有利可图的业务"。旧日的行会逐渐自行消失，大型的公司在巴黎开始出现。资本家已经明白专利权的大利所在。在《幻灭》的第三卷《发明者的苦难》中，为了生命安全与家庭小康起见，发明者不就被迫把他的新纸浆的秘方让卖掉？即使贵族如米永（Miguon）伯爵，为了恢复他的家业，在银行家支持下，不就远航到广东，靠贩卖鸦片重整家业？毕洛斗不就为了抵制英国的新牌子香水，一心在另创一个牌子竞争？纽沁根的"为金钱而金钱"的排除感情作用的唯理性论，在拉斯提雅克这里充分表现出来；他不在乎这个年轻人是他老婆的情人，把女儿嫁给他，因为发现他有政治头脑，可以成为他支配幼支王朝的政权的工具。《法兰西内战》讲起的投降派头目梯也尔之流，在这一时期，不就是拉斯提雅克之流？说梯也尔"是一个生意人、阴谋家，有一种坚强意志"的，正是巴尔扎克。说这话的时候，梯也尔的伪装还没有当着巴黎公社完全剥掉。

（李健吾：《李健吾文集》文论卷 5，北岳文艺出版社，2016）

四、问题研究

1. 分类整理法

为了创作一部史无前例的文学巨著，巴尔扎克在《人间喜剧》中提出了自己的独特写作手法，即"分类整理法"。依靠这种方法，巴尔扎克实现了把自己的多部作品连为一体的目标，使整部作品成了一个有机的整体。巴尔扎克之所以会有这样的想法，来自他想要更真实也更全面地展现自己所处的时代现象。所谓的"分类整理"在《人间喜剧》中，主要指的是巴尔扎克把他的全部作品分成了风俗研究、哲学研究和分析研究三大类，每一类文本都有各自的功能。在风俗研究中，巴尔扎克充分展示了他对社会生活现象的描述；在哲学研究中，他开始思考人类情感、性格、生活现象等等的原因，对各种社会现象做出哲学上的概括和总结；分析研究中，巴尔扎克展示了他对社会生活种种问题的探讨，阐述了他对人类生活的普遍原则的分析。而在占据多数篇幅的《风俗研究》中，他又以"场景"为题目，展现了"私人生活场景""外省生活场景""巴黎生活场景""军事生活场景"以及"乡村生活场景"中发生的一些故事。从而，巴尔扎克对巴黎、外省以及农村等不同地区、不同阶层的人做出了全面而形象的描述，这些不同的侧面，最终将会组成一幅社会生活的全景图。

2. 人物再现法

"人物再现法"同样也是巴尔扎克为了构建一部互有关联的有机整体式的作品而采用的一种方法。这种方法由巴尔扎克独创，主要指同一人物出现在多部作品中。由此，每一部小说只会描写这个人物的某一个阶段或者某一个生活侧面，而几部作品联合起来，却可以反映出这个人物性格发展的全部阶段和他命运遭遇的全部过程。以此，巴尔扎克可以通过多部小说所反映的生活侧面，最终展现出整个社会和时代的发展演变轨迹。例如，我们在《高老头》中所看到的从乡下来到巴黎的青年拉斯蒂涅，经过了鲍赛昂子爵夫人、伏脱冷和高老头的人生三课，最终埋葬高老头以后，他向巴黎发出了挑战，而我们会在"巴黎生活场景"中再见到这位青年，彼时他已成功进入了上流社会。

五、延伸思考

1. 试比较司汤达《红与黑》中的于连和巴尔扎克《高老头》中的拉斯蒂涅形象

可参考：于连和拉斯蒂涅的出身都比较平凡，但两人都是法国19世纪向上攀爬的个人主义者代表，前者声称"宁可死上一千次，也要飞黄腾达"，后者表示要和巴黎来一场搏斗。但于连最终选择服刑死去，可以说他始终没有完全泯灭自己的良心，最终以一死来抗拒社会。拉斯蒂涅曾像于连那样反抗过，但最终还是屈服于欲海之中。

2. 试分析高老头父爱悲剧的成因

可参考：西方文学史中有很多"慈父"的形象，除了《高老头》中的高里奥，还有莎士比亚悲剧《李尔王》中的李尔，可以尝试将两者进行比较，思考高老头悲剧的社会成因，可以从高老头自己的发家历史和他对女儿们的教育方法等方面进行研究。

六、资料参考

（巴尔扎克）确实思想庸俗，一辈子都改不了。最初事业刚起步的时候，他还不到拉斯蒂涅那样的年纪，而他所设定的目标便是要满足最低俗的欲望，至少说，他把这些欲望同其他更为高尚的追求混为一体，到了几乎无法剥离的地步。就连他去世前的头一年，他终于得到了人生至爱，他爱慕了十六年之久的韩斯卡夫人终于要同他喜结良缘，他也改不了庸俗的口吻，给他的妹妹写信说道：洛尔，随你怎么说吧，在巴黎，这意味着只要你想，就可以敞开大门迎接社会的各界精英，他们的女主人将是一位仪态端庄、如女王般高贵的女人，她出身名门又与众多显赫家族沾亲带故，她聪慧，受到良好的教育，并且美丽动人。这真是向权势迈进的重大一步啊！……我的心灵，我的灵魂，我的雄心壮志，我所有的一切都指望着这一件我梦寐以求了十六年的大事上面了：要是这无比的幸福从我的指尖溜走，我就彻底没指望了。

……

有时候，你会认为福楼拜的书信集也是带着庸俗气的。但至少福楼拜本人并不庸俗，因为他懂得，作家的生活是以作品为中心主旨的，其他的不过是"可供描述的幻象"。巴尔扎克则不同，他认为现实生活中的成就与文学上的成就是完全等同的，可以互换的。他曾写信给他的妹妹说："假如《人间喜剧》没能让我伟大起来，那这个成就也是可以的（指的是他与韩斯卡夫人的结合）。"

……

所以说，伟大的文学原本应该为我们消减、抑制某些欲望，而巴尔扎克不仅挑起这些欲望，甚至给予我们极大的满足。在托尔斯泰的笔下，一场上流社会的豪华晚宴是以作者的思想为主导的，我们在阅读它的时候，也如亚里士多德所说，心灵得到净化，变得超凡脱俗起来；而到了巴尔扎克这里，我们能体验到身临其境的世俗的满足感。此外，他的标题也带着现实的印记。

（马塞尔·普鲁斯特：《我与书的奇异约会》，马丹译，江苏凤凰文艺出版社，2018）

巴尔扎克的精神习惯与生活方式都是巴黎样式的：这是他的第二个特点——在巴黎这幽暗的蚂蚁窝里，生活是过于活跃的。民主政体和集权政府招致了各种各样的野心家，燃起了各种各样的野心。金钱、光荣、享乐，在这里被准备起来，积聚起来，形成了追逐的对象，引得一班由于长期等待，互轧而更见炽烈的难以厌足的贪欲舍命地追逐。……巴黎是一个角斗场；在这里不管你愿意不愿意，人人都象在马戏班或学校里一样受着锻炼；在目的物和竞争者之前，一切别的都不复存在；参加赛跑的人只听到竞争者的鼻息在他脑后咻咻作响，他就使出全身气力，在一阵意志的奋发中，他加快了脚步，他感染了一种热症，这热症消耗着他的体力，又支持着他的勇气。

（泰纳：《巴尔扎克论》，载李赐林《〈人间喜剧〉面面观》，作家出版社，2007）

带着对但丁《神曲》的赞叹从意大利归来的德·贝卢瓦侯爵为巴尔扎克的作品找到《人间喜剧》这个总题目，他将这位伟大的意大利诗人这个三部曲的名字反其意而用之。

……《高老头》，一部扛鼎之作。一幅伟大情感的图画，无论什么样的伤害，什么样的不公正都不能灭绝这种情感。这是一位基督教的圣徒，殉道者般的父亲。

《高老头》是部很美的作品，但非常悲惨。为了完整，必须展现巴黎的道德阴沟，这才能产生令人厌恶的疮疤效果。

在每一部作品中，都通过一句话，一个词，一个细节将其与各部作品联系起来，并且一步步为这个虚构社会的历史做了准备。这个虚构的社会将是一个完整的世界。

（巴尔扎克：《巴尔扎克论文艺》，艾珉、黄晋凯选编，袁树仁等译，人民文学出版社，2003）

七、习题讨论

巴尔扎克的"风俗研究"中对人性的描写十分深刻，而且这些对人性的描写还常常与对自然环境的描写结合在一起。以《高老头》为例，试讨论在巴尔扎克的笔下，人性中的"恶"更多来自环境还是人自身。为什么？

本节课件

第二节　果戈理《死魂灵》

一、作品导读

尼古拉·瓦西里耶维奇·果戈理（1809—1852）是 19 世纪俄罗斯批判现实主义作家，他发展了普希金、莱蒙托夫的现实主义倾向，开创了俄国文学史上著名的现实主义流派"自然派"，对此后的俄国现实主义文学发展影响深远。

1809 年果戈理出生于乌克兰。1831 年，果戈理出版了《狄康卡近乡夜话》小说集，故事均来源于乌克兰民间，文笔清新活泼。1835 年，果戈理出版了中篇小说集《密尔格拉得》，转向现实主义创作。小说集中的《旧式地主》等作品讽刺了地主阶层生活的单调庸俗、精神世界的空虚贫乏。果戈理定居在彼得堡后，于 1835 年至 1842 年创作了一组反映彼得堡生活的小说集《彼得堡故事集》。其中写"小人物命运"的《狂人日记》和《外套》堪称世界短篇小说中的佳作。"小人物"主题是 19 世纪俄国文学的重要主题之一，它体现了俄国文学深刻的民主主义和人道主义精神。陀思妥耶夫斯基说："我们所有的人都是从果戈理的《外套》中孕育出来的。"

1835 年果戈理创作了喜剧《钦差大臣》，他说"我决定在《钦差大臣》中，将所知道的俄罗斯的全部丑恶集成一堆，加以嘲笑"。《钦差大臣》遭到统治集团的攻击与漫骂，迫使果戈理去了国外。1841 年，果戈理完成《死魂灵》，回国后这部杰作出版了，引起了俄罗斯极大的震动，别林斯基称它为"俄国文坛上划时代的巨著"。《死魂灵》的题材来自发生在普希金家乡的一个真实故事。《死魂灵》讲述了主人公乞乞科夫去拜访五位农奴主——玛尼罗夫、诺兹德列夫、梭巴凯维支、科罗皤契加和泼留希金，企图通过购买已经死去但尚未注销户口的农奴，也就是"死魂灵"，骗取政府抵押金的故事。故事的题目"死魂灵"大有深意，俄语里"魂灵"既指灵魂，又指农奴，小说通过揭示农奴主的腐朽，影射俄国的农奴主才是真正的死魂灵。

在这部小说里，果戈理以敏锐的观察力捕捉到19世纪三四十年代，俄国社会发生的重大变动，即由于资本主义的不断发展，地主庄园纷纷破产，封建农奴制的危机日益严重的社会现实。作者真实地反映了农奴制俄国广泛的社会生活，不仅揭露了俄国贵族地主生活的全部腐朽性和农奴制社会的反动本质，而且批判了新兴资本主义的掠夺性，反映出俄国农奴制必然灭亡的趋势。

这部作品因为揭露了19世纪俄国官僚制度的专制和农奴制的腐朽，因此震动了俄罗斯社会。果戈理在小说中讽刺了地主群像的丑陋，这种讽刺不仅使人发笑，也使人陷入悲哀的沉思，体现了"含泪的笑"这一艺术特点。《死魂灵》是俄国第一部散文体长篇小说，充分体现了现实主义的巨大力量和突出成就。小说的艺术特点还有典型化的人物与环境。作品中人物的共性就是奴役农奴，剥削人民，但每个人也具有鲜明的个性。玛尼罗夫懒惰空虚，故作文雅，科罗皤契加固执守旧，诺兹德列夫野蛮放肆，梭巴凯维支粗暴凶残，泼留希金贪婪吝啬，乞乞科夫投机钻研，善于审时度势。果戈理对俄国小说艺术发展的贡献十分显著。车尔尼雪夫斯基称他为"俄国散文之父"。屠格涅夫、冈察洛夫、谢德林、陀思妥耶夫斯基都受到他的创作影响。20世纪初，果戈理的作品被翻译介绍到中国，鲁迅在《摩罗诗力说》一文中称赞他的作品"以不可见之泪痕悲色振其邦人"，1935年他翻译了《死魂灵》。20世纪二三十年代，中国左翼剧团屡次演出喜剧《钦差大臣》（当时译为《巡按》），引起广泛反响。

二、作品节选

我们的主人公不由得倒退了几步，把对方仔细地看了一看。他一生阅人可谓多矣，有一些也许是你我之辈永远也无缘见到的；但像这样的，还没有见过。此人的面孔并没有什么特色，和许多瘦老头子几乎一样，只是下巴突出得很远，每次吐痰，必须用手帕遮住，以免沾上；一对小眼睛还没有失去光泽，在长眉下滴溜乱转，像两只从黑洞里伸出头来的尖嘴老鼠，竖着耳朵，动着胡须，窥探着哪里是否躲着一只猫或者一个淘气的男孩，同时还疑心重重地嗅着外面的空气。更引人注意的是他的服装：不管使用什么办法，费多大劲，你都搞不清他的睡袍是拿什么拼凑的：袖子和大襟油光锃亮，像做皮靴用的软革；后身的下摆不是两片，竟是四片，还耷拉着一团团的棉花。缠在脖子上的也是一件叫人弄不清的东西：长统袜？吊袜带？肚兜？反正绝对不是领带。总之，如果乞乞科夫在哪座教堂门口遇见他这种打扮，大概会给他一个铜板。因为谈到我们主人公的品德，必须说明他是富有同情心的，一看到穷人，无论如何也忍不住要给一个铜板。但是站在他前面的不是一个乞丐，站在他前面的是一个地主。这个地主有一千多个农奴，你找找，看还有谁家有这么多没磨的、磨过的、还垛着的粮食，谁家的贮藏室、谷仓和烘干房里堆积着这么多麻布、呢料、生熟羊皮、风干鱼、各类菜蔬。假如有人走进他堆满各种木料和从未用过的各种器皿的作坊院瞧瞧，——他会觉得，该不是到了莫斯科的木器市了吧？那是精明的丈母娘们、婆婆们每天带着厨娘去置办家什的地方，那儿有堆积如山的各样榫接的、车旋的、拼制的、手编的白花花的木制品。大圆木桶、半截圆木桶、双耳木桶、带盖小木桶、带嘴的和不带嘴的盖桶、木壶、编筐、女人放麻缕和针头线脑用的筐箩、桦树条窝成的盒子、桦树皮编成的木底木盖的圆筒以及俄国不论穷富都要用的许多东西。你会吃惊的，普柳什金要这么多这类东西有什么用呢？就是有两处他目前这样的庄园，此类物品，他一辈子也是用不了的，——但是他觉得这些还少了。由于不满足于已有的东西，他每天在自己村里游街走巷，不管是木板桥，独木桥，都要往底下望一望，无论碰上什么：一个旧鞋底、一块女人扔的破布、一根铁钉、一个破瓦罐，全部拿回家来，放进乞乞科夫在房内一角见到的那一堆。"瞧，渔夫去打鱼了！"庄稼人每见他出门"狩猎"，都这么说。他走过之后，真的无需扫街。一个过路的军官丢了一个马刺，这个马刺一眨眼工夫就进了我们熟悉的那个破烂堆；如果一个农妇在井边为什么事走了神，忘了水桶，他也会拎走的。不过，如果被目击这事的农夫当场捉住，他二话不说，会把偷的东西交出来，但是只要已经进了堆，那就全完了：他会呼天喊地的，说东西是他的，是他某年某月从某人手里买的，或者说是他爷爷留下的。在自己屋里，他也是从地上见什么拾什么，一块火漆、一块纸头，一根鹅毛管，都搁在写字台和窗台上。

　　但当年他不过是一个节俭的主人！娶妻以后便一心扑在家上，邻居常来他家吃饭，听他讲话，学习他的经营窍门和明智的吝啬。他家的各项事业都进行得生气勃勃，井井有条：磨房、毡房在运作，呢绒厂、木工机床、纺纱厂在生产；主人犀利的目光无所不至，他像一只勤劳的蜘蛛，在他经营的各项事业的网上忙而不乱地东奔西跑，他脸上没显出过太强烈的情感，不过眼神里透着智慧；他的言谈饱含着经验和世故，使客人听得津津有味；待人热情又爱说话的女主人以好客著称；客人来了，一对长得很好看的小女儿会出来迎接，两个女孩都是浅黄头发，娇艳得像玫瑰花；他的儿子，一个好动的小男孩，会跑出来和每个客人亲吻，不在意客人是否喜欢。宅子里每一扇窗户都是开着的，阁楼里住着一位总是把脸刮得干干净净的法国教师，他有一手好枪法，经常打些黑琴鸟或者野鸭回来给大家吃，但有时候只带些麻雀蛋回来，叫人给他做煎雀蛋，因为别人都是不吃的。他的一个女同胞，两位小姐的家庭教师，也住在阁楼上。主人上饭桌总是穿着常礼服，尽管破旧，但还是蛮整洁的，肘部完好无损，上下没有一个补丁。但是贤内助亡故了。一部分钥匙归了他，一部分家务琐事也随之归了他。普柳什金变得坐卧不宁了，变得像所有的鳏夫那样多疑而吝啬了。他对大女儿亚历山德拉·斯捷潘诺夫娜不能充分信赖。他是对的，因为亚历山德拉·斯捷潘诺夫娜很快就和一个天晓得是哪个团的骑兵上尉私奔了，在一个乡村教堂里匆忙地举行了婚礼，因为她知道父亲不喜欢军官。他有一种特别的见地，认为军人个个都是赌棍和败家子。父亲对女儿的出走，只是给了一番诅咒，并没有费心去追。家里更空了。在这位业主的身上，吝啬的习性暴露得更明显了；吝啬习性的忠实伴侣——在他粗硬的头发里闪亮的银丝，更助长了这种习性的发展；法国教师被辞退了，由于儿子需要到外面做事；法国女人被赶走了，因为发现她在亚历山德拉·斯捷潘诺夫娜私奔事件中也有干系；父亲把儿子送进省城，本想让他学习在官厅里任职，这才是父亲看得上眼的职务，但却被分派到一个团里，到职以后才给父亲写信，要钱置办军装；他自然像俗话说的"碰了一鼻子灰"。最后，留在身边的小女儿死了，老头子一个人成了财产的看守者、保管者和所有者。孤独的生活给悭吝提供了丰盛的食物，而谁都知道悭吝是一只饥饿的狼，吞噬得越多，就越感到不足；在他身上，人类的情感本来不深，从此以后，每时每刻都变得更浅，在这个残破的废墟上，每天都在失去一些什么东西。此时，好像特意为了证实他对军人的看法，他的儿子打牌输了个精光，他从心底向儿子发出了父亲的诅咒，从此再不想知道世界上还有没有这个人。他住宅的窗户每年都在封死，最后只剩下两扇，其中一扇，读者已经看到，还是贴了纸的；产业的主要部分一年少似一年，他的短浅的目光转向了他在自己房里收集的纸片和鹅毛管；他对前来收购他的产品的买主越来越不肯让步，买主们一次又一次地和他讲价，后来干脆不再来了，说这个主儿是个魔鬼，而不是人。干草和粮食在霉烂，庄稼垛和草垛变成了纯粹的肥料，就差在上面种白菜了；地窖里的面粉变成了石头，必须拿斧子劈；呢绒、麻布、家织的布匹，没人敢碰：一碰就成灰。他自己已经记不得他有多少东西，有什么东西，只记得玻璃橱里什么地方搁着个长颈瓶，里面还剩着点什么露酒，他亲手在瓶上划了记号，以防有人偷喝，再就是什么地方放着一根鹅毛管或者一块火漆。然而一切租赋依然照收：农夫应交的代役租，农妇应交的胡桃，织妇应交的麻布，仍须如数送来，——这些全都堆进贮藏室，变成朽物和破片，而他本人最后也变成了人类身上的一块破片。亚历山德拉·斯捷潘诺夫娜带着小儿子来过一两趟，希望有所收获。看来，跟着骑兵上尉过的军旅生活并不像婚前想像的那样诱人。普柳什金倒是原谅了她，甚至拿桌上的一个纽扣让小外孙玩了一阵，但是钱是分文未给。下回亚历山德拉·斯捷潘诺夫娜带着两个小孩来了，送给他一块就茶吃的圆柱形大甜面包，还有一件新睡袍，因为爸爸身上这件，叫人看着不仅不好意思，简直脸都不知道往哪儿搁。普柳什金哄了哄两个外孙，一条腿上放一个，叫他们觉得完全像骑大马一样地颠了一番；甜面包和睡袍留下了，但仍是一毛不拔；亚历山德拉·斯捷潘诺夫娜一无所获地走了。

现在，站在乞乞科夫前面的就是这样一种地主！

（果戈理：《死魂灵》，满涛、徐庆道译，人民文学出版社，1986）

三、新文科阅读

鲁迅的喜爱俄国文学，固然有写实主义的倾向和批判的意识的闪耀，但其智性之高，晦涩里的幽默也是吸引他的原因无疑。直到晚年，在《我怎么做起小说》中回忆早期的文学活动，他依然念念不忘对果戈理的感激：

因为所求的作品是叫喊和反抗，势必至于倾向了东欧，因此所看的俄国，波兰以及巴尔干诸小国作家的东西就特别多。……记得当时最爱看的作者，是俄国的果戈理（N·Gogol）和波兰的显克微支（H·Sienkiewitz），日本的，是夏目漱石和森鸥外。

把果戈理看得如此之高，在他是自然的。我们对照他们之间的审美偏好，似乎存在着一种暗合。比如他们都极为敏感，对事物有种冷意的洞悉力，笔端含着幽婉而肃杀的气息，直逼生活的隐秘。而且不都是爱怜者的悲惋，而常常是跳将出来，以俯视的眼光，嘲笑了对象世界。他们都有抒情的笔致，但总是节制着，清醒地看出人性的底色。这在鲁迅的创作中可以感到，他接受了果戈理的意象，且自如地改造了那个东正教世界的音符，使其完全中国化了……但不失灵智中的美，对鲁迅来说，果戈理是一个不尽的源泉，那流淌的过程，罪与尘垢都被洗刷了。而人的智性，也在此间得到提升。

（孙郁：《鲁迅与俄国》，人民文学出版社，2015）

（《死魂灵》第一部）一共写了五个地主的典型，讽刺固多，实则除一个老太婆和吝啬鬼泼留希金外，都各有可爱之处。

......

独特之处，尤其是在用平常事，平常话，深刻的显示出当时地主的无聊生活……（这是）极平常的，或者简直近于没有事情的悲剧……然而人们灭亡于英雄的特别的悲剧者少，消磨于极平常的，或者简直近于没有事情的悲剧者却多。

......

果戈理的"含泪的微笑"，倘传到了和作者地位不同的读者的脸上，也就成为健康：这是《死魂灵》的伟大处，也正是作者的悲哀处。

（鲁迅：《且介亭杂文二集》，载《鲁迅全集》第六卷，人民文学出版社，2005）

十九世纪前叶，果有鄂戈理（N. Gogol）者起，以不可见之泪痕悲色，振其邦人，或以拟英之狭斯丕尔（W. Shakespeare），即加勒尔所赞扬崇拜者也。

（鲁迅：《摩罗诗力说》，载《鲁迅全集》第一卷，人民文学出版社，2005）

四、问题研究

1. "死魂灵"的概念以及在书中的意义

"死魂灵"这一概念之所以在小说中有不同的理解，并且经常会从一个意思层面转到另一个，是因为"死魂灵"既可以说是死了的农奴，又可以理解为灵魂已经死亡了的地主和官吏，从情节层转到修辞层，即购买死了的农奴和把死亡视为活着的人的性格特征。最后，从直义到转义和象征意义，就是因为，与之相连的是一个整体的概念。

2．"玛尼罗夫精神"

玛尼罗夫是《死魂灵》中乞乞科夫拜访的第一个地主，他是一个披着高雅绅士外衣的寄生虫，浅薄庸俗、懒惰空虚、耽于幻想。随着小说的传播，"玛尼罗夫精神"就成了不务实际、懒惰、梦想家的代名词。

3．"含泪的笑"

"含泪的笑"的提法，始见于别林斯基对果戈理短篇小说《旧式地主》的评价。他说"这是一部名副其实的含泪的喜剧"，"这是一种纯粹俄国式的幽默，是一种作者仿佛在里面也装扮成傻子似的平静的、淳朴的幽默"，果戈理的作品"都是以愚蠢开始，接着是愚蠢，最后以眼泪收场"，"当你读时觉得是可笑的，读完后就感到悲伤了"。这就是所谓的"含泪的笑"。

五、延伸思考

1．《死魂灵》是如何体现"含泪的笑"这一艺术特色的？

可参考：小说主要是从作者讽刺地主群丑形象图来表现了"含泪的笑"，主要采用鲜明的对照，漫画式的夸张，采用突出细节和采用讽刺的比喻，来进行讽刺。小说里主人公乞乞科夫和5个不同的农奴主，他们或虚伪、或狡诈、或贪婪、或吝啬、或无情，其可笑的行为读来令人捧腹。但在笑的背后，小说深刻揭示了广大农奴的悲惨处境和俄罗斯封建农奴制的腐朽，想来发人深省。

小说讽刺了乞乞科夫这个典型的投机家。他是个农奴主兼资产阶级商人的形象，代表了19世纪俄国资本主义逐渐生长的现实。在与5个地主的交涉中，他非常善于揣摩每个人的性格，以不同态度和方式同他们交往，用最少的钱买下死农奴。他同玛尼罗夫比俗套；与索巴凯维奇比狡诈；在泼留希金那里他装成一个"十足的傻子"，称自己情愿负担死农奴的人头税，不怕"吃亏"。在他的信念里，只相信钱，乞乞科夫说"顶重要的，就是想办法弄钱，世界上什么都不可靠，只有钱是最可靠的，只有钱不会抛弃你"。在作者辛辣的讽刺下，形形色色贪婪愚昧的地主、腐化堕落的官吏以及广大农奴的悲惨处境都被淋漓尽致地揭露和表现出来。

鲁迅先生说："果戈里的笑跟庸俗市民悲伤的绝望是完全没有共同之处的，从那里面看见了被压迫者善良的灵魂和酸辛的挣扎。"果戈理早些年曾把《死魂灵》开头的篇章朗读给普希金听，普希金听了大笑，之后哀叹道：多么悲哀的俄国啊！这就是果戈理的"含泪的笑"。小说结尾处果戈理通过三驾马车的抒情插话写出了他的沉思："俄罗斯，你究竟奔到哪里去，给一个回答吧！你一声不响。"

总之，"含泪的笑"是果戈理善用的把幽默、夸张、尖刻熔于一炉的讽刺风格。果戈理将他讽刺对象的最荒唐可笑之处用夸张、漫画的笔法予以突出描写，然而让人在捧腹大笑之余融入荒唐可笑之人和事物中，所蕴含的作家深切的悲痛以及哀怨酸楚之情，是饱含着心酸的笑声，被称为"含泪的笑"。

2. 别林斯基为什么批判果戈理在《死魂灵》中的保守思想？

果戈理从现存的封建农奴关系的保守思想出发，这引起了许多当代人的驳斥，首见于别林斯基著名的萨尔茨布龙信件（1847 年 6 月 15 日）。"俄国目前最现实、最迫切的民族问题，"别林斯基写道，"是消灭农奴制，解除肉体折磨，尽可能地推行和严格执行已有的法律。"同时，从自己的立场出发，果戈理又为社会关系的人文化辩护，他尖刻地批评了官吏们的肆意妄为，贪污受贿，沙皇政府对社会福利的冷漠态度，幼稚地假想，在这种状况下仍旧可以保留，甚至是加固俄国的社会体制。果戈理的教育、劝说、呼吁，甚至恳求一并通过这一多种多样的声调进发出一个揭发者的声音，于是出现了一个时隐时现的、概括了多数鄙俗和空虚人的、在先前作家的作品中罕见的形象。

3. 谈谈这部小说中的叙事、抒情插笔、议论相结合的艺术特色

可参考：《死魂灵》中把叙事、抒情插笔、议论结合在一起。小说主要是叙事，除此之外有许多作者的议论，如："他究竟是怎么样一个人呢？该是一个卑鄙无耻之徒吧？为什么是卑鄙无耻之徒呢？为什么对别人这样苛求呢？"还有不少的抒情插笔，如："俄罗斯，你不也就在飞驰，像一辆大胆的、谁也追赶不上的三驾马车一样？在你的脚下大路扬起尘烟，桥梁隆隆地轰响，所有的一切都被你超过，落在你的身后。"这种叙事、抒情插笔、议论三结合的方法，最早源自普希金的诗体长篇小说《叶甫盖尼·奥涅金》。果戈理首次把它引入俄国散文体长篇小说中，并且对后来的作家影响深远，如托尔斯泰的《战争与和平》《复活》，帕斯捷尔纳克的《日瓦戈医生》，都相当出色地运用了这种方法。

六、资料参考

可以看出，以上这些刻画地主肖像的比喻有两个特点：一、作家先用一个比喻来点明某位地主的典型特征，然后再多次运用比喻反复强调这一特征，如玛尼洛夫、索巴凯维奇；二、在众多的肖像比喻中，作家非常重视对眼睛——人的心灵的窗户的描绘，如普留希金、玛尼洛夫。

在官吏贵族的形象塑造中，比喻则多用于群体肖像的描绘。由于这种群体人物较多，场面较大，作家往往使用扩展的比喻。当乞乞科夫第一次来到省长举办的家庭舞会时，黑色的燕尾服简直让他看得眼花缭乱："黑色的燕尾服或者分散或者簇成一团，在这里那里闪动、飘荡，活像在七月炎夏，一大群苍蝇围住晶莹洁白的糖块儿飞旋一样；这时候年老的管家婆在敞开的窗子前面把大糖块儿砸成亮晶晶的小碎片，孩子们在观看……"

（王加兴：《俄罗斯文学经典的语言艺术》，商务印书馆，2017）

乞乞科夫是一个名副其实的实证主义者，他否认好与坏的绝对价值。在积累财富期间，他不惜说谎，否则就没有后来的享福。他讲究身体整洁，但在他的道德上却一点也不干净。

……

这个小城无疑具有象征意义。对于作者来说，这个小城代表了俄罗斯，而俄罗斯又代表了整个世界。

……

他认为，他的使命就是揭露弊端，丑化弊端，然后促使人们加以改正。他鞭打、惩罚人，但从不批评社会制度。对他来说，农奴制是一个值得尊重和有用的制度。但是，在一阵阵的大笑之后，不知不觉中得出一个可怕的教训。他触及了农奴像牲口一样的愚蠢和主人的冷漠态度。他正是谴责了俄罗斯的社会制度……通过诙谐幽默的寓言《死魂灵》，农奴制的可憎面目在读者眼前暴露无遗。

……

请不要据此认为每个主角都是一种瑕疵的代名词：玛尼罗夫代表空洞的多愁善感；诺兹德列夫表示弄虚作假；梭巴凯维支象征着粗鲁；科罗皤契加代表愚蠢；泼留希金代表吝啬……不，在创作各种典型人物时，果戈理善于使他们成为有血有肉的人物，而不是某种比喻性模特儿，他们有热情，有真人一样的复杂感情。

（五个地主）他们有一个共同点。他们是死魂灵的出售者。他们本身就是死魂灵。他们象活人一样地说话、行走、睡觉、吃饭，但在这些假象的背后，他们没有丝毫的良心。"这个躯体好像是没有灵魂的。"……这一看法更加突出了地主的道德败坏，但却占有掌握人们命运的特殊地位的令人痛心的反差场面。

（特罗亚：《幽默大师果戈理》，赵惠民译，世界知识出版社，2002）

在《死魂灵》和《钦差大臣》这两部作品中，有社会头脑的俄罗斯评论家们看到的是对世俗的庸俗的谴责，这种世俗的庸俗根源于农奴制的官僚主义的俄罗斯外省；这样的看法错失了原作的要义。果戈理作品中的主人公只不过碰巧是些俄国的乡绅和官僚；这些人物的虚构境况和社会背景完全无足轻重——就好比郝麦先生也可以是芝加哥的一名商人，或者布鲁姆太太可以是维什尼-奥洛格达城某位校长的太太一样。更重要的是，无论这些人物的境况和背景在"现实生活"中可能是什么样的，它们一律都在果戈理特殊天才的实验室中经历了彻底的置换与重构（就像在《钦差大臣》中观察到的那样），以至于在《死魂灵》中寻求真实的俄国背景完全是徒劳，一如试图根据云雾缭绕的厄耳·锡诺里发生的那个小小事件来对丹麦形成一个看法。如果你想要"事实"，那么让我们考察一下果戈理在俄国外省有过什么样的经历。……《死魂灵》确乎为一个用心的读者提供了一组死魂灵的集合，属于poshlyaki（"男庸人"）和 poshlychki（"女庸人"）的灵魂。果戈理对他们的描述带着他独有的热情以及丰富的诡异细节，从而将整个故事提升到了宏大的史诗境界；而"诗"实际上正是果戈理给《死魂灵》附加的微妙的副标题。Poshlust 自有其圆滑和丰满的一面，这道光泽，这些平滑的曲线，吸引着作为艺术家的果戈理。

（纳博科夫：《俄罗斯文学讲稿》，丁骏、王建开译，上海三联书店，2015）

果戈理对我国文学的影响是巨大的。不仅一切年轻的有才能之士都投身到他所指引的道路上来，就是若干已经颇有声名的作家也都离开原来的道路，走到他这条路上来。（别林斯基《一八四七年俄国文学一瞥》）。

1842 年 3 月 21 日，经过书报检查机关四个多月的刁难和折腾，《死魂灵》

终于出版了。赫尔岑说："这是一本令人震惊的书，这是对当代俄国一种痛苦的，但却不是绝望的责备。只要他的眼光能够透过污秽发臭的瘴气，他就能够看到民族的果敢而充沛的力量。"的确，这是一部俄罗斯文学史上不曾有过的令人耳目一新的伟大作品。它不仅包含着对俄罗斯社会和俄罗斯人的尖锐批评，也包含着巨大的净化力量和照亮幽暗生活的灿烂光芒。

　　1842 这一年，应该被命名为俄罗斯"批判现实主义文学"元年。《死魂灵》改变了俄罗斯文学前行的路向。从这一年开始，直面社会、针砭现实的文学经验模式成熟了。俄罗斯作家谢德林指出，果戈理是"俄国文学的新倾向的鼻祖""以后所有的作家有意无意都是跟随着他的"。赫拉普钦科则说："……果戈理本人就是一个派别，或者更准确地说，是俄国文学中的一个独特的、非常强大的派别的奠基人。"他的确是一个开创性的、独特而强大的作家。

（李建军：《重估苏俄文学》上册，二十一世纪出版社集团，2018）

七、讨论习题

　　试比较果戈理的讽刺手法和鲁迅的讽刺手法之异同。

　　　　　　　　　　　　　　　　　　　本节课件　　本节视频

第三节　陀思妥耶夫斯基《罪与罚》

一、作品导读

　　费奥多尔·米哈伊洛维奇·陀思妥耶夫斯基（1821—1881）是 19 世纪俄罗斯文学史上最杰出的作家之一。他与列夫·托尔斯泰并称为俄国批判现实主义的双峰。高尔基称他是"最伟大的天才""就艺术表现力而言，他的才华恐怕只有莎士比亚堪与媲美"。鲁迅则称他是一个残酷的天才，也是人类灵魂的伟大的审问者。陀思妥耶夫斯基擅长描写人的分裂、孤独感、悲剧命运，描绘人的心理和下意识，作品中充满着强烈的非理性主义、神秘主义、悲观主义色彩，被奉为现代主义文学的鼻祖之一。

1821年陀思妥耶夫斯基出生在莫斯科市郊的一个平民医生家庭。少年时期家庭不幸，母亲病逝，父亲被杀，疾病的折磨；青年时代遭受监禁、判刑、苦役、流放；中年时忍受贫穷、负债和病痛。然而他却笔耕不辍，写出了思想深刻的优秀作品。1845年，陀思妥耶夫斯基的中篇小说《穷人》发表，这部小说继承和发展了俄国文学描写"小人物"的传统。但它不仅描写小人物的悲惨遭遇，还展示了他们比"大人物"高尚而美好的心灵。因此别林斯基称陀思妥耶夫斯基为"俄罗斯文学的天才"。《穷人》以书信体写成，讲述了一位年老的公务员杰符什金和备受侮辱、几乎落入卖笑火坑的年轻姑娘陀勃罗谢洛娃互相爱怜、相依为命，后又迫于生计，不得不分离的悲惨故事。陀氏的这部作品继承了俄国文学中由普希金、果戈理开创的"小人物"传统。诚然，杰符什金很容易使人联想起普希金笔下的韦林（《驿站长》）和果戈理笔下的巴什马奇金（《外套》）。他们都同样贫穷、胆小、无助，但与他们不同的是，杰符什金是个有思想和意识的人，他有着丰富的内心世界，要求获得别人的尊重，且自己也尊重别人的贫穷与不幸。由此可见，陀氏不仅关注自己笔下小人物的社会地位，也同样开始重视他们身上的自我意识和内心世界，这极大地促进了小人物形象的发展。

1846年，《双重人格》的发表体现了陀思妥耶夫斯基刻画人物心理的卓越才能。1860年，长篇小说《被侮辱与被损害的》问世，陀思妥耶夫斯基因塑造"被侮辱与被损害的"形象而在文坛独树一帜。1862年，他发表的《死屋手记》假借因杀死妻子而流放的贵族的视角观察和叙述了西伯利亚监狱的可怕景象。1866年，陀思妥耶夫斯基发表的《罪与罚》，标志着作家艺术风格的成熟。1868年的长篇小说《白痴》里年轻公爵梅什金和不幸的女性娜斯塔霞的悲剧故事，反映了俄国农奴制崩溃，资本主义兴起时期贵族资产阶级日益腐化堕落。1880年陀思妥耶夫斯基的最后一部作品《卡拉马佐夫兄弟》给他带来了最高的声誉，小说叙述了外省地主卡拉马佐夫这个"偶然组合家庭"中，父子、兄弟间因金钱和情欲引起冲突，直至发生弑父事件分崩离析的悲剧。卡拉马佐夫家族的悲剧乃是农奴制改革后俄国社会的一个缩影，反映了社会的不合理和人与人之间的畸形关系。

陀思妥耶夫斯基的代表作《罪与罚》是陀思妥耶夫斯基最重要的一部作

品，也是其第一部成功的社会哲理小说。小说将追踪杀人犯的情节悬念、人物紧张的心理活动、对特定时代的社会性评判，以及作家本人的宗教思想有机地融为一体，真实地再现了 1861 年俄国农奴制改革后，资本主义迅猛发展在社会生活的各个方面，尤其是思想道德方面所引起的急剧变化。

《罪与罚》最早发表在 1866 年的《俄罗斯通报》上。此前的农奴制改革，曾使陀思妥耶夫斯基充满希望。但无情的现实粉碎了他的幻想，也使一部分正在寻找改革道路的青年感到失望，并进一步促使某些知识青年进行个人主义的、毫无结果的反抗。《罪与罚》就在这样的时代背景下产生了。《罪与罚》的故事讲述了一个穷大学生拉斯科利尼科夫，认为自己是个"不平凡"的人，为穷困生活所迫，杀死了放高利贷的老太婆和她的妹妹，想夺取钱财。经过内心痛苦地忏悔并受到索尼娅宗教思想的感召，最终投案自首的故事。小说的主人公拉斯科利尼科夫是位贫穷的大学生，为了检验自己能否成为那种拯救人类的"超人"，杀死了放高利贷的房东老太婆。犯罪之后，他内心陷入了无尽的恐惧和疯狂，一度处于崩溃的边缘，无法面对周围人，勉强只能与妓女索尼娅交流，在后者的感召下，他决定自首，被流放至西伯利亚。

整部小说结构紧凑，戏剧性强。全文 40 多万字，写了 9 天的事情，共分为 6 部和尾声。第一部剖析了主人公一步步走向犯罪的过程，后以可怕的杀人场景结束，其余 5 部写惩罚，展现人物间的矛盾以及拉斯科利尼科夫在作案后精神上受到的折磨。尾声交代拉斯科利尼科夫自首受罚之后获得新生，与索尼娅相爱。

《罪与罚》揭示了 19 世纪 60 年代俄罗斯广阔的社会生活。作者将故事背景设定于 19 世纪 60 年代的彼得堡——这座俄国农奴制改革后被资本主义迅速入侵的帝都：总是灰暗阴沉的天空、肮脏发臭的街道。这里生活着各种各样的人：贫困的小官吏、沦落风尘的妓女、看门人、大学生、放高利贷者、暴发户、地主、密探。在这座城市的大街上每天都在上演悲剧：索尼娅在大街上做出卖身的牺牲，马美拉多夫在大街上被马车撞死，卡捷琳娜·伊凡诺夫娜在马路上血流如注，斯维里加依洛夫站在大道上开枪自杀，正是这样恶劣的环境酝酿出了拉斯科尔尼科夫的犯罪念头。《罪与罚》的艺术手法丰富，因为具有丰富的心理分析描写，被称为社会心理小说。小说还被称为现实主义小说的典型代表。而巴赫金在《陀思妥耶夫斯基创作问题》一文中提出"复调小说"这一称谓后，《罪与罚》就成为典型的"复调小说"，被后人研究。《罪与罚》中还有一些艺术手法值得关注，比如对梦境的描绘等。如拉斯科利尼科夫在犯罪前梦见自己的童年，看到一匹驽马拉着超载的车子被折磨致死的悲惨情景。这个梦表达了他对人间苦难的思索。还有拉斯科利尼科夫在犯罪后梦到自己又回到杀人现场的场景，都表达了他内心的紧张不安和恐怖。

二、作品节选

"不，索尼娅，不是这样的！"他又开始说，突然抬起头来，似乎思路突然一转，使他吃了一惊，又使他兴奋起来了，"这不对！最好……你最好认为（对！这样的确好些！），认为我自尊心很强，好嫉妒，恶毒，卑鄙，爱报复，嗯……还，大概，精神也不大正常。（让我一下子全都说出来吧！他们以前就说过，我疯了，这我看得出来！）我刚刚对你说过，在大学里我无法维持生活。不过你知道吗？说不定，我也能维持。母亲寄钱来是供我缴学费的，我可以自己挣钱来买靴子、买衣服和作伙食费；准能办得到！可以找到教书的工作；人家愿意每小时出半个卢布。拉祖米欣就在工作嘛！可我发起脾气来，不想干了。……现在我知道了，索尼娅，谁的精神刚强、坚毅，谁的智慧超群出众，谁就是他们的统治者！在他们当中，谁敢作敢为，他就是对的。谁能蔑视许多事情，谁就是他们当中的立法者，谁最敢作敢为，谁就最正确！从古至今，一向如此，将来也永远是这样！只有瞎子才看不清！"

拉斯科利尼科夫说这些话的时候，虽然在看着索尼娅，可是已经不再关心她懂不懂了。他已经完全被一种狂热的情绪支配了。他正处于一种忧郁的兴奋之中。（真的，他不和任何人谈话，时间实在是太久了！）索尼娅明白，这一阴郁的信念已经成了他的信仰和教义。

"于是我领会到，索尼娅，"他异常兴奋地接着说下去，"权力只会给予敢于觊觎并夺取它的人。这里只有一个条件，仅仅一个条件：只要敢作敢为！于是我产生了一个想法，有生以来第一次产生这样的想法，在我以前，从来没有任何人想到过！谁也没想到过！我突然像看到太阳一样，清清楚楚看到，怎么直到现在从来没有一个人敢于蔑视这一切荒谬的东西，摆脱它们的束缚，让它们见鬼去！怎么过去没有，现在也没有一个人敢于这么做呢！我……我却希望敢于这样做，于是就杀死了……我只不过是希望敢于这样做，索尼娅，这就是全部原因！"

"噢，您别说了，别说了！"索尼娅双手一拍，高声惊呼。

"您不信上帝了，上帝惩罚了您，把您交给魔鬼了！……"

"顺便说说，索尼娅，这是我在黑暗中躺着的时候，一直这样想象的，原来这是魔鬼在煽动我，不是吗？啊？"

"请您住口！您别笑，亵渎神明的人，您什么，什么都不理解！噢，上帝啊！他什么，什么都不理解！"

"你别说了，索尼娅，我根本没笑，因为我自己也知道，这是魔鬼在牵着我走。你别说了，索尼娅，别说了！"他阴郁而又坚持地反复说。"我全都知道。我在黑暗里躺着的时候，已经把这一切反复想过了，还低声对自己说……这一切我都反复问过自己，直到最小的细节，我都反复考虑过，我什么都知道，知道一切！当时，所有这些废话都让我腻烦透了，腻烦透了！我一直希望忘记一切，重新开始，索尼娅，不再说空话！难道你以为，我是像个傻瓜样，冒冒失失地前去的吗？我是作为一个聪明人前去的，而正是这一点把我给毁了！难道你以为，我不知道，譬如说吧，连这都不知道吗？既然我反复自问：我有没有权利掌握权力——那么，这就是说，我没有权利掌握权力。或者，如果我提出问题：人是不是虱子？——那么，这就是说，对我来说，人不是虱子，只有对于根本没有这样想过的人，没有提出过这种问题的人，人才是虱子……既然我苦恼了那么多天，想要弄清：拿破仑会不会去？那么这是因为，我清清楚楚感觉到了，我不是拿破仑……我经受了这些空话给我带来的一切痛苦，索尼娅，我想彻底摆脱这种痛苦：我想，索尼娅，我想不要再作任何诡辩，就这样去杀人，为了自己去杀人，只为了我一个人！在这件事情上，我甚至不想对自己说谎了！我杀人，不是为了帮助母亲，——这是胡扯！我杀人不是为了金钱和权力，不是为了想成为人类的恩人。这是胡扯！我只不过是杀了人；为我自己杀人，只为了我一个人：至于我是不是会成为什么人的恩人，或者是一辈子像蜘蛛那样，用蛛网捕捉一切，从它们身上吮吸鲜血，在那个时候，对我来说，反正都应该是一样的！……而且，当我杀人的时候，索尼娅，主要的，我并不是需要钱；与其说我需要的是钱，不如说需要的是旁的东西……这一切现在我都知道了……请你理解我：也许，如果沿着那条路走下去，我永远再也不会杀人了。我需要弄清另一个问题，是旁的原因促使我下手的：当时我需要弄清，而且要尽快弄清楚，我是像大家一样，是个虱子呢，还是一个人？我能跨越过去吗，还是不能跨越过去？我敢不敢俯身拾取权力？我是个发抖的畜生呢，还是我有权力……"

（陀思妥耶夫斯基：《罪与罚》，非琴译，译林出版社，1993）

三、新文科阅读

他把小说中的男男女女，放在万难忍受的境遇里，来试炼他们，不但剥去了表面的洁白，拷问出藏在底下的罪恶，而且还要拷问出藏在那罪恶之下的真正的洁白来。

……

医学者往往用病态来解释陀思妥夫斯基的作品。这伦勃罗梭式的说明，在现今的大多数国度里，恐怕实在也非常便利，能得一般人们的赞许的。但是，即使他是神经病者，也是俄国专制时代的神经病者，倘若谁身受了和他相类的重压，那么，愈身受，也就会愈懂得他那夹着夸张的真实，热到发冷的热情，快要破裂的忍从，于是爱他起来的罢。

（鲁迅：《且介亭杂文二集》，载《鲁迅全集》第六卷，人民文学出版社，2005）

显示灵魂的深者，每要被人看作心理学家；尤其是陀思妥夫斯基那样的作者。他写人物，几乎无须描写外貌，只要以语气，声音，就不独将他们的思想和感情，便是面目和身体也表示着。又因为显示着灵魂的深，所以一读那作品，便令人发生精神的变化。灵魂的深处并不平安，敢于正视的本来就不多，更何况写出？因此有些柔软无力的读者，便往往将他只看作"残酷的天才"。

（鲁迅：《集外集》，载《鲁迅全集》第七卷，人民文学出版社，2005）

四、问题研究

1. 复调小说

"复调"一词原是音乐术语，表示"多声部"。复调音乐由两种以上同时进行的声部组成，各个声部在节奏、重音、力度等方面既有自己的独立性，又能彼此和谐统一。1929 年的时候，巴赫金在《陀思妥耶夫斯基创作问题》一书中创造性地将音乐中的"复调"概念引入小说理论中，首次提出了"复调"或"多声部性"，这也是陀思妥耶夫斯基小说的根本艺术特质。可以说《罪与罚》就是一部众声喧哗、充满对话性的复调小说。

2. 复调小说《罪与罚》的特点

《罪与罚》被巴赫金称为"复调小说"。这种小说模式是一种突出各个主人公主体意识，主人公之间可以自由表达有独立价值的意识的对话小说。因此巴赫金称赞陀思妥耶夫斯基"创造一个复调世界，突破基本上属于独白型也即单旋律的已经定型的欧洲小说模式"。

3. 《罪与罚》与传统独白型小说的比较

《罪与罚》不同于传统的独白型小说。巴赫金认为独白型小说作品中的一切，如生活化的场景，人物的语言、思想、个性等都统一于作者的意识观照之下，一切都是有定论的，比如列夫·托尔斯泰的小说的忏悔贵族系列。而在陀思妥耶夫斯基的小说，如《罪与罚》中，作者常常让各种人物会合在一起，对同一个问题发表各自的见解和主张。这些观点必然千差万别，互不相同，甚至相互对立，但作者只做客观描述，不加评论，形成人物形象、人物意识以及作者与人物之间"平等对话"的关系。于是巴赫金将这类小说称为"复调小说"。

4. 《罪与罚》中，人物大致有什么样的声音？

在《罪与罚》中，主要的人物都有他自己的声音，如拉斯科利尼科夫的"超人哲学"，女主人公索尼娅的"救赎观念"，预审员波尔菲里的"生活求实和法律的观念"，卢仁信奉极端个人主义和"边沁主义"以及地主斯维务里加依洛夫宣扬无耻理论，等等。

5. 《罪与罚》小说的结构特点

《罪与罚》打破了线性时间结构，放慢了叙事的节奏，拉长了每一个细节，将时间定格在一个点上，使众多事件、人物同时发生在一个平面上。小说用共时性叙述形成复调也是对空间的一种叙述，在呈现故事人物多声部、多层次的共时对话的同时，也折射出人物五彩纷呈的内心空间。

五、延伸思考

1. 在小说《罪与罚》中，人物的对话有几个层次？

可参考：人物的对话有三个层次。一是不同主人公之间的对话。《罪与罚》中的主人公都有着鲜明的自我意识，怀揣着各自的思想，笃信着自己所坚持的信仰，彼此不相融合。主人公拉斯科利尼科夫深受超人有权杀人理论和虚无主义的影响，打算杀掉放高利贷的老太婆。作者引入了卢仁、索尼娅与之对话进行对比。卢仁宣称：如果爱别人就是把自己的衣裳撕开分给另一半，这样自个儿就有一半是光着。与其爱别人让自己受冻，倒不如自私一点儿先爱自己，体现出利己主义。索尼娅忍受苦难，靠卖淫养活全家人，体现出救赎精神。这里对话形成的复调，实际上是社会现实的多元性和矛盾性在文学作品中的体现。二是主人公与自我的对话。小说中，作者对拉斯科利尼科夫杀人的整个过程进行了延宕，展现给读者的是一条漫长的心理战线。在这期间他与自我进行了无休止的对话。自我分裂成两个不同思想的人，现实中的"我"与灵魂深处的"我"矛盾对立，互不相容。三是作者与主人公之间的对话。复调小说的主人公与作者地位是平等的，且是具有同等价值的自由人，他不是作者的传声筒，而是与作者处于相互关系之中。主人公的意识一旦成为他人意识，其议论与作者的议论具有同等分量和价值，由此我们看拉斯科利尼科夫、索尼娅这些主人公的重点为：他经受了什么、做了什么，他如何认识自己，而不是他是谁、他的形象如何。

2. 关于拉斯科利尼科夫的犯罪思考

可参考：拉斯科利尼科夫的犯罪根源，很明显，迫于贫穷他把自己的家庭从悲惨中解救出来只是其中一个原因。进一步分析，他是在小酒馆听到一群大学生议论某老太婆为富不仁，准备夺富济贫时受到启发，萌生杀死她的念头。这给主人公的犯罪增加了一层新的因素——受社会思潮的影响，也给他的犯罪动机添加了另一层色彩：劫富济贫，主持正义。拉斯科利尼科夫在陀氏笔下并非面目可憎、十恶不赦的罪犯，而是善与恶奇异结合于一身的"小人物"。主人公杀人的另一个原因，是他的道德标准受到不幸环境的驱使，堕落成杀人犯。而他有一套古怪的法西斯思想：人类由两部分组成：超人和芸芸众生。芸芸众生又如畜生，应该受到已制定的律法和道德的约束，而超人却是生活的主宰，能自由地制定自己的律法。主人公的"超人"理论以及社会思潮中的"拿破仑崇拜"，成为他犯罪的深层社会根源。

3. 思考索尼娅的形象和"索尼娅道路"

可参考：索尼娅的身上集中体现了陀思妥耶夫斯基的宗教理想。索尼娅生活于社会的最底层，内心善良、温和、虔诚，为了家人的生计不惜出卖自己的身体。与拉氏一样，她也是"有罪"的，但与前者的罪行有着本质的不同：她在众人面前没有过错，从未出卖过自己的灵魂以及对上帝的信仰，作家将其作为人类承受苦难的化身，当拉氏伏在地下吻她的脚以后说："我不是向你膜拜，我是向人类的一切痛苦膜拜。"对索尼娅来说，"一切理论、一切思想，与生命相比都是微不足道的，而拉斯科利尼科夫在寻找思想的绝对原则时抹杀了生命的绝对原则"。索尼娅以她的仁慈善良和对上帝的虔诚信仰，不但使自己获得了肉体和灵魂的解脱，同时也拯救了拉斯科利尼科夫。这被文学评论家们称之为"索尼娅道路"。

六、资料参考

艺术是艺术家之意识与潜意识自我的见证。几乎所有的戏剧和悲剧都存在于意识与潜意识自我的冲突之中。在意识中，伟大的艺术家几乎总是保守的、贵族气的。但在他的潜意识中，他则要颠覆旧的秩序。

伟大的悲剧家都可以证实这一点：埃斯库罗斯、莎士比亚和高乃依。

（戴维·赫伯特·劳伦斯：《小说何以重要：D. H. 劳伦斯非虚构作品集》，黑马译，
四川文艺出版社，2018）

屠格涅夫、托尔斯泰和陀思妥耶夫斯基在后来的欧洲历史危机中占据的位置同莎士比亚、高乃依和塞万提斯在文艺复兴时中世纪欧洲历史的危机中占据的位置大致相似，也同埃斯库罗斯、索福克勒斯和欧里彼德斯在希腊时期占据的位置大致相似。

（戴维·赫伯特·劳伦斯：《小说何以重要——D. H. 劳伦斯非虚构作品集》，黑马译，
四川文艺出版社，2018）

人们几乎从来不在身体上触及他的人物。在他两万页书的著作中他从来没有描写过他的某个人物是在坐着，在吃饭，在饮酒，而总是描写他的人物在感受，在说话，或者在斗争。他的人物不睡觉（因为睡觉是他们在做遥视千里的梦想）。他们也不休息，他们总是非常激动，总是在苦苦思索。他们绝不是闲混度日的，植物性的，动物性的，麻木不仁的。他们永远是不平静的，激动的，紧张的，而又永远，永远是清醒的。他们都是清醒的，甚至是极其清醒的。他们永远处于自己存在的最高级形式中，都具有陀思妥耶夫斯基对感情的概括理解力。他们都是千里眼、心灵感应者、产生幻觉者。他们都是深奥莫测的人物，而且一直到他们本性的最深层都充满着心理学。大多数人物——我们只需稍微回忆一下——都处于普通的生活中，平庸的生活中。他们都只有人世间的理智。因此不能相互理解，也因此处于彼此的冲突中，

处于和命运的冲突中。人类的另一位伟大的心理学家把他的一半悲剧都建筑在这种天生的无知上，建筑在作为灾难，作为冲突起因横亘于人与人之间的黑暗的基础上。

（斯蒂芬·茨威格：《精神世界的缔造者：九作家评传》，申文林、高中甫译，新星出版社，2017）

他简直是绝无仅有的全部人性的最后标准。这条进入他的作品的道路穿过形形色色的激情涤罪所，穿过地狱，经过人世痛苦的一切台阶：个人的痛苦，人类的痛苦，艺术家的痛苦，还有最后的痛苦，最残酷无情的痛苦——上帝的折磨。这条道路是黑暗的，为了不误入歧途，必须从内心里燃烧起激情和追求真理的意志。在我们遍游他的堂奥之前，必须首先遍游我们自己的堂奥。他不派出信使，只有阅历通向陀思妥耶夫斯基。他没有见证人，也没有别的见证，只有艺术家在肉体上和精神上的神秘的三一律：他的面孔、他的命运和他的作品。

他的面貌首先是像一个农民的面貌：深陷的面颊呈泥土色，简直肮脏，而且还布满皱纹——那是多年的苦难犁成的沟。皮肤龟裂了许多裂口，干渴、枯焦，绷得紧紧的。二十年长期卧病，吸血鬼从这皮肤里吸走了鲜血和光泽。右脸和左脸都很僵硬，犹如两块大石头。斯拉夫人的颧骨很突出，口形严肃，脆裂的下巴颏上长满一片茂密的胡须丛林。土地、岩石和森林，这是一种悲剧成分的风光。这就是陀思妥耶夫斯基面容的深度。在这副农民的，甚至是乞丐的面孔上，一切都是低沉的和尘世的，而且没有美。

（茨威格：《三大师传》，申文林译，浙江文艺出版社，2018）

把陀思妥耶夫斯基看作一个罪人或罪犯，引起了激烈的反对，这种反对并不需要根据对罪犯的世俗判断。这种反对的真正动机很快就变得明显了。罪犯身上一般有两种基本特征：无节制的利己主义和强烈的破坏性冲动。两者的共同点，并作为他们表现出来的一个必要条件就是爱的缺乏，对（人类）对象的情感上的欣赏力的缺乏。人们会立即想到这种看法与陀思妥耶夫斯基的情况是相矛盾的——他对爱的极大需要和他巨大的爱的能力，这些可以在他夸张的仁慈的表现中见到，这些使他在有权去恨、有权去报复的场合中去爱、去帮助人，例如，在他与他的第一个妻子和他的情人的关系中就是如此。这样的话，人们一定要问：为什么想要把陀思妥耶夫斯基看作一个罪犯呢？

答案是来自他选择的素材，他选择的全是暴戾的、杀气腾腾的、充满利己主义欲望的人物，这样就表明了他的内心有着相类似的倾向。

（西格蒙德·弗洛伊德：《弗洛伊德心理学全书》，郑和生译，吉林出版集团股份有限公司，2018）

实际上，陀思妥耶夫斯基就是通过他的人物的复杂多变的内心世界来表达他对生活的理解的。所以，在读他的小说时，我们经常会感到迷惑，因为我们发现自己不得不从一个完全陌生角度去看待那些男女人物。我们不得不忘掉那些长久以来一直萦绕在我们耳边的古老曲调，不得不承认它所表现的是人生中极其细微的部分。进入陀思妥耶夫斯基的人物内心世界，我们会一次又一次迷失方向；这时，只要我们停下来问问自己，他向我们展现的究竟是怎样一种人类情感，那么我们就会一次又一次惊讶地发现，这种情感在我们自己身上就曾出现过，或者曾凭直觉从别人身上感受到过；只是我们从未用语言把它表述出来，所以才会惊讶不已。"直觉"一词，最好地概括了陀思妥耶夫斯基的天才。当他获得来自直觉的灵感时，他能够解读人心中最幽深、最艰涩的部分，而当他失去这一灵感时，他这台精妙的解读机器就只能空转而已了。

（弗吉尼亚·伍尔夫：《伍尔夫读书随想录》，刘文荣译，文汇出版社，2017）

陀思妥耶夫斯基对世界命运的构想是以其人民的命运为中介的。这是最伟大的民族主义者们的典型观念，在他们看来，只有经由某一特定的民族传统的中介，人类才能求得发展。小说的伟大之处在于它揭示了，主宰着全人类之发展的形而上学律令与主宰着那个独特民族的形而上学律令实则是互为依存的。这意味着，人类所有的深层冲动，无不牢牢地植根于俄罗斯精神的灵韵之中。能够将这些冲动，连同其自由地氤氲于民族情境之中却并不与之分离的灵韵，表现出来的能力，或许正是这位作家伟大艺术的自由之精华。

（瓦尔特·本雅明：《写作与救赎：本雅明文选》，李茂增、苏仲乐译，东方出版中心，2017）

陀思妥耶夫斯基恰似歌德的普罗米修斯，他创造出来的不是无声的奴隶（如宙斯的创造），而是自由的人；这自由的人能够同自己的创造者并肩而立，能够不同意创造者的意见，甚至能反抗他的意见。

　　有着众多的各自独立而不相融合的声音和意识，由具有充分价值的不同声音组成真正的复调——这确实是陀思妥耶夫斯基长篇小说的基本特点。在他的作品里，不是众多性格和命运构成一个统一的客观世界，在作者统一的意识支配下层层展开；这里恰是众多的地位平等的意识连同它们各自的世界，结合在某个统一的事件之中，而互相间不发生融合。

　　陀思妥耶夫斯基发现了、看到了，也表现出来了思想生存的真正领域。思想不是生活在孤立的个人意识中。如果它仅仅留在这里，就会退化以致死亡。思想只有同他人别的思想发生重要的对话关系之后，才能开始自己的生活，亦即才能形成、发展，寻找和更新自己的语言表现形式、衍生新的思想。

　　（陀思妥耶夫斯基小说的）主人公对自己、对世界的议论，同一般的作者议论，具有同样的份量和价值。主人公的话……不是作者声音的传声筒。在作品的结构中，主人公议论具有特殊的独立性；他似乎与作者议论平起平坐。

　　陀思妥耶夫斯基笔下的主要人物……不仅仅是作者议论所表现的客体，而且也是直抒己见的主体……

　　陀思妥耶夫斯基材料中相互极难调和的成分，是分为几个世界的，分属于几个充分平等的意识。这些成分不是全安排在一个人的视野之中，而是分置于几个完整的同等重要的视野之中；不是材料直接结合成为高一层次的统一体，而是上述这些世界，这些意识，连同他们的视野，结合成为高层次的统一体，不妨说是第二层次的，亦即复调小说的统一体。

　　对陀思妥耶夫斯基来说，重要的不是主人公在世界上是什么，而首先是世界在主人公心目中是什么，他在自己心目中是什么。

　　陀思妥耶夫斯基还在创作初期，即"果戈理时期"，描绘的就不是"贫困的官吏"，而是贫困官吏的自我意识。……作者阐明的已经不是主人公的现实，而是主人公的自我意识，也就是第二现实。整个艺术视觉和艺术结构的重心转移了，于是整个世界也变得焕然一新。

　　他认为心理学把人的心灵物化，从而贬低了人，从而完全无视心灵的自由，心灵的不可完成性，以及那种特殊的不确定——即成为陀思妥耶夫斯基主要描写对象的无结局性；因为他描写人，一向是写人处于最后结局的门槛上，写人处于心灵危机的时刻和不能完结也不可意料的心灵变故的时刻。

　　在旁人看见一种思想的地方，他会找得到和探摸到两重思想，双重人格。

（米·巴赫金：《陀思妥耶夫斯基诗学问题》，白春仁、顾亚玲译，生活·读书·新知三联书店，1988）

七、讨论习题

试分析陀思妥耶夫斯基还有哪些作品具有复调小说的特点。

本节课件　　本节视频

第七章　19世纪文学（下）

第一节　哈代《德伯家的苔丝》

一、作品导论

托马斯·哈代是19世纪后期英国杰出的现实主义作家，他的小说代表了19世纪后期英国文学的最高成就。1840年，哈代出生于英国西南部多塞特郡的多切斯特市。

哈代的小说均以威塞克斯为背景，深刻揭示了英国乡村在现代工业文明入侵的过程中所发生的深刻变化，因此被称为威塞克斯小说。威塞克斯是哈代以故乡多塞特郡为原型在作品中构建的，是一个真实与虚构相结合的地域。哈代的威塞克斯小说包括《绿荫下》《远离尘嚣》等，可以分为三个阶段：

第一阶段的小说描写了传统的威塞克斯宗法制社会未受侵染的威塞克斯农民的优秀品性和他们和谐的生活方式，是田园理想的颂歌。虽然这一阶段的作品也表现了威塞克斯世界中传统与现代观念的冲突，但最终往往是传统战胜了现代文明，作品充满浓郁的浪漫色彩，主要有《绿荫下》（1872）、《远离尘嚣》（1874）等。

第二阶段的作品描写现代工业文明侵入威塞克斯后引发的变化，这种变化包括威塞克斯农民经济上的破产和解体，以及精神上的矛盾和痛苦两个方面。主要作品有《还乡》（1878）、《卡斯特桥市长》（1886）等。《还乡》描写了女主人公游苔莎试图逃离荒原的悲剧。小说《卡斯特桥市长》通过亨察尔的经历展现了威塞克斯传统农业经济在现代工业文明冲击下，逐渐破产和解体的悲剧。

第三阶段的创作描写现代工业文明彻底摧毁传统的威塞克斯社会后，农民阶级的消亡以及他们的前途和命运，通过对他们生存境遇的反映，蕴含了对现代人生存境况的深沉思考，主要有《德伯家的苔丝》（1891）和《无名的裘德》（1895）。《无名的裘德》描写威塞克斯社会被彻底摧毁后，作为从威塞克斯走出去的工人裘德一生的悲剧。小说还通过描述裘德的遭遇批判了资产阶级的教育制度和维多利亚时代虚伪的家庭和婚姻观，并揭示了现代人悲剧生存境遇的普遍性，表达了哈代对生命本体的深刻思考。

　　《德伯家的苔丝》是威塞克斯小说的代表作。小说副标题为"一个纯洁的女人"，它描写了一位农村姑娘苔丝悲剧性的一生。苔丝出生于一个贫困的家庭，父亲经常酗酒，家里生活窘迫。为了帮助父母摆脱经济困境，苔丝到当地一家也姓德伯的地主家里养鸡。德伯家的少爷亚雷诱骗苔丝，侵犯了她，致使苔丝怀孕。苔丝非常气愤，怀着鄙视、厌恶的心情离开了德伯家，回到自己家里。村里边的人都指责苔丝，认为她是村庄的耻辱，苔丝承受了巨大的精神压力。孩子出生没多久便离开人世，之后苔丝到一家牛奶场当挤奶工。在这里，苔丝认识了在此学习农业经营的出身于牧师家庭的克莱尔，在克莱尔眼里，苔丝就是纯洁的大自然的女儿。克莱尔热烈地追求苔丝，苔丝虽然心中也爱上了克莱尔，但却心有顾虑，觉得自己配不上他。后来，苔丝还是接受了克莱尔的求婚。在新婚之夜，天真、善良的苔丝把自己过去的经历告诉了克莱尔，克莱尔为此抛弃了苔丝，去了巴西。苔丝陷入了抑郁、孤独的境地，她来到棱窟槐农场做工，那里条件非常恶劣。可苔丝还是坚强地面对着这一切，她期盼着克莱尔回来接她。后来亚雷遇到了苔丝，又缠上了她。此时，苔丝父亲去世，全家人生活陷入困境。苔丝给克莱尔写信，却杳无音讯。亚雷告诉苔丝克莱尔早就死了，苔丝失去了所有希望，为了家人牺牲自己和亚雷住在一起。后来，克莱尔回来了，他找到苔丝，要和她和好。苔丝得知自己被亚雷欺骗，绝望中杀死了亚雷。之后苔丝和克莱尔在荒野里度过了几天幸福的逃亡生活，在一个安静的黎明，苔丝被捕，然后被处以绞刑。

　　小说通过苔丝的遭遇和经历表现了工业文明冲击下，威塞克斯农民失去赖以生存的土地和房屋后转变成农业工人的过程。这部小说体现了威塞克斯小说的特点，即性格与环境，也就是说小说主人公苔丝的性格随着环境的变化而发生变化。主人公苔丝是一个纯洁、善良、美丽、诚实、勤劳、富有反抗精神的农家姑娘，又是一个备受黑暗社会摧残和凌辱的女性形象。作者通过对她的悲惨遭遇的描写，揭示了资本主义入侵英国农村后给农民带来的沉重灾难，揭露了资本主义社会的种种黑暗，对那个社会的道德、法律、宗教提出了强烈的控诉；同时，表达了作者对苔丝悲剧的同情和与通行的社会道德观念相悖的价值观。这部小说结构严谨，七个章节环环相扣，叙事上运用了一系列偶然性的巧合事件来促进情节的发展，使矛盾冲突激烈。作品对人物心理的刻画细腻丰富。作品的景物描写也很有特点，按照故事情节发展来描写景物，在自然风景中融入人物的感受，达到情景交融的效果。小说还运用了设置悬念、对比等手法。

二、作品节选

苔丝把事情讲述完了；甚至连反复的申明和次要的解释也作完了。她讲话的声调，自始至终都同她开始讲述时的声调一样，几乎没有升高；她没有说一句辩解的话，也没有掉眼泪。

但是随着她的讲述，甚至连外界事物的面貌也似乎发生了变化。炉桥里的残火露出恶作剧的样子，变得凶恶可怖，仿佛一点儿也不关心苔丝的不幸。壁炉的栅栏懒洋洋的，也似乎对一切视而不见。从水瓶里发出来的亮光，只是一心在研究颜色的问题。周围一切物质的东西，都在可怕地反复申明，它们不负责任。但是自从他吻她的时候以来，什么也没有发生变化；或者不如说，一切事物在本质上都没有发生变化。但是一切事物在本质上又发生了变化。

她讲完过去的事情以后，他们从前卿卿我我的耳边印象，好像一起挤到了他们脑子中的一个角落里去了，那些印象的重现似乎只是他们盲目和愚蠢时期的余音。

克莱尔做一些毫不相干的事，拨了拨炉火；他听说的事甚至还没有完全进入到他的内心里去。他在拨了拨炉火的余烬以后，就站了起来；她自白的力量此刻发作了。他的脸显得憔悴苍老了。他想努力把心思集中起来，就在地板上胡乱地来回走着。无论他怎样努力，他也不能够认真地思考了；所以这正是他盲目地来回走着的意思。当他说话的时候，苔丝听出来，他的最富于变化的声音变成了最不适当和最平常的声音。

"苔丝！"

"哎，最亲爱的。"

"难道要我相信这些话吗？看你的态度，我又不能不把你的话当成真的。啊，你可不像发了疯呀！你说的话应该是一番疯话才对呀！可是你实在正常得很……我的妻子，我的苔丝——你就不能证明你说的那些话是发了疯吗？"

"我并没有发疯！"她说。

"可是——"他茫然地看着她，又心神迷乱地接着说，"你为什么以前不告诉我？啊，不错，你本来是想告诉我的——不过让我阻止了，我记起来了。"

他说的这一番话，还有其它的一些话，只不过是表面上应付故事罢了，而他内心里却像是瘫痪了一样。他转过身去，伏在椅子上。苔丝跟在后面，来到房间的中间，用那双没有泪水的眼睛呆呆地看着他。接着她就软倒在地上，跪在他的脚边，就这样缩成了一团。

"看在我们爱情的份上，宽恕我吧！"她口干舌燥地低声说，"我已经同样地宽恕你了呀！"

但是他没有回答，她又接着说——

"就像我宽恕你一样宽恕我吧！我宽恕你，安琪尔。"

"你——不错，你宽恕我了。"

"可是你也应该宽恕我呀！"

"啊，苔丝，宽恕是不能用在这种情形上的呀！你过去是一个人，现在你是另一个人呀。我的上帝——宽恕怎能同这种荒唐事用在一起呢——怎能像变戏法一样呢！"

他停住了口，考虑着宽恕的定义；接着，他突然发出一阵可怕的哈哈大笑——这是一种不自然的骇人的笑声，就像是从地狱里发出来的笑声一样。

"不要笑了——不要笑了！这笑声会要了我的命的！"她尖叫着，"可怜我吧——可怜我吧！"

他没有回答；她跳起来，脸色像生了病一样苍白。

"安琪尔，安琪尔！你那样笑是什么意思呀？"她叫喊说。"你这一笑对我意味着什么，你知道吗？"

他摇摇头。

"为了让你幸福，我一直在期盼，渴望，祈祷！我想，只要你幸福，那我该多高兴呀，要是我不能让你幸福，我还能算什么妻子呢！这些都是我内心的感情呀，安琪尔！"

"这我都知道。"

"我想，安琪尔，你是爱我的——爱的是我这个人！如果你爱的的确是我，啊，你怎能那样看我，那样对我说话呢？这会把我吓坏的！自从我爱上你以来，我就会永远爱你——不管你发生了什么变化，受到什么羞辱，因为你还是你自己。我不再多问了。那么你怎能，啊，我自己的丈夫，不再爱我呢？"

"我再重复一遍，我以前一直爱的那个女人不是你。"

"那是谁呢？"

"是和你一模一样的另外一个女人。"

她从他的说话中看出，她过去害怕和预感到的事出现了。他把她看成了一个骗子；一个伪装纯洁的荡妇。她意识到这一点，苍白的脸上露出了恐惧；她的脸颊的肌肉松弛下来，她的嘴巴差不多变成了一个小圆洞的样子。他对她的看法竟是如此的可怕，她呆住了，身子摇晃起来；安琪尔走上前去，认为她就要跌倒了。

"坐下来，坐下来，"他温和地说。"你病了；自然你会感到不舒服的。"

她坐了下来，却不知道她坐在什么地方。她的脸仍然是紧张的神情，她的眼神让安琪尔看了直感到毛骨悚然。

"那么我再也不属于你了，是不是，安琪尔？"她绝望地问，"他说他爱的不是我，他爱的是另外一个和我一模一样的女人。"

出现的这个女人的形象引起了她对自己的同情，觉得自己是受了委屈的那个女人。她进一步想到了自己的情形，眼睛里充满了泪水；她转过身去，于是自怜的泪水就像决堤的江水一样流了出来。

看见她大哭起来，克莱尔心里倒感到轻松了，因为刚才发生的事对苔丝的影响开始让他担心起来，其程度仅仅次于那番自白本身引起的痛苦。他耐心地、冷漠地等着，等到后来，苔丝把满腹的悲伤发泄完了，泪如涌泉的痛哭减弱了，变成了一阵阵抽泣。

"安琪尔，"她突然说，这时候她说话的音调自然了，那种狂乱的、干哑的恐怖声音消失了，"安琪尔，我太坏了，你是不能和我住在一起了是不是？"

"我还没有想过我们该怎么办。"

"我不会要求你和我住在一起的，安琪尔，因为我没有权利这样要求！本来我要写信给我的母亲和妹妹，告诉她们我结婚了，现在我也不给她们写信了；我裁剪了一个针线袋子，打算在这儿住的时候缝好的，现在我也不缝了。"

"你不缝了！"

"不缝了，除非你吩咐我做什么，我是什么也不做了；即使你要离开我，我也不会跟着你的；即使你永远不理我，我也不问为什么，除非你告诉我，我才问你。"

"如果我真的吩咐你做什么事呢?"

"我会听你的,就像你的一个可怜的奴隶一样,甚至你要我去死我也会听你的。"

"你很好。但是这让我感到,你现在自我牺牲的态度和过去自我保护的态度少了一些协调。"

这些是他们发生冲突后第一次说的话。

(哈代:《德伯家的苔丝》,王忠祥、聂珍钊译,长江文艺出版社,2006)

三、新文科阅读

纵观他的小说,哈代笔下的女性既不是大城市里蓝袜子派成员,也非受过大学教育的女权运动的参加者,但她们通常比男性人物更坚定,也更为复杂。就出身和世界观来说,她们也有很大不同。苔丝·德伯维尔,小说副标题中的"纯洁的女人",有着一个天生的宿命论者的消极顺从性,但她内在的纯洁由于一种相反的意志力量而得到加强,这种意志力量向男性的支配地位和资产阶级的非难进行了挑战。她对自由的希求是命中注定的。《无名的裘德》中的艾拉白拉被描写得既粗鲁又善于耍手腕,但她也是非常讲究实际的(这一点同其他主人公形成鲜明对照),是反对不平等的幸存者。

(桑德斯:《牛津简明英国文学史》,高万隆等译,人民文学出版社,2000)

关于《德伯家的苔丝》的主旨,哈代说得很清楚,是"一个纯洁的女人"的命运;事实上,这也就是英国农民阶层的毁灭。

小说的主题是,在上个世纪后半世纪中,农民阶层的瓦解过程——这是深深地根植于过去的一个过程——已经达到其最后和悲剧的阶段。随着资本主义农业(也就是说,土地占有者不再为了生计种田,而是为了赢利种田,农田劳动者成为工资劳动者的农业)的扩张,那个小私有者或农民的古老的自耕农阶级,连带着他们传统的独立性以及他们自己的纯朴的文化都行将消失。历史发展的力量对他们以及他们的生活方式来说太强大了,而这种生活方式一直是他们的骄傲,而又是根深蒂固,因而它的毁灭必然是苦痛和悲惨的。《苔丝》就是反映这一毁灭的故事和象征。

从她被德伯诱奸那时起，苔丝的经历便成了为维护自己的自尊心而对付各种巨大压力的没有希望的挣扎。……她遇见了安吉尔，和他相爱并想通过和他结婚以逃避命运的摆布。但是安吉尔这个知识分子原来比好色之徒德伯更为残忍。安吉尔尽管思想解放，却不只是一个道学先生，一个伪君子，而且还是一个势利小人。

（关于亚历克·德伯）哈代把他描写成维多利亚时代情节剧中那种老一套的流氓，一个花里胡哨的、捻弄着小胡子的、对书中（他将要诱奸的）女主人公喊着"喂，我的美人儿……"的花花公子。……关于德伯的全部特征都说明，他是一个货真价实的维多利亚型的流氓。

（A. 凯特尔：《英国小说导论》，伦敦哈钦森大学出版社，1953）

四、问题研究

1. "威塞克斯小说"

哈代作品的主要内容是描写 19 世纪后半期英国宗法制农村社会的衰亡，反映了资本主义侵入农村后所引起的社会、经济、道德和思想的深刻变化。他的主要贡献是描写农村的生活风习，反映农村劳动人民的悲惨命运。他所描写的英国农村生活是非常真实的，特别是妇女形象，个性鲜明而真实。哈代描绘的威塞克斯地区非常精确地反映了英国西南部的特征与风貌。他把自己的十多部长篇小说分为三类：性格和环境小说，罗曼史幻想小说，机敏和经验小说。哈代的重要的长篇小说都属于"性格和环境小说"这一类，而哈代小说也多以其故乡英国南部威塞克斯广大农村地区为背景，并用威塞克斯的同一背景把多部小说连成一体，故称"威塞克斯小说"。哈代的威塞克斯小说表现出"命运悲剧——性格悲剧——社会悲剧"的发展过程，体现了其悲剧意识巨大的现实意义。

2. 比较命运悲剧、性格悲剧和社会悲剧

关于悲剧及其分类，众说纷纭。自亚里士多德以来，谢林、黑格尔、叔本华、尼采、车尔尼雪夫斯基、马克思等等都对其进行过研究。"西方美学史将悲剧艺术分为'命运悲剧''性格悲剧'和'社会悲剧'，它们从不同角度反映了社会的发展阶段和各个社会历史的现实生活的悲剧冲突。"古希腊时代的"命运悲剧"反映了强大的社会力量与自然力量和人的矛盾冲突，社会历史必然性与自然威力作为一种不可理解和不可抗拒的命运和人相对立，结果导致悲剧的结局；文艺复兴时期的"性格悲剧"则表现的是当时封建制度、伦理观念、宗教迷信等与争取民主、自由、解放的新生力量之间的悲剧性冲突，并且在一定程度上，往往因主人公性格的弱点或偏见而导致悲剧的结局；"社会悲剧"一般指在资本主义社会中人与人、人与社会之间矛盾激化的情况下，由于社会的黑暗和罪恶而导致的悲剧，这种悲剧中的人物大都以普通人身份表现人与人、人与社会的矛盾冲突。（参阅杨辛、甘霖《美学原理》）

五、延伸思考

1. 分析小说中的性格与环境的不同阶段

可参考：小说中的性格与环境有六个阶段。首先是布蕾谷，苔丝是个纯洁女孩，这时生活快乐却贫穷。然后去纯瑞脊被骗称为失节女，被金钱、暴力、宗教欺辱。来到风景如画的塔布篱收获了爱情，却因为虚伪的道德被抛弃，为了生计，苔丝去了棱窟槐做雇工，被残酷地剥削，父亲死后，为了家里人的生存，再次被亚雷欺骗，最后在群鹤公寓杀死亚雷，成为杀人犯。最后在古城温顿塞斯托，苔丝和克莱尔相聚后被处死。

2. 哈代对苔丝的评价以及对道德观念的认识

可参考：哈代在小说中除了表现工业文明对威塞克斯农民的巨大伤害，还对当时陈腐、落后的道德观念进行了激烈批判，特别是对女性受到的不公正待遇进行了控诉。苔丝是一个善良、纯洁、天真质朴的女性，在被亚雷诱奸后，作为受害者的她回到村子后，非但没得到同情，反而遭到谴责，所有人都认为是她自己的罪过，就连苔丝自己也深深被罪恶感纠缠，认为自己是一个不纯洁的女人。哈代尖锐地抨击了这种陈腐的贞操观，对苔丝的遭遇深感不平和同情。因此，哈代在作品中把苔丝塑造为一个完美的女性形象，她也成为哈代笔下众多女性形象中最具光彩和最成功的一个。她是爱和美的化身，既代表了传统，又融合了现代的特点。

在苔丝身上集中体现了威塞克斯人的优秀品质，苔丝天真、善良、纯洁、质朴，尽管遭受了很多的磨难，但依然怀抱着美好的愿望坚强地生活，对周围的人表现出深沉的爱和信任。她为了家人的生活可以牺牲自己的感情；虽然克莱尔弃她而去，依然怀着温柔之心坚守着对他的爱。与此同时，她又具有现代女性强调自尊和追求个性自由的特点。她鄙视父母以同一姓氏攀附地主德伯家的想法。当因自己的失误造成更大的经济困境后，她无奈之下才到冒牌的德伯家寻求帮助，但也只是想通过自己的工作来缓解全家人的窘迫生活。当亚雷诱奸了她，并使她怀了孕，她不顾亚雷的挽留，坚决离开，并没有因此丢掉自尊和亚雷在一起。苔丝和小说中其他的女性不同，她鄙视金钱、藐视门第，虽然在一定程度上也受到当时陈腐的贞操观的影响和局限，但在人格上她是崇高的，她追求的是平等的个性和自由的生活。

六、资料参考

　　1888 年秋哈代开始《德伯家的苔丝》的创作。与哈代的其他小说一样，这部小说也带有强烈的个人印记。哈代曾经说过，如果不是因为不想显得"过于个人化"，小说的题目可能就会是《哈代家的苔丝》。在主题与情节方面，哈代将自己一直以来对维多利亚女性生活困境的关注发挥到了极致——他试图在小说中塑造一位"新女性"的形象。维多利亚时期是妇女解放运动的一个重要时期。虽然女性依然没有政治和经济地位，活动的领域局限在家庭和有限的社交场合，但随着工业革命的发展，社会各个层面对女性的束缚逐渐放松。19 世纪末，在社会和文学作品中开始出现打破家庭和社会枷锁，反对传统男权压迫，自由独立的"新女性"。在欧洲文学中，易卜生在《玩偶之家》中描写的娜拉是"新女性"的代表人物。哈代从自身的经历和对社会现象的观察中，敏锐地意识到阶级和性别对个人社会地位的影响。通过描写苔丝面对的双重社会压力，哈代直接抒发了对社会不公的愤怒情绪。从第一部小说《穷汉与淑女》开始，哈代就表现出对阶级对立和性别差异的反对。一直以来，由于社会舆论的压力和生计的困扰，他不得不放弃自己较为激进的想法，而与出版商、评论界和读者妥协。19 世纪 80 年代后期的哈代，功成名就，已近知天命之年，终于可以打破以往的小心谨慎，直抒胸臆，表达自己对维多利亚价值观的不认同。

　　在创作之初，小说女主人公的名字不是苔丝，而是后来《无名的裘德》中的女主人公的名字苏，最后几经考虑才定名为《德伯家的苔丝》。

（何宁：《哈代研究史》，译林出版社，2011）

　　苔丝回到自己家中，开始找工作。工作辛苦且有辱人格。苔丝的母亲给亚雷写信，亚雷找到了她，主动提出照顾她和她的家人。她的父亲病入膏肓，一旦去世，他们家就会被扫地出门。苔丝拒绝了亚雷，但是他一再纠缠她。她父亲一死，他们家就被逐出房子，被迫生活在一顶帐篷里，此时苔丝不得不妥协，给亚雷当了情妇。

安玑在外生了重病，被迫返乡。等他康复之后，他去找苔丝，请求她宽恕，但是为时已晚。他离开后，苔丝痛不欲生，亚雷呵斥她，她杀了亚雷，追随安玑而去。他声称会救她，但最终无力回天。警察找到了他们，她被带走，锒铛入狱。审判过后，苔丝被绞死。

我们将要分析的片段，是苔丝试图在答应嫁给安玑之前，把一切都向安玑和盘托出。尽管没能在婚前向他坦白，她一心想着要诚实地走进婚姻，正如婚礼仪式上牧师的谆谆告诫。当晚，在安玑向她坦白忏悔之后，她也以诚相告，却失去了他。他远赴巴西，把苔丝丢给了命运。这一朝向诚实的努力和随之而来的抛弃，将是我们讨论《苔丝》时的焦点所在。

（肯·丹西格：《导演思维》修订本，吉晓倩译，文化发展出版社，2019）

《卡斯特桥市长》里的伊丽莎白，偶尔会漏嘴冒出乡音，哈代评论道，"那些在真正上等人耳里意味着野蛮的糟糕痕迹"。苔丝校正过的口音，是她突出于自己贫困家庭之上的标志之一。哈代的男女主角们被迫做出婚姻的选择，充满了社会阶层方面的焦虑：拥有大量土地的女性农民是嫁给自耕农呢还是乡绅（芭思希芭对加布里埃尔·奥克和农场主伯德伍德的选择）？挤奶女工是嫁给牧师的儿子还是暴发的引诱者呢（苔丝对安吉尔·克莱尔和亚历克·德贝维尔）？知书达理的石匠是娶庸俗荡妇还是聪慧、禁欲的理想主义者（裘德选择阿拉贝拉还是淑布莱德）？

有时候哈代会像奥斯汀一样，向"愿望达成"这个愿望投降，让自耕农和中产阶级女性结合到一起：《树荫下》（1872 年）和《远离尘嚣》结局都落进了婚姻带来的幸福的精疲力竭中。但《林地居民》既沿袭了这两个早期小说中女主角在两个求婚者之间选择的情节，又进一步把该情节推向更黑暗的方向。一个当地酿苹果酒为生的温柔男子吉尔斯·温特波恩，向格蕾丝·梅尔波利求婚。但她被出生优越也更有魅力的埃德瑞·菲茨比尔斯吸引走了，后者是这里新来的医生，并且来自于一个有名望的家族。她嫁给了菲茨比尔斯，没料到他与风流寡妇查曼德夫人展开了一段婚外情，她曾是一位演员，现在住着村里的一所大房子。吉尔斯过世了，此时埃德瑞离开了格蕾丝，去往欧洲大陆。但格蕾丝与埃德瑞最终还是重又和好了（从欧洲回来后他看起来完全像变了个人），小说的结局相当暧昧不明：我们无法确定这次重修旧好是否真的成功。

（詹姆斯·伍德：《私货：詹姆斯·伍德批评文集》，冯晓初译，河南大学出版社，2017）

如今，哈代的所有小说里，《德伯家的苔丝》吸引着最广泛的读者群。这部作品在普通读者中广受欢迎，已经取代了《还乡》早前的优势地位。我们甚至可以断言，哈代这部小说已经被证明具有预见性，它所预见的情感在1891年绝对没有完全显现。虽然隔了大约一个世纪，这部作品某些时刻的幻象似乎仍与我们这个时代同步。这些时刻大多来源于哈代对女主人公的深切同情，这种同情近乎父爱。让人颇感好奇的是，哈代与苔丝的关系之密切，超过了他与《无名的裘德》中裘德·范立的关系，即便在他的小说所有男性人物中，裘德最接近哈代代理人的形象。

J.希利斯·米勒在迄今为止最具前沿色彩的《苔丝》评论中，把这部小说解读为"一个关于重复的故事"，但是米勒所说的"重复"，似乎是指一种相互联结的阐释链。阐释的冲动也许是读者的责任，也许是哈代对待自己作品的态度（或许甚至延伸至安吉·克莱尔在小说中的角色），但在我看来，这与苔丝本人没有关系。既然这部小说讲述的是苔丝的故事，我便无法把它看作一部"关于重复"的小说。

（哈罗德·布鲁姆：《小说家与小说》，石平萍、刘戈译，译林出版社，2018）

她是弱者，而无论亨查德多么固执、误入歧途，他也还是强者。这是哈代认识的基本面，也是他的很多小说的主要元素。女人更柔弱些，更容易心软，她依附于强者并模糊他的视线。尽管如此，在他的更伟大的作品中，生命是多么自由地冲破了这个固有的模式啊！当巴斯巴的马车停在她种植的花草中，她坐在里面对着小镜子露出可爱微笑的时候，我们或许会明白，为何她在故事结束之前会遭受多么严重的痛苦，并给他人带来痛苦。我们知道，这样的结果证实了哈代作品的力量。但是，那一瞬间却集聚了生命的全部灿烂和美丽。像这样的场景在他的小说中一再出现。他笔下的人物，无论男女，对他来说都是具有无限吸引力的生物。他对于女人比对于男人展现出更多温柔的关爱，这也许是因为他对女人的兴趣更为强烈，尽管她们的美丽只是空一场，她们的命运也十分悲惨。但是，当她们身上闪耀着生命之光时，她们的步态是轻盈的，她们的笑容是甜美的。她们拥有一种投入大自然怀抱的力量，成为大自然沉静庄严的一部分；另一种可能是她们能站起来，像云彩一般从容流动，像鲜花遍野的林地一般充满野性。遭罪的男人们面临的不是像女人那样因为依赖他人获得的痛苦，而是和命运的冲突，因而他们会赢得我们更坚定的同情。对于加布里埃尔·欧克，我们需要的不是暂时的畏惧。我们必须尊敬他，尽管我们不能轻易地喜欢上他。他牢牢地站稳了脚跟，至少可以非常灵敏地打击别的男人，而且也能招架住还击。他有一种预见能力，这种能力来自于他的天性，而非后天的教育。他的气质是沉稳的，他的爱情也是坚定的，他能直面挑战而毫无畏缩。

（伍尔芙：《从简·奥斯汀到简·爱》，杨晔译，江苏凤凰文艺出版社，2018）

　　受到社会与自身弱点夹击的直接报复。这就是我所说的悲剧，而且是唯一的悲剧：一个人与其自我分裂，这种分裂就是悲剧。其情形大致如此：首先，他是社会的一员，因此在道义上决不能破坏社会的道德和实际的形态；再者，社会的陈规陋俗与他的自然、个性的欲望不相容，于是他不管对错，在欲望驱使下冲破社会的束缚，将自己置身于藩篱之外，孤家寡人地宣称："我做得对，我的欲望是真实的，不可阻挡；如果我要做我自己，我必须满足自己的欲望，置常规于不顾"；或者独自彷徨，问自己："我做得对还是错？如果我错了，那就让我死吧。"于是他便求一死。

　　这种悲剧的发展，对这种分裂和这个问题愈来愈深刻的醒悟，还有因此而得出的结论，这些就是这些威塞克斯小说的主题之一。

　　因此必须历时性地考察这些小说才能揭示这种发展，进而得出结论。

　　《绝望的手段》里无聊的男主人公斯普林格罗夫是个极端守旧的人，他不敢告诉西塞利亚自己已经订婚，因此造成了难题。曼斯顿被写成一个肉欲强烈的人，因为对西塞利亚充满欲望而越雷池，杀了人，这可是走了极端了。他得到了激情四射、无法无天的奥尔德克里夫小姐的帮助。最终他和奥尔德克里夫死了，而西塞利亚和斯普林格罗夫团圆了，既幸福又事业有成。

　　《绿荫下》中学校女教师范茜曾一度追求牧师所代表的社会志向，憧憬着满足幻想，遭到失败后又回到了迪克身边。抛弃了空想，过上了安稳、踏实、丰衣足食的婚姻生活，一切都如愿。

（戴维·赫伯特·劳伦斯著：《小说何以重要：D. H. 劳伦斯非虚构作品集》，黑马译，

四川文艺出版社，2018）

七、讨论习题

哈代很多小说悲剧性的结局都是环境和人物性格交互作用的结果，试以《德伯家的苔丝》为例予以说明。

本节课件　　本节视频

第二节　列夫·托尔斯泰《安娜·卡列尼娜》

一、作品导读

列夫·尼古拉耶维奇·托尔斯泰（1828—1910）是 19 世纪俄国批判现实主义文学的杰出代表，是俄罗斯伟大的文学家和思想家。他的创作是 19 世纪俄罗斯文学的顶峰，为世界文学留下了一座不朽的丰碑。1828 年列夫·托尔斯泰出生于俄罗斯一个古老的世袭贵族家庭，1851 年初，在哥哥尼古拉建议下，托尔斯泰前往高加索，开始其军旅生涯。同时期，托尔斯泰开始文学创作。他早期作品的主人公擅长自我分析和理性思辨，如《童年》《少年》《青年》三部曲描写了贵族出身的尼古林卡从童年至青年的成长经历，描写了尼古林卡思想和情感的变化。1863 年，他创作了中篇小说《哥萨克》，主人公贵族青年奥列宁是一个自传性的精神探索者的形象，通过他的经历，作者提出贵族阶级"平民化"问题，表达了对贵族阶级出路等问题的思考。《战争与和平》以史诗般广阔恢宏的气势真实再现了当时社会、政治、经济、家庭生活等各个领域的生活画面。《战争与和平》是一部人民战争的英雄史诗，表现了俄国人民在反侵略战争中的爱国主义精神及其历史作用。

19 世纪 70 年代，托尔斯泰创作了《安娜·卡列尼娜》。这部作品的创作从 19 世纪 70 年代初开始酝酿到 1877 年完稿，表现出了"一切都颠倒过来，而且刚刚开始形成"的俄国农奴制改革后新旧交替时期的风貌，是一部把家庭小说、社会小说和心理小说融于一体的长篇巨著。

19 世纪 70 年代末 80 年代初，俄土战争、连年的大灾荒、第二次民主运动高涨的革命形势，促使托尔斯泰加强了对周围事物的关注。他访问教堂、寺院、监狱、法庭，了解大灾荒中农民的悲惨生活，并参加了 1881 年的莫斯科人口调查，在贫民窟目睹了底层人民的痛苦。这一切使他进一步认识到资本主义的罪恶、封建专制制度和官方教会的反动，以及土地问题的严重性，促使他的世界观发生激变。

19 世纪八九十年代之后，在文学创作方面，托尔斯泰先后创作了剧本《黑暗的势力》、中短篇小说《伊万·伊利奇的死》《克莱采奏鸣曲》《哈吉穆拉特》《舞会之后》等；1889—1899 年，托尔斯泰创作了长篇小说《复活》，小说对社会的揭露和批判空前激烈，而对托尔斯泰主义的宣传也异常集中，鲜明地反映了他转变后的宗法制农民观点本身的矛盾。

《复活》作为"19 世纪俄国生活的百科全书"，通过聂赫留朵夫和玛丝洛娃的人生经历，真实地描写了 19 世纪俄国广阔的社会生活，对沙皇专制制度下的黑暗现实、对沙皇专制制度的上层建筑及其经济基础等进行了全面的批判和彻底的否定。

托尔斯泰一生的大半时间是在自己的庄园中度过的。他的平民化思想与贵族家庭的生活方式经常发生冲突，导致他在 82 岁时秘密离家出走，不幸中途得病，于 1910 年 11 月 20 日病逝在阿斯塔波沃火车站。

托尔斯泰的世界观一直是矛盾的：他一方面同情农民，另一方面又为贵族在精神上找不到出路而苦恼；他一方面肯定了战争胜负取决于人民，另一方面又说人民的行动只是顺从了天意。他转变后的观点也存在着显著的矛盾，一方面对贵族资产阶级社会的虚伪、资本主义的剥削、政府机关的暴虐和官办教会的伪善进行揭露和抨击，另一方面又宣传"道德上的自我修养""不以暴力抗恶"基督教的宽恕和博爱等一套托尔斯泰主义的说教。这些矛盾反映了俄国宗法制农民的反抗情绪和软弱性。

托尔斯泰的代表作《安娜·卡列尼娜》写于 19 世纪 70 年代，那时资本主义迅速发展，俄国社会生活发生巨变，这种历史变动的特点在小说中得到了精确而深刻的反映，用列文的话说："现在在我们这里，一切都翻了一个身，一切都刚刚开始安排。"列宁认为，"对于 1861 至 1905 年这个时期，很难想象得出比这更恰当的说明了"，并解释道，那"翻了一个身"的东西，就是农奴制及其相应的整个"旧秩序"；那"刚刚开始安排"的东西，就是资本主义制度。《安娜·卡列尼娜》小说由两条平行而互相联系的线索构成。一条线索写贵族妇女安娜追求爱情自由的悲剧，安娜是一个貌美且内心感情丰富的女性，当她还是少女的时候，由姑母做主嫁给了比自己大20岁的官僚卡列宁。卡列宁冷漠无情，思想僵化，两人之间毫无爱情可言。随着社会风气的变化，这种靠封建礼教维系的家庭很快破裂。安娜与青年军官伏伦斯基相爱而离开家庭，为此遭到上流社会的鄙弃，后来又受到伏伦斯基的冷遇，终于绝望而卧轨自杀。另一条线索写外省地主列文和贵族小姐吉提的恋爱，经过波折结成了幸福的家庭。两条线索形象地反映了俄国社会的变动，体现了作者的社会理想，也暴露了他世界观的矛盾。小说展现了19世纪六七十年代俄国的政治、经济、思想观念的剧变。在资本主义势力的冲击下，封建的经济基础日趋崩溃，那些名门望族不得不向出身微贱的商人低价拍卖田产，或者转向资本主义的经营方式。商人、银行家和企业主在社会上的地位日益显赫，俨然成了"新生活的主人"。农民日益贫困，被迫流入城市。人们普遍感到金钱势力的压力和对未来的不可知的恐惧。上流社会道德堕落，官场腐败，贿赂成风。以卡列宁为首的政府官僚集团是一些尔虞我诈、冷酷自私、钻营牟利的"官僚机器"；以莉姬娅·伊万诺夫娜伯爵夫人为首的贵族集团是假仁假义、两面三刀的伪君子；以陪脱西·特维尔斯卡雅公爵夫人为中心的青年贵族集团，是一群荒淫无耻的高等嫖客和娼妓。引人注目的还有道德观念和社会风气的变化，婚嫁由父母做主、中间人做媒的风俗开始受到嘲笑，年轻人希望恋爱自由、婚姻自主。女孩子们都坚定地相信选择丈夫是她们自己的事，与父母无关。作为小说的中心人物，安娜就是在这样的时代背景下出现的。她追求爱情的行动恰好和俄国社会的变动相呼应，代表了妇女争取婚姻自主的要求，反映了年轻妇女追求新生活的愿望。小说结构严谨，在两条平行线索之间，穿插了奥勃朗斯基的家庭生活这一中间线，并通过安娜和列文之间的精神联系及相互对照，使作品两条线索能够有机地结合在一起，形成拱点，使得作品线索分明，叙事清晰。

二、作品节选

三十一

铃声响了。有几个年轻人匆匆走过。他们相貌难看，态度蛮横，却装出一副煞有介事的样子。彼得穿着制服和半统皮靴，他那张畜生般的脸现出呆笨的神情，也穿过候车室，来送她上车。她走过站台，旁边几个大声说笑的男人安静下来，其中一个低声议论着她，说着下流话。她登上火车高高的踏级，独自坐到车厢里套有肮脏白套子的软座上。手提包在弹簧座上晃了晃，不动了。彼得露出一脸傻笑，在车窗外掀了掀镶金线的制帽，向她告别。一个态度粗暴的列车员砰的一声关上车门，上了闩。一位穿特大撑裙的畸形女人（安娜想象着她不穿裙子的残废身子的模样，不禁毛骨悚然）和一个装出笑脸的女孩子，跑下车去。

"卡吉琳娜·安德列夫娜什么都有了，她什么都有了，姨妈！"那女孩子大声说。

"连这样的孩子都装腔作势，变得不自然了。"安娜想。为了避免看见人，她迅速地站起来，坐到对面空车厢的窗口旁边。一个肮脏难看、帽子下露出蓬乱头发的乡下人在车窗外走过，俯下身去查看火车轮子。"这个难看的乡下人好面熟。"安娜想。她忽然记起那个恶梦，吓得浑身发抖，连忙向对面门口走去。列车员打开车门，放一对夫妇进来。

"您要出去吗，夫人？"

安娜没有回答。列车员和上来的夫妇没有发觉她面纱下惊慌的神色。她回到原来的角落坐下来。那对夫妇从对面偷偷地仔细打量她的衣着。安娜觉得这对夫妻都很讨厌。那个男的问她可不可以吸烟，显然不是真正为了要吸烟，而是找机会同她攀谈。他取得了她的许可，就同妻子说起法国话来，他谈的事显然比吸烟更乏味。他们装腔作势地谈着一些蠢话，存心要让她听见。安娜看得很清楚，他们彼此厌恶，彼此憎恨。是的，像这样一对丑恶的可怜虫不能不叫人嫌恶。

铃响第二遍了，紧接着传来搬动行李的声音、喧闹、叫喊和笑声。安娜明白谁也没有什么值得高兴的事，因此这笑声使她恶心，她真想堵住耳朵。最后，铃响第三遍，传来了汽笛声、机车放气的尖叫声，挂钩链子猛地一牵动，做丈夫的慌忙画了个十字。"倒想问问他为什么要这样做。"安娜恶狠狠地盯了他一眼，想。她越过女人的头部从窗口望出去，看见站台上送行的人仿佛都在往后滑。安娜坐的那节车厢，遇到铁轨结合处有节奏地震动着，在站台、石墙、信号塔和其他车厢旁边开过；车轮在铁轨上越滚越平稳，越滚越流畅；车窗上映着灿烂的夕阳，窗帘被微风轻轻吹拂着。安娜忘记了同车的旅客，在列车的轻微晃动中吸着新鲜空气，又想起心事来。

"啊，我刚才想到哪儿了？对了，在生活中我想不出哪种处境没有痛苦，人人生下来都免不了吃苦受难，这一层大家都知道，可大家都千方百计哄骗自己。不过，一旦看清真相又怎么办？"

"天赋人类理智就是为了摆脱烦恼嘛。"那个女人装腔作势地用法语说，对这句话显然很得意。

这句话仿佛解答了安娜心头的问题。

"为了摆脱烦恼。"安娜摹仿那个女人说。她瞟了一眼面孔红红的丈夫和身子消瘦的妻子，明白这个病恹恹的妻子自以为是个谜样的女人，丈夫对她不忠实，使她起了这种念头。安娜打量着他们，仿佛看穿了他们的关系和他们内心的全部秘密。不过这种事太无聊，她继续想她的心事。

"是的，我很烦恼，但天赋理智就是为了摆脱烦恼；因此一定要摆脱。既然再没有什么可看，既然什么都叫人讨厌，为什么不把蜡烛灭掉呢？可是怎么灭掉？列车员沿着栏杆跑去做什么？后面那节车厢里的青年为什么嚷嚷啊？他们为什么又说又笑哇？一切都是虚假，一切都是谎言，一切都是欺骗，一切都是罪恶！……"

火车进站了，安娜夹在一群旅客中间下车，又像躲避麻风病人一样躲开他们。她站在站台上，竭力思索她为什么会到这里来，打算做什么。以前她认为很容易办的事，如今却觉得很难应付，尤其是处在这群不让她安宁的喧闹讨厌的人中间。一会儿，挑夫们奔过来抢着为她效劳；一会儿，几个年轻人在站台上把靴子后跟踩得咯咯直响，一面高声说话，一面回头向她张望；一会儿，对面过来的人笨拙地给她让路。她想起要是没有回信，准备再乘车往前走，她就拦住一个挑夫，向他打听有没有一个从伏伦斯基伯爵那里带信来的车夫。

"伏伦斯基伯爵吗？刚刚有人从他那里来。他们是接索罗金娜伯爵夫人和女儿来的。那个车夫长的怎么样？"

她正同挑夫说话的时候，那个脸色红润、喜气洋洋的车夫米哈伊尔，穿着一件腰部打折的漂亮外套，上面挂着一条表链，显然因为那么出色地完成使命而十分得意，走到她面前，交给她一封信。她拆开信，还没有看，她的心就揪紧了。

"真遗憾，我没有接到那封信。我十点钟回来。"伏伦斯基潦草地写道。

"哼！不出所料！"她带着恶意的微笑自言自语。

"好，你回家去吧，"她对米哈伊尔低声说。她说话的声音很低，因为剧烈的心跳使她喘不过气来。"不，我不再让你折磨我了。"她心里想，既不是威胁他，也不是威胁自己，而是威胁那个使她受罪的人。她沿着站台，经过车站向前走去。

站台上走着的两个侍女，回头过来打量她，评论她的服装："真正是上等货。"——她们在说她身上的花边。几个年轻人不让她安宁。他们又盯住她的脸，怪声怪气地又笑又叫，在她旁边走过。站长走过来，问她乘车不乘车。一个卖汽水的男孩目不转睛地望着她。"天哪，我这是到哪里去呀？"她一面想，一面沿着站台越走越远。她在站台尽头站住了。几个女人和孩子来接一个戴眼镜的绅士，他们高声地有说有笑。当她在他们旁边走过时，他们住了口，回过头来打量她。她加快脚步，离开他们，走到站台边上。一辆货车开近了，站台被震得摇晃起来，她觉得她仿佛又在车上了。

她突然想起她同伏伦斯基初次相逢那天被火车碾死的人，她明白了她应该怎么办。她敏捷地从水塔那里沿着台阶走到铁轨边，在擦身而过的火车旁站住了。她察看着车厢的底部、螺旋推进器、链条和慢慢滚过来的第一节车厢的巨大铁轮，竭力用肉眼测出前后轮之间的中心点，估计中心对住她的时间。

"那里！"她自言自语，望望车厢的阴影，望望撒在枕木上的沙土和煤灰，"那里，倒在正中心，我要惩罚他，摆脱一切人，也摆脱我自己！"

她想倒在开到她身边的第一节车厢的中心。可是她从臂上取下红色手提包时耽搁了一下，来不及了，车厢中心过去了。只好等下一节车厢。一种仿佛投身到河里游泳的感觉攫住了她，她画了十字。这种画十字的习惯动作，在她心里唤起了一系列少女时代和童年时代的回忆，周围笼罩着的一片黑暗突然打破了，生命带着它种种灿烂欢乐的往事刹那间又呈现在她面前，但她的目光没有离开第二节车厢滚近拢来的车轮。就在前后车轮之间的中心对准她的一瞬间，她丢下红色手提包，头缩在肩膀里，两手着地扑到车厢下面，微微动了动，仿佛立刻想站起来，但又扑通一声跪了下去。就在这一刹那，她对自己的行动大吃一惊。"我这是在哪里？我这是在做什么？为了什么呀？"她想站起来，闪开身子。可是一个冷酷无情的庞然大物撞到她的脑袋上，从她背上辗过。"上帝呀，饶恕我的一切吧！"她说，觉得无力挣扎。一个矮小的乡下人嘴里嘟囔着什么，在铁轨上干活。那支她曾经用来照着阅读那本充满忧虑、欺诈、悲哀和罪恶之书的蜡烛，闪出空前未有的光辉，把原来笼罩在黑暗中的一切都给她照个透亮，接着烛光发出轻微的哔剥声，昏暗下去，终于永远熄灭了。

（列夫·托尔斯泰：《安娜·卡列尼娜》，草婴译，上海译文出版社，1982）

三、新文科阅读

不论他如何努力去同情别人，同他们打成一片，他仍常感到与别人的某种隔膜。奇怪的是，他感到自己正高踞他人之上，对他们进行道德审判。当他成为一位作家，也许是所有作家中最伟大的一位时，他便轻而易举地确认了这种上帝般的力量。他对马克西姆·高尔基说道："我在写作的时候，突然对某个角色产生了怜悯之心，于是我就赋予他某种美德，或去掉其他某些人身上的美德。这样，与其他角色相比他就不会显得过于黯淡。"而当他成为一个社会改革者时，那种以上帝自居的欲望也就越发强烈，因为他的实际规划和神一样广大，正如他自己界定的："谋求全世界的幸福的愿望……我们称之为上帝。"甚至，他觉得神已占据了他整个身心，他在日记中写道"帮帮我，天父，驻留在我的躯体中。你和我早已同体，你就是'我'"。但是，正如高尔基所注意到的，托尔斯泰对他的造物主充满了极度的猜疑，这就阻碍了他与上帝共存于同一个灵魂之中。高尔基说这种情况使他想到"一个洞穴中的两头熊"。有时托尔斯泰似乎会认为自己是上帝的兄弟，甚至是上帝的兄长。

托尔斯泰为什么会对他自己有这样的想法呢？也许，在他的崇高感中，最重要的因素就是他自己的出身。托尔斯泰和易卜生一样生于1828年，但托尔斯泰在那个幅员辽阔的国度里是世袭统治阶级中的一员。

（保罗·约翰逊：《知识分子》，杨正润译，台海出版社，2017）

四、问题研究

1. 心灵辩证法

心灵辩证法来自车尔尼雪夫斯基的评价。1856 年，车尔尼雪夫斯基在《列·尼·托尔斯泰伯爵的〈童年〉〈少年〉和战争小说》一文中指出："托尔斯泰伯爵最感兴趣的，却是心理过程本身，它的形式，它的规律，用一个特定的术语来表达，就是心灵的辩证法。"也就是说这种心理描写不注重结果，而是注重心理变化的本身。

2. 对题词"伸冤在我，我必报应"的理解

对于题词"伸冤在我，我必报应"，部分研究者，如苏联文艺学家艾亨鲍

姆认为，这句题词"显然不是想说上帝审判了安娜，而是说作为作者的托尔斯泰拒绝审判安娜，并禁止读者这样做……"。也有研究者认为，题词主要针对的是造成安娜悲剧的社会黑暗势力。结合作品以及托尔斯泰的观点，题词意在表明：安娜的行为不符合上帝的信条，理应受到上帝的惩罚，但现实生活中和作品中的人物却绝没有审判安娜的权力。

3. 关于安娜的形象分析

安娜是一个追求资产阶级个性解放的贵族妇女，一个被虚伪道德所束缚和扼杀的悲剧人物。她美丽动人，真挚诚恳，具有丰富的内心生活和高尚的道德情感。她不满于封建婚姻，不愿意做官僚丈夫卡列宁的装饰，勇敢地追求真挚自由的爱情。"我是人，我要生活，我要爱情。"但她又有一种负罪感，觉得对丈夫、儿子，甚至门房都有罪，这种矛盾的痛苦一直折磨着她。当她不顾丈夫的威胁，公然与青年军官伏伦斯基结合在一起时，整个上流社会一起对她进行诽谤和侮辱。安娜之所以不能见容于上流社会，不是由于她爱上了丈夫以外的男子，而是由于她竟然敢于公开这种爱情。这种行为本身就是对上流社会的一种挑战，上流社会不能容忍安娜公开与丈夫决裂这种不"体面"的行为，对她进行了严厉的惩罚。安娜对爱情的执着追求使她付出了失去家庭、儿子和社会地位的高昂代价，真挚自由的爱情不仅没找到，而且陷入难堪的处境，后来伏伦斯基也冷淡了她。安娜看透了那个社会和那个社会的人，再也没有留恋，她恨恨地说，"全是虚伪，全是谎话，全是欺骗，全是罪恶"，最后以卧轨自杀的方式向这个社会提出了严正的抗议。作为贵族社会思想道德的叛逆者，安娜追求的虽然只是个人的爱情自由，采用的也只是个人反抗的方式，但她勇于面对整个上流社会，誓死不做虚伪的社会道德的俘虏，体现了贵族妇女追求个性解放的要求，她的自杀是对沙皇俄国黑暗的社会制度和上流社会的控诉。

4. 关于列文的形象分析

列文是一个精神探索型的人物，是在农奴制改革后资本主义已迅速发展的条件下力图保持宗法制农村关系的开明地主。他对于农村旧基础在资本主义势力侵袭下的崩溃感到极大的恐惧和忧虑，力图维持和巩固贵族地主的经济地位。

五、延伸思考

1. 思考"托尔斯泰主义"

可参考：在 19 世纪七八十年代之交，托尔斯泰终于完成了世界观的转变，形成了"托尔斯泰主义"，抛弃了贵族阶级立场，站到了宗法制农民阶级立场上来。"托尔斯泰主义"是托尔斯泰的一种思想政治主张，其产生和托尔斯泰所接受的东正教原初教义、俄国当时的环境、托尔斯泰的精神探索以及对人的终极关怀有关。托尔斯泰认为，通过博爱、宽恕和不断的忏悔，进行持续的自我反省，可以规范言行，涤清心中的恶念，进行灵魂的净化，实现道德自我完善；同时，通过"理性和爱"去消除恶，并解决社会问题。"托尔斯泰主义"有其合理内核，也有其明显局限。

2. 小说如何表现心灵辩证法的？

在小说中，有三处心灵辩证法的描写非常精彩。

第一处是安娜观看赛马的心灵辩证法。从伏伦斯基等"骑手们出发了直到卡列宁对赛马不感兴趣，他的目光停留在安娜身上"起，到"她精神恍惚，像做梦一样挽住丈夫的手臂走着"为止，托尔斯泰只字未提安娜看到了什么，心里想些什么，而只是描写了卡列宁眼里所看到的安娜。她的脸色忽而"苍白而严厉"，忽而"得意洋洋"。后来，"她惊惶失措，像一只被捕的鸟儿那样扑腾挣扎"，甚至"哭得胸脯不住起伏"。然而，安娜对伏伦斯基的密切关注和对卡列宁的厌恶，以及她从紧张转为轻松，又转为激奋，再转为沮丧、痛苦的心理活动过程却跃然纸上。这些特殊的表情和动作，清晰地表现了她的内心处于何等紧张的状态啊。单纯的动作描写，或者是缺乏内心根据的动作描写，没有多大的意义。托尔斯泰写的人物的每个动作，几乎都找得到充分的内心根据。

第二处是安娜病危前后，卡列宁的心理活动过程，体现了托尔斯泰"心灵辩证法"艺术的高超。在《安娜病危》这一章中，卡列宁在回去的途中想，"她的死会立刻解决他处境的困难"，这一念头萦绕在他的脑中，显然，他把安娜病危的消息当作了喜讯。他意识到这种想法的残酷性，但却不能驱逐，因为这个想法来自他心灵的深处，起源于他冷酷的本性。他想摆脱困难，他带着希望走进了大门，但事与愿违，他听到的是安娜"平安生产了"这突如其来的"噩耗"，他止住了脚步并"变了颜色"。后来，仆人告诉他安娜病情很坏，这才使他悬在半空中的心稍微安稳，并重新燃起了希望，抬起脚走进门去。归途中，卡列宁的心理活动是："她死了好啊——不会死？——哦，还有死的可能！"强烈渴望安娜死，成了他主要的思想活动。

第三处是安娜卧轨自杀前的心灵辩证法描写。安娜与伏伦斯基吵翻之后，十分矛盾，十分痛苦。她杂乱无章的心绪与火车站乱糟糟的人群形成活生生的对照。这段心理描写先写安娜产生了"死"的念头，接着回忆她和伏伦斯基的争执，然后拉回到眼前的面包店，随之又联想到水和薄烤饼，再接着是回忆她17岁时和姑母一起去修道院的情景，随后又想象伏伦斯基在看到她的信时的情景，突然，那难闻的油漆味又使她回到眼前正在漆招牌的百货店。作者把人物的视觉、嗅觉、听觉等不同的感觉因素同想象、记忆、意志过程等因素以及悔恨、羞愧、恐惧、痛苦、希望等情感交混在一起，心理流变呈时空交错，具有非规则、非纯理性特征。这段内心话语把处于生与死的恐惧中的安娜复杂而混乱的情感与心理内容真实地展现了出来。

总之，托尔斯泰在小说中注重运用心灵辩证法，他说，小说主要在于描写人的内部的，心灵的运动，加以表现的并不是运动的结果，而是实际的运动过程。意思是说，既不是静止地分析人物的某种情欲，也不是只限于描写一种心理过程的终了，而是注重描写人物思想感情发生、发展、变化的整个过程。因此，托尔斯泰的小说中人物形象极具魅力。

六、资料参考

托尔斯泰在天上仍旧激起他热情的风波，在这一点上他和一切舍弃人世的使徒有别：他在他的舍弃中灌注着与他在人生中同样的热情。他所抓握着的永远是"生"，而且他抓握得如爱人般的强烈。他"为了生而疯狂"，他"为了生而陶醉"。没有这醉意，他不能生存。为了幸福，同时亦为了苦难而陶醉，醉心于死，亦醉心于永生。他对于个人生活的舍弃，只是他对于永恒生活的企慕的呼声而已。不，他所达到的平和，他所唤引的灵魂的平和，并非是死的平和。这是那些在无穷的空间中热烈地向前趱奔的人们的平和。在于他，愤怒是沉静的，而沉静却是沸热的。

（罗曼·罗兰：《名人传》，傅雷译，江苏凤凰文艺出版社，2019）

俄国人的思维对于扩展内心世界极有帮助。没有哪个现代艺术家像托尔斯泰和陀思妥耶夫斯基对灵魂这样深翻和挖掘。但是他们二位并没有帮助我们创立一种制度，一种新的制度，在他们把自己的混乱，那种深不可测的灵魂混乱，试图作为世界思想发泄出来的时候，我们就摆脱开他们的答案了。因为托尔斯泰和陀思妥耶夫斯基，这两个人出于对自己所发现的不可逾越的虚无主义的恐怖，出于一种原始的畏惧，而逃进了一种宗教的反动中。他们两人为了不跌落进自己内心的深渊，都像奴隶一样抓住基督教的十字架，并且在一段时间里使俄罗斯的世界布满了阴云。这时候尼采涤污除垢的闪电撕裂开了古老而胆怯的天空，像把一柄神圣的铁锤放到了欧洲人手里一样，他给他们相信自己力量的信念和自由。

（斯蒂芬·茨威格：《精神世界的缔造者：九作家评传》，申文林、高中甫等译，新星出版社，2017）

渥伦斯基凭他丰富的社交经验，一眼就从这位太太的外表上看出，她是上流社会的妇女。他道歉了一声，正要走进车厢，忽然觉得必须再看她一眼。那倒不是因为她长得美，也不是因为她整个姿态所显示的风韵和妩媚，而是因为经过他身边时，她那可爱的脸上现出一种异常亲切温柔的神态。他转过身去看她，她也向他回过头来。她那双深藏在浓密睫毛下闪闪发亮的灰色眼睛，友好而专注地盯着他的脸，仿佛在辨认他似的，接着又立刻转向走近来的人群，仿佛在找寻什么人。在这短促的一瞥中，渥伦斯基发现她脸上有一股被压抑着的生气，从她那双亮晶晶的眼睛和笑盈盈的樱唇中掠过，仿佛她身上洋溢着过剩的青春，不由自主地忽而从眼睛的闪光里，忽而从微笑中透露出来。她故意收起眼睛里的光辉，但它违反她的意志，又在她那隐隐约约的笑意中闪烁着。

一种和善的活力，无论过多与否，正是托尔斯泰在自己身上所发觉的特质。在这部小说中，他教会自己：如此汪洋恣肆的一种活力超越了和善。

（哈罗德·布鲁姆：《小说家与小说》，石平萍、刘戈译，译林出版社，2018）

列宁仔细研究了有关俄国农民在革命准备年代的所作所为，有关他们的理想和希望的资料，分析了托尔斯泰的文学和政论作品。他得出结论："他的全部观点，总的说来，恰恰表现了我国革命是农民资产阶级革命的特点。"这一结论是在分析俄国第一次人民革命事件和托尔斯泰作品的基础上做出的，是一个真正的科学创见。这一创见不仅成了对文学理论和美学的贡献，而且能够借以解释托尔斯泰身上使他的许多研究者畏缩不前的那种东西，即作家观点和创作的矛盾。列宁说这些"矛盾的确是显著的"。

（康·尼·洛穆诺夫：《列夫·托尔斯泰的一生》，赵先捷译，黑龙江大学出版社，2017）

　　关于托尔斯泰，我原先想劝你读他的《安娜·卡列尼娜》而不是《战争与和平》，因为在我的记忆中好像前者比后者更好一点；但是，为慎重起见，我又把这两本书重读了一遍。现在我可以毫不犹豫地告诉你，还是《战争与和平》更出色。

　　托尔斯泰在《安娜·卡列尼娜》里虽然描绘了十九世纪后半期俄罗斯社会生活的丰富而生动的图面，但他在故事中掺入了太多的道德说教，读起来很难让人觉得轻松愉快。安娜爱上了渥伦斯基，托尔斯泰对此大不以为然，为了让读者懂得罪恶的报应就是死亡，他便把一个悲惨的结局强加到安娜身上。安娜的死，除了托尔斯泰有意要把她引向死路，没有其他理由可以解释。既然安娜从未爱过她丈夫，她丈夫也从不把她放在心上，她为什么就不可以跟丈夫离婚，改嫁渥伦斯基，从此快快活活地过日子呢？为了把故事引向悲惨结局，托尔斯泰不得不把他的女主人公写得既愚蠢又令人讨厌，既苛刻又不讲情理。虽然我不否认，像这样的女人世上确实很多，但是我对她们因愚蠢而自找的麻烦，实在难以表示由衷的同情。

（W. S. 毛姆：《书与你》，刘文荣译，文汇出版社，2017）

　　安娜是托尔斯泰所写的最纤细的性格，充分是东方的女性，也许很接近中国的女性，她没有什么辉煌的理论，却能用女人最温柔的心思去衡量真理，她能从真正的美的卫护里去达到善。在走进那窄狭的门槛，她也就碰见了死亡，这些都是她早就晓得的，但是她愿意追求一种合理的生活，而不害怕灭亡，她朝着灭亡走去，但她陷落了！

　　她所有的言语和意思都是发自心里，她是听顺着心的支配的。

　　和她对照之下，渥伦斯基不过是一个漂亮的混蛋，他不过是一个自尊的男性的负气的青年罢了，他还不够理解安娜的真正价值。

（端木蕻良：《端木蕻良文集》，北京出版社，2009）

　　妥斯绥耶夫斯基对《安娜·卡列尼娜》这部书说："尽管人类知道不知道自己的出路或自己的命运，但为了使人类不在失望之中消灭，有一条给人类慰勉的道路已指出!"并且认为在当时的欧洲作品里面,没有一个比得上它的。

克鲁泡特金对于《安娜·卡列尼娜》所表现的婚姻观念完全同意,他认为"分离是不避免,而且离异了对大家都好"!而对当时封建地主意识下的安娜的意志作了支持。安娜一个人肩负着社会的压力和男人的舍弃,同时代表了八十年代的整个俄罗斯贵族社会的精神生活的总崩溃。她只有死。

（端木蕻良:《端木蕻良文集》,北京出版社,2009）

七、讨论习题

试分析安娜悲剧的成因。

本节课件　本节视频

第三节　易卜生《玩偶之家》

一、作品导读

易卜生(1828—1906),是欧洲现代戏剧的奠基人,也是西方"社会问题剧"的创立者,被称为"西方现代戏剧之父"。在创作初期(1850—1868),易卜生深受挪威的浪漫主义文学影响,创作了一系列具有历史性、哲理性的浪漫主义戏剧,以及一些抒情性诗歌。受1848年革命的影响,他在一些诗歌中表达了争取民主、反对暴政的思想,如《致匈牙利》《斯堪的纳维亚人醒来吧!》,再现了真实的现实生活和心路历程,如《在高原》。与诗歌相比,戏剧创作更加多种多样,有的借古喻今,如民族历史剧《厄斯特罗特的英格夫人》(1857)和《觊觎王位的人》(1863)等;有的直接揭露现实弊病,如《爱的喜剧》(1862)等;有的讨论哲学伦理问题,如哲理诗剧《布朗德》(1866)和《培尔·金特》(1867)。随着时间的推移,易卜生不再对挪威的现实社会生活抱有幻想，戏剧创作开始由浪漫主义转向现实主义，这在《布朗德》和《培尔·金特》中已见端倪。这两部作品反映了人性的丰富性与复杂性，是易卜生人生观、世界观和哲学思想的集中体现。

第二时期（1869—1883）是易卜生创作的鼎盛时期，他创作了一大批反映挪威现实问题的现实主义戏剧，即社会问题剧。19世纪六七十年代，侨居国外的易卜生对世界政治生活和资本主义社会生活有了广泛的认识，创作题材开始转向当前的现实生活，写出了一系列揭露资本主义社会的罪恶与虚伪、抨击社会弊端的社会问题剧，如描写社会政治生活的《青年同盟》（1869）、《社会支柱》（1877）和《人民公敌》（1882），以及描写家庭生活的《玩偶之家》（1879）和《群鬼》（1881）。这一时期，易卜生对早期创作的诗歌进行了修改，出版了《诗集》（1871）。

讽刺喜剧《青年同盟》是易卜生用散文写的第一部现实主义戏剧，剧本通过主人公史丹斯戈的各种阴谋活动，嘲讽和揭露了挪威的社会政治问题。

1877年，易卜生又完成了讽刺资产阶级自由主义者和保守主义者的四幕剧《社会支柱》。主人公博尼克是一个具有高度艺术概括性的典型人物，名为"模范人物""社会支柱"，实则是一个唯利是图、巧取豪夺的骗子、罪犯和伪君子。最后，他良心发现，认识到并公开坦白了自己所犯的重重罪行。

《人民公敌》则带有更强的社会批评性质。主人公斯多克芒是个富有正义感的医生，当发现小城的浴场受到严重污染时，他主张重新改建。但是，这个建议触犯了资本家和一些当权者的利益，因而遭到激烈的反对。斯多克芒不肯妥协，坚决与腐朽势力做斗争，结果在群众大会上，他被公认为是"人民公敌"。斯多克芒是正直、勇敢，追求真理的挪威小资产阶级知识分子的代表形象，是易卜生在继布朗德之后塑造的又一个理想人物，具有高尚而坚定的理想主义的情怀。但斯多克芒是个政治英雄，面对的是现实生活中的问题，而不是追求绝对的自由精神，因此比布朗德更具现实性。在剧中，易卜生借斯多克芒之口，痛快淋漓地揭露了社会政治的腐败和资产阶级的唯利是图，表达了对自由、民主的要求。最后，斯多克芒为坚持真理和信念而喊出了："世界上最强有力的人都是孤立的人。"

家庭是社会重要的组成部分之一，家庭问题归根结底也是社会问题。这一时期描写家庭生活的作品有《玩偶之家》和《群鬼》。《玩偶之家》探讨了资产阶级家庭婚姻问题，揭示了男权社会与女性解放之间的矛盾冲突。

易卜生晚期（1884—1899）的作品具有浓郁的象征主义色彩，在探讨人生哲理的同时进一步深化了对人物心理的剖析，既具有人道主义的批判精神，又带有愤世嫉俗的悲观情绪。在这一时期，易卜生写了《野鸭》（1884）、《罗斯莫庄》（1886）、《海上夫人》（1888）、《海达·高布乐》（1890）、《建筑师》（1892）、《小艾友夫》（1894）、《约翰·盖勃吕尔·博克曼》（1896）、《我们死人醒来的时候》（1899）8 部剧本。创作重心开始由对社会问题的探讨转向对人物个性心理的描写与精神世界的分析。创作中现实主义成分减少，象征主义气息渐浓，悲观主义和神秘主义色彩加重。这是易卜生受到 19 世纪末各种文艺思潮及当时挪威知识界悲观情绪影响的结果，同时也是他厌恶当时社会现状，又看不到改革希望，思想消沉的结果。

从早年倡导挪威民族文化，中年关注社会问题，到晚年探讨人生哲理，易卜生的创作从未离开挪威的社会现实，其戏剧思想倾向鲜明，哲理意蕴深刻，艺术手法多样。易卜生使欧洲戏剧摆脱了长期的浪漫化倾向，为戏剧的现代化做出了巨大的贡献。

19 世纪 60 至 90 年代，易卜生对世界政治生活和资本主义社会生活有了广泛的认识，创作题材开始转向当前的现实生活，针对挪威现实写出了一系列剧本。这些作品大胆揭露资产阶级道德的堕落、冷酷无情的法律、以男权为中心的家庭婚姻关系，深刻地揭露了资产阶级的庸俗和自由主义政客的丑恶。这些剧本被称为"社会问题剧"。社会问题剧主要有描写社会政治生活的《青年同盟》（1869）、《社会支柱》（1877）和《人民公敌》（1882），以及描写家庭生活的《玩偶之家》（1879）和《群鬼》（1881）。其中《玩偶之家》是"社会问题剧"的代表作之一。

《玩偶之家》里的主人公娜拉是一位单纯快活也不乏独立思想的年轻妇女。她婚前是父亲的掌上明珠，婚后深受丈夫的宠爱，被他亲昵地称作"小鸟儿"。娜拉也很热爱她的丈夫和他们的家。当她的丈夫海尔茂因劳累过度身患重病时，娜拉瞒着他伪造签字向银行职员柯洛克斯泰借了一笔钱，治好了他的病。为了不让海尔茂着急，娜拉没将此事告诉他，独自一个人省吃俭用，设法挣钱还债，还为自己的英雄行为暗自得意。不久，海尔茂当上了银行经理，无故解雇了柯洛克斯泰。柯洛克斯泰就向海尔茂告发了娜拉伪造签字借钱一事，想以此相威胁。不想，海尔茂为此大发雷霆，百般指责和辱骂娜拉，认为娜拉触犯了法律，毁了他的前程而全然不顾娜拉借钱的动机是为他治病。如梦初醒的娜拉这才看清了海尔茂自私自利的嘴脸和他一向甜言蜜语的虚伪，认识到自己在家庭中不过是海尔茂的一个玩偶而已。为了摆脱附庸的地位，求得平等独立，经过深思熟虑，娜拉决定离家出走。但经过这场风波，娜拉如梦初醒，认清了丈夫虚伪、自私、怯懦、可鄙的真实面目，也看清了自己在家中的玩偶地位，于是决心重新建立自己的独立人格。她义正词严地对海尔茂宣称："首先我是一个人，跟你一样的一个人——至少我要学做一个人。"最后，娜拉毅然地离开了海尔茂这个"玩偶之家"，全剧在她"砰"的关门声中落下帷幕。该剧通过对女主人公娜拉与她的丈夫海尔茂的矛盾冲突的描写，撕下了男权社会中温情脉脉的家庭关系的面纱，暴露了建立在男权统治基础上的夫妻关系的虚伪，提出了女性解放和人的自由等问题。

二、作品节选

海尔茂：（走来走去）嘿！好象做了一场恶梦醒过来！这八年工夫——我最得意、最喜欢的女人——没想到是个伪君子，是个撒谎的人——比这还坏——是个犯罪的人。真是可恶极了！哼！哼！（娜拉不作声，只用眼睛盯着他）其实我早就该知道。我早该料到这一步。你父亲的坏德性——（娜拉正要说话）少说话！你父亲的坏德性你全都沾上了——不信宗教，不讲道德，没有责任心。当初我给他遮盖，如今遭了这么个报应！我帮你父亲都是为了你，没想到现在你这么报答我！

娜　拉：不错，这么报答你。

海尔茂：你把我一生幸福全都葬送了。我的前途也让你断送了。喔，想起来真可怕！现在我让一个坏蛋抓在手心里。他要我怎么样我就得怎么样，他要我干什么我就得干什么。他可以随便摆布我，我不能不依他。我这场大祸都是一个下贱女人惹出来！

　　　　……

爱　伦：（披着衣服在门厅里）太太，您有封信。

海尔茂：给我。（把信抢过来，关上门）果然是他的。你别看。我念给你听。

娜　拉：快念！

海尔茂：（凑着灯看）我几乎不敢看这封信。说不定咱们俩都会完蛋。也罢，反正总得看。（慌忙拆信，看了几行之后发现信里夹着一张纸，马上快活得叫起来）娜拉！（娜拉莫名其妙地看着他）

海尔茂：娜拉！喔，别忙！让我再看一遍！不错，不错！我没事了！娜拉，我没事了！

娜　拉：我呢？

海尔茂：当然你也没事了，咱们俩都没事了。你看，他把借据还你了。他在信里说，这件事非常抱歉，要请你原谅，他又说他现在交了运——喔，管他还写些什么。娜拉，咱们没事了！现在没人能害你了。喔，娜拉，娜拉——咱们先把这害人的东西消灭了再说。让我再看看（朝着借据瞟了一眼）喔，我不想再看它，只当是做了一场梦。（把借据和柯洛克斯泰的两封信一齐都撕掉，扔在火炉里，看它们烧）好！烧掉了！他说自从二十四号起——喔，娜拉，这三天你一定很难过。

娜　拉：这三天我真不好过。

海尔茂：你心里难过，想不出好办法，只能——喔，现在别再想那可怕的事情了。我们只应该高高兴兴多说几遍"现在没事了，现在没事了"！听见没有，娜拉！你好象不明白。我告诉你，现在没事了。你为什么绷着脸不说话？喔，我的可怜的娜拉，我明白了，你以为我还没饶恕你。娜拉，我赌咒，我已经饶恕你了，我知道你干那件事都是因为爱我。

娜　拉：这倒是实话。

　　　　……

海尔茂：（在门洞里）好，去吧。受惊的小鸟儿，别害怕，定定神，把心静下来。你放心，一切事情都有我。我的翅膀宽，可以保护你。（在门口走来走去）喔，娜拉，咱们的家多可爱，多舒服！你在这儿很安全，我可以保护你，象保护一只鹰爪子底下救出来的小鸽子一样。我不久就能让你那颗扑扑跳的心定下来，娜拉，你放心，到了明天，事情就不一样了，一切都会恢复老样子。我不用再说我已经饶恕你了，你心里自然会明白我不是说假话。难道我舍得把你撵出去？别说撵出去，就说是责备，难道我舍得责备你？娜拉，你不懂得男子汉的好心肠。要是男人饶恕了他老婆——真正饶恕了她，从心坎儿里饶恕了她——他心里会有一股没法子形容的好滋味。从此以后他老婆越发是他私有的财产。做老婆的就象重新投了胎，不但是她丈夫的老婆，并且还是她丈夫的孩子。从今以后，你就是我的孩子，我的吓坏了的可怜的小宝贝。别着急，娜拉，只要你老老实实对待我，你的事情都有我作主，都有我指点。（娜拉换了家常衣服走进来）

　　　怎么，你还不睡觉？又换衣服干什么？

娜　拉：不错，我把衣服换掉了。

海尔茂：这么晚换衣服干什么？

娜　拉：今晚我不睡觉。

海尔茂：可是，娜拉——

娜　拉：（看自己的表）时候还不算晚。托伐，坐下，咱们有好些话要谈一
　　　　谈。（她在桌子一头坐下）

海尔茂：娜拉，这是什么意思？你的脸色冰冷铁板似的——

娜　拉：坐下。一下子说不完。我有好些话跟你谈。

　　　　……

海尔茂：娜拉，你真不讲理，真不知好歹！你在这儿过的日子难道不快活？

　　　　……

娜　拉：要想了解我自己和我的环境，我得一个人过日子，所以我不能再跟
　　　　你待下去。

　　　　……

海尔茂：这话真荒唐！你就这么把你最神圣的责任扔下不管了？

娜　拉：你说什么是我最神圣的责任？

海尔茂：那还用我说？你最神圣的责任是你对丈夫和儿女的责任。

娜　拉：我还有别的同样神圣的责任。

海尔茂：没有的事！你说的是什么责任？

娜　拉：我说的是我对自己的责任。

海尔茂：别的不用说，首先你是一个老婆，一个母亲。

娜　拉：这些话现在我都不信了。现在我只信，首先我是一个人，跟你一样
　　　　的一个人——至少我要学做一个人；托伐，我知道大多数人赞成你
　　　　的话，并且书本里也是这么说。可是从今以后我不能一味相信大多
　　　　数人说的话，也不能一味相信书本里说的话。什么事情我都要用自
　　　　己脑子想一想，把事情的道理弄明白。

　　　　……

海尔茂：娜拉，难道我永远只是个生人？

娜　拉：（拿起手提包）托伐，那就要等奇迹中的奇迹发生了。

海尔茂：什么叫奇迹中的奇迹？

娜　拉：那就是说，咱们俩都得改变到——喔，托伐，我现在不信世界上有

奇迹了。

海尔茂：可是我信。你说下去！咱们俩都得改变到什么样子——？

娜　拉：改变到咱们在一块儿过日子真正象夫妻。再见。（她从门厅走出去。）

海尔茂：（倒在靠门的一张椅子里，双手蒙着脸）娜拉！娜拉！（四面望望，
　　　　站起身来）屋子空了。她走了。（心里闪出一个新希望）啊！奇迹
　　　　中的奇迹——

（楼下砰的一响传来关大门的声音。）

（易卜生：《玩偶之家》，潘家洵译，人民文学出版社，1978）

三、新文科阅读

　　玛丽·阿斯特尔（Mary Astell）是最早的真正女权主义者之一，或许也是第一个探究并维护关于女性的思想的英国作家。……1694年，她完成并出版了自己的第一本书——《对女士们的严肃提议》。她在书中敦促妇女们认真看待自己：她们必须学会独立思考，下功夫开发自己的智力、提高自己的技能，而不是一味地听从男人们的判断。她有一本书取名为《对教育的思考》，该书具有开拓性和真正的前瞻性——至今仍能引起人们的兴趣，因为她强调了女性接受良好教育的紧迫性。她认为，女孩子必须学会独立思考，清晰而理性地作出判断，而不是把时间都浪费在掌握优雅的社交技巧和才艺上。

（玛格丽斯·沃特斯：《女权主义简史》，朱刚、麻晓蓉译，外语教学与研究出版社，

2008）

　　这些西方女性主义者没有把她们自己局限在创造无性别歧视的政治叙事并修正各种政治哲学的文献准则上。社会史和（尤其是）劳工研究也似乎是一种转变人类历史主流叙事的天然手段。女性劳工是最早被研究的主题之一，而且男性历史学家，甚至在这些女性主义倡议之前，就已经承认有靠工资为生的女性而且妇女被从劳工运动中排除出去了。受过社会史训练，再加上60年代晚期在英国和美国的政治激进主义和女性主义，使得例如谢拉·罗伯特汉姆、雷娜特·布瑞登沙尔（Renate Bridenthal）、琳达·戈登和南希·哈特索克（Nancy Hartsock）等大批女性主义者，转而把马克思主义历史理论当作一种新合题的基础，一种可用于分析妇女及男人生活的方法。作为一种关于

压迫和剥削的理论模式，马克思主义似乎承诺了大量的理由。例如，弗里德里希·恩格斯相信他已经发现了父权制以及妇女在私有制兴起时所处那种从属地位的起源。英国杂志《历史工坊》始创于 70 年代晚期，自我描述为一本"社会主义和女性主义的杂志"。当美国的 20 世纪西班牙史家泰马·卡普兰（Temma Kaplan），首次在加州大学洛杉矶分校（UCLA）教授妇女史课程时，她命名为"妇女和资本主义"。

（朱迪思·P.津瑟：《妇女史/女性主义史学》，载南希·帕特纳、萨拉·富特主编《史学理论手册》，余伟、何立民译，上海人民出版社，2017）

在古典时代，随着城邦制度的日趋完善，以男性公民为主体的城邦公共领域与以女性为主体的家庭私人领域的对立格局也逐步形成。于是，女性对公共事务的影响进一步减弱，甚至完全被排除在城邦政治生活之外，她们在社会和家庭中的地位普遍降低。

……

雅典城邦具有两个重要的特征：它既是一个逐渐实现民主制的男性公民集体，也是一个排外的以血缘关系为纽带的宗教祭祀团体。前者决定了雅典女性被排除在城邦公共生活之外，她们不仅被剥夺了政治和法律权利，而且在婚姻和财产继承上也受人支配；后者则使得在延续家庭和城邦之香火过程中不可或缺的女性又被包括在城邦共同体之内，城邦允许她们参与城邦公共宗教活动，并对她们采取了一些保护措施。但总体来看，雅典女性屈从于男性的这一现实并未因之而改变。

与雅典的女性相比，古代斯巴达女性享有较多的自由，她们的家庭和社会地位也较高。

（裔昭印等：《西方妇女史》，商务印书馆，2009）

我们经常会提到性别一词，但是，过去我们讲的是 sex，现在我们强调的是社会性别：gender。"gender"这个词汇在中文中没有等义的对应词，甚至在英文中它也是一个"新"出现的词。gender 原指语法中的性别，如阴性词、阳性词，但"gender"近年来经过女性主义的重新解释，经常被用来特指男性与女性主体形成过程中文化和社会的组织作用。王政教授把这个词翻译为"社会性别"，是希望中国读者能够关注这个新词语所指涉的对人类自身的一种新认识、一套新理论和一个新的学术领域。

社会性别的概念强调文化在人的性别身份形成中的关键作用，认为性别是文化指定、文化分配、文化强加的。社会性别概念的提出为重新思考性别问题带来了新的契机，因为如果没有"社会性别"这一概念，形成性别问题的文化因素和社会历史特点就会被忽略。

（沈奕斐：《被建构的女性：当代社会性别理论》，上海人民出版社，2005）

四、问题研究

1. 社会问题剧

社会问题剧是挪威作家易卜生开创的一种戏剧类型，以尖锐地提出现实生活中人们所关心的社会问题而著称的。19世纪60至90年代，易卜生针对挪威社会存在的道德、法律、婚姻、教育、妇女解放和民主政治等问题，写出了十多部剧本。这些剧本真实地描写了资产阶级虚伪的道德、冷酷无情的法律、以男权为中心的家庭婚姻关系，深刻地揭露了资产阶级的庸俗和自由主义政客的丑恶，提出了一系列重大的社会问题，如扫除资产阶级的市侩意识、争取民族独立、提倡个性自由、主张妇女解放等。这些剧本被称为"社会问题剧"，为整个欧洲戏剧开创了一个新局面，具有一定的进步意义。其中比较著名的是《社会支柱》《玩偶之家》《群鬼》和《人民公敌》等。

2. 易卜生戏剧的现实性

易卜生把"日常生活"搬上舞台，使得戏剧充满了现实性。在当时的欧洲，戏剧舞台被远离现实生活、充满传奇色彩的巧凑剧充斥。易卜生的戏剧则紧密联系挪威的社会现实，把人们日常生活中的一些事件写成舞台上的情节。《玩偶之家》开幕描写的戏剧场景就是普通"小康之家"的日常生活环境，剧中人物也是来自日常现实生活，其遭遇就是现实人生中的故事。英国著名作家萧伯纳在论及莎士比亚与易卜生的区别时说："易卜生补做了莎士比亚没做的事。易卜生不但把我们搬上舞台，并且把在我们自己处境中的我们搬上舞台。剧中人的遭遇就是我们的遭遇。"《玩偶之家》具有强烈的现实性，易卜生对现实主义戏剧有着重要贡献。

3. 《玩偶之家》的"追溯法"

《玩偶之家》成功运用"追溯法"。追溯法是易卜生在许多剧作中运用的戏剧手法。他借鉴古希腊戏剧经验，采用回顾式结构，从矛盾即将爆发、高潮即将临近处写起。易卜生把《玩偶之家》的剧情安排在圣诞节前后 3 天，从"伪造签字"即将事发开始写起。"伪造签字"这一关键性事件是引发娜拉和海尔茂家庭矛盾的导火索，但它在幕起时已经发生，在剧中它是通过娜拉的追述加以交代，然后迅速引发戏剧冲突，导致娜拉出走。这种追溯手法不仅使得剧情结构紧凑，扣人心弦，而且也使人物性格的塑造更加鲜明，表现主题更加突出。

4. 易卜生戏剧的讨论法

易卜生的社会问题剧把讨论与戏剧冲突结合，在剧中提出问题，增强了剧本的论辩色彩。《玩偶之家》通过娜拉和海尔茂的语言交锋，层层深入探讨当时的社会问题，涉及家庭婚姻、男女平等、宗教、法律、道德、责任、人权等方面。易卜生把讨论带进戏剧，不仅引发观众思考，也推动了情节的发展。这种将辩论与情节融为一体的手法，开创了一个新型戏剧模式。

五、延伸思考

1. 思考娜拉形象

可参考：女主人公娜拉的形象给人带来了极大心灵震撼。"伪造签字"事件暴露后，娜拉敢于直面现实，毅然离家，勇敢踏入未知世界，维护人格独立，由此使她成为戏剧界既大胆又热爱生命的人物之一，也使《玩偶之家》被奉为促进女权运动的杰作。当然，娜拉的出走也带来极大争议。出走时娜拉没有顾忌家庭的完整性、孩子的承受力，也未及考虑将来的结局与出路，但娜拉摆脱自己依附于男权社会的"玩偶"地位的这种冲动，正鲜明体现了娜拉的倔强与不屈的性格，体现了挪威小资产阶级的独立精神，对当时的欧洲妇女仍处于附庸地位的社会产生极大冲击力。娜拉的思考"究竟是社会正确，还是我正确"，也引发了诸多女性的相应思考。易卜生尽管没有去解决娜拉走后怎样，但他这个"伟大的问号"对婚姻问题、妇女地位问题的关注与思索，已经产生了巨大的积极意义。

2. 思考娜拉的觉醒

可参考：娜拉的觉醒是现实生活教育的结果。当她目睹了海尔茂"伪造签字"事件前后变色龙式的表演后，她才从"玩偶"的幸福状态中觉醒过来，不仅看清了丈夫的市侩本质，也由自身遭遇开始对现实社会进行反思，她再也"不相信书本里说的话"，对曾经盲目信仰的道德、法律、宗教提出了质疑与挑战。当海尔茂试图用"神圣"的家庭责任阻止她时，娜拉认为"我对自己的责任"即维护自己的独立人格同样神圣；当海尔茂企图用法律来约束她时，娜拉指斥"父亲病得快死了，法律不许女儿给他省去烦恼。丈夫病得快死了，法律不许老婆想办法救他的性命！我不信世界上有这样不讲理的法律"；当谈到宗教时，娜拉也表示了怀疑："我要仔细想一想，牧师告诉我的话究竟对不对，对我合用不合用。"此时，娜拉不再是原来的那个不谙世故、只沉浸在不切实际幸福幻想中的家庭"玩偶"了。易卜生正是借娜拉的精神觉醒来启迪人们去思考社会、思考女性解放这个重大主题。

3. 分析"易卜生主义"以及其具体在《玩偶之家》中的体现

可参考：《玩偶之家》在中国传播和演出，引起思想界的振动，由此胡适提出了"易卜生主义"。"易卜生主义"是五四时期个人主义思潮的又一重要流派，它由于胡适的大力倡言而风行一时。1918年，胡适在《新青年》第4卷第6号推出《易卜生号》。卷首为胡适的名篇《易卜生主义》。胡适认为："易卜生的人生观只是一个写实主义。易卜生把家庭社会的实在情形都写出来，叫人看了动心，叫人看了觉得我们的家庭、社会原来如此黑暗腐败，叫人看了觉得家庭、社会真正不得不维新革命——这就是易卜生主义。"易卜生主义至少包括以下特征：一是批判现实的写实精神；二是个性主义。胡适说"社会最大的罪恶莫过于摧折个人的个性，不使他自由发展"，因而，个人"须要充分发达自己的才性，须要充分发展自己的个性"。

在《玩偶之家》里易卜生批判了社会的三种大势力摧毁独立人格。第一是法律。法律的效能在于除暴去恶，禁民为非。但是法律往往过于死板，不近人情。第二是宗教。易卜生眼里的宗教久已失了那种可以感化人的能力；久已变成毫无生气的信条，只配口头念得烂熟，却不配使人奋发鼓舞了。第三是道德。剧本中海尔茂极力维护的不仅仅是传统的家庭婚姻的道德规范，而且是那个社会赖以存在的传统文化体系，娜拉则是它的叛逆者。从《玩偶之家》的深层意蕴看，该剧表达的是"人"的觉醒和人性解放的问题；也就是说，娜拉不仅代表女性，更代表生存于西方传统文化中的整体的"人"。男女平等、妇女解放，诉求的是男女人格尊严上的平等，指涉的主要是社会道德和制度问题，而"人"的觉醒和人性解放，不仅仅是社会道德和制度问题，更是其赖以存在的文化根基问题。

六、资料参考

《娜拉》戏中写郝尔茂的最大错处只在他把娜拉当作"玩意儿"看待，既不许她有自由意志，又不许她担负家庭的责任，所以娜拉竟没有发展她自己个性的机会。所以娜拉一旦觉悟时，恨极她的丈夫，决意弃家远去，也正为这个缘故。

我今天要讲的是"娜拉走后怎样？"

易卜生是十九世纪后半的瑙威的一个文人。……（他的剧作）《娜拉》一名 Ein Puppenheim，中国译作《傀儡家庭》（即玩偶之家）。但 Puppe 不单是牵线的傀儡……娜拉当初是满足地生活在所谓幸福的家庭里的，但是她竟觉悟了：自己是丈夫的傀儡，她于是走了。

……

娜拉或者也实在只有两条路：不是堕落，就是回来。因为如果是一匹小鸟，则笼子里固然不自由，而一出笼门，外面便又有鹰，有猫，以及别的什么东西之类；倘使已经关得麻痹了翅子，忘却了飞翔，也诚然是无路可以走。还有一条，就是饿死了，但饿死已经离开了生活，更无所谓问题，所以也不是什么路。

人生最苦痛的是梦醒了无路可以走。做梦的人是幸福的；倘没有看出可走的路，最要紧的是不要去惊醒他。

梦是好的；否则，钱是要紧的。

……

第一，在家应该先获得男女平均的分配；第二，在社会应该获得男女相等的势力。

（鲁迅：《娜拉走后怎样》，载《鲁迅全集》第一卷，人民文学出版社，2005）

因此她继续留在她的游戏与虚假的小天地里。远处高高在上的是充满奇迹的天空，她欣然看到在人与物上面的是一片无边的蓝，虽然这与现实相距很远。她逐渐感觉到她与托尔瓦德·海尔茂的关系是一种可爱的孩子与父亲的关系，而不是两个平等的人的关系。这时，她更耐心地等待上天出现奇迹。

她在戏将结束时这样说："耐着性子整整等了八年，上帝知道，我很清楚奇迹不可能天天发生。"海尔茂对她的期望没有任何暗示，没有事情比改变他们的关系更不在他的心上。他无论如何不会像娜拉那样需要自我完成、平等和相互促进。问题的核心是她依然像孩子似的，而他却已经是个自我满足的成年人。期望成长是孩子的乐事，他们满怀信心地要求自我超越。对海尔茂来说，这就像身材长高了还穿原来的衣服那样不舒服。他考虑之后决定不去约束她爱玩的天性，但是却必须阻止她的期望。总之，他想过她是怎样的人，认为她的性格正适合在这个他引她走入的"玩偶之家"里过日子。

（莎乐美：《阁楼里的女人：莎乐美论易卜生笔下的女性》，马振骋译，上海人民出版社，2013）

因为我们对于社会的罪恶都脱不了干系，故不得不说老实话。

我们且看易卜生写近世的社会，说的是一些什么样的老实话。

第一，先说家庭。

易卜生所写的家庭，是极不堪的。家庭里面，有四种大恶德：一是自私自利；二是倚赖性，奴隶性；三是假道德，装腔做戏；四是懦怯没有胆子。做丈夫的便是自私自利的代表。他要快乐，要安逸，还要体面。所以他要娶一个妻子。正如《娜拉》戏中的郝尔茂，他觉得同他妻子有爱情是很好玩的。他叫他妻子做"小宝贝""小鸟儿""小松鼠儿""我的最亲爱的"等等肉麻名字。他给他妻子一点钱去买糖吃，买粉搽，买好衣服穿。他要他妻子穿得好看，打扮得标致，做妻子的完全是一个奴隶。她丈夫喜欢什么，她也该喜欢什么，她自己是不许有什么选择的。她的责任在于使丈夫欢喜，她自己不用有思想，她丈夫会替她思想。她自己不过是她丈夫的玩意儿，很像叫化子的猴子专替他变把戏引入开心的（所以《娜拉》又名《玩物之家》）。

（胡适：《忍不住的新努力》，浙江文艺出版社，2019）

五四新文化运动期间，一切从头再起，将作为一种文学体裁的新剧，按照西方话剧格式进行创作。《新青年》杂志在1918年6月出了《易卜生专号》，打出易卜生主义的旗子，目的就在披露人世间的苦难和牺牲，相中了具有个性主义的社会问题剧作家易卜生，作为问题小说和现实主义文学创作的典范。潘家洵将《傀儡家庭》等五种剧作集成《易卜生集》，在1921年由商务印书馆出版（1934年出第4版），于是易卜生有了可读的译本。

（沈福伟：《中国与欧洲文明》，山西教育出版社，2018）

该剧上演后，引起了社会的巨大反响。娜拉出走的进步意义在于：它向男权主义提出了公开挑战，向社会提出了妇女解放的要求。所以，以往评论界说《玩偶之家》是妇女解放的宣言，易卜生也被誉为描写妇女解放、为妇女争取自由的戏剧的先驱，是不无道理的。正因如此，这个经典剧本对当时和后来一个时期西方社会的妇女解放运动起到了激发和推动的作用，并且其影响是世界性的。

（蒋承勇：《文学与人性：外国文学面面观》，浙江工商大学出版社，2019）

七、习题讨论

鲁迅发表演讲之后，自认为引起的反响不足，于是鲁迅接着写了小说《伤逝》，塑造了子君这一叛逆女性形象。试比较比较《玩偶之家》的娜拉与鲁迅《伤逝》的子君形象。

本节课件　　本节视频

第四节　夏目漱石《我是猫》

一、作品导读

日本现实主义文学的开拓者——夏目漱石（1867—1916）被称为日本的国民作家，他的创作鲜明地体现出，对明治时期日本社会现实的介入性和批判性。夏目漱石的创作标志着日本近现代文学的成熟，除了对现实的批判，在他的作品中，我们还能感受到浪漫感伤的气息，以及现代主义式的对人物内在世界的关照。

夏目漱石的生命和创作生涯都相对短暂，他在 12 年的时间里，写出了15 部长篇和中篇小说，7 篇短篇小说，两部文学理论著作，还有大量的诗歌、评论、随笔。《我是猫》是夏目漱石的第一部长篇小说，也是他的代表作。这部小说最初在《杜鹃》杂志上连载，很受欢迎，鲁迅称赞它是"明治文坛上的新江户艺术的主流，当世无与匹者"。语言的诙谐，幽默讽刺艺术，辛辣的批判，《我是猫》的这些重要特点都是从非人类的叙述视野中延伸出去的，下面重点来看小说中的动物叙述。

"我是只猫儿。要说名字嘛，至今还没有。"《我是猫》开篇第一句话就旗帜鲜明地确立了猫的显身叙述者身份。在整篇小说中，猫有两重主体身份，一是承担叙述任务的叙述主体，二是参与小说叙述情节的重要角色。角色这个词的英文是 character，我们平时经常说人物形象，好像默认小说中的形象、角色只能是人物，而 character 不一定是人物，它可以是动物、植物，甚至是没有生命力的物品。猫在这里就成为承担着叙述任务的角色，它既是叙述者也是主要视角人物。

果戈理的《死魂灵》和左拉的《娜娜》都写到过人的动物化，果戈理和左拉基本上是借助隐喻修辞放大人性中的症结。左拉写人群中发出"野兽般的喊声"，人的动物化处理是要表现人神经崩溃前的一种状态，但夏目漱石不只是做了一种修辞处理，他是把叙述权力交出去，交给猫，交给动物。

二、作品节选

我是只猫儿。要说名字嘛，至今还没有。

我出生在哪里，自己一直搞不清楚。只记得好像在一个昏黑、潮湿的地方，我曾经"喵喵"的哭叫来着，在那儿第一次看见了人这种怪物。而且后来听说，我第一次看见的那个人是个"书生"，是人类当中最凶恶粗暴的一种人。据说就是这类书生时常把我们抓来煮着吃。不过，当时我还不懂事，所以并不懂得什么是可怕，只是当他把我放在掌心上，嗖的一下举起来的时候，我有点悠悠忽忽的感觉罢了。我在书生的掌心上，稍稍镇静之后，便看见了他的面孔。这恐怕就是我有生以来第一遭见到的所谓人类。当时我想："人真是个奇妙之物！"直到今天这种感觉仍然深深地留在我的记忆中。甭说别的，就说那张应当长着茸毛的脸上，竟然光溜溜的，简直像个烧水的圆铜壶。我在后来也遇到过不少的猫，可是不曾见过有哪一只残废到如此的程度。不仅如此，面部中央高高突起的黑洞洞里还不时地喷出烟雾来。呛得我实在受不了。最近我才知道那玩意儿就是人类抽的烟。

我在书生的掌心里舒舒服服地坐了一会儿，可是没过多久，我便觉得头晕眼花，胸口难受。我不知道这是书生在转动呢，还是我自己在转动，心想这下子准没命啦。最后只听见"咚"的一声响，我两眼立刻冒出了金星。我的记忆就到此为止，再往后究竟出了什么事，我无论如何也回忆不起来了。

随后，我突然清醒过来，那个书生已经不见了。原先那么多兄弟姐妹也一个看不见了，就连我那最最亲爱的妈妈也去向不明。而且，这里和我早先呆的地方不同，亮得出奇，几乎令人睁不开眼睛。我想："真奇怪，这是怎么回事呢？"于是我试着慢慢爬了几步，只感到浑身疼得要命。原来我是从稻草窝里一下子被丢进了矮竹丛里。

我费了好大力气从矮竹丛里爬了出来，抬头一看，对面是个很大的池塘。我坐在池塘前寻思起来："我该怎么办呢？"我一时想不出好主意来。过了一会儿，我忽然想到如果我哭上一会儿，也许那个书生会会来接的。"喵喵。"我试着叫了几声，却不见人影。不久，池塘上刮过来一阵阵凉风。天色渐渐暗了，我的肚子饿得厉害，想哭也哭不出声来。我不得已决心去找一个有点吃食的地方。于是我慢腾腾地沿着池塘向左绕过去。我强忍着浑身酸痛，拼命地往前爬，总算爬到了一个似乎有人家的地方。我想只要进入里边，就会有办法的。于是我通过竹篱笆的破洞钻进了一个宅院。缘分这东西真不可思议，假如篱笆上没有破洞，我也许就会饿死在路旁。俗语说："一树之荫，前世之缘。"说得一点不错。时至今日，篱笆上的那个破洞，仍是我走访邻居三毛姑娘的通路。且说那个宅院，我钻进去后不知道下一步怎么办。这时，天色已黑，我饥肠辘辘，加上寒气逼人，老天爷又偏偏下起雨来，我是一会儿工夫也忍不下去了。出于无奈，我只好朝着那明亮似乎又挺暖和的地方爬去。现在想起来，当时我已经进入了这户人家的屋子里面。在这里，我有机会再次看到了书生以外的人。我首先遇到的是女仆阿三。阿三比那个书生还要凶得多。她一看见我，就不容分说一把抓起我的颈项，向屋外扔去。我以为这下完了，只好紧闭双目，听天由命。然而，我实在无法忍受饥寒交迫的味道。于是再一次趁阿三不注意的当儿，偷偷爬进了厨房。可是不一会儿，又被扔了出来。我记得就这样被扔出来爬进去，反复了四五次。当时，我真对阿三讨厌透了。直到最近我偷吃了她的秋刀鱼，才算报了这个仇，消除了心里的积愤。阿三最后一次拎起我准备往外扔的时候，这家的主人走了出来。嘴里说着："真吵得慌！怎么回事？"阿三拎起我，对主人说："这只小野猫，我几次把它扔出去，它总是钻进厨房来，讨厌死了！"主人一边拈着他鼻子下边的黑毛，一边把我打量了一番，然后说声："那就让它待在家里吧。"就回到内室去了。显然，主人是个沉默寡言的人。阿三满心不痛快地把我扔到厨房里。就这样，我终于把这户人家当做了自己的家。

主人难得和我见上一面。听说他的职业是教师，每天从学校回来就一头钻进书斋，几乎再不出来。家里的人认为他是个勤奋好学的人。他本人也摆出一副做学问的架势。其实，他并非像家里人所说的那样好学上进。我时常蹑着脚儿偷偷窥探他的书斋，见他经常大睡午觉，有时把口水流到摊开的书本上。他消化不良，所以皮肤淡黄，缺乏弹性，没有生气。可是他食量很大，每次填饱肚皮之后，就吃胃散，然后摊开书本，读上两三页就发困，往书本上流口水，这是他每天晚上重复的"功课"。我虽然是一只猫儿，却时常想："干教师这一行实在是惬意。如果我生来是人，我就只做教师！因为像这样睡着觉也能干好的差事，对于我们猫儿来说也是能胜任的。"可是，据我家主人说，再也没有比做教师更辛苦的了。每当朋友来访时，他总要发一阵牢骚。

我在这个家里住下来的当初，除了主人外，我不受任何人的欢迎。不管走到哪里，他们都对我推推搡搡，没有一个人搭理我。我如此不受重视，只要从直到今天还不给我起名字一事，就不难看出吧。我万般无奈，只好尽量呆在收留我的主人身旁。每天清晨，主人读报的时候，我总是坐在他的膝头上。他睡午觉时，我就趴在他的脊背上。这倒不是说我喜欢主人，而是因为没有人搭理我而不得已如此罢了。后来我的经验丰富了，每天清晨就趴在盛热饭的小木桶上，晚上睡在"被炉"上，天气晴朗的晌午，就躺在走廊里。我感到最舒服的还是夜里钻进孩子们的被窝，同他们一起睡觉。这家的两个小女孩，一个五岁，一个三岁，每天夜里两个孩子单独睡在一间屋，并且同睡一个被窝。我总是在她们中间找出个容身之地，想方设法挤进去。可是，有时运气不佳，一旦有个孩子醒来，我就大祸临头了。两个孩子——尤其那个岁数小的脾气最坏——会不顾深更半夜大声哭喊："猫来了！猫来了！"于是，那个有神经性胃痛的主人必定醒来，从邻室跑过来。就拿前几天来说吧，他用尺子在我的屁股上狠打了一通。

（夏目漱石：《我是猫》，刘振瀛译，上海译文出版社，2011）

三、新文科阅读

夏目与同时代绝大多数直接跻身于文坛的青年作家不同，当他带着《我是猫》登上文坛时，已近不惑之年。这之前，他是英文教员。小时候，象明治前多数文人一样，他读的是中国的经史子集，喜爱汉文学。但是天下维新，要想出头就须进帝国大学、读英文。他半合于时宜地放弃了汉文，半不合时宜地仍然选择了文学："窃思英文学亦复如斯（指汉文学），既如斯则举毕生而习之亦未可悔。"

但由此也就种下了日后的病根。因为学着学着，他开始怀疑英文学并非自己所熟悉的"如斯"学问；同时他又不屑于"培养日本人的身子配西洋人的脑袋的怪物"的方针，所以给自己定了个过于认真却不切实际的目标：既研究英文学，就要跟英国人一样，彻底掌握它，并写出不逊色的原文作品来。结果，大学修完，"终于未能解得文学之真义。我的烦闷首先植根于此"。《我的个人主义》——他得了神经衰弱。

这其实是植根于"日本人的身子配西洋人的脑袋"的明治文明本身的文明病。

近年来日益引起文学史家和比较文学研究者们重视的《现代日本之开化》（1911 年的演讲），凝聚了他对这种病的全部痛切之情。

"文明开化"是明治日本的全民口号，"新闻纸中述时政者，不曰文明，必曰开化"（《黄遵宪驻日观感》）。夏目却不客气地在大庭广众中针砭它的浅薄的"外发性"，把日本人在西洋的洪流冲击下急起开化的狼狈相和社会生活民族心理上由此造成的畸形、病态及隐患，剖析得淋漓尽致。

他在演讲中说，西洋的开化"如行云流水般自然"，而它对于日本，则是"从不测的天之一方突然降落"，我们是在"半夜火警钟声下突然蹦下床来，睡眼未醒、狼狈不已"的情况下起步的。

他以三段论概括出：一、我们所做的一切，是"外发的"，而不是"内发的"；二、因而，其特征以一言以蔽之："表面浮漂的开化"；三、那么，能否免于浮漂呢？"要想不浮漂而努力支撑，则必然神经衰弱"。所以，他的结论是，生存在西洋文明冲击下的日本人只有两条路：要么"忍泪浮漂下去"，要么努力支撑直"落到一败不能再起的神经衰弱，气息奄奄，呻吟路旁"。

他自己从大学时代抱定的目标和所得的结果，就是后一条路的实例。三十多岁被派到英国进修，他又度过了"最不愉快的两年"。从小处说，在那里他终于醒悟了"汉学所谓文学与英语所谓文学是绝然不能归于同一定义之下的异种类"；从大处说，正是现代文明发祥地的尺度和镜子，使他看清了上述的图景，从此"日本的未来的问题频频升上脑海"。不甘漂浮的他，于是神经衰弱越发不可收拾了。

也正是从这里，产生出一个信念——作家、文明批评家夏目漱石的出发宣言："自我本位"。他从这四个字出发，决心不再"象现在这样净跟人家屁股后面起哄"式地单纯贩运和传授英文知识，而是把向同胞提示"大可不必充西洋人的理由"作为自己毕生的事业。这里，虽然没有凤凰涅槃一般的大气魄，但他也自有他独特的悲壮：

"我的神经衰弱和疯癫将随我有生之年而持续。只要持续就有希望出版更多的《我是猫》，更多的《漾虚集》……，即为此我愿祈望：这神经衰弱和疯癫永远别将我舍弃。"（《文学论》序）

（严安生：《夏目漱石对日本近代文明的批评》，《外国文学》1986 年第 9 期）

四、问题研究

1. 《我是猫》的动物叙述形式

我们可以从可能世界的构建、内世界的自然书写和元叙述形式三个方面来分析《我是猫》的动物叙述形式。

第一，可能世界的构建。"人类所说的那句话'十人十面'，同样也适用于我们猫儿的社会。"猫的生存世界和人类世界拉开了距离，这是虚构叙述对可能世界的搭建，中学英语教师苦沙弥家的猫有它自个儿独立的世界，而不完全依附于人类世界。这一点很有意思，联系近几年叙述学界对非自然叙事或非人类叙事中"非人类"的地位问题的反思，"非人类"不应该简单地被放置在人类世界的逻辑中，尊重"非人类"的独立性，有益于发掘叙述话语、叙述功能及其意义的多元复杂性。

第二，内世界的自然书写。"这些日子，我已不是普普通通的猫了""我是一只猫……我们是掌握了通心术的猫"，这里对猫的能力的强调和肯定，实际上赋予了叙述者猫一种特殊的权力——自由出入人物的内心世界。小说如何自如地书写内世界而不让人觉得不自然，也是一个值得关注的问题。20 世纪小说在"向内转"这个向度上做出了不少努力，比如意识流小说通过大量使用直接自由式转述语，来实现对主体内在世界的呈现。直接自由式转述语是意识流小说家借以承载叙述乌托邦的方式，动物叙述则是夏目漱石在 20世纪初拉开内世界自然书写的重要凭借。

第三，元叙述形式。"我的一字一句不但包含着伟大的哲理，而且如将这一字一句连起来读的话，就会觉得它首尾一贯、前后呼应。"猫作为叙述者对自身讲述能力的肯定，正是对叙述形式的解释，关于叙述的叙述，让我们更容易接受小说中的动物叙述。

上面谈到的三个方面问题，都指向动物叙述合法性的确立，在这个基础上，可以继续思考动物叙述形式、知识分子书写和社会批判性，这几个环节的扣合问题。

2. 《我是猫》中社会批判的前提——猫眼看人低

小说中写到美学家迷亭喜欢撒谎、爱卖弄，有一个典型片段，苦沙弥觉得画画很不容易，迷亭劝他照意大利画家萨尔德所说的多练写生画，不久苦沙弥说自己照做了并且画画有进步，迷亭却表示萨尔德所说的那些话，是他随便捏造出来的，"真没料到你竟会如此地信以为真"。迷亭愚弄了苦沙弥，很是得意地说："往往一顿胡说八道，竟会令人信以为真，因而激起滑稽的美感，实在有趣。"接下来猫评论道："别看这位美学家戴着金丝边眼镜，他的品行倒真有点像车夫家那只老黑。"叙述者猫虽然无名无姓，却冷眼旁观，俯视着自以为是的迷亭，把他和人力车夫家那只"野性十足""逞强好胜"又"不学无术"的黑猫加以类比。在小说中叙述者猫对美学家迷亭、物理学家水岛寒月、诗人越智东风、资本家金田等一众人物均持讥讽态度，旁观人类丑恶："尽管这些喜爱乱讲一通的人聚集在一起，但看来这种也不能总是这样无休止地继续下去。而我也没有义务整天听他们这种毫无变化的闲谈……"说到这里，与人类相比，猫的优越感已经很明显了，猫眼中的人类社会是"疯子的集合体"，而"所谓人类是一种自讨苦吃的动物"。

夏目漱石的小说通过动物叙述，深刻而平静地观察着明治时期知识分子面临的问题和困境。明治维新后知识分子有职业身份而少主体意识，受西方思潮影响又缺少独立判断，在身份支撑不起自我的迷茫中走向荒诞。"俳谐文学所特有的低徊的余韵"响彻至今，上面提到的可能世界的建构，内世界的自然书写，以及动物叙述与社会批判的融合都是夏目漱石留给我们的重要问题。

五、延伸思考

1. 夏目漱石对明治时代知识分子的书写

可参考："明治精神"（见夏目漱石的小说《心》），指的是自由、独立的个人精神，伴随明治时代的文明开化而来，又渗透着孤独、悲哀和怀疑。夏目漱石的《我是猫》《三四郎》《其后》《门》《过了春分节之后》《行人》《心》等小说中，分别展示了明治时代知识分子的生存图景和精神历程，突出了他们的追求、挣扎和幻灭。

2. 《我是猫》的幽默讽刺艺术

可参考：第一，小说语言具有一种与动物叙述相符合的幽默感，比如猫对人脸的描述："那张应当长着茸毛的脸上，竟然光溜溜的，简直像个烧水的圆铜壶"；第二，对日本古典传统中"俳谐""狂言""落语"等艺术表现形式的继承；第三，夏目漱石受到18世纪英国讽刺小说的影响。

六、资料参考

夏目漱石的《我是猫》是从明治三十七年（1904）十一月起动笔，到明治三十九年（1906）九月写完的。

他的这部作品是日本近代文学史上独放异彩的杰作。在明治时代，在这部作品出现的前后，不曾见过一个作家写过这样充满活力、尖锐泼辣、洋溢着社会批判精神的作品。

在这作品里，夏目漱石使用夹有"东京人"式的诨语戏谈的谐谑，对于日本资本主义社会的罪恶与黑暗，尽情加以讽刺和嘲弄，这种讽刺和嘲弄，是由日本古代文学传统的"俳谐"和十八世纪英国文学传统的讽刺结合而成的。因而它特别清新活泼，具有强大而柔韧的力量。

作为一个艺术作品来看，《我是猫》有着这样一些特点：

结构机巧灵活，伸缩自如：夏目漱石在《我是猫》的上卷（最初版本）序文中说过这样的话："《我是猫》象海参一样，不易分辨哪是它的头，哪是它的尾，因此随时随地都可把它截断，进行结束。"他的这几句话，充分说明了这部作品的结构特点。

　　既然是随时随地可以把它截断，当然也就可以随心随意把它延长，也就是说，写多写少，写长写短，都可以任意安排。

　　夏目漱石写《我是猫》时有这样一段经过：他本来打算把《我是猫》只写成象第一章那样的一个独立的短篇，但发表这篇作品的《杜鹃》的编者们，对于这个第一章十分欣赏，给它作出了很高的评价，于是夏目漱石继续写了第二章和第三章。

　　在第二、第三章发表以后，广大读者大加称赞，认为是不同凡响的杰作。在这种鼓舞之下，夏目漱石兴致勃发，奋笔直书，一直写到第十一章猫因酒醉而溺死为止了。

　　本可在第一章结束的作品，却扩展到第十一章，这个事实说明了《我是猫》的结构是一种机巧灵活、伸缩自如的结构。这种结构，不适于由一个单一完整的情节铺展开来的小说；而适宜于由若干相对独立的情节连缀在一起的作品。这种相对独立的情节，最能表达作家对于客观事物的认识和理解，也最能突出提示事物的机先和底蕴。夏目漱石之所以能够在《我是猫》里痛切地揭露当时社会的弊害，深入地挖掘隐藏在人心深处的病毒，就是由于他善于运用这种机巧灵活、伸缩自如的结构——也就是他自己所说的"象海参一样的"结构，而《我是猫》这部作品的每一章节之所以都有充沛的活力和跃动的生命，主要也是由于运用了这种结构方法的结果。

　　抒情写意，形式独创：夏目漱石在《我是猫》里，用一匹能说善道、长于文笔的猫儿来做故事的叙述者，使它居高临下，就在人们的上边，而对那些蠢然蠕动在它的脚下的人们尽情加以嘲弄、讽刺、谴责、鞭挞，这种抒发思想、表达感情的方法，无疑是作者的一种独创。

　　假如《我是猫》里的故事叙述者不是猫而是人，则作品中所有的讽刺讥嘲，因为受着"人"的限制，势必大为削弱，失去深厚的感人力量。但故事的叙述者不是人而是猫，这就可以让猫凭着它的猫眼猫心，来看来想身边的事事物物，能够无忌无惮地言其所欲言，无拘无束地想其所敢想。

　　猫对它的主人苦沙弥、家中使女阿三，以及它的主人的朋友迷亭、寒月一类人们所作的议论批判，有时透辟深邃，如象长者的说理；有时天真稚拙，如象儿童的妄言，这些说理和妄言，给我们揭露了隐而难显的客观实际，提示易被忽略的事物的内容，从而加深了我们对于人和社会的认识和理解。

不仅如此，以猫为故事叙述者的这种独创的表现方法，也还凭借不能得之于以人为叙述者的奇思怪想，把我们引入一个广阔清新的天地，怡然自得于幽玄隽永的情趣之中。这种妙手妙法，不仅在日本文学史上，即在世界文学史上，也是不可多见的。

（胡雪：《夏目漱石的生平、时代及其讽刺作品〈我是猫〉》，《外国文学研究》1978年第1期）

夏目的著作以想象丰富，文词精美见称。早年所作，登在俳谐杂志《子规》上的《哥儿》《我是猫》诸篇，轻快洒脱，富于机智，是明治文坛上的新江户艺术的主流，当世无与匹者。

（鲁迅：《〈现代日本小说集〉附录 关于作者的说明》，载《鲁迅全集》第十卷，人民文学出版社，2005）

夏目漱石正是处于如此时代精神思潮的中心位置。不，他是一个积极地走在思潮最前列的人。夏目漱石阅读龙勃罗梭、里博、摩根、斯奎里普查、马歇尔、奥利弗·洛奇、弗拉马利翁等人的著作，当时一流的研究者几乎都被夏目漱石拢入自己的阅读范围之内，并融入创作之中。于是，《我是猫》中出现了一连串诸如"潜意识下的幽暝界""感应""不可思议"等词语。夏目漱石还令作为自己分身的登场人物、美学家迷亭先生大谈威廉·詹姆斯的哲学观。夏目漱石在晚年阅读了威廉·詹姆斯所尊敬的法国哲学家亨利·柏格：（Henri Bergson，1859—1941）的著作。纵观夏目漱石的作家生涯，他对威廉·詹姆斯与亨利·柏格森这两位"反理智派"（夏目漱石语）哲学家的精神世界产生了全面的共鸣。这一点不外乎告诉我们：究竟是什么人的思想意外地构成了夏目漱石文学思想的基础。

（尹相仁：《世纪末的漱石》，刘立善译，新星出版社，2017）

七、讨论习题

动物书写在20世纪以来的文学中延续下来，卡夫卡的《致某科学院的报告》、奥威尔的《动物庄园》、帕慕克的《我的名字叫红》、莫言的《生死疲劳》

等小说都卷入了动物书写，请注意区分动物作为叙述主体和被叙述主体的不同主体层次，并进一步思考小说中动物叙述的功能和意义。

　　　　　　　　　　　　　　　　本节课件　　本节视频

第八章 20世纪文学（上）

第一节 海明威《老人与海》

一、作品导读

　　厄纳斯特·海明威（Ernest Hemingway，1899—1961），1899年7月21日生于美国伊利诺伊斯州芝加哥附近的橡树园镇。他的父亲是一位医生，海明威小时候常常随父亲外出行医，我们在海明威日后的一系列小说中都能看到他的这段童年经历的缩影。例如在海明威早期的系列小说《在我们的时代里》中，第一篇小说《印第安人营地》描述的就是尼克与他的父亲在印第安营地为一位妇女接生的故事。海明威的母亲是一位喜爱艺术的虔诚教徒，这也就使得年幼的海明威早早就受到了音乐、美术等的熏陶。1954年，海明威因"精通现代叙事艺术"而荣获了诺贝尔文学奖。这其实也是20世纪以来，西方世界经历"机械复制的时代"艺术变革的一个重要成果的展现，此即本雅明所说的"为艺术而艺术"的观念越来越占据主流，文学艺术自身重要性得以大幅提升的一大成果。

　　海明威的人生经历也堪称传奇，他曾参加过第一次世界大战，但战争的惨烈与残酷也为他留下了难以愈合的创伤，这些经历为他的小说创作提供了丰富的素材。例如为他赢得世界声誉的第一部重要的长篇小说《太阳照样升起》发表于1926年，深刻描述了以主人公杰克·巴恩斯上校等人物为主体的一代战后青年迷惘苦闷的精神状况。再如1929年发表的长篇小说《永别了，武器》，表现的正是"反战"的主题，其后也被归为美国20世纪"迷惘的一代"的最高代表作之一。在20世纪二三十年代，海明威还塑造了一系列具有"硬汉精神"的短篇小说主人公。例如出版于1927年的短篇小说集《没有女人的男人》中著名的几部短篇《没有被斗败的人》《五万元》以及《杀人者》等作品中的主人公。

　　1937 年，海明威以记者身份参与了西班牙人民反法西斯的斗争，两年之后，海明威发表了以反法西斯主义为主题的长篇小说《丧钟为谁而鸣》，这也表示海明威的文学创作进入了一个新的领域。在第二次世界大战爆发之后，海明威再一次积极投入反法西斯的斗争中。战争结束之后，海明威于 1952 年发表了中篇小说《老人与海》，正是在这部作品中他展示出了自己成熟精湛的现代叙事艺术，从而为自己赢得诺贝尔文学奖的荣誉，成为世界优秀文学之林中的一分子。

　　《老人与海》讲述的是一位古巴老渔夫桑提亚哥在海上捕鱼的故事。作品中桑提亚哥"消瘦憔悴，脖颈上有些很深的皱纹""身上的一切都显得古老，除了那双眼睛，它们像海水一般蓝，显得喜洋洋而不服输"。这样一位身体衰老，但充满不服输精神的老人，在连续 84 天一无所获之后，终于在第 85 天捕到了一条大马林鱼，然而老人却在经过与大鱼搏斗一夜险胜之后又遭到了鲨鱼围击，三天之后小船带着老人终于靠岸，而老人带回来的大马林鱼却只剩下一副巨大的骨架。小说最后，疲惫的老人在睡梦中又梦见了他常常梦到的狮子。从这里我们可以看出，老人桑提亚哥似乎并不是一个完全成功的英雄，正像海明威早期塑造的一系列充满"硬汉精神"的主人公一样，他们都是年老体衰者。但在对待失败的风度上，这些硬汉赢得了胜利。例如当老人桑提亚哥看到大鱼飞跃出海面，身长甚至超过了自己的小船时，他仍旧坚定地表示："可是我要把它宰了，不管它多么了不起，多么神气。""我要让它知道人有多少能耐，人能忍受多少磨难。"即便最后面对鲨鱼的围攻，老人仍旧表示："人可不是造出来要给打垮的。可以消灭一个人，就是打不垮他。"小说结尾出现在老人梦中的雄狮，正是老人形象的一种具体表征。①

二、作品节选

老人与海 节选

　　钩住鱼以前，他就把草帽紧紧拉到眉棱骨上了，现在箍得脑门子怪疼的。他也觉得口渴，便一面留神不扯动绳子，一面跪下来尽量朝船头爬，伸只手

---

① 译文引自海明威：《老人与海》，赵少伟、董衡巽译，长江文艺出版社，2012。

够着了水瓶，揭开盖子喝了点儿。然后他靠着船头歇了歇。歇的时候，他坐在没有支起的桅杆和布帆上，尽可能不想事儿，单是耐心熬着。

过了会儿，他朝后一望，才发觉根本看不见陆地了。没关系，他想。冲着哈瓦那的那片灯光我总能划回去。还有两个钟头太阳才落呢，兴许不到那时候鱼就浮上来了。要不然，它作兴跟月亮一个时候出来。再不然，它作兴要到出太阳的时候才出来。我的手没抽筋，全身是劲。倒是它的嘴里给钩住了。这可是多有能耐的一条鱼啊，拉这半天的纤。它一定紧紧咬住了铁丝箍。要是我看得见它就好了。哪怕只瞧它一眼也好，叫我知道我碰上了怎么个对手。

按照老汉观望星位的估计，鱼游了这一整夜都没有改道儿，也没有改方向。太阳落下去，天跟着也冷起来。老汉的背上、老胳膊老腿上，汗一干，全凉飕飕的。白天的时候，他把盖在鱼食盒子上的那个布口袋拿了来，铺开晒干。等太阳落了，他便把口袋围着脖子系住，让下半截搭在他背上，再小小心心把它从肩膀上的那根绳子下面塞过去拉平。除了用布口袋垫着钓绳，他先头还学会了把上身趴在船头边歇歇，这一来他差不多觉得舒服了。实际上这个姿势只不过比活受罪略好几分，可是在他看，差不多就算舒服啦。

只要鱼照旧这么干，我就拿它没辙，它也拿我没辙，他想。

有一回他站起来朝船帮外头撒尿，顺带看看星星，对证一下船走的方向。钓绳从他肩膀上径直下去，在水里像一缕磷光。现在鱼和船都比早先走得慢，哈瓦那的灯火也不如平时亮，所以他明白了，水流一定是在把鱼和船朝东边冲。要是哈瓦那的那片光我瞅也瞅不着，咱们准是更往东去了，他想。因为鱼奔的路要是照旧没变，①那片灯光我一定还能看见好几个钟头呢。真不知道今儿两大联盟各自的棒球赛怎么个结果，他想。要能有个收音机听听就美透啦。一转眼他又想，老惦着正事儿吧。惦着你眼下干的活儿吧。你可千万别干什么蠢事。

一会儿，他说出声来：“孩子跟我来了就好了。可以帮帮我，也看看这回打鱼。”

谁老了都不该单身过活，他想。可总免不了会单身。我得记住，趁那条

---

① 我们知道，桑提亚哥是从哈瓦那市以东6公里多的阔希马尔村镇出海的，起初向东驶去（日出时“他觉得非常扎眼”）。中午他钩住的大枪鱼，把船拖着朝西北走。如果大鱼一直没有改变它的方向，现在夜里老汉应当逐渐接近哈瓦那市，越来越看清市里的灯光。既然情况并非如此，他知道是海水向东的流势改变了鱼和船的方向。

金枪鱼还没坏就吃下去，好保住力气。记着，甭管你多不乐意吃，到早上你一定得把它吃了。记住啊，他在心里叮嘱自己。

夜里有两只鼠海豚游到船的附近来，他听见它们又打滚又喷水。他分得出雌雄：雄的喷水很响，雌的喷水像叹气。

"它们真好啊，"他说。"它们要闹，逗着玩，相亲相爱。它们跟飞鱼一样，都是咱们的弟兄。"

随后，他对上钩的大鱼怜惜起来了。它是好样儿的，也很奇特，谁知道它多少岁啊，他想。我从来没遇上过力气这么足的鱼，也没遇上过行动这么奇特的鱼。没准儿它学乖了，不肯跳。本来它乱跳一阵，胡跑一气，就可以叫我完蛋。可是没准儿它以前上钩好几回了，懂得了它就得这样来斗。它哪知道对手只有一个人，哪知道这还是个老头儿呢。不过，它是多大的一条鱼啊，要是肉味儿鲜，上市能卖多好的价啊。它像个雄鱼那样叼鱼食，像个雄鱼那样拉纤拖船，它跟人斗，一点儿也不惊慌。不知道它有没有什么打算，是不是就像我一样，反正豁出去了？

他还记得先前那回他碰到一对儿枪鱼，钩住了当中的一条。雄鱼总是让雌鱼先吃食；雌的一上钩就慌了神儿，发狂似的拼命挣扎，不多久便筋疲力尽了；雄的一直守着她，窜过钓绳来跟她一起在水面打转。它挨她很近，它的尾巴又跟大镰刀一般锋利，几乎也一般大，一般形状，老汉生怕它一掀尾巴砍断了绳子。老汉用拖钩把雌鱼拖过来，把她细剑似的长嘴、连那砂纸般的糙边儿一把抓住，拿木棒猛打她的头顶，打得她快变成镜子衬底的银白色，再由孩子帮着把她调上船，那雄鱼却老挨着船舷守着。然后，正当老汉收起绳索，预备着鱼叉的时候，雄鱼在船旁一下子腾空跳得老高，要看看雌的下落，接着便朝下潜入深水，它那一对像翅膀似的淡紫色胸鳍完全张开，它一身淡紫的宽条纹也统统露出来了。老汉还记得它多么漂亮，而且它一直守到末了儿才走。

我打鱼见到过的事儿，那是最叫人难受的了，老汉想。孩子也难受，所以我们求她包涵，赶快把她宰完拉倒。

"孩子在这儿就好了。"他喃喃地说，上身卧在船头一圈儿圆鼓鼓的木板边，从他背着的绳子上感觉到大鱼真有劲，稳稳地朝它打好主意要奔的目标游去。

（海明威：《老人与海》，赵少伟、董衡巽译，长江文艺出版社，2012）

三、新文科阅读

艺术作品的即使是最完美的复制品也缺少一种因素：它的时间和空间的在场，它在它碰巧出现的地方的独一无二的存在。艺术作品存在的独特性决定了在它存在期间制约它的历史。这包括它经年历久所蒙受的物质状态的变化，也包括它的被占有形式的种种变化。前者的印记可由化学式物理的检验揭示出来，而在复制品上面就无法进行这种检验了；被占有形式的变化则取决于传统，这必须从原作的境况说起。

……机械复制品所进入的环境也许并未触及事实上的艺术作品本身，然而艺术作品存在的质地却总在贬值。……在艺术对象这个问题上，一个最敏感的核心——即它的本真性——受到了扰乱，而在这一点上，任何自然对象都是无懈可击的。一件物品的本真性是一个基础，它构成了所有从它问世之刻起流传下来的东西——从它实实在在的绵延到它对它所经历的历史的证明——的本质。

……我们不妨把被排挤掉的因素放在"灵晕"（aura）这个术语里，并进而说：在机械复制时代凋萎的东西正是艺术作品的灵晕。这是一个具有征候意义的进程，它的深远影响超出了艺术的范围。我们可以总结道：复制技术使复制品脱离了传统的领域。通过制造出许许多多的复制品它以一种摹本的众多性取代了一个独一无二的存在。复制品能在持有者或听众的特殊环境中供人欣赏，在此，它复活了被复制出来的对象。这两种进程导致了一场传统的分崩离析，而这正与当代的危机和人类的更新相对应。这两种进程都与当前的种种大众运动密切相连。

……在世界历史上，机械复制首次把艺术作品从仪式的寄生性依赖中解放出来。在大得多的程度上，被复制的艺术作品变成了为可复制性而设计出来的艺术作品。

（本雅明：《机械复制时代的艺术作品》，载阿伦特编《启迪：本雅明文选》，张旭东、
王斑译，生活·读书·新知三联书店，2008）

对于作家来说，在最好的状态下，也是孤独的一生。作家团体可以排解孤独，但我想未必能提高他的写作水平。作家声誉渐长，借此摆脱了孤独，但作品常常一落千丈。作家的工作要独自完成，倘若一个作家足够优秀，那

他每天都必须面对永恒，否则就会失去写作的天赋与才华。

一个真正的作家，每一本书都应该是一个全新的开始，去不断尝试无法企及的东西。他应该去尝试别人没有做过或是没有做成的东西。有时候运气来了，他就成功了。

倘若写作只是重写前人的佳作，那文学创作该多么简单啊。正因为过去有许多伟大的作家，作家才被迫闯过边界，去到孤立无援的地方。

对于一个作家来说，我讲得太久了。作家应该把想法写下来，而不是说出来。

再次感谢大家。

（欧内斯特·海明威：《诺贝尔文学奖获奖感言》，王林园译，载欧内斯特·海明威《老人与海·附录》，黄协安译，江苏凤凰文艺出版社，2019）

硬汉精神，是对人类生活中不屈的精神意志的一种提炼，也是一种提升，从此它作为一种精神符号辉映在人类精神生活的上空，给强者以激励，给弱者以鼓舞，成为人们奋斗拼搏的力量源泉。

但需要说明的是，我认为硬汉精神的价值和意义，主要体现在审美层面而不在现实层面。在审美层面，硬汉精神让人兴奋，给人以奋斗的勇气和力量。作为文学作品，能做到这一步就是成功，就已经相当不错，就值得我们永远记住它，感谢它。但是，硬汉精神作为一种典型的人类精神，它与读者的关系是多重的而不是单一的，即不只是在审美维度上而同时也会在实践维度上。因为，人不仅活在书本里，活在艺术中，更活在现实中。换句话说即人不仅需要审美活动，更需要实践活动。在审美维度上，我们可以受其感染，心潮澎湃，热血沸腾，从而无保留地赞美它，崇敬它，但是一旦转到实践领域，事情就变得相当复杂而不再那么简单。

（胡山林：《文学与人生》第二版，河南大学出版社，2012）

四、问题研究

1. "迷惘的一代"

作为 20 世纪美国现实主义小说的代表作家，海明威常常被归类为"迷惘的一代"。"迷惘的一代"语出美国女作家格特鲁德·斯泰因。根据海明威在《流动的盛宴》中记载，这句话本来是斯泰因从一位修车行师傅口中听来的，这位师傅责骂自己手艺不熟的年轻工人是"迷惘的一代"，斯泰因解释说因为这代人对什么都不尊重，总是喝得酩酊大醉。后来，斯泰因在一次聚会中指着海明威等人说："你们这些在大战中服过役的年轻人都是，你们都是迷惘的一代。"海明威之后把这句话作为他 1926 年发表的长篇小说《太阳照样升起》的一句题词，于是"迷惘的一代"逐渐成了美国文学史上的一个文学名称，主要用来指美国战后成长起来的一代作家，例如著名小说家菲茨杰拉德，他的《了不起的盖茨比》也被称作是"迷惘的一代"的代表作。由此我们可知，所谓"迷惘的一代"其实并不是一个有组织有纲领的文学流派，但它集中表述了美国战后一代作家创作的某些共同特征，如他们对帝国主义战争的厌恶，却又找不到出路的迷惘精神。海明威小说对"迷惘"精神的展现可以说贯穿了他的创作始终，从早年的《在我们的时代里》对暴力与痛苦的全方位描述，到表现战后迷惘情绪的《太阳照样升起》和表现反法西斯战争主题的《丧钟为谁而鸣》，包括《乞力马扎罗的雪》中面对死亡厌倦愤怒的哈里和《白象似的群山》中逃避责任的男女主人公，都是这种迷惘情绪的体现。

2. "硬汉"精神

我们在海明威的小说中，常常能够看到他的主人公所具有的在迷惘中顽强拼搏的硬汉精神。例如义无反顾上场斗牛的斗牛手曼纽尔·加西亚、揭开拳击比赛双重骗局的拳击手杰克、为反法西斯战争献身的士兵乔丹以及与自然搏斗的老渔夫桑提亚哥等等。这些主人公虽然都处于不利的氛围之中，但却永远不服输，愿意与命运进行殊死搏斗。其中非常重要的是，海明威笔下的主人公身上所具有的"硬汉精神"本质上其实是由对死亡的思考以及因死亡而畏惧不前的情感的切割所呈现的精神成果。例如，《老人与海》中的桑提亚哥在与大鱼的搏斗中数次命悬一线，但他仍旧表示要与大鱼争到底，虽然后来他只带回来一副骨架，但他面对困难、面对死亡的风度却获得了胜利。

3. "冰山原则"

1954 年，海明威因精通叙事艺术而荣获诺贝尔文学奖，而他的"冰山"理论正是这种现代叙事艺术的一种体现。这种文学形式上的特征与他的小说在精神内核上显现的"硬汉"精神也是一脉相承的。所谓"冰山原则"原本是精神分析学家弗洛伊德提出的一个概念，认为在人的意识体系中，露出表面的仅仅只有"意识"这一小部分，像海面上的冰山一样，而隐藏在海中的大部分则是没有露出来的无意识部分。海明威则在 1932 年发表的《死在午后》中第一次把文学创作比作漂浮在大洋上的冰山，据此，海明威形成了他的独特风格。①

我们会发现，海明威的小说文风非常简约含蓄，可以说省略了一切可有可无的部分。人物的内心活动只能在电报式的对话、意识流片段、主人公的内心独白以及某些意象中得到展现。例如在《老人与海》中，这种冰山原则得到了极致的体现。之所以如此，在海明威看来，"电影把什么都毁了，就像谈论什么好的事物一样。正是这一点使战争成为不真实。话讲得太多"。"不管谈论什么事儿都不好。不管写什么真实的事儿也都不好。这一来总不免把它给破坏了。"②"含蓄"展现为"未被言说"，本质上来自于"无法言说"，即游离于语言和故事之外，非语言和故事所能企及的身体体验。

五、延伸思考

1. 尝试分析《老人与海》中老人与以"海"为代表的自然之间是一种什么样的关系

可参考：这个问题其实关涉到海明威对自然的基本观念。我们可以在海明威的一系列硬汉小说中，看到他的主人公们与自然之间的搏斗。如《弗朗西斯·麦康伯的短暂幸福生活》中主人公前往非洲打猎，目的就是要猎杀狮子等野兽；《乞力马扎罗的雪》中的哈里来到非洲也是为了打猎；《老人与海》中老人与当地恶劣的自然环境的斗争，与大鱼、鲨鱼乃至海洋的斗争等。但同时我们又常常可以看见这些主人公在搏斗中对自然的赞叹，如《弗朗西斯·麦康伯的短暂幸福生活》中被称为"顶呱呱"的狮子和野牛、《乞力马扎罗的雪》中的攀爬雪山的豹子意象以及《老人与海》中老人称之为兄弟的大鱼等。

2. 尝试分析《老人与海》中的硬汉精神代表桑提亚哥形象与海明威早期作品中的硬汉形象有什么样的差异

可参考：《老人与海》中的桑提亚哥孤身一人生活在小屋中，是一位即使孤苦无援也永不屈服的硬汉子。但他并不是一个感情冷漠的人，相反，桑提亚哥的情感是十分细腻的。例如他对小男孩儿父亲般慈爱精神的表露；再比如在海上捕鱼时，尽管与大鱼的搏斗令他筋疲力尽，但他仍然理解大鱼那种对死亡的斗争精神，并且表示大鱼有权利这样去做，而且认为他从来没有见

---

① 可参考海明威：《死在午后》，金绍禹译，上海译文出版社，2004。
② 海明威：《短篇小说全集》，陈良廷等译，上海译文出版社，2004，第517页。

过比大鱼更庞大、更美丽、更沉着也更崇高的东西；他会替找不到食物的鸟儿伤心；认为嬉戏的海豚们相亲相爱，是"我们"的兄弟；把大海看作温柔的女性；等等。

六、资料参考

《老人与海》是海明威晚年创作的一部优秀小说，于 1952 年出版，当时《纽约时报书评》专栏作家哈维·布雷特称之为"一部伟大而真实的小说，既动人心弦，又让人震撼；既是悲剧性的，又是乐观的"。福克纳于 1950 年获得诺贝尔文学奖，是当时名满天下的小说家，他发表评论说："时间将会证明，这篇小说是包括我和他的同时代的人之间写得最出色的一篇。"艺术史家贝纳德·贝瑞孙也高度赞扬这部小说："《老人与海》是一首田园乐曲，大海就是大海，不是拜伦式的，也不是麦尔维尔式的，好比出自荷马的手笔；行文像荷马史诗一样平静，令人佩服。"著名的海明威传记作家、普林斯林大学的文学教授卡洛斯·贝克尔也在《星期六评论》上发表的文章中写道："就其悲剧形式而论，它接近《李尔王》的故事。"这部小说虽然篇幅不长，但内涵十分丰富，海明威因为这部小说而于 1954 年获得了诺贝尔文学奖。

（聂珍钊：《文学伦理学批评及其它——聂珍钊自选集》，华中师范大学出版社，2012）

美国学者菲力浦·扬认为，一切美国故事里最伟大的主题是：天真遇上经验，讲天真的美国人怎样走到外面的世界，怎样遇见与天真完全不同的东西，怎样在路上被打倒了。从此以后便很难再把自己拼起来，回复原状。而海明威讲述的正是这古老的故事，关于一个男孩子怎样被他从小到大经历的世界打击得粉碎的故事。菲力浦·扬认为海明威的独特处还在于他笔下的这些天真的人物不会成熟，也不会成人，永远有一种天真的本性。海明威最具有自传意味的系列小说《尼克·亚当斯故事集》写的正是这样一个主人公，文学史家认为尼克·亚当斯的形象与马克·吐温笔下的哈克贝利·芬同样不朽。

……

但是，海明威真正具有革命性的是他的小说在写作形式、语言和技巧方面的成就，是他所开创的"冰山文体"，从而提供了我们理解现代小说的另一种方式。《现代主义代表作 100 种提要》中这样评价海明威，认为他的长篇小说《太阳照样升起》以及短篇小说产生了不可抗拒的影响，"一位作家，如此突然地一举成名，如此漫不经心地使这么多别的作家和别的写作方式一败涂地，并如此直接地成为一个时代的象征，这的确是史无前例的。"而《永别了，武器》则"也许算得上是他的最佳作品，在这部书之后，人们再也无法模仿这种和谐悦耳、水晶般透明的风格"。

……

海明威的"冰山文体"除了给他的小说带来简约质朴的语言、经验省略的技巧以及隐匿思想的风格外，同时也使他的小说在境遇的呈示背后有某种神秘色彩和气氛。读他的小说，总有一些说不大清楚的东西存在。马尔克斯说："他的短篇小说的精华使人得出这样的印象，即作品中省去了一些东西，确切地说来，这正使作品富于神秘优雅之感。"理查德·福特也说："我觉得海明威是保守秘密，而非揭示秘密。他不太接近这过于复杂的世界，不是因为他原则上不愿意，就是因为说不出更多的来，为此我不信任他。""当然，我并非没有从海明威那里获得一些有价值的东西，那就是对真正神秘的敬意。"海明威所保守的秘密，显然不是神秘主义意义上的不可知论的秘密，而是指我们生活在一个复杂的世界中，这个世界不是我们很容易就了解得一清二楚的。总有些东西是被遮蔽的，总有些东西是我们无法获得直接经验的，也总有些东西由于我们观察角度的不同展示给我们的内容就不一样。

（吴晓东：《从卡夫卡到昆德拉：20世纪的小说和小说家》，生活·读书·新知三联

书店，2003）

关于《老人与海》，海明威后来还谈到了以下的创作体会："《老人与海》本来可以写成一千多页那么长，小说里有村庄中的每个人物，以及他们怎样谋生，怎样出生，受教育，生孩子等等的一切过程。这些东西别的作家们做得非常拿手非常好。在写作中，你受到已经被人写得令人满意的东西所限制。所以我试图学习去做别的事情。首先，我试图删去没有必要向读者传达的一切事情，以便他或她读过什么以后，这就成为他或她的经验的一部分，好象真的发生过似的。……运气是我有一个好老头儿和一个好孩子，而近来作家们已经忘记还有这些事情。再者，海洋也跟人一样值得写。所以我是幸运的。我曾经看见过马林鱼伙伴，知道那些事情。所以我把他删去了。在同样一片水面上，我看见五十多条巨头鲸的鲸群，一次用鱼叉叉住了几乎有六十英尺长的一条鲸鱼，但又被它逃走了。所以我把它删去。我从渔村中知道的一切

故事，都删去了。"海明威那简洁的文风在《老人与海》中达到了登峰造极的地步。

（蒋卫杰、熊国胜：《打不垮的硬汉——海明威评传》，海南出版社，1993）

七、习题讨论

　　试分析海明威《老人与海》中丰富的宗教因素对桑提亚哥的形象有什么样的影响。

本节课件　　本节视频

第二节　艾略特《荒原》

一、作品导读

　　托马斯·史特恩斯·艾略特（1888—1965）是 20 世纪最重要的诗人和批评家之一，后期象征主义最杰出的代表。他同时还是文学批评家和剧作家，现代派诗歌领袖，他的《荒原》被认为是现代诗歌的里程碑。艾略特于 1888 年出生于美国中部密苏里州的圣路易斯市，18 岁进入哈佛大学，主修哲学。在硕士和博士学习期间，他曾先后去法国、德国和英国的牛津进行哲学研究。1922 年，艾略特创办了《标准》杂志，并担任主编长达 17 年之久。同年长诗《荒原》在《标准》上发表，引起了巨大反响，该诗奠定了艾略特在英美诗坛的地位。

　　1925 年，艾略特发表了诗作《空心人》，诗歌沿袭了《荒原》的思想模式，它对现代人的精神贫乏做了进一步的批判。诗歌将现代人比喻成"空心人""稻草人"，将悲观主义和虚无主义情绪推向了极致。1927 年，艾略特加入了英国国籍。艾略特后期诗歌的代表作是 1943 年出版的《四个四重奏》，长诗在总体结构上借鉴了音乐四重奏的形式，在每个四重奏中描写一个非凡的地点，并分别与四个季节和构成宇宙万物的四大元素（空气、土壤、水、火）相对应。诗歌由《燃烧的诺顿》（1936）、《东库克》（1940）、《干燥的萨尔维其斯》（1941）和《小吉丁》（1942）4 首诗组成，每个部分又分为 5 个乐章。1948 年艾略特因其"对当代诗歌做出的卓越贡献和所起的先锋作用"获得了诺贝尔文学奖。

艾略特的代表作《荒原》被视为现代英美诗歌的里程碑。长诗原稿 800 多行，后经庞德删节，删减成 434 行。描述了 20 世纪初西方社会的荒原景象。长诗由《死者葬仪》《对弈》《火诫》《水里的死亡》和《雷霆的话》5 部分组成。第一章《死者葬仪》表现现代人的生活无异于行尸走肉般的出殡，而葬仪的意义在于使死者的灵魂得救。艾略特引用但丁的诗，描写了现代人如同行尸走肉般走过伦敦桥，在中世纪的地狱和现代生活之间建立起一种联系，令人触目惊心。第二章《对弈》，对弈即较量，通过引入莎士比亚、维吉尔、弥尔顿和奥维德的作品，以及两个现代人的生活场景描写，将昔日的典雅与今日的颓败，艺术的理想价值与现实的庸俗不堪，拯救时间的价值追问与杀死时间的精神堕落加以对照，凸显了生与死、艺术与现实、传统与现代的对弈。第三章《火诫》，火是欲望的象征，"火诫"是佛陀劝解门徒禁欲，达到涅槃的境界，这一章表现的是欲望里的焚毁与救赎。泰晤士河畔昔日缓慢轻柔的节奏与当今工业文明背景下的脏乱景象以及无情冷酷的奸诈竞争做对比，感慨时光的流逝。女打字员与人的有欲无爱，逢场作戏。劝诫人们警惕燃烧泛滥的欲望之火。第四章《水里的死亡》，写昔日腓尼基水手扶里巴斯由于纵欲而葬身大海，漂亮高大又如何，生命已死美将焉附？转动的轮盘象征生命的轮回转世和周而复始。第五章《雷霆的话》，借助雷霆说话，规劝人们要施舍、同情、克制，这样才能使荒原复苏，给人类带去安宁和希望。

长诗《荒原》形象地表现出第一次世界大战后，整个西方世界成为一片废墟，物质遭受重创，社会秩序混乱，传统价值解体，人们处于荒芜的处境中，诗歌中处处表现的是一片衰败景象，大地干涸，人精神空虚，过着放纵情欲的生活，社会道德沦丧，无论是上流社会人士，还是下层男女，都百无聊赖。世界一片荒芜，等待拯救，最后雷霆的话预示以信仰得拯救。《荒原》充满了象征性，通篇以隐喻、暗示和象征的手法传达对荒原社会的感受。

《荒原》宣告新诗时代到来，作者用暗示、象征手法，表现第一次世界大战后欧洲社会文明的崩溃和精神的荒废。"荒原"象征着人们生活的世界变成了荒原，人们的精神也进入了一片大荒原。这一伟大的象征，囊括了现

代西方所有的气息、色彩、情调和节奏，成了空虚混乱的资本主义文明的
代名词。

二、作品节选

一、死者葬仪

四月是最残忍的一个月，荒地上
长着丁香，把回忆和欲望
参合在一起，又让春雨
催促那些迟钝的根芽。
冬天使我们温暖，大地
给助人遗忘的雪覆盖着，又叫
枯干的球根提供少许生命。
夏天来得出人意外，在下阵雨的时候
来到了斯丹卜基西；我们在柱廊下躲避，
等太阳出来又进了霍夫加登，
喝咖啡，闲谈了一个小时。
我不是俄国人，我是立陶宛来的，是地道的德国人。
而且我们小时候住在大公那里
我表兄家，他带着我出去滑雪橇，
我很害怕。他说，玛丽，
玛丽，牢牢揪住。我们就往下冲。
在山上，那里你觉得自由。
大半个晚上我看书，冬天我到南方。

什么树根在抓紧，什么树根在从
这堆乱石块里长出？人子啊，[①]
你说不出，也猜不到，因为你只知道
一堆破烂的偶像，承受着太阳的鞭打

---

① 参阅《以西结书》第二章第一节。

枯死的树没有遮荫。蟋蟀的声音也不使人放心，[1]

焦石间没有流水的声音。只有

这块红石下有影子，

（请走进这块红石下的影子）

我要指点你一件事，它既不像

你早起的影子，在你后面迈步；

也不像傍晚的，站起身来迎着你；

我要给你看恐惧在一把尘土里。

风吹得很轻快，

吹送我回家去，

爱尔兰的小孩，

你在哪里逗留？[2]

"一年前你先给我的是风信子；

他们叫我做风信子的女郎"，

——可是等我们回来，晚了，从风信子的园里来，

你的臂膊抱满，你的头发湿漉，我说不出

话，眼睛看不见，我既不是

活的，也未曾死，我什么都不知道，

望着光亮的中心看时，是一片寂静。

荒凉而空虚是那大海。[3]

马丹梭梭屈里士，著名的女相士，

患了重感冒，可仍然是

欧罗巴知名的最有智慧的女人，

带着一副恶毒的纸牌，[4]这里，她说，

是你的一张，那淹死了的腓尼基水手，

---

① 参阅《传道书》第十二章第五节。

② 见《特里斯坦和绮索尔德》（Tristan und Isolde）第一幕，5—8 行。

③ 见《特里斯坦和绮索尔德》第三幕，第 24 行。

④ 我并不熟悉太洛（Tarot）纸牌的确切组成，只是用来适应我自己的方便。按照传说，这套纸牌中的成员之一是"那被绞死的人"，他在两方面适应我的目的：在我思想中，他和弗雷泽的"被绞死的神"联系在一起。腓尼基水手和商人出现较晚；"成群的人"和"水里的死亡"则见于第四节。"带着三根杖的人"（是太洛纸牌中有确切根据的一员）我也相当武断地把他和渔王本人联系起来。

（这些珍珠就是他的眼睛，看！）

这是贝洛多纳，岩石的女主人

一个善于应变的女人。

这人带着三根杖，这是"转轮"，

这是那独眼商人，这张牌上面

一无所有，是他背在背上的一种东西。

是不准我看见的。我没有找到

"那被绞死的人"。怕水里的死亡。

我看见成群的人，在绕着圈子走。

谢谢你。你看见亲爱的爱奎尔太太的时候

就说我自己把天宫图给她带去，

这年头人得小心啊。

并无实体的城，①

在冬日破晓的黄雾下，

一群人鱼贯地流过伦敦桥，人数是那么多，

我没想到死亡毁坏了这许多人。②

叹息，短促而稀少，吐了出来，③

人人的眼睛都盯住在自己的脚前。

流上山，流下威廉王大街，

直到圣马利吴尔诺斯教堂，那里报时的钟声

敲着最后的第九下，阴沉的一声。④

---

① 参看波德莱尔的诗：

这拥挤的城，充满了迷梦的城，

鬼魂在大白天也抓过路的人！

② 参阅《地狱》第三节55—57行：

这样长的

一队人，我没想到

死亡竟毁了这许多人。

③ 参阅《地狱》第四节25—27行：

根据听到的声音判断

这里没有其它痛苦的表现，只有叹息

使永恒的空气抖颤。

④ 这是我常见的一种现象。

在那里我看见一个熟人，拦住他叫道："斯代真！"

你从前在迈里的船上是和我在一起的！

去年你种在你花园里的尸首，

它发芽了吗？今年会开花吗？

还是忽来严霜捣坏了它的花床？

叫这狗熊星走远吧，它是人们的朋友，①

不然它会用它的爪子再把它挖掘出来！

你！虚伪的读者！——我的同类——我的兄弟！②

五、雷霆的话③

火把把流汗的面庞照得通红以后

花园里是那寒霜般的沉寂以后

经过了岩石地带的悲痛以后

又是叫喊又是呼号

监狱宫殿和春雷的

回响在远山那边震荡

他当时是活着的现在是死了

我们曾经是活着的现在也快要死了

稍带一点耐心

这里没有水只有岩石

岩石而没有水而有一条沙路

那路在上面山里绕行

是岩石堆成的山而没有水

若还有水我们就会停下来喝了

在岩石中间人不能停止或思想

汗是干的脚埋在沙土里

---

① 见魏布斯特（Webster）《白魔鬼》中的挽歌。

② 见波德莱尔《恶之花》的序诗。

③ 第五节的第一部分用了三个主题：去埃摩司的途中，向"凶险的教堂"的行进（魏士登女士书）和今日东欧的衰微。

只要岩石中间有水

死了的山满口都是龋齿吐不出一滴水

这里的人既不能站也不能躺也不能坐

山上甚至连静默也不存在

只有枯干的雷没有雨

山上甚至连寂寞也不存在

只有绛红阴沉的脸在冷笑咆哮

在泥干缝猎的房屋的门里出现

只要有水

而没有岩石

若是有岩石

也有水

有水

有泉

岩石间有小水潭

若是只有水的响声

不是知了

和枯草同唱

而是水的声音在岩石上

那里有蜂雀类的画眉在松树间歌唱

点滴点滴滴滴滴①

可是没有水

谁是那个总是走在你身旁的第三人？②

我数的时候，只有你和我在一起

但是我朝前望那白颜色的路的时候

---

① 这是画眉的一族，是我在魁北克州所见过的一种蜂雀类的画眉。蔡朴孟在《美洲东北部的鸟类手册》（*Chapman: Handbook of Birds of Eastern North America*）一书中说："这种鸟最喜欢住在深山僻林里……它的鸣声并不以多变或洪亮著称，但它的声调的甜纯、易节的优美则是无与伦比的。"它的"滴水歌"确实值得赞赏。

② 下面几行是受了南极探险团的某次经历的叙述而触发的。我忘记了是哪一次，也许是谢格尔登（Shackleton）领导的一次。据说一伙探险家在精疲力竭之时，常常错觉到数来数去，还是少一个队员。

总有另外一个在你身旁走
悄悄地行进，裹着棕黄色的大衣，罩着头
我不知道他是男人还是女人
——但是在你另一边的那一个是谁？①

这是什么声音在高高的天上
是慈母悲伤的呢喃声
这些带头罩的人群是谁
在无边的平原上蜂拥而前，在裂开的土地上蹒跚而行
只给那扁平的水平线包围着
山的那边是哪一座城市
在紫色暮色中开裂、重建又爆炸
倾塌着的城楼
耶路撒冷雅典亚力山大
维也纳伦敦
并无实体的

一个女人紧紧拉直着她黑长的头发
在这些弦上弹拨出低声的音乐
长着孩子脸的蝙蝠在紫色的光里
嗖嗖地飞扑着翅膀
又把头朝下爬下一垛乌黑的墙
倒挂在空气里的那些城楼
敲着引起回忆的钟，报告时刻
还有声音在空的水池、干的井里歌唱。
在山间那个坏损的洞里
在幽黯的月光下，草儿在倒塌的
坟墓上唱歌，至于教堂

---

① 参阅海尔曼·亥司（Hermam Hesse）的《混乱中的一瞥》（*Blichins Chaos*）："欧洲的一半，至少东欧的一半已在向混乱的道路上行进，被某种神圣的迷恋所灌醉，正沿着悬崖的边缘前进，醉醺醺地象唱着圣歌似地唱着，象狄弥德里·加拉马索夫那样唱着。恼怒了的布尔乔亚嘲笑这些歌；圣人和先知则流着泪听着他们。"

则是有一个空的教堂，仅仅是风的家。

它没有窗子，门是摆动着的，

枯骨伤害不了人。

只有一只公鸡站在屋脊上

咯咯喔喔咯咯喔喔

刷的来了一炷闪电。然后是一阵湿风

带来了雨

恒河水位下降了，那些疲软的叶子

在等着雨来，而乌黑的浓云

在远处集合在喜马望山上。

丛林在静默中拱着背蹲伏着。

然后雷霆说了话

DA

Datta：我们给了些什么？[①]

我的朋友，热血震动着我的心

这片刻之间献身的非凡勇气

是一个谨慎的时代永远不能收回的

就凭这一点，也只有这一点，我们是存在了

这是我们的讣告里找不到的[②]

不会在慈祥的蛛网披盖着的回忆里

也不会在瘦瘦的律师拆开的密封下

在我们空空的屋子里

DA

---

　　① "Datta，dayadhvam，damyata"（Give，Sympathize，Control—译注：即舍予，同情，克制）。雷的寓言的含义见《布里哈达冉雅加—优波尼沙土》（*Brihadarangaka-Upanishad*）第五卷第一节。它的译文之一见陶森（Deussen）的《吠陀经中之六十优波尼沙土》（*Sechzig Upanishads des Veda*）第489页。

　　② 参阅魏布斯特《白魔鬼》第五幕第六景：
　　　　他们又要重新结婚了
　　　　不等蛆虫钻透你的尸衣，也不等蜘蛛
　　　　在你的墓志铭上织上一层薄网。

Dayadhvam：我听见那钥匙①

在门里转动了一次，只转动了一次

我们想到这把钥匙，各人在自己的监狱里

想着这把钥匙，各人守着一座监狱

只在黄昏的时候，世外传来的声音

才使一个已经粉碎了的柯里欧莱纳思一度重生

DA

Damyata：那条船欢快地

作出反应，顺着那使帆用桨老练的手

海是平静的，你的心也会欢快地

作出反应，在受到邀请时，会随着

引导着的双手而跳动

我坐在岸上②

垂钓，背后是那片干旱的平原

我应否至少把我的田地收拾好？

伦敦桥塌下来了塌下来了塌下来了

然后，他就隐身在炼他们的火里，③

我什么时候才能象燕子——啊，燕子，燕子，④

阿基坦的王子在塔楼里受到废黜⑤

这些片断我用来支撑我的断垣残壁

那么我就照办吧。希罗尼母又发疯了。⑥

---

① 参阅《地狱》第三十三节，第 46 行。

　我又听到下面那可怕的塔门

　已经锁上。

② 见魏士登《从祭仪到神话》有关渔王的一章。

③ 见《炼狱》第二十六章第 148 行。

　"现在我凭借那引导你走上

　这个阶梯顶端的'至善原理'，

　请求你适时地回忆起我的悲伤！"

　然后，他就隐身在炼他们的火里。

④ 见《圣维纳思的夜守》（Pervigilium Veneris），参考第二节和第三节中的翡绿眉拉。

⑤ 见奈赫法尔（Gerard de Nerval，1803—1855）的十四行诗《不幸的人》（El Desdichado）。

⑥ 见基德（Kyd，1558—1594）《西班牙悲剧》（The Spanlish Tragedy，1594）

舍己为人。同情。克制。

平安。平安

平安。①

（《外国现代派作品选》，袁可嘉、董衡巽、郑克鲁选编，赵萝蕤译，上海译文出版社，

1980）

三、新文科阅读

艾略特的文艺观直接源于他的哲学观。艾略特文艺观的最大特点表现在他的"客观对应物"理论之中。他认为特写的事物、情景或事件的组合造成的特定的感性经验，立即可以唤起某些特定的情绪。这样，作家在作品中表达情感的唯一方法就是寻找、描写这些客观对应物。《荒原》便成了诗人内心状态的"客观对应物"。诗成为一种象征，这样，人们要理解作品就不再只限于了解词的意义，而必须掌握事物的场景的象征意义。艾略特说，诗人应绕开理性主义思想的极度抽象而抓住读者的"大脑皮层、神经系统和消化道"。"诗人不应该吸引读者的心智：一首诗实际意味着什么其实是无关紧要的。意义不过是扔给读者以分散注意力的肉包子；与此同时，诗却以更为具体和更加无意识的方式悄然影响读者。"因此，艾略特诗中的意义不过是一个骗局，而当人们不理解这一骗局时，自然是以某种无意识的方式理解了艾略特，但这只是一种最初的无意识的理解；反之，当人们自以为把握了艾略特诗歌的意义时，便是人们误入圈套而不自知的时候。

（曾艳兵：《价值重估：西方文学经典》，中国社会科学出版社，2011）

四、问题研究

1. 神话原型

弗莱在《批评的剖析》中，系统地论述了原型概念，弗莱认为一个原型是"一个象征，通常是一个意象，它常常在文学中出现，并被辨认出作为一

---

① Shantih 在此重复应用是某一优波尼沙土经文的正式结语。依我国文字便是"出人意外的平安"。

个人的整体文学经验的一个组成部分""仪式因神话而带有原型意义，神谕因神话而成了原型故事。因此神话就成了原型。虽然我们为了方便，在讲到叙述的时候才说神话，在讲到意义的时候说原型"。这里说的"神话"一词已经超越了它的语义意义，实际上它是一种文学上反复出现的叙述结构。

2. 《荒原》中的象征主义

早期象征主义多用一种物象、一种情景来象征一种情感或意向，象征内涵意义单一，暗示和对应的关系简单。相比之下，《荒原》中所体现的象征意义就显得丰富得多，复杂得多。诗人多用模糊、抽象的象征体，其联想性、暗示性、象征性更含蓄委婉，曲折多变。如"水"有时是情欲之海的象征，具有滔滔洪水本身固有的毁灭一切的性质，有时又是生命甘泉的象征，还可以是欢愉快乐的象征，"可爱的泰晤士，轻轻地流，等我唱完了歌"。在《火诫》中，火是圣火的代表，又是欲火的象征，在《雷霆的话》中，又是炼狱之火。复杂而多重多义的象征，正是诗人和读者的内心世界、情感体验丰富性和多样性的体现。

3. 《荒原》中典故的运用

艾略特从小受古典文学熏陶，曾就读哈佛、巴黎和牛津大学，有极深厚的古典文化基础，西方文化的传统对其有着深厚的影响。《荒原》充分展示的诗人独特的象征手法，很大程度上表现在诗人将西方传统文化中所吸收的许多文学典故、诗句、传说等，有机地融合进自己的诗作中，并从历史的深度进行反思和探索。《荒原》中既有奥古斯丁的说教，也有释迦牟尼的佛陀"火诫"，有大量的神话典故，从古希腊神话传说、荷马史诗到但丁《神曲》，从《圣经》故事到《金枝》传说，从莎士比亚戏剧到波德莱尔《恶之花》，涉及6种语言，36个作家，56部作品，出现了20多位若隐若现的历史和文学名人、先知者、圣人、天神。这些历史典故、名人名著中，所包含的阔大的历史语境和文化背景，大大扩展了诗歌的张力和内涵。

五、延伸思考

1. 艾略特的"非个人化""客观对应物"诗歌理论

可参考：艾略特作为英美新批评的奠基者，他对现代西方文论有着重要贡献，《传统与个人才能》（1917）中确定了自己的文学批评原则，认为艺术家要想在艺术领域中确立自己的历史地位和当代价值，必须谙熟历史文学传统。只有具有历史意识的人才能够拥有一种清明的理性辩证的精神和健全的文化历史观。他同时提出了诗歌的"非个人化"和"感情逃避"的理论，指出"诗不是放纵感情，而是逃避感情；不是表现个性，而是逃避个性"。

1919 年，他在《哈姆莱特和他的问题》一文中提出了著名的"客观对应物"理论。他认为诗人用艺术形式"表现感情的唯一途径"，就是寻找一种"客观对应物"，即用一系列意象、场景、事件、典故等来表现某种特定的情感。艾略特的诗歌创作以及理论，成了 20 世纪后期象征主义思潮的经典，艾略特也被公认为 20 世纪诗歌领域的最高成就代表。

2.《荒原》里的神话原型和故事的深层结构关系

可参考：在《荒原》里有三则重要的神话，用神话原型的研究方法可以得出诗歌的深层意蕴。其一是作品开头有一个西比尔的神话。《荒原》的拉丁文题词提示了诗歌的主题："是的，我自己亲眼看见古米的西比尔吊在一个笼子里。孩子们问她：'西比尔，你要什么？'她回答说'我要死'。"西比尔是希腊神话中的女先知，日神阿波罗爱上了她，并且通过馈赠的方式打动她的心。她抓了一把海沙，向阿波罗求和手中的沙粒一样多的岁数，却忘记说要永葆青春。当美丽的青春成为往事，她必须忍受的是无尽的"衰老"。诗人借用这种不死不活、亦死亦活、活也即死的生存状态完成现代人精神走向荒原的大型隐喻。

其二是"寻找圣杯"和"死而复活"的神话原型。诗人为《荒原》所做的第一条注释透露出长诗深受两部文化人类学著作的启发，分别是弗雷泽的《金枝》和魏士登女士的《从祭仪到神话》。《金枝》从比较神话学的角度，详细描述了巴比伦、叙利亚、塞浦路斯和埃及等地的繁殖神崇拜。"死而复活"和"寻找圣杯"的神话原型从外部构成了突显作品主题的深层结构。

长诗以"死"开始，第一章《死者的葬仪》从荒原的缺水干旱写起，暗指现代人精神世界的干涸。联系到神话原型，这里一方面与渔王呈现老态导致大地成为荒原遥相呼应；另一方面又可以看到远古时代杀死繁殖神又纪念其复活的影子，"葬仪"的目的就是使死者灵魂得救，而复活的前提乃是"死"，这里似乎在说明现代人的精神只有彻底地死，才能有彻底的更新。长诗以第五章《雷霆的话》终结，诗人借雷霆的声音为荒原人指出一条新生之路，即"舍予""同情""克制"。《荒原》不仅是一首描写现代人精神崩溃的长诗，更表达了诗人对人类追寻真理、发现生命意义、追求灵魂复活的希冀。

总之，《荒原》在表面破碎的题材和意象之下隐含着相对应的神话原型，神话原型的使用一方面使得作品原本松散碎裂的结构获得一种秩序感，另一方面也使全诗的写作意图得到深化。长诗在揭示现代人精神衰疲、虽生犹死和寻找救赎之路等方面的描写与"死而复活"和"寻找圣杯"的神话原型紧密结合，诗人对现代人的堕落和传统文明的毁灭没做一句评价，然而在诗歌意象与神话原型的比附与互释当中，诗人的价值取舍、诗歌的厚度与历史感均跃然于纸上。

六、资料参考

诗人在任何程度上的卓越或有趣，并不在于他个人的感情，不在于那些被他生活或某些特殊事件所唤起的感情。他的个人感情可能很简单、粗糙，或者乏味，他诗歌中的感情却会是一个非常复杂的东西，但是它的复杂性并不是那些在生活中具有非常复杂或异常复杂的感情的人们所具有的情感复杂性。实际上，诗歌中怪癖的错误之一就是去寻求新的人类感情来加以表达；正是这种在错误的地方寻求新奇的做法使诗歌暴露出违反常情的效果。诗人的任务并不是去寻求新的感情，而是去运用普通的感情，去把它们综合加工成为诗歌，并且去表达那些并不存在于实际感情中的感受。

（T.S.艾略特：《艾略特文学论文集》，李赋宁译，人民文学出版社，2019）

看来，福斯卡所不愿意的是"永生"，而西比尔最想要的却是死亡，但这实际上是殊途同归。福斯卡具备了西比尔所希望得到的长生不老，但他并没有由此就变得幸福起来，而后来他恰恰把这种长生不老看做是一种"天谴"。由此看来，西比尔即使永远年轻，她也仍然逃不出痛苦的命运，荒原依然如故，永生就是死亡。青春的意义只有在年迈体衰之中才能凸显出来；春天的繁荣只有面对冬天的荒芜才能显现出来；生命的意义只有面对死亡才能展露出来，这或许就是波伏瓦比艾略特高明的地方，或者说是波伏瓦时代比艾略特时代高明的地方。

（曾艳兵：《价值重估：西方文学经典》，中国社会科学出版社，2011）

"荒原"变成了资本主义文明堕落和一代精神空虚的代名词；然而，揭露并不是本诗的目的。艾略特是想通过这首诗探寻拯救没落世界的道路。

魏斯登的《从仪式到传奇》关于渔王的神话无疑寓于了非常深刻的哲

理。……（这一神话）暗示人们：要从精神空虚中走出来，从而使自己恢复生命的活力；必须克服自己过度的欲望，恢复对宗教的信仰。而弗雷泽的《金枝》，则从人类学的角度考察了古代的人类在自然的压迫下，如何以巫术和宗教的力量帮助人类走出苦难的。看来，信仰是人类自身解救的根本力量。

[张子清、应学梨：《崇高的信仰是医治社会病的良药》，《南京大学学报（哲学·人文科学·社会科学版）》1988 年第 3 期]

时空的错位法使得艾略特能在《荒原》的几百行诗里打通时空对现象的割裂，将更多凌乱的现象，或人类昨天或今天的经验，经过艺术的分析和综合，组成一个"艺术的真实"这样的整体。当他这样做时他就找到了他所要表达的思想感情的"客观关联物"。这关联物既有强烈的感性感染力，又体现了思维：既有一个时代的特殊性，又具有历史的普遍性。因为它将西方人彼时彼地的经验和他们昨天的经验揉合在一起了。

（郑敏：《从〈荒原〉看艾略特的诗艺》，《外国文学研究》1984 年第 3 期）

艾略特在把典故植入新的语境时，不脱原意而又超乎原意，从而使之饱含深意；或者造成一种共鸣效果，以增强经验的厚度；或者造成一种反讽效果，以体会历史的沧桑。

（周荣胜：《试论艾略特"客观对应物"理论中的典象问题》，《外国文学评论》1993 年第 4 期）

如果说浪漫主义发现了个人、自我的话——对此我是从来不太相信的——艾略特是反对浪漫主义的，因为在这样一个时代自我已经不存在了。因此现代主义诗人追求的是普遍性，力求描写抒发普遍的甚至是人们还没有意识到的感情，而不是那种个人的哀怨烦恼。……在《荒原》中他使用了非人称化的手法，使这首诗不是任何个人的焦虑或感情的表达，而是传达出一种无名的焦虑。这就是他对艺术的普遍性的追求。在艺术手法他也放弃了任何个人风格，他的最大特点就是模仿或者直接引用前人的诗句，因为他不认为诗人有表达自我的可能性和必要性。现代艺术中面临的难题，就是没有任何一个真正的个人能够说自己具有普遍性，只要一个人试图表达某些具有普遍意义的东西，就会显得滑稽，而且具有讽刺意味。艾略特通过对个人的压抑来处理这一难题，因此在他的诗中多是"无名的感情"，而且没有任何一种感情与一个特定的历史环境相关。不能说诗中有任何的感情表达，而是让读者断断续续地感受到这一切。

（杰姆逊：《后现代主义与文化理论》，唐小兵译，北京大学出版社，1997）

《荒原》采用了多声部的叙述方式，而在多声部叙述方式的背后确有一个原型说话者，这位原型说话者是一位身体遭遇到了麻烦的口技表演者——鱼王，他通过戏剧化处理后的众多声音，对众多的身体故事进行述说，其后果是《荒原》的主体说话者既是具体的，又是游离不定的。艾略特从来就不喜欢就事论事，"非个人化"创作原则使他能够将圣杯传奇中鱼王的身体事件上升到抽象的高度，对身体所蕴含的人类学意义、个体生命意义和时代意义进行高度概括，并将这种普遍意义折射到单个人物身上，最大程度地实现了诗人所追求的"非个人化"诗学理想。

（王祖友等：《美国文学评论案例》，外语教学与研究出版社，2011）

七、讨论习题

神话原型是西方现当代文学作品中常常运用的艺术手法，请思考还有哪些作品运用了神话原型。

本节课件　　本节视频

第三节　福克纳《喧哗与骚动》

一、作品导读

威廉·福克纳（1897—1962）是美国现代重要的、具有影响力的小说家之一，他也是美国"南方文艺复兴"的中坚力量，意识流小说代表作家。

1897 年，福克纳出生于美国密西西比州北部一个庄园主后代的家庭里。福克纳一生共创作了 19 部长篇小说、70 余篇中短篇小说，其绝大多数小说故事都发生在他以自己的家乡为地理原型而虚构出来的约克纳帕塔法。因此，福克纳的小说被称为"约克纳帕塔法世系小说"。"约克纳帕塔法世系小说"讲述了该县杰弗逊镇及其周边农村几个大家庭的荣辱兴衰，世系中有名有姓的人物约 600 人，包括 100 多位黑人和印第安人，时间从 1800 年到第二次世界大战之后。这些人物在不同长篇小说与短篇小说中穿插交替出现，把一个个原本独立的故事编织成一个有机的整体。福克纳认为，"不仅是每一本书必须有构思，一个作家的总的产品或者作品也必须有一个总的规划"。通过"约克纳帕塔法"这一精心建构的微观世界，福克纳历史地展现了一个多世纪以来美国南方的社会变迁和各阶层人物命运的沉浮，艺术地实现了南方区域性与人类普遍性的完美融合，体现了南方文化。福克纳通过精心编织的家族史展现了一个世纪以来美国南方的精神风貌和社会变迁，不仅具有浓厚的乡土气息，更具有宏大的史诗风格。

福克纳的代表作有《我弥留之际》《八月之光》《押沙龙，押沙龙！》等。小说《我弥留之际》主要描述了本德仑一家人为了完成女主人艾迪死后将其尸体运回老家的遗愿，历经大火和洪水的考验，持续 10 余天长途跋涉，最终达成心愿的一次苦难的送葬之旅。《八月之光》则深入触及种族问题。小说采用现实主义与象征主义相结合的手法描述了主人公追寻身份的过程和最终悲剧的命运，表达了作家对种族主义制度的控诉。《押沙龙，押沙龙！》是福克纳小说中具有史诗结构和古典悲剧氛围的长篇力作。这部小说深入探讨了萨德本家族最终衰落和覆灭的根本原因。

《喧哗与骚动》是福克纳的长篇小说代表作，也是欧美意识流文学的主要代表作之一。书名的典故出自莎士比亚悲剧《麦克白》第 5 幕第 5 场麦克白的经典台词："人生如痴人说梦，充满着喧哗与骚动，却没有任何意义。"小说叙述康普生家族的没落以及家庭中的故事。康普生家族有辉煌的历史，如今已走向没落。康普生先生整日借酒消愁，康普生太太精神抑郁，冷酷自私。他们的女儿凯蒂以及三个儿子班吉、昆丁、杰生在无爱的家庭中长大，每个人都有不同的精神状态和各自的不幸。小说描写了一幅南方传统家庭没落的图景。小说共分四个部分展开叙事，分别用时间日期来做标题，由四个人物的意识流和一个尾声组成。这四个人分别是康普生家的长子昆丁、次子杰生、小儿子班吉以及女佣迪尔西。讲述的故事主线是以凯蒂失身为核心，但在整部小说中，女主角凯蒂却几乎都没有正面出场过。四个讲述者从不同的角度进行讲述，读者由此得出一个家族衰落的故事全貌。小说强调心理描写和刻画，是意识流小说的典范之作，在艺术手法上很值得称道。

1949 年，福克纳获得了诺贝尔文学奖。

二、作品节选

1928 年 4 月 7 日

透过栅栏，穿过攀绕的花枝的空当，我看见他们在打球。他们朝插着小旗的地方走过来，我顺着栅栏朝前走。勒斯特在那棵开花的树旁草地里找东西。他们把小旗拔出来，打球了。接着他们又把小旗插回去，来到高地上，这人打了一下，另外那人也打了一下。他们接着朝前走，我也顺着栅栏朝前走。勒斯特离开了那棵开花的树，我们沿着栅栏一起走，这时候他们站住了，我们也站住了。我透过栅栏张望，勒斯特在草丛里找东西。

"球在这儿，开弟。"那人打了一下。他们穿过草地往远处走去。我贴紧栅栏，瞧着他们走开。

"听听，你哼哼得多难听，"勒斯特说，"也真有你的，都三十三了，还这副样子。我还老远到镇上去给你买来了生日蛋糕呢。别哼哼唧唧了。你就不能帮我找找那只两毛五的镚子儿，好让我今儿晚上去看演出。"

他们过好半天才打一下球，球在草场上飞过去。我顺着栅栏走回到小旗附近去。小旗在耀眼的绿草和树木间飘荡。

"过来呀，"勒斯特说，"那边咱们找过了。他们一时半刻间不会再过来的。咱们上小河沟那边去找，再晚就要让那帮黑小子捡去了。"

小旗红红的，在草地上呼呼地飘着。这时有一只小鸟斜飞下来停歇在上面。勒斯特扔了块土过去。小旗在耀眼的绿草和树木间飘荡。我紧紧地贴着栅栏。

"快别哼哼了，"勒斯特说，"他们不上这边来，我也没法让他们过来呀，是不是。你要是还不住口，姥姥，就不给你做生日了。你还不住口，知道我会怎么样。我要把那只蛋糕全都吃掉。连蜡烛也吃掉。把三十三根蜡烛全都吃下去。来呀，咱们上小河沟那边去。我得找到那只镚子儿。没准还能找到一只掉在那儿的球呢。哟，他们在那儿，挺远的，瞧见没有？"他来到栅栏边，伸直了胳膊指着。"看见他们了吧？他们不会再回来了，来吧。"

我们顺着栅栏，走到花园的栅栏旁，我们的影子落在栅栏上，"等一等，"勒斯特说，"你又挂在钉子上了，你就不能好好地钻过去不让衣服挂在钉子上吗？"

凯蒂把我的衣服从钉子上解下来，我们钻了过去。凯蒂说："毛莱舅舅关照了，不要让任何人看见我们，咱们还是猫着腰吧。猫腰呀，班吉，像这样，懂吗？"我们猫下了腰，穿过花园，花儿刮着我们，沙沙直响。地绷绷硬。我们又从栅栏上翻过去，几只猪在那儿嗅着闻着，发出了哼哼声。凯蒂说："我猜它们准是在伤心，因为它们的一个伙伴今儿个给宰了。"地绷绷硬，是给翻掘过的，有一大块一大块土疙瘩。

"把手插在兜里，"凯蒂说，"不然会冻坏的。快过圣诞节了，你不想让你的手冻坏吧，是吗？"

"外面太冷了，"威尔许说，"你不要出去了吧。"

"这又怎么的啦。"母亲说。

"他想到外面去呢。"威尔许说。

"让他出去吧。"毛莱舅舅说。

"天气太冷了。"母亲说，"他还是待在家里得了。班吉明。好了，别哼哼了。"

"对他不会有害处的。"毛莱舅舅说。

"喂，班吉明，"母亲说，"你要是不乖，那只好让你到厨房去了。"

"妈咪说今儿个别让他上厨房去，"威尔许说，"她说她要把那么些过节吃的东西都做出来。"

"让他出去吧，卡罗琳，"毛莱舅舅说，"你为他操心太多了，自己会生病的。"

"我知道，"母亲说，"有时候我想，这准是老天对我的一种惩罚。"

"我明白，我明白，"毛莱舅舅说，"你得好好保重。我给你调一杯热酒吧。"

"喝了只会让我觉得更加难受，"母亲说，"这你不知道吗？"

"你会觉得好一些的，"毛莱舅舅说，"给他穿戴得严实些，小子，出去的时间可别太长了。"

毛莱舅舅走开去了。威尔许也走开了。

"别吵了好不好，"母亲说。"我们还巴不得你快点出去呢。我只是不想让你害病。"

威尔许给我穿上套鞋和大衣，我们拿了我的帽子就出去了。毛莱舅舅在饭厅里，正在把酒瓶放回到酒柜里去。

"让他在外面待半个小时，小子，"毛莱舅舅说，"就让他在院子里玩得了。"

"是的，您哪，"威尔许说，"我们从来不让他到外面街上去。"

我们走出门口。阳光很冷，也很耀眼。

"你上哪儿去啊？"威尔许说，"你不见得以为是到镇上去吧，是不是啊。"我们走在沙沙响的落叶上。铁院门冷冰冰的。"你最好把手插在兜里。"威尔许说，"你的手捏在门上会冻坏的，那你怎么办？你干吗不待在屋子里等他们呢？"他把我的手塞到我口袋里去。我能听见他踩在落叶上的沙沙声。我能闻到冷的气味。铁门是冷冰冰的。

"这儿有几个山核桃。好哎。蹿到那棵树上去了。瞧呀，这儿有一只松鼠，班吉。"

我已经一点也不觉得铁门冷了，不过我还能闻到耀眼的冷的气味。

"你还是把手插回到兜里去吧。"

凯蒂在走来了。接着她跑起来了，她的书包在背后一跳一跳的，晃到这边又晃到那边。

"嗨，班吉。"凯蒂说。她打开铁门走进来，就弯下身子。凯蒂身上有一股树叶的香气。"你是来接我的吧，"她说。"你是来等凯蒂的吧。你怎么让他两只手冻成这样，威尔许。"

"我是叫他把手放在兜里的，"威尔许说，"他喜欢抓住铁门。"

"你是来接凯蒂的吧，"她说，一边搓着我的手。"什么事。你想告诉凯蒂什么呀？"凯蒂有一股树的香味，当她说我们这就要睡着了的时候，她也有这种香味。

"你哼哼唧唧的干什么呀？"勒斯特说，"等我们到小河沟你还可以看他们的嘛。哪。给你一根吉姆生草。"他把花递给我。我们穿过栅栏，来到空地上。

"什么呀？"凯蒂说，"你想跟凯蒂说什么呀？是他们叫他出来的吗，威尔许？"

"没法把他圈在屋里，"威尔许说，"他老是闹个没完，他们只好让他出来。他一出来就直奔这儿，朝院门外面张望。"

"你要说什么呀？"凯蒂说，"你以为我放学回来就是过圣诞节了吗？你是这样想的吧。圣诞节是后天。圣诞老公公，班吉。圣诞老公公。来吧，咱们跑回家去暖和暖和。"她拉住我的手，我们穿过了亮晃晃、沙沙响的树叶。我们跑上台阶，离开亮亮的寒冷，走进黑黑的寒冷。毛莱舅舅正把瓶子放回到酒柜里去。他喊凯蒂。凯蒂说："把他带到炉火跟前去，威尔许。跟威尔许去吧。"她说："我一会儿就来。"

我们来到炉火那儿。母亲说："他冷不冷，威尔许？"

"一点不冷，太太。"威尔许说。

"给他把大衣和套鞋脱了，"母亲说，"我还得跟你说多少遍，别让他穿着套鞋走到房间里来。"

"是的，太太，"威尔许说，"好，别动了。"他给我脱下套鞋，又来解我的大衣纽扣。凯蒂说："等一等，威尔许。妈妈，能让他再出去一趟吗？我想让他陪我去。"

"你还是让他留在这儿得了，"毛莱舅舅说，"他今天出去得够多的了。"

"依我说，你们俩最好都待在家里，"母亲说，"迪尔西说，天越来越冷了"。

"哦，妈妈。"凯蒂说。

"瞎说八道，"毛莱舅舅说，"她在学校里关了一整天了。她需要新鲜空气。快走吧，凯丹斯。"

"让他也去吧，妈妈，"凯蒂说，"求求您。您知道他会哭的。"

"那你干吗当他的面提这件事呢？"母亲说，"你干吗进这屋里来呢。就是要给他个由头，让他再来跟我纠缠不清。你今天在外面待的时间够多的了。我看你最好还是坐下来陪他玩一会儿吧。"

"让他们去吧，卡罗琳，"毛莱舅舅说，"挨点儿冷对他们也没什么害处。记住了，你自己可别累倒了。"

"我知道，"母亲说，"没有人知道我多么怕过圣诞节。没有人知道。我可不是那种精力旺盛能吃苦耐劳的女人。为了杰生和孩子们，我真希望我身体能结实些。""你一定要多加保重，别为他们的事操劳过度。"毛莱舅舅说，"快走吧，你们俩。只是别在外面待太久了，听见了吗？你妈要担心的。"

"是咧，您哪，"凯蒂说，"来吧，班吉。咱们又要出去啰。"她给我把大衣扣子扣好，我们朝门口走去。

"你不给小宝贝穿上套鞋就带他出去吗？"母亲说，"家里乱哄哄人正多的时候，你还想让他得病吗？"

"我忘了，"凯蒂说，"我以为他是穿着的呢。"

我们又走回来。"你得多动动脑子。"母亲说。"别动了。"威尔许说。他给我穿上套鞋。"不定哪一天我就要离开人世了，就得由你们来替他操心了。"

"现在顿顿脚，"威尔许说，"过来跟妈妈亲一亲，班吉明。"

凯蒂把我拉到母亲的椅子前面去，母亲双手捧住我的脸，接着把我搂进怀里。

"我可怜的宝贝儿。"她说。她放开我。"你和威尔许好好照顾他，乖妞儿。"

"是的，您哪。"凯蒂说。我们走出去。凯蒂说："你不用去了，威尔许。我来管他一会儿吧。"

"好咧，"威尔许说，"这么冷，出去是没啥意思。"他走开去了，我们在门厅里停住脚步，凯蒂跪下来，用两只胳膊搂住我，把她那张发亮的冻脸贴在我的脸颊上。她有一股树的香味。

"你不是可怜的宝贝儿。是不是啊。是不是啊。你有你的凯蒂呢。你不是有你的凯蒂姐吗？"

"你又是嘟哝，又是哼哼，就不能停一会儿吗？"勒斯特说，"你吵个没完，害不害臊？"我们经过车房，马车停在那里。马车新换了一只车轱辘。

"现在，你坐到车上去吧，安安静静地坐着，等你妈出来。"迪尔西说。她把我推上车去。T. P. 拉着缰绳。"我说，我真不明白杰生干吗不去买一辆新的轻便马车。"迪尔西说，"这辆破车迟早会让你们坐着坐着就散了架。瞧瞧这些破轱辘。"

母亲走出来了，她边走边把面纱放下来。她拿着几枝花儿。

"罗斯库司在哪儿啦？"她说。

"罗斯库司今儿个胳膊举不起来了，"迪尔西说，"T. P. 也能赶车，没事儿。"

"我可有点担心，"母亲说，"依我说，你们一星期一次派个人给我赶赶车也应该是办得到的。我的要求不算高嘛，老天爷知道。"

（威廉·福克纳：《喧哗与骚动》，李文俊译，重庆大学出版社，2015）

三、新文科阅读

我相信人类不但会苟且地生存下去，他们还能蓬勃发展。人是不朽的，并非因为在生物中惟有他留有绵延不绝的声音，而是因为人有灵魂，有能够怜悯、牺牲和耐劳的精神。诗人和作家的职责就是在于写出这些东西。他的特殊的光荣就是振奋人心，提醒人们记住勇气、荣誉、希望、自豪、同情、怜悯之心和牺牲精神，这些是人类昔日的荣耀。为此人将永垂不朽。诗人的声音不必仅仅是人的记录，它可以是一根支柱，一根栋梁，使人永垂不朽，流芳于世。

（威廉·福克纳：《在接受诺贝尔文学奖时的演说》，载李文俊选编《福克纳评论集》，

中国社会科学出版社，1980）

四、问题研究

1. "南方文艺复兴"

20世纪上半叶，美国南方出现了一大批杰出的作家和学者，一时间南方文学呈现出前所未有的繁荣景象，史称"南方文艺复兴"。这一时期的南方作家在创作上呈现出某些共性：对家乡的深厚情感，对南方没落的无比沉痛，在种族问题上的愧疚感与对资本主义文明的排斥情绪。除此之外，这些作家在艺术手法上也进行了不同程度的探索和创新，可以说，"南方文艺复兴"是美国南方文学传统和现代主义潮流相结合的产物，其中最杰出的代表作家就是威廉·福克纳。福克纳生平共著有19部长篇小说与近百篇短篇小说，其中15部长篇小说与大部分短篇小说都发生在位于美国南方密西西比州北部的约克纳帕塔法县，其他4部长篇小说的背景也大多发生在美国南部。

2. 小说的意识流技巧

小说运用意识流手法，出色地展示了人物复杂而富于变化的丰富内心世界，注重描写人物心理活动，自由联想以及人物的潜意识、梦境等。《喧哗与骚动》最令人称道之处就是运用意识流手法表现人物的内心世界，凯蒂的形象就是通过兄弟三人的意识流呈现出来的。班吉只有3岁孩子的智力，分不清现在和过去，他的意识流是受到外界事物刺激后下意识的点点回忆，作家

用零碎、混乱、简单而感性的文字表现这个人物的意识流。昆丁受过高等教育，他的内心独白带有思辨色彩，自杀前的他完全沉浸在自己的内心世界之中，意识活动杂乱而迅速。杰生是一个典型的实利主义者，即便处在极度的焦躁和狂怒中，他的意识流仍然清晰而犀利的，始终把批判的矛头指向他人。3 个叙述者的思绪跳跃幅度都很大，场景变化如万花筒般繁复杂乱。

3. 《喧哗与骚动》与"约克纳帕塔法世系"

福克纳以家乡为原型，虚构了以约克纳帕塔法县为中心的文学世界。根据他的解释，"约克纳帕塔法"这个名字源于印第安语，意思是"河水慢慢流过平坦的土地"。该世系以《喧哗与骚动》《我弥留之际》《圣殿》《八月之光》《押沙龙，押沙龙!》等长篇小说为核心，涵盖了杰斐逊镇、郊区、周边的种植园和森林，叙写了 5 个家族和 600 多个有名有姓的人物的故事，众多人物在各部小说里交替出现，相互关联，从而成为庞大的体系，《喧哗与骚动》小说是该体系比较成功的作品之一。

五、延伸思考

1. 《喧哗与骚动》的多重叙事

可参考：《喧哗与骚动》的多重叙事是指小说由 4 个叙述角度来讲述一个故事。讲述者不同，可以看出班吉纯真懵懂，昆丁高傲孤独，杰生冷漠自私，迪尔西顽强、睿智而仁爱，4 个不同叙述者的讲述互为补充，得出故事全貌。最后反思出康普生家族之所以分崩离析，是因为爱的缺乏。

如第一章班吉的叙述。班吉 33 岁只有 3 岁小孩儿的智力，因此可以说是"白痴"的叙述。作者福克纳说，"我先从一个白痴的孩子的角度来讲这个故事，因为我觉得这个故事由一个只知其然而不知所以然的人讲出来可以更加动人"。通过班吉的意识流，福克纳让读者对康普生一家发生的事情有了一个大致的了解。班吉的讲述纯真带有缺陷。他的讲述呈现出康普生家最客观的一面。

就凯蒂失去贞节一事，在这部分的描述是"凯蒂走进房间，背靠着墙站着，眼睛看着我。我边哭边向她走去，她往墙上退缩，我看见她的眼睛，于是我哭得更厉害了，我还拽住了她的衣裙。她伸出双手，可是我拽住了她的衣裙。她的泪水流了下来"。

第二个出场人物是昆丁。这部分写投水自尽的一天的意识，通过昆丁的见闻、回忆、思考来写凯蒂的堕落以及他与凯蒂之间的暧昧关系。昆丁个性软弱、多愁善感，作为日益没落的南方文化的继承者，他执着于南方的旧传统和清教的贞洁观，一方面，无法正视资本主义工商业冲击下南方传统的日益沦丧；另一方面，也无法接受他所珍爱的妹妹凯蒂的堕落，最终在绝望中自杀。

第三个出场人物是次子杰生，写康普生家当前的颓败场景。杰生自私贪婪、冷酷无情，是一个虐待狂。他努力摆脱旧文化的影响，试图在资本主义工商界占据一席之地。他仇视凯蒂及其私生女小昆丁，侵吞凯蒂寄来的钱，虐待小昆丁。作为纯粹的金钱至上主义者，他背弃了南方传统的道德观念，完全为资产阶级金钱观所俘虏。

最后一部分中，作者的全知视角主要描述黑仆迪尔西以及之后康普生家的境况。这一部分塑造了一个勤劳、善良并且虔诚的用人形象。康普生太太常年多病，几个孩子几乎都是迪尔西带大的。迪尔西是仁慈的。她无微不至地照顾主人家几个孩子，康普生家渐渐走向衰败，唯一不变的只有老仆人高尚的心灵。

2. 象征和隐喻的手法

可参考：象征和隐喻的手法在这部小说中也运用得非常出色，在《喧哗与骚动》中，一、三、四章的标题为1928年4月6日至8日，这三天恰好是基督受难日到复活节。《新约·路加福音》中的耶稣受难日，与耶稣同钉十字架的一个犯人被耶稣感化，说：我们是应该的，因我们所受的，与我们所做的相称。耶稣对他说，"今日你要同我在乐园里了"。康普生家族走向没落只能是自作自受，信仰的缺失让康普生家族的后代子孙在堕落的道路上越走越远，对此上帝已然做出了公正的判决。最后一章故事发生的这一天是复活节，迪尔西仿佛行走在大地上的耶稣，焕发着人性的光辉和救赎的希望，她引用《圣经》中的话，说："我看见了始，我看见了终。"

六、资料参考

《喧哗与骚动》不直接写历史而又成功地表现出丰富的历史感，是来自作品中的碎片化与完整性的对立、转换与统一的结构与叙事手法。对人物间的"意向性"关系与潜意识层面的开掘，双重地决定了作为不充分主体的人物心理与话语的破碎；而心理"碎片"的聚集、单元间的结构关联、人物"意向性"关系的双向建构功能等又形成了人物形象的完整性。而所有人物的共通性，最终指向了家庭的共同困境以及南方社会被瓦解的那段阵痛的历史。历史感的本质内容，是社会急遽变化时期文明与文化的冲突。

美国文学在很长一段时间里一直显得缺乏历史意识，作家们关注的常常是社会的高速发展带给人物的升迁与发迹，也就是所谓的美国梦。在某种意义上，福克纳提携了整个美国文学，因为他写出了年轻美国的沧桑，使它可以与有着悠久历史的欧洲、古老的东方竞比历史，当然不是在年代久远上竞比皱纹与老垢，而是竞比一种历史的意识与情怀。《喧哗与骚动》是福克纳关于约克纳帕塔法的系列小说中最重要的一块基石。"当福克纳被一群密西西比的学生问及他的哪一部小说最好时，他回答说《我弥留之际》更容易也更有趣，而《喧哗与骚动》仍然持续地感动着我"。《喧哗与骚动》是福克纳历史意识的形象图式，欧文·豪说过，它"记录着一个家族的衰落与一个社会的消亡。这里，不是在别的地方而是在作品中，福克纳从一种历史的透视来对待约克纳帕塔法，但是几乎没有真正讲述或表现历史"。他又说："或许关于这部著名的小说的最显著的事实，是从严格地限定于一个单个家庭的故事中所产生出来的丰富的历史感。"这种不直接写历史又表现出强烈历史感的创意是十分独特的，福克纳通过人物心理的"破碎"来打碎历史，复再将其连贯、结构，以印象式的风格，呈现出人物形象的完整性及其所蕴涵的历史感。

（易晓明：《碎片化与整体性——〈喧哗与骚动〉的历史感之建构》，《外国文学评论》

2003 年第 1 期）

美国评论家康拉德·艾肯对此曾赞叹道："这本小说有坚实的四个乐章的交响曲结构，也许要算是福克纳全部作品中制作得最为精美的一部，是一本詹姆斯喜欢称为'创作艺术'的毋庸置疑的杰作。错综复杂的结构衔接得天衣无缝，这是小说家奉为圭臬的小说——它本身就是一部完整的创作技巧的教科书……"

（李文俊：《福克纳的神话》，上海译文出版社，2008）

每一个情节，刚被抓住，又引起其他情节——事实上，所有其他情节都是跟这一情节相联系的。什么事也不发生；不是故事在发展，而是我们在每一个字背后发现故事的存在，随着情景的不同而以不同的强度使人喘不过气，使人憎恶。如果认为这些反常情况仅是写作技术上的小手法，那就错了；小说家的美学观点总是要我们追溯到他的哲学上去。批评家的任务就是要在评价他的写作方法之前找出作者的哲学。显然，福克纳的哲学是时间的哲学。

（《福克纳评论集》，李文俊选编，中国社会科学出版社，1980）

我认为不应该把福克纳的作品看作南方与北方的对立，而应是写我们这个现代世界所共同的问题，这一点很重要。这传奇不仅是南方的传奇，而且也是我们大家问题和苦难的传奇。

（《福克纳评论集》，李文俊选编，中国社会科学出版社，1980）

请注意：又是一个讲述者。福克纳没有说：我决心像前辈那样，从自己的观点出发来从事写作。他在先锋派那儿兜了个圈子以后返回来，像从森林里钻出来的人一样，完全相信他是在前进。对于他来说，每一个作家都是力能胜任的"讲述者"。但是这对于读者来说，则具有完全不同的意义。因为这时给他讲故事的不是白痴班吉，也不是忧郁的愤世者昆丁，而是一个有才智的人，他知道如何去接触生活的本质，并且能从单一根源上去了解杰生、班吉和昆丁以及别的任何一个他想了解的人。

（《福克纳评论集》，李文俊选编，中国社会科学出版社，1980）

七、讨论习题

福克纳的哪些小说也有多重叙事的特点？

本节课件　　本节视频

第四节　卡夫卡《城堡》

一、作品导读

　　弗兰兹·卡夫卡（1883—1924），表现主义小说的重要代表作家，现代主义文学奠基人。英国诗人奥登说："他对我们至关重要，因为他的困境就是现代人的困境。"卡夫卡自己说："巴尔扎克的手杖柄上写着：我击碎一切障碍。我的手杖柄上写着：一切障碍将我击碎。"我们知道巴尔扎克的《人间喜剧》充满着征服的欲望，巴尔扎克毫无疑问以强者形象立于 19 世纪现实主义作家当中，而卡夫卡是一个典型的弱者天才，性格内敛羞怯，内心敏感，意图烧毁全部手稿，塑造的小说角色充满无力感。

　　卡夫卡出生于奥匈帝国统治下的布拉格的一个犹太家庭，德国评论家龚特尔·安德尔对卡夫卡有如下一段描述："作为犹太人，他在基督徒中不是自己人；作为不入帮会的犹太人，他在犹太人中不是自己人；作为说德语的人，他在捷克人当中不是自己人；作为波西米亚人，他也不完全属于奥地利人。作为劳工工伤保险公司的职员，他不完全属于资产阶级；作为资产者的儿子，他又不完全属于劳动者；但他也不是公务员，因为他觉得自己是个作家；而就作家来说，他也不是，因为他把精力常常花在家庭方面；但是在自己家里，他比陌生人还要陌生。"无所归属的卡夫卡通过书写建构起谜一样的世界，就像他自己谈到过的："我写的和我说的不同，我说的和我想的不同，我想的和我应该想的不同，如此下去，则是无底的黑洞。"后面要重点解读的《城堡》就充满着不确定性。

　　《城堡》中的土地测量员 K，在雪夜来到一个陌生的村子，开始他走向城堡的探索之旅，而城堡是一个无形的存在。K 走在村子里弯弯曲曲的道路上就像走在迷宫里一样，通往城堡的路被悬隔起来。

　　K 这个人物的行动既具体又抽象，令人心酸又让人肃然起敬。K 至少从两种传统里走出来：一是西方文学从《荷马史诗》就开始书写的追寻传统，这个序列包括《奥德修纪》里的奥德修斯、《神曲》里的人物但丁、《浮士德》里的浮士德、《鲁滨孙漂流记》里的鲁滨孙、《静静的顿河》里的格里高利等；

二是小人物传统，在文学重心不断下移的过程中，形态各异的小人物在小说中大放异彩。《城堡》虽然没有结尾，但在我们能读到的篇幅里 K 无疑是一个裹挟着悲剧色彩的小人物，同时又是一个认真坚定的追寻者。

小说中笼罩着浓郁的神秘感，同时又充满荒诞意味。神秘感主要源自限制性人物视角，荒诞意味则出自小说叙述对日常生活场景和普通人的深入探索。

二、作品节选

K 到达时，已经入夜了。村子被厚厚的积雪覆盖着。城堡山连影子也不见，浓雾和黑暗包围着它，也没有丝毫光亮让人能约略猜出那巨大城堡的方位。K 久久伫立在从大路通往村子的木桥上，举目凝视着眼前似乎是空荡荡的一片。

然后他去找过夜的地方；酒店里人们还都没有睡，店老板虽然无房出租，但在对这位晚客的突然到来感到极度惊讶和惶乱之余，还是愿意让他在店堂里一个装稻草的口袋上睡觉，K 也同意这一安排。有几个农民还在喝啤酒，但他无意同任何人交谈，便自己去阁楼上把草袋搬下来，在炉子附近躺下了。屋里很暖和，那几个农民说话声音很低，他用困倦的双眼打量了他们一番便倒头睡去。

然而没有多久他便被吵醒了。这时只见一个城里人装束、长着一副演员似的面孔、浓眉细眼的年轻人同店老板一起站在他身边。那些农民也都还没有走，其中几个把椅子转过来对着他们，以便看得更清、听得更真些。年轻人为吵醒了 K 而十分客气地向他道歉，自我介绍说是城堡主事的儿子，然后说道："这村子是城堡的产业，凡是在这里居住或过夜的，从某种意义上讲也算是在城堡居住或过夜，没有伯爵大人的许可，谁也不能在此居留。可是您并没有得到这样的许可，至少您并没有出示这样的证明嘛。"

K 半坐起身子，捋了捋头发，仰头看着众人说道："我迷了路，这是摸到哪个村子来了？这里是有一座城堡吗？"

"那还用问，"年轻人慢条斯理地说。这时店堂各处都有人大惑不解地冲着 K 摇头。"这里是伯爵大人威斯特威斯的城堡。"

"一定要得到许可才能在这儿过夜吗？"K 问道，似乎想弄清刚才他听到的那些话是不是在做梦。

答话是："是必须得到许可才行。"紧接着这个年轻人伸出胳臂，向店老板和酒客们问道："难道竟有什么人可以不必得到许可吗?"那话音和神态里，包含着对 K 的强烈嘲笑。

"那么我只好现在去讨要许可了。"K 打着哈欠说，一面推开被子，似乎想站起来。

"向谁去讨要?"年轻人问。

"向伯爵大人，"K 答道，"恐怕没有什么别的法子了吧。"

"现在，半夜三更去向伯爵大人讨要许可?"年轻人叫道，后退了一步。

"这不行吗?"K 神色泰然地说，"那么您为什么叫醒我?"

这时年轻人憋不住火了。"真是死皮赖脸的流浪汉作风!"他喊叫起来，"伯爵衙门的尊严必须维护! 我叫醒您是想告诉您: 您必须立即离开伯爵领地!"

"好了，戏做够了吧。"K 用异常轻的声音说。接着又躺下去，拉过被子盖在身上。"年轻人，您太过分了点，我明天还要再考虑考虑您今天的表现的。如果一定要见证的话，酒店老板和这里的各位先生就可以作证。现在请您听清楚: 我是伯爵招聘来的土地测量员，明天我的几个助手就要带着各种器件乘车随后跟来。我因为不想失这个踏雪觅途的好机会，所以步行前来，可惜几次迷路，才到得这样晚。现在到城堡去报到时间已经太迟，这一点我自己很清楚，用不着您来赐教。正因为这样我才勉强在这草袋上凑合过夜，而您竟然——客气点说吧——举止失礼，打搅我休息。好了，我的话说完了，晚安，诸位先生!"说到这里 K 翻了一个身，转向炉子去了。"土地测量员?"他听见背后有人将信将疑地问，过后又无人作声。然而不久那位年轻人便克制住自己，用压低了的——低到可以看作为了照顾 K 的睡眠——然而又大到能让他听清楚的声音对老板说道:"我现在就打电话去问一下。"怎么，在这个乡村小酒店里居然还有电话? 唔，设备还真够齐全的。这些事，一件一件地听来也使 K 感到惊奇，不过总起来却又在他的意料之中。他发现，电话差不多正好摆在他的头顶上方，刚才他睡眼惺忪，没有注意到。现在，如果年轻人一定要打电话，那么他无论如何不能不打搅 K 的睡眠，问题只在于 K 让不让他打这个电话。K 决定还是让他打。可是这样一来，在底下装睡便没有什么意思了，于是 K 又恢复了仰卧的姿势。他看见农民们怯怯地聚到一起，喊喊喳喳议论，看来土地测量员的到来不是一件小事。这时厨房的门早已打开，膀大腰圆的老板娘站在那里几乎把门框塞满，店老板踮着脚尖走到她跟前去告诉她刚才发生的一切。现在，电话接通，开始通话了，听得出，城堡主事已经就寝，然而一位副主事——为数不多的副主事当中某位名叫弗里茨的老爷——在那边接电话。年轻人自报姓名，说是叫施瓦尔策，接着便说他发现有一个名叫K的三十多岁的男子，衣冠不整，心安理得地在酒店里一个草袋上睡觉，这人枕着一个小得可怜的背囊，手边放着一根拐杖。他施瓦尔策自然觉得此人形迹可疑，而因为店主在这件事上显然失职，他施瓦尔策当然就责无旁贷地要过问此事，进行查询了。对于被叫醒盘问，对于他施瓦尔策按职责惯例作出的要将K逐出伯爵领地的警告，K的反应是很不耐烦，总之看起来火气不小，然而也许不无道理，因为他自称是伯爵大人聘来的土地测量员。在这种情况下，当然至少从例行手续上看有必要对他的话进行核实，因此，他施瓦尔策恳请弗里茨老爷在城堡总办公厅询问一下是否确有这样一位土地测量员应聘前来，并请将答复电话告知。

　　电话打完便安静下来，弗里茨在那边询问，这边在等着回话。K的神态一如既往，连头也不回，看样子一点也不急于知道结果如何，两眼茫然直视前方。施瓦尔策对事情的描述是一种不怀好意和谨小慎微的混合物，这番话给了K一种印象：城堡里连施瓦尔策这样的小人物也能很容易得到可说是外交手腕方面的训练。另外，看起来那里的人也决不偷懒；你看，总办公厅有人上夜班呢。而且显然很快就作出回答，因为这时弗里茨打电话来了。不过，好像这个回话太简短，因为施瓦尔策马上又气呼呼地把听筒挂上。"我早就说了嘛！"他大声叫道，"土地测量员，连影子也没有！这人真是个卑鄙的、信口雌黄的流浪汉，说不定还更坏呢！"此时K脑子里闪过一个念头，他想：所有的人，就是施瓦尔策、那个农民，还有店老板、老板娘和其他人，眼看就要向他猛扑过来。为了至少避一避这个凶猛的势头，他从头到脚，整个儿蜷缩到被窝里面去了。这时电话铃又响起来，而且，K觉得声音特别急促响亮。于是他又把头从被子里慢慢伸出来。虽然电话几乎不可能仍是涉及K的事情，但所有的人还是一下子突然肃静下来，施瓦尔策则回到电话机旁去。他站在那儿耐心地听完了一番较长的解释之后，低声说道："那么是弄错了？我实在是太难为情。办公室主任亲自打来了电话？真是怪事，真是怪事。我该怎么向土地测量员先生解释才好呢？"

（弗兰茨·卡夫卡：《城堡》，载叶廷芳主编《卡夫卡全集》第4卷，赵蓉恒译，河北
教育出版社，1996）

三、新文科阅读

弗丽达对 K 说："我多需要呆在你身边啊，打我认识你以来，我就没离开过你。"这种微妙的药物使我们爱上了毁灭我们的东西，使希望出现在一个没有出路的世界，这种突如其来的"飞跃"使一切为之改观，这就是存在主义革命的秘密，也是《城堡》固有的秘密。

很少艺术品像《城堡》那样在结尾处显得冷酷无情。K 被委派为城堡的土地测量员，于是来到了村庄。但村庄和城堡老死不相往来。K 从各个方面着手，固执地坚持寻找一条通道，他尝试了一切办法，施了小计，探了小路，从没生过气，而是怀着一种莫名其妙的信念，一心想去担任人家委派给他的职务。每一章都是一次挫折。但也是一次东山再起。这不是逻辑，而是坚韧不拔。正是以这种充分的执拗为基础，产生了作品的悲剧性。K 同城堡通电话，他听见一阵嘈杂的声音，模糊的笑声和遥远的呼唤声。这就足以维系他的希望了——正如出现在夏空的某种征兆，或如对我们具有生活意义的黄昏之约。我们在这里发现了卡夫卡的特殊哀愁的秘密。此外，我们还在普鲁斯特的作品中或者在普洛丁的景物中，碰见了同样的哀愁，即对于失去的乐园的眷恋。奥尔加说："巴纳巴斯早上说他要到城堡去，我听了很伤心。这说不定是条冤枉路。这说不定是白过的一天，这说不定是一场落空的希望。""说不定"——卡夫卡的全部作品也就是这个调调儿。但是，它无济于事；对永恒的追求在作品中是怯懦的。而这些生气勃勃的机械装置（卡夫卡的人物都是）却使我们想到，我们要是没有自己的消遣，完全蒙受神性事物的屈辱，将会变成什么样子。

……

我们至此濒于人类思维的边缘。是的，在这部作品中，一切都是真正地带本质性的。无论如何，它全面地提出了关于荒诞的问题。如果我们把这个结论同我们的导言比较一下。把内容同形式比较一下，把《城堡》的隐秘含义同它借以发展开来的自然无伪的艺术比较一下，把 K 的热情而骄傲的追求同它借以发生的平庸的侧景比较一下，我们就会懂得他的伟大在哪里了。因为，如果说憧憬是人性的标志，大概再没有别人曾经给这些苦恼的幽灵以那许多肉和血了。但是，我们同时理解到，荒诞的作品要求怎样一种奇特的伟大，一种这里也许根本不存在的伟大。如果艺术的特质在于把普遍同特殊结合起来，把一粒水珠的转瞬即逝的永恒同它的光影结合起来，那么按照他可以在这两个世界之间提出的距离来衡量荒诞作家的伟大，那就更正确了。他的秘密在于能够确定它们以其最大的不和谐相撞击的那一点。

坦白地说，纯洁的心灵到处都能找到人和非人性的这个几何学的位置。如果说《浮士德》和《堂吉诃德》是杰出的艺术创作，那么这不过是由于它们以其无限的人间双手给我们指出的那种无限的伟大罢了。但是，艺术品不再是悲惨的，而只是被认真对待的，这个时刻必将会到来。到那时人才谈得上有所希望。

[阿尔贝·加缪：《弗兰茨·卡夫卡作品中的希望和荒诞（1942）》，载叶廷芳编《论卡夫卡》，中国社会科学出版社，1988]

四、问题研究

1. 《城堡》的不确定性

1926 年卡夫卡的朋友布洛德违背他的遗愿，把《城堡》整理出版。《城堡》写于 1922 年，是卡夫卡最后一部长篇小说，和他的另外两部长篇小说《审判》《美国》一样，《城堡》也没有结尾。文本的未完成性和开放性构成了《城堡》的第一重不确定性。

K 作为《城堡》的主人公，只有一个抽象化的、符号化的称谓，而没有真正清晰的姓名。K 自称为城堡聘请的土地测量员，但城堡并不接受对 K 的聘请，因此直到我们读到的小说的最后，K 都没能进入城堡。K 的系列遭遇印证了人的存在的异化，K 的姓名、职业和身份的不确定性显示出现代主义小说重心的转移，形象塑造不再是小说的重要方面。K 的姓名的抽象、身份的模糊和命运的飘忽，共同构成了《城堡》的第二重不确定性。

下面我们从限制性叙述视角的设置上来看《城堡》的第三重不确定性。小说开篇这样写道："K 抵达村子的时候，已是深夜时分。村子陷在厚厚的白雪里。城堡屹立在山冈上，但在浓雾和阴沉沉的夜色笼罩下，不见山冈的一点儿影子，连能够显示出那里有座高大城堡的一丝儿灯光也没有。一座木桥从大路通向村子，K 久久地站在木桥上，仰望着虚无缥缈的天空。"这一段描述选取的是 K 的视角，也就是有限人物叙述角度，而且 K 是一个外来者，又是在深夜来到城堡附近的陌生的村子，他能展开的关于城堡的叙述就更加有限。虚无缥缈的不只是夜晚的天空，更是 K 所追寻的城堡。小说中对城堡的描述基本都是放在 K 的视角下展开，我们可以试着想一想：《城堡》的叙述者为什么要自限呢？K 自身的诸多不确定性因素和他的外来者身份，拉远了他和城堡的距离，也增加了小说解码的困难。叙述者只有严格限制于 K 的视角，才能最大程度写出城堡的神秘感。城堡的神秘感构成了小说《城堡》的第三重不确定性。

小说主人公 K 被聘用为土地测量员；K 追寻的目标——城堡；K 的助手，K 与弗丽达的关系；克拉姆；等等，诸多不确定性因素，构成了小说叙述的不确定。《城堡》的不确定性、荒诞性和复义性，很大程度上都源自有限人物叙述视角。

2. 充满不确定性的《城堡》有着丰富的阐释史

从社会学角度思考：城堡中官员们相互推诿，办事效率极低，城堡里的官员代表着崩溃前夕的奥匈帝国的官僚主义作风。《城堡》表现了晚期资本主义世界的异化、物化和非人化。K 的遭遇源自个人与异化了的外在世界之间的冲突。

从神学角度考察：一方面，"城堡"是神和神的恩典的象征，K 所追求的是最高的和绝对的拯救。布洛德认为城堡就是"上帝恩宠的象征"。另一方面，有评论者认为卡夫卡用城堡比喻"神"，K 的种种行径都是对既有秩序的反抗，以证明神是不存在的。本雅明反对从神学角度阐释《城堡》，他认为神学角度的阐释"忽视了上层世界令人厌恶而又令人恐惧的方方面面"。

从存在主义角度切入：城堡是荒诞世界的一种形式，是现代人的危机展示。萨特认为卡夫卡成功地揭示了世界的苦难的本质，表现了挣扎在生活的漩涡中的人类，对于希望和自由的无限渴望、追求以及这一追求的最后的幻灭。米兰·昆德拉认为卡夫卡的世界与任何人所经历的世界都不像，它是人的世界的一个极端的未实现的可能。他的小说让我们看见了我们是什么，我们能干什么。因此卡夫卡是一位存在的勘探者，就像土地测量员 K 一样。编纂《存在主义》一书的考夫曼指出，卡夫卡介于尼采和存在主义各家之间，描绘出了海德格尔的被"抛入"的世界、萨特的无神世界以及加缪的荒诞世界。

包括《城堡》在内的卡夫卡的多部作品，都引起了不同文学流派和理论流派的关注，存在主义关注卡夫卡追求自由存在的痛苦和孤独；荒诞派关注卡夫卡的"反英雄"以及对不可解的生活的恐惧；黑色幽默派关注卡夫卡作品中的灰暗色调和反讽意味；超现实主义关注卡夫卡做出的弗洛伊德式的心理分析和"超肉体感觉"；表现主义关注卡夫卡对"梦幻和直觉"的书写；马克思主义关注卡夫卡作品中所揭示的社会和阶级斗争的本质。

综上，《城堡》的不确定性主要包括：文本的未完成性，人物姓名的抽象、身份的模糊和命运的飘忽以及城堡的神秘感。"不确定性"既面向阐释空间的敞开，也召唤着现代主义文学的深度模式。弱者天才卡夫卡和他被围困的主人公都没有放弃孜孜不倦地"追寻"，这一点很令人感动。

五、延伸思考

结合《城堡》理解"卡夫卡式"的内涵

可参考："卡夫卡式"是对弱的力量的有力呈现。《城堡》中的K处于虚无缥缈的境地，流露出无奈、无助、孤独等消极感觉，但又孜孜不倦地向目标追寻着。"卡夫卡式"也带着象征意味，通过对具体人物的揭示写出"人类的普遍弱点"。（参考叶廷芳《现代文学之父——卡夫卡评传》中的相关论述。）

六、资料参考

恐惧感在卡夫卡的精神状态中占有突出的位置，他的书信、日记里写到的那种莫名的恐惧随处可见。他笔下的主人公往往感到无力掌握自己的命运，惶惶不可终日。《城堡》中的K惟恐天有不测风云，即使在夏天，也担心"会下雪"……

卡夫卡的人物都是"非英雄化"的，是现代主义作品中常见的那种"抛入世界"的"小人物"，一般都是正直、善良的劳动者，对社会黑暗有不平，有怨怒，但他们的致命弱点是屈辱退让，逆来顺受，对强者、对黑暗势力的袭击或欺凌缺乏自卫能力，因而在时代的风云激荡、社会上各阶级较量的时刻彷徨不前，拿不出行动的力量，听任命运的摆布而不敢"扼住命运的咽喉"（贝多芬语）。《地洞》中那个惶惶不可终日的主人公便是对这类人物心态的刻画。它说："我从未有过占领欲或进攻心，"但是，对于别人任何比较认真的进攻，"我都是无力抵御的"，所以一旦强者进逼，"就把我的贮藏品分些给他"。当然，在现实生活中，象这类胆小怕事但心地善良的人，也不失为较好的公民，若从正确的观点和角度去表现，也能塑造出多种性格和有意义的典型来。文艺作品不等于生活本身，它应该比实际生活具有更多的层次和色调；高明的作家既能进入"自我"，又能跳出"自我"，居高临下；既能作"点"的深入，也能作"面"的概括，驰骋自如。卡夫卡从"自我"出发的视角，固然能集聚强光把作者的视线带入"点"的深层，但它撇开了"面"的整体，也隔断了与整体的联系。这是卡夫卡的人物画廊与传统小说的人物画廊的显著区别之一。那些人物仿佛都以卡夫卡的"自我"为母题的各种"变奏"。卡夫卡对于自己的软弱性是深有认识的，他在笔记里写过这样箴言式的自白："在巴尔扎克的手杖柄上写着：我在摧毁一切障碍；在我的手杖柄上则写道：一切障碍都在摧毁我。共同的是'一切'。"而卡夫卡想通过自己的弱点写出所谓"人类的普遍弱点"也是自觉的。他写道："我知道，生活上要求于我的东西，我什么也没有带来，跟我与生俱来的是人类的普遍弱点。我用这种弱点……把我的时代的消极面有力地吸收进来。"

（叶廷芳：《现代文学之父——卡夫卡评传》，时代文艺出版社，2001）

　　我以为在《城堡》中这些辅助线不象在《诉讼》中那样可有可无，这些辅助线中的一条令人追溯到《诉讼》这部小说。两部作品的相似之处是显而易见的。其相似之处不单单在于两部作品的主人公（《诉讼》里的约瑟夫·K——《城堡》里的K）的名字相同。（这里应该提一笔，《城堡》一开始是用第一人称写的，后来作者本人对头几章作了修改，所有用"我"的地方都改用了K，以后的那些章节全部改成了这样的写法。）主要的是，《诉讼》里的主人公受到一个看不见的神秘莫测的当局的迫害，受到法庭的传讯，《城堡》里的主人公则同样受到一个这样的当局的摈弃。约瑟夫·K躲藏，逃跑——K强求，进攻。尽管方向相反，但基本情感是完全相同的。而《城堡》里的那些奇特的案卷，它那深不可测的官吏等级制度，它的变化无常，诡计多端，它那种要求别人对它无条件尊重，无条件服从的（而且完全是正当的）权利，这样的一个《城堡》意味着什么呢？这里不排斥作更为专门的解释的可能性，这些解释可能完全正确，但却全都包括在这个最广博的解释之中，就像一座中国木雕艺术品，其内壳包在外壳之中一样，——这座K未能进入，令人不解地连接近都未能真正接近的《城堡》正是神学家们称之为"仁慈"的那种东西，是上天对人的（即村子的）命运的安排，是偶然事件、神秘的决定、天赋与损害的效力，是不该得到和不可得到的东西，它超越于一切人的生命之上。在《诉讼》和《城堡》里，神的（在犹太神秘哲学意义上的）这两种表现形式——法庭和仁慈——恐怕就是这样来表现的吧。

K设法在城堡脚下的村里扎下根，以寻求与犹太的仁慈的联系，——他为在一定的生活圈子里谋得一个职位而奋斗，他想通过选定职业和结婚来巩固自己内心的信念，想作为"陌生人"，即从孤立的地位出发，作为一个与众不同的人去夺取那普通人简直不费吹灰之力垂手可得的东西。

（马克斯·勃罗德：《〈城堡〉第一版后记》，载叶廷芳主编《卡夫卡全集》第4卷附

录，河北教育出版社，1996）

《城堡》的一个引人注目的结构特色，是叙述所花的时间与叙述内容所包括的时间之间比例的变化。到第三章结尾，仅仅五十八页的篇幅，就几乎已经占去了叙述内容所包括时间的一半，其余的部分占了余下的十七章，篇幅多达三百零三页以上，或者说，占全书叙述所花的时间的六分之五。

叙述所花的时间与叙述内容所包括的时间之间比例的这种变化，其原因首先在于对话的运用。同"前半"部分相比，"后半"部分对话所占的叙述时间大大增多，而且有一部分对话也要长得多。这点在《城堡》后半部的头一章，即第四章中，已十分明显。除去开头，全章就是一个对话，即同老板娘的对话。下一章的绝大部分也是对话，即K和村长的交涉。接下去特长的对话有：K同老板娘的第二次长谈（第六章），K同汉斯的谈话（第十三章），K同奥尔珈的谈话（第十五章），仅这一次谈话就长达七十七页之多，以及第十八章同毕格尔的谈话。

随着长篇对话的增加，与前半部相比，阶段的数目在下降。"阶段"的意思是，"一个有头有尾的过程在叙述中形成的结构"。这样看，《城堡》的第一阶段就是K在晚间到达桥头客栈，第二阶段是第二天企图进城未果，第三阶段是在村中客栈休憩，以此类推。

这样，前半部，即全书第一个六分之一，就大约有十二个阶段，后半部约二十八个阶段，但如按前半部的划分，根据后半部的篇幅，它本来应有六

十多个阶段。

……

《城堡》后半部与前半部的区别，除掉我们已经谈到的叙述所花的时间与叙述内容所包括时间之间比例的变化以后，另一个区别就是阶段数的减少和特别长的对话的增多。

这一切都说明，主人公要做的事情愈来愈少，正是因为这样，主人公在后半部的行动和外部活动就大大减少了。

我们并不想仅仅指出结构上的特色，而是要窥探它的时间意义。

一眼就能看出，后半部在结构上重要的对话，已涉及到小说开始以前的往事。举例来说，K和村长的谈话使我们得知土地测量职业的来历（第五章），老板娘讲述了她与克拉姆曾经有过的关系（第六章），最后通过奥尔珈的叙述，K了解了巴纳巴斯一家的过去（第十五章）。

那些长篇对话，不仅因涉及到小说开始之前的时间范围而意义重要，而且因为有的指出了未来，这一未来已超越小说结尾的时间。例如，老板娘在第一次与主人公的长谈中说："克拉姆先生永远（！）不会跟他谈话。"另外，在第十三章中，汉斯认为K"在不可思议的遥远的未来……会出人头地"。还谈到了"遥远的未来简直是愚蠢的时代"。

在后半部的对话中出现不是现在的时间范围，这很值得重视，因为在头三章几乎没有谈到这些时间范围，而现在却看到小说以后的未来和小说之前的旧事在显著增加。

这种增加十分耐人寻味，因为它是同我们已经指出的阶段方面的变化相联系的，同K行动的相对减少，以及小说中眼前发生的事相对减少——至少对主人公而言是这样——，是联系在一起的。

因此，让我们把这一结果肯定下来，即非眼前的事在《城堡》中愈来愈多。

……

《诉讼》和《城堡》中极其虚幻的未来不仅是重要结构特征最后的根由，而且可以说是所有一切的最后根由。从它出发就可解释卡夫卡后期的长篇小说为什么都残缺不全，就是一个明证。因为未来通常是极其遥远的，所以象K这样的人在一部描写眼前事件的小说中就不可能达到目标。但由于这些长篇小说在很大程度上是按照K们的需要加以安排的，正如我们在对时间的分析中所指出的那样，因而主人公们"远离"目标也就意味着这些小说相距真正的结束还远得很。

[温弗里德·库楚斯：《卡夫卡的〈诉讼〉和〈城堡〉中叙述的方式与时间的演变（1964）》，载叶廷芳编《论卡夫卡》，中国社会科学出版社，1988]

七、习题讨论

　　但丁的《神曲》、歌德的《浮士德》、艾略特的《荒原》、卡夫卡的《城堡》《审判》《美国》，都是以"追寻"作为原型母题的作品。请试着对比各个时期的"追寻"母题作品，思考不同时期不同作家在表现这一问题时的差异性及原因。

本节课件　　本节视频

第五节　泰戈尔《吉檀迦利》

一、作品导读

　　罗宾德拉纳特·泰戈尔（1861—1941）是印度文学家，被誉为印度的诗哲和诗圣。1913 年，他凭借英文诗集《吉檀迦利》，获得了诺贝尔文学奖，是首位获得诺贝尔文学奖的亚洲人。1861 年，泰戈尔出生于印度加尔各答的婆罗门望族，他的家庭是当时孟加拉族知识界、文艺界的中心，在那里既有传统印度文化的熏陶，又有现代西方文化的气息。1878 年，泰戈尔前往英国，进入伦敦大学学习英国文学和西方音乐。1880 年，他返回印度，此后主要进行文学创作。1913 年，泰戈尔获诺贝尔文学奖。泰戈尔的诗歌创作经历了 6 个时期。1878—1890 年为初期，重要的诗集有《暮歌集》《晨歌集》等，《晨歌集》中《瀑布的觉醒》是一篇重要作品，诗中充满摆脱"自我"束缚后重新发现世界与生活之美的喜悦。泰戈尔重视精神世界的真实、人与"梵"合一的欢喜这一思想在这首诗中初现雏形。1891—1900 年为成熟期，主要诗集有《金色的船集》《缤纷集》《收获集》《微思集》《故事诗集》等，诗歌在原创性、艺术形式、情感的丰富和深奥的哲学思想之间达到了高度平衡。1900—1910年是泰戈尔诗歌创作的"渡口时期"，主要诗集有《祭品集》《怀念集》《渡口集》《献歌集》等，此时泰戈尔对神产生了怀疑并进行思考。1911—1915 年是泰戈尔诗歌创作中的"吉檀迦利时期"，主要的孟加拉语诗集有《歌之花环》《妙曲集》等，英语诗集《吉檀迦利》《园丁集》《新月集》等。《新月集》是一部儿童诗集，歌颂童真和母爱，表现诗人对理想的追求、对污浊现实的鄙弃，艺术上通俗优美，清新隽永，引人入胜。《园丁集》是歌颂人生和爱情的诗集，表现出诗人积极的人生追求和寻求出路而不得的苦闷。《园丁集》中诗歌描绘的爱情心理与场景细腻动人。

《飞鸟集》（1916）是格言短诗集。诗人把自己比作漂泊的飞鸟，把诗歌内容比作飞鸟寻找理想栖息地时长途飞行留下的足迹。《飞鸟集》中诗歌富于哲理性，表现出诗人追求理想的进取精神。《故事诗》（1900）中的作品取材于历史和民间传说，借古喻今，用动人的情节、优美而富于抒情色彩的语言表达反侵略反封建、歌颂人的崇高品质的主题，名篇有《被俘的英雄》《两亩地》等。因此，泰戈尔晚期的创作思想更加积极明朗，充满爱国反帝的激情和对人民的肯定。这个阶段他的主要创作成就是剧本和政治抒情诗。泰戈尔这个时期的剧本在艺术上别具一格，用象征艺术、浪漫主义的想象和诗意的、富于音乐美的语言表达反帝主题和爱国激情，名作有《摩克多塔拉》（1922）、《红夹竹桃》（1926）等。

泰戈尔这个时期的政治抒情诗现实色彩浓，格调明朗，有昂扬的反殖反帝激情、国际主义精神和对人民的礼赞，诗集有《非洲集》《边沿集》《生辰集》等。

泰戈尔从《缤纷集》开始对美、"内在的一"、"生命之神"、有限与无限等问题进行了思考。1916—1929 年是泰戈尔诗歌创作中的"鸿雁时期"，主要诗集有《鸿雁集》《普比尔集》《穆胡亚集》等。其诗歌从"吉檀迦利"时期关注神与精神世界，转而对人的生活和现实世界产生了巨大兴趣。1930—1941 年是泰戈尔诗歌创作的最后时期。他创作的几部诗集《边沿集》《新生集》《病榻集》《生辰集》（1941）是他创作生涯的另一个高峰。泰戈尔的短篇小说都取材于现实，构思巧妙，结构单纯，富于抒情色彩，内容和主题与

《故事诗》一致，其中批判封建婚姻和种姓制度、塑造受苦受难的年轻女子形象的作品最出色，名篇有《摩诃摩耶》《河边的台阶》等。

泰戈尔的中长篇小说有《小沙子》（1903）、《沉船》（1906）、《戈拉》（1910）、《家庭与世界》（1916）和《四个人》（1916）等，它们通过知识分子的生活与追求和女性的婚姻遭遇反映重大的社会问题，其中《戈拉》和《沉船》最为出色。《戈拉》是印度现实主义小说的代表作之一。小说主人公戈拉有强烈的反帝爱国思想，起初用全盘接受包括种姓制度等糟粕的印度教传统的方式来维护民族的自尊、抵抗殖民统治，但在生活的教育下最终放弃了宗教偏见，走上了为全印度人民谋福利的道路。小说尖锐揭露了宗教偏见的危害，阐释了作者对印度民族解放运动道路的看法，有重大的现实意义。艺术上，小说独具特色，抒情色彩浓，人物形象对比鲜明，富于论辩性的对话是塑造人物形象、表达思想的主要手段。

《吉檀迦利》是泰戈尔50岁时从自己已完成的孟加拉语作品中编选出来并翻译为英语的一部散文诗集，共103首。"吉檀"是"歌"的音译，"迦利"是"献"的音译，"吉檀迦利"联合起来就是"献歌"的意思，这表明这些诗歌都是献给神的。诗集分成六个部分。1至7首为序曲，述明写作缘由；8至36首为颂神曲，歌颂神的伟大；37首至55首为寻觅神，描述诗人对神的寻觅；56首至86首为欢乐曲，描述神人合一的欢乐；87首至100首是死亡与永恒，描述死亡使人走向永恒的人神合一；101首至103首为尾声，呼应全文，表达永远用诗歌膜拜和献给心目中的神。1912年，《吉檀迦利》在英国出版，《吉檀迦利》是献给神的诗，因为泰戈尔是一个泛神论者，所信奉的神并不是某一个具体的偶像，而是他的理想、希望和光明的化身。诗人通过对所渴望的达到"人神同一"的境界的描绘，敬仰神、赞颂神，不仅反映了他不断探索、追求人生理想，也表现了他的爱国主义精神。

二、作品节选

1

你已经使我永生，这样做是你的欢乐。这脆薄的杯儿，你不断地把它倒空，又不断地以新生命来充满。

这小小的苇笛，你携带着它逾山越谷，从笛管里吹出永新的音乐。

在你双手的不朽的安抚下，我的小小的心，消融在无边快乐之中，发出不可言说的词调。

你的无穷的赐予只倾入我小小的手里。时代过去了，你还在倾注，而我的手里还有余量待充满。

10

这是你的脚凳，你在最贫最贱最失所的人群中歇足。

我想向你鞠躬，我的敬礼不能达到你歇足地方的深处——那最贫最贱最失所的人群中。

你穿着破敝的衣服，在最贫最贱最失所的人群中行走，骄傲永远不能走近这个地方。

你和那最贫最贱最失所的人们当中没有朋友的人作伴，我的心永远找不到那个地方。

35

在那里，心是无畏的，头也抬得高昂；

在那里，知识是自由的；

在那里，世界还没有被狭小的家园的墙隔成片段；

在那里，话是从真理的深处说出；

在那里，不懈的努力向着"完美"伸臂；

在那里，理智的清泉没有沉没在积雪的荒漠之中；

在那里，心灵是受你的指引，走向那不断放宽的思想与行为——

进入那自由的天国，我的父呵，让我的国家觉醒起来吧。

45

你没有听见他静悄的脚步声吗？他正在走来，走来，一直不停地走来。

每一个时间，每一个年代，每日每夜，他总在走来，走来，一直不停地走来。

在许多不同的心情里，我唱过许多歌曲，但在这些歌调里，我总在宣告说："他正在走来，走来，一直不停地走来。"

四月芬芳的晴天里，他从林径中走来，走来，一直不停地走来。

七月阴暗的雨夜中，他坐着隆隆的云辇，前来，前来，一直不停地前来。

愁闷相继之中，是他的脚步踏在我的心上，是他的双脚的黄金般的接触，使我的快乐发出光辉。

46

我不知道从久远的什么时候，你就一直走近来迎接我。

你的太阳和星辰永不能把你藏起使我看不见你。

在许多清晨和傍晚，我曾听见你的足音，你的使者曾秘密地到我心里来召唤。

我不知道为什么今天我的生活完全激动了，一种狂欢的感觉穿过了我的心。

这就像结束工作的时间已到，我感觉到在空气中有你光降的微馨。

48

清晨的静海，漾起鸟语的微波；路旁的繁花，争妍斗艳；在我们匆忙赶路无心理睬的时候，云隙中散射出灿烂的金光。

我们不唱欢歌，也不嬉游；我们也不到村集上去交易；我们一语不发，也不微笑；我们不在路上流连。时间流逝，我们也加速了脚步。

太阳升到中天，鸽子在凉荫中叫唤。枯叶在正午的炎风中飞舞。牧童在榕树下做他的倦梦。我在水边卧下，在草地上展布我困乏的四肢。

我的同伴们嘲笑我；他们抬头疾走；他们不回顾也不休息；他们消失在远远的碧霭之中。他们穿过许多山林，经过生疏遥远的地方。长途上的英雄队伍呵，光荣是属于你们的！

讥笑和责备要促我起立，但我却没有反应。我甘心没落在乐于接受的耻辱的深处——在模糊的快乐阴影之中。

阳光织成的绿荫的幽静，慢慢地笼罩着我的心。我忘记了旅行的目的，我无抵抗地把我的心灵交给阴影与歌曲的迷宫。

最后，我从沉睡中睁开眼，我看见你站在我身旁，我的睡眠沐浴在你的微笑之中。我从前是如何地惧怕，怕这道路的遥远困难，到你面前的努力是多么艰苦呵！

51

夜深了。我们一天的工作都已做完。我们以为投宿的客人都已来到，村里家家都已闭户了。只有几个人说，国王是要来的。我们笑了说："不会的，这是不可能的事！"

仿佛门上有敲叩的声音，我们说那不过是风。我们熄灯就寝。只有几个人说："这是使者！"我们笑了说："不是，这一定是风！"

在死沉沉的夜里传来一个声音。朦胧中我们以为是远远的雷响。墙摇地动，我们在睡眠里受了惊扰。只有几个人说："这是车轮的声音。"我们昏困地嘟哝着说："不是，这一定是雷响！"

鼓声响起的时候天还没亮。有声音喊着说："醒来吧！别耽误了！"我们拿手按住心口，吓得发抖。只有几个人说："看哪，这是国王的旗子！"我们爬起来站着叫："没有时间再耽误了！"

国王已经来了——但是灯火在哪里呢？花环在哪里呢？给他预备的宝座在哪里呢？呵，丢脸，呵，太丢脸了！客厅在哪里，陈设又在哪里呢？有几个人说："叫也无用了！用空手来迎接他吧，带他到你的空房里去吧！"

开起门来，吹起法螺吧！在深夜中国王降临到我黑暗凄凉的房子里了。空中雷声怒吼。黑暗和闪电一同颤抖。拿出你的破席铺在院子里吧。我们的国王在可怖之夜与暴风雨一同突然来到了。

69

就是这股生命的泉水，日夜流穿我的血管，也流穿过世界，又应节地跳舞。

就是这同一的生命，从大地的尘土里快乐地伸放出无数片的芳草，迸发出繁花密叶的波纹。

就是这同一的生命，在潮汐里摇动着生和死的大海的摇篮。

我觉得我的四肢因受着生命世界的爱抚而光荣。我的骄傲，是因为时代的脉搏此刻在我血液中跳动。

101

　　我这一生永远以诗歌来寻求你。它们领我从这门走到那门，我和它们一同摸索、寻求着，接触着我的世界。

　　我所学过的功课，都是诗歌教给我的；它们把捷径指示给我，它们把我心里地平线上的许多星辰，带到我的眼前。

　　它们整天地带领我走向苦痛和快乐的神秘之国，最后，在我旅程终点的黄昏，它们要把我带到哪一座宫殿的门首呢？

103

　　在我向你合十膜拜之中，我的上帝，让我一切的感知都舒展在你的脚下，接触这个世界。

　　像七月的湿云，带着未落的雨点沉沉下垂，在我向你合十膜拜之中，让我的全副心灵在你的门前俯伏。

　　让我所有的诗歌，聚集起不同的调子，在我向你合十膜拜之中，成为一股洪流，倾注入静寂的大海。

　　像一群思乡的鹤鸟，日夜飞向它们的山巢，在我向你合十膜拜之中，让我全部的生命，启程回到它永久的家乡。

（泰戈尔：《泰戈尔作品集》，谢冰心译，人民文学出版社，1961）

三、新文科阅读

　　《吉檀迦利》由有韵的格律诗译成散文诗的形式，这是诗人的一次新的艺术创造。诗人说过："无论是散文还是诗都有自己的内在的韵律。""韵律就是和谐的限制所造成和制约的运动。"可见散文诗的艺术魅力在于其内在的韵律。诗人时而采用诗歌中常见的重章叠句的结构形式，时而采用音节相同的原则，使散文诗不像格律诗那样受诗体的严格限制，其韵律也可以随着诗意和感情的发展起伏而变化万千，给人以韵律无穷的感受。

（郁龙余、孟昭毅主编《东方文学史》，北京大学出版社，2001）

四、问题研究

1. 诗集《吉檀迦利》中的"梵"的精神是什么？

诗人信仰、歌颂的神是"梵"，诗人称之为"你""他""我的主""我的神""我的朋友""圣者"等等。"梵"在《吠陀》《奥义书》等印度典籍中是世界的本源，泰戈尔认为，梵是一种无限的存在，而现象世界和人是有限的存在，人的灵魂与宇宙精神具有实质的同一性。有限和无限的关系，即物质与精神的关系，是泰戈尔哲学探索的核心问题。他认为，它们之间的关系是一种辩证关系，只有有限，犹如没有光的灯，没有音乐的琴；只有无限，也只是一片空寂。这就是说，无限是一种抽象，是宇宙的本源，却寓于有限之中，因而只有与有限联系起来才能被理解。诗人使这首献给神的诗成为体现自己对生活、人民和祖国的爱的证明。泰戈尔的诗里，这神有神秘色彩，却不是高高在上，而是存在于尘世所有的生命中的"泛神"。如第45首诗歌描述：在"每一个时间、每一个年代，每日每夜"，在"四月芬芳的晴天里"，在"七月阴暗的雨夜中"，"他正在走来，走来，一直不停地走来"。

2. 诗集《吉檀迦利》的主题

这首献给神的诗表达的"梵我一如"是泰戈尔追求的最高精神境界，在"有限"中证悟"无限"的欢乐，是泰戈尔文学创作的主题。《吉檀迦利》展现了一种与神的直接的、快乐的、完全无惧的关系，表达了与神融为一体的愿望，表现了对神的追求以及在这一过程中所经历和体验的喜悦与痛苦，展示了情感的丰富性和敏感性。诗人在第4首诗中说，神来到自己心中，自己便要从"思想中摒除虚伪"、从"心中驱走一切的丑恶"；第14首诗说，神"把我从极欲的危险中拯救出来"；诗人在第36首诗中祈求神赐予自己力量，使自己的"爱在服务中得到果实""永不抛弃穷人也永不向淫威屈膝""心灵超越于日常琐事之上"。这首诗歌颂以人为本，执着于现实人生和社会的精神。这种精神是一种追求完善人格、改造世界的东西方精神的融汇。如第63首诗说"你把生人变成兄弟"；神还能引导人们建立一个理想的大同世界，如第35首诗歌描述：在这个"自由的天国"中"心灵是受你的指引"，"心是无畏的，头也抬得高昂"，"智识是自由的"，"世界还没有被狭小的家国的墙隔成片段"，"话是从真理的深处说出"，"不懈的努力向着'完美'伸臂"，"理智的清泉没有沉没在积习的荒漠之中"，诗人祈祷"我的父呵，让我的国家觉醒起来罢"。如第 3 首诗说"我渴望和你合唱"，第 13 首诗说"我生活在和他相会的希望中"，第 34 首诗说"只要我一息尚存，我就称你为我的一切"，第 103 首诗说"像一群思乡的鹤鸟，日夜飞向它们的山巢，在我向你合十膜拜之中，让我全部的生命，启程回到它永久的家乡"。

五、延伸思考

诗集《吉檀迦利》的结构

可参考：《吉檀迦利》这部诗集在结构上经过了精心的编排，遵循着"写作缘起：颂神—追求神时的思念—与神会面的欢乐—再次分离的痛苦—再次相会—对死亡的超越"这样一条内在逻辑线，103 首诗首尾相衔，一唱三叹，有力地烘托着人渴望与神结合的主题。

第 1 篇至第 7 篇是序曲，唱出了诗人作歌的缘由，即听从神的命令，以"永新的旋律""优美的和声"唱生命的献歌，从而实现与神合一的愿望。

第 8 篇至第 35 篇是第一乐章，主题是在分离时对神的思念。诗人先写神就在普通劳动者中间，在锄地的农夫和敲着石头的造路工人那里就可以遇到神；继而写自己对神的渴慕与求索，在与神分离的时刻，诗人表白自己愿意抛弃一切世俗欲念，把爱无私地献给神，一旦与神相会，一切的羁绊都将解除，诗人将获得完全的自由。

第 36 篇至第 56 篇为第二乐章，主题是与神的会见，并表现了在与神相会之后，诗人与神的多种关系。神接受了诗人的祈求，赐予他新的力量，于是诗人以更加炽烈的感情呼唤着神的降临，想象着神到来时的情景；结果，神来到诗人家中，来到诗人茅舍门前，神的爱与诗人的爱融会在一起，人与神圆满地合为一体。

第 57 篇至第 80 篇是第三乐章，主题是欢乐颂，表现了与神相会之后的欢喜以及整个世界都充满了这种欢喜，不只是诗人欢喜，连神也是欢喜的。

第 81 篇至第 100 篇是第四乐章，主题是死亡颂。诗人显示出对死亡的平静态度。诗人表明，在神的无限宫殿中，生命是永恒的，因而个体的"小我"和宇宙的"大我"获得了共通性，死亡也因此并不是终结。

最后 3 篇是尾声，概括了诗集的内容和意义。诗人表明自己一直在用诗歌寻找神，"让我所有的诗歌，聚集起不同的调子，在我向你合十膜拜之中，成为一股洪流，倾注入静寂的大海"（第 103 首）。整部诗集仿佛有起、有结、有主题旋律又有变奏的完整乐章。

总之，《吉檀迦利》中所反映的是泰戈尔"诗人的宗教"，它以人为核心，以对精神的追求、实现无限与有限的融合为旨归。

六、资料参考

作者表达了对爱的追求的坚定与执着。

《吉檀迦利》中，有相当一部分诗写的是人的情绪，表现的是人的一种心理过程。而这种情绪和心理过程又是在特定的历史环境下特定的人所特有的。泰戈尔描绘的是一个殖民地附属国的知识分子在追求理想过程中的憧憬和渴望，以及理想破灭后的苦闷和彷徨，从这个意义上说，《吉檀迦利》是一代知识分子的内心剖白。

《吉檀迦利》第 34 首，表现了对"神"的执着追求："只要我一息尚存，我就称你为我的一切。只要我一诚不灭，我就感觉到你在我的四围。任何事情，我都来请教你，任何时候都把我的爱献上给你。"不过，由于理想远离现实，诗人往往在追求中流露出失望和苦恼，这种苦恼的心情在许多诗中都可以感受到。诗人始终追求他心目中的神，但只能"听见他轻蹑的足音"，而没有"看见他的脸"，没有"听见过他的声音"。路人投来"嘲笑的目光"，他"却没有反应"。有时候，诗人感到神就坐在自己身边，而自己却在睡梦中，与神失之交臂，令他痛悔不已。

（蒋承勇：《文学与人性：外国文学面面观》，浙江工商大学出版社，2019）

他一生所遭逢的批评只是太新、太早、太急进、太激烈、太革命的、太理想的，他六十岁的生涯只是不断地奋斗与冲锋，他现在还只是冲锋与奋斗。但是他们说他是守旧、太迟、太老。他顽固奋斗的对象只是暴烈主义、资本主义、帝国主义、武力主义、杀灭性灵的物质主义；他主张的只是创造的生活、心灵的自由、国际的和平、教育的改造、普爱的实现。但他们说他是帝国主义政策的间谍、资本主义的助力、亡国奴族的流民、提倡裹脚的狂人！肮脏是在我们的政客与暴徒的心里，与我们的诗人又有什么关连？昏乱是在我们冒名的学者与文人的脑里，与我们的诗人又有什么亲属？我们何妨说太阳是黑的，我们何妨说苍蝇是真理？同学们，听信我的话，像他的这样伟大的声音我们也许一辈子再不会听着的了。留神目前的机会，预防将来的惆怅！

他的人格我们只能到历史上去搜寻比拟。他的博大的温柔的灵魂我敢说永远是人类记忆里的一次灵迹。他的无边际的想象和辽阔的同情使我们想起惠德曼；他的博爱的福音与宣传的热心使我们想起托尔斯泰；他的坚忍的意志与艺术的天才使我们想起造摩西像的密仡朗其罗；他的诙谐与智慧使我们想象当年的苏格拉底与老聃；他的人格的和谐与优美使我们想念暮年的葛德；他的慈祥的纯爱的抚摩、他的为人道不厌的努力、他的磅礴的大声，有时竟使我们唤起救主的心像，他的光彩、他的音乐、他的雄伟，使我们想念奥林匹克山顶的大神。他是不可侵凌的、不可逾越的，他是自然界的一个神秘的现象。

（泰戈尔：《我眼里的中国》，徐志摩译，江苏凤凰文艺出版社，2017）

他这次来华，不为游历，不为政治，更不为私人的利益，他熬着高年，拖着病体，抛弃自身的事业，备尝行旅的辛苦，他究竟为的是什么？他为的只是一点看不见的情感，说远一点，他的使命是在修补中国与印度两民族间中断千余年的桥梁，说近一点，他只想感召我们青年真挚的同情。因为他是信仰生命的，他是尊崇青年的，他是歌颂青春与清晨的，他永远指点着前途的光明。悲悯是当初释迦牟尼证果的动机，悲悯也是泰戈尔先生不辞艰苦的动机。现代的文明只是骇人的浪费，贪淫与残暴，自私与自大，相猜与相忌，扬风似的倾覆了人道的平衡，产生了巨大的毁灭。芜秽的心田里只是误解的蔓草，毒害同情的种子，更没有收成的希冀。在这个荒惨的境地里，难得有少数的丈夫，不怕阻难，不自馁怯，肩上扛着铲除误解的大锄，口袋里满装着新鲜人道的种子，不问天是阴、是雨、是晴，不问是早晨、是黄昏、是黑夜，他只是努力地工作，清理一方泥土，施殖一方生命，同时口唱着嘹亮的新歌，鼓舞在黑暗中将次透露的萌芽。泰戈尔先生就是这少数中的一个。他是来广布同情的，他是来消除成见的。我们亲眼见过他慈祥的阳春似的表情，亲耳听过他从心底里迸裂出的大声，我想只要我们的良心不曾被恶毒的烟煤熏黑，或是被恶浊的偏见污抹，谁不曾感觉他至诚的力量，魔术似的，为我们生命的前途开辟了一个神奇的境界，点燃了理想的光明？所以我们也懂得他的深刻的懊怅与失望，如其他部分知道的青年不但不能容纳他的灵感，并且存心地诬毁他的热忱。我们固然奖励思想的独立，但我们绝不敢附和误解的自由。

（拉宾德拉纳特·泰戈尔：《远方的邀请：泰戈尔游记选》，冯道如译，中国旅游出版
社，2018）

　　泰戈尔的文艺的最大的缺憾是没有把捉到现实。文学是生命的表现，便是形而上的诗也不外此例。普遍性是文学的要质而生活中的经验是最普遍的东西，所以文学的宫殿必须建在生命的基石上。形而上学唯其离生活远，要他成为好的文学，越发不能不用生活中的经验去表现。形而上的诗人若没有将现实好好地把捉住，他的诗人的资格恐怕要自行剥夺了。

　　印度的思想本是否定生活的，严格讲来，不宜于艺术的发展。泰戈尔因为受了西方文化的陶染，他的思想已经不是标类的印度思想了。

（闻一多：《中国人的骨气》，中国工人出版社，2016）

　　到了 1913 年底，他就凭着这些英译作品，成为史上第一位非西方出身的诺贝尔奖得主，在全球掀起了一股"泰戈尔热"。往后，他的作品从英语再被转译成多国文字，而在世界各地，对于这位印度诗人的介绍和研究也大量涌现。

　　由于诺贝尔奖的缘故，泰戈尔在一夕之间成了名满天下的诗人。他个人曾经表示不幸，因为这外来的荣誉，为他吸引了过多的世俗眼光，也就扰乱了他的生活、思考和写作。不过，从另一个角度来看，正是因为这天赐良机，泰戈尔在帝国主义猖獗、西风压倒东风的时代，顺理成章地扮演了"东方代言人"的角色。尤其是在一次大战过后，眼见西方社会的秩序崩解，发达的物质文明似乎以自我毁灭收场，泰翁更热切地宣扬他心目中的东方精神理想，希望能以之救济在他看来已迷失于工具和手段的西方文明。

　　总之，若是以 1913 年的诺贝尔奖为界，在泰戈尔生命后期的将近三十年中，政治与文化批评家的角色占了十分醒目的位置。他是个爱国者，对于殖民剥削的批判不遗余力。但他更是个博爱的诗人与思想家，不但反对盲目的效忠，更大力地抨击所谓"国家主义"，认为"国家"制度，纯粹是近代西方的产物，其以组织的效率和利益为目的，严重地压抑了人性。泰戈尔的道德勇气十足，所到之处，都展露其批判的锋芒，在西方如此，东方亦然。为了传达他那"爱的哲学"，即使在面对受到帝国主义压迫的东方听众时，他也会发出逆耳忠言。劝诫东方诸国不可为了追赶西方的物质力量，而丢弃了传统的精神价值。

（沙美智、章可主编《黄浦江上的飞鸟：上海印度人的历史》，上海人民美术出版社，
2018）

一直到死，泰戈尔都是中国人民忠实的朋友。第二次世界大战以前，正当中国人民处境最困难的时候，他却对中印两国人民的未来唱出了他的热烈而真挚的希望：

正像早晨的鸟儿，在天还没有完全破晓的时候。就唱出了和宣告了太阳的升起。我的心在歌唱。宣告一个伟大的未来的到临——这个伟大的未来已经很迫近我们了。我们一定要准备好来迎接这个新的世纪。

诗人的希望今天可以说是都已经实现了。

中国近代的伟大作家、新文化运动的主将鲁迅很重视印度文学。他对汉译佛典中文学气味比较浓的那一部分进行过精细的研究。在他所著的《中国小说史略》里，他一再指出印度文学对于中国文学的影响。

　　　　　　　　（季羡林：《比较文学与民间文学》，王树英编，新世界出版社，2017）

在泰戈尔看来，世界上的万事万物都是梵的显现，或者说，是梵的表现形式；梵潜居于万事万物之中，作为它们的精神本质。那么，人也不例外，人也是梵的显现。梵也潜居于人体之中，作为人的精神本质。潜居于人体之中的梵，泰戈尔称之为"我""个人灵魂""灵魂意识""人内中的神性"等等。根据"梵我同一"学说，既然梵潜居于宇宙万物之中，也潜居于人体之中，那么人与宇宙、人与自然万物在精神本质上就是同一的。人与宇宙，在先天本质上，就是和谐的、统一的、紧密相连的。这也是泰戈尔为什么主张人与宇宙和谐统一关系的原因所在。因此，泰戈尔说，"人的灵魂意识和宇宙是根本统一的""印度人强调个人与宇宙之间的和谐""对于他们来说，人与自然的和谐是伟大的事实"等。

　　　　　　　　（朱明忠：《泰戈尔的哲学思想》，《南亚研究》2001年第3期）

中印现代文学关系史上，泰戈尔作品的翻译与研究，是最精彩、最令人惊喜的一章。这种精彩与惊喜，不是因为它开门见山而一览无余，而是因为其波澜曲折而令人一唱三叹。在世界文学交流史上，再也没有一位像泰戈尔这样的文学巨匠，在他的伟大邻邦具有如此浓重、强烈的悲喜剧色彩。

新中国成立以来，中国学者对泰戈尔的研究主要有两个方向。第一个方向，是对泰戈尔作品的翻译与研究；第二个方向，是对泰戈尔本人及其1924年访华所引起的争议的讨论和研究。

[郁龙余等：《中国外国文学研究的学术历程（第10卷）·印度文学研究的学术历程》，

重庆出版社，2016]

在《吉檀迦利》里，诗人表现了他达到"梵我同一"理想境界后的无限欢乐。由于诗人一直不肯懈怠，始终热烈追求，所以有时竟然能够如愿以偿，达到那种境界。在这时，他有什么感受呢？一种感受是神在通过他的眼睛观看世界，通过他的耳朵静听世界，通过他的心灵感觉世界——

我的上帝，从我满溢的生命之杯中，你要饮什么样的圣酒呢？

通过我的眼睛，来观看你自己的创造物，站在我的耳门上，来静听你自己的永恒的谐音，我的诗人，这是你的快乐吗？

我的世界在我的心灵里织上字句，你的快乐又给它们加上音乐。你把自己在梦中交给了我，又通过我来感觉你自己的完满的甜柔。

这是第65首诗写的感受。再一种感受是觉得自己与宇宙万物完全融合在了一起，彼此之间有着同一生命，跳着同一脉搏——

就是这股生命的泉水，日夜流穿我的血管，也流穿过世界，又应节地跳舞。

就是这同一的生命，从大地的尘土里快乐地伸放出无数片的芳草，迸发出繁花密叶的波纹。

就是这同一的生命，在潮汐里摇动着生和死的大海的摇篮。

我觉得我的四肢因受着生命世界的爱抚而光荣。我的骄傲，是因为时代的脉搏，此刻在我的血液中跳动。

这是第69首诗所写的感受。

但是，如上所述，泰戈尔绝不是一个消极遁世的人，而是一个积极入世的人。他对与神结合的理想境界的追求，往往是和他对人间理想社会的追求密切联系在一起的。

（何乃英：《泰戈尔和他的作品》，华中科技大学出版社，2018）

七、讨论习题

请谈谈你喜欢的一首泰戈尔的诗歌，并说明为什么。

本节课件　　本节视频

第六节　川端康成《雪国》

一、作品导读

川端康成（1899—1972）是日本现代著名小说家，1968年，诺贝尔文学奖得主。他的作品深刻体现了日本传统的审美意识，为确立日本现代文学在世界文坛上的地位做出了巨大贡献。他的代表作《雪国》将日本传统美与现代表现手法高度融合，成为世界文学的艺术珍品。

川端康成1899年出生于大阪，家道中落后迁至东京。他于1920年考入东京大学英文系，后转入国文系。大学毕业后，川端康成与横光利一等人创刊《文艺时代》，发起了新感觉派文学运动，并发表了新感觉派纲领性论文《新进作家的新倾向解说》。

川端康成1926年创作的小说《伊豆的舞女》以抒情的笔调描写了青春期的少年青涩而清纯的美好情感，赢得了评论家和读者的青睐。

第二次世界大战期间川端康成完成《雪国》。第二次世界大战结束以后，他创作了《名人》《古都》等作品。1968年川端康成凭借《雪国》《千只鹤》及《古都》等作品获得诺贝尔文学奖，声誉达到顶峰。

《雪国》主要描写东京一位名叫岛村的舞蹈艺术研究者，三次前往雪国的温泉旅馆，与当地一名艺妓驹子、一位萍水相逢的少女叶子之间发生的微妙的感情纠葛，为读者展现了一个哀怨、冷艳的世界。岛村是一个有妻室儿女的中年男子，虽然研究一些欧洲舞蹈，但基本上是个坐食祖产、无所事事的纨绔子弟。他第一次从东京到雪国，正值群山葱茏的初夏时节，邂逅了艺妓驹子。驹子年轻貌美，不仅能弹一手好三弦，还努力记日记，岛村被她的清新、洁净和单纯所吸引，驹子也赏识和迷恋岛村的大度和学识。岛村第二次来雪国是在初雪之后的冬天，在火车上偶遇叶子，岛村透过车窗欣赏夜幕下皑皑雪原的美丽景色，却看到玻璃窗上映出姑娘的一只眼睛，有种迷人的美，她那玲珑剔透的眸子使岛村为之销魂，不禁神驰，而叶子一直在悉心照料生病的行男。在一片洁白晶莹的冰雪世界里，岛村与驹子频频交往，情愫渐浓。岛村第三次来雪国是在飞蛾产卵、草木茂盛的深秋季节，这一次他逗留了很久，与驹子的关系已经成为一种习惯，驹子对岛村的爱恋已经难以自拔，常常主动闯进岛村的房间。岛村虽为之感动，但他始终觉得这是一场"徒劳"，同时岛村又对叶子的纯洁空灵冷艳倾心不已。最终岛村即将离开雪国，驹子也决定要过正经日子了，就在这时，叶子在一场大火中丧生。

《雪国》被誉为"日本近代文学史上抒情文学的顶峰"。作品以优美的自然景物为背景，以自然界的季节变化衬托人物的情感，达到情景交融的效果，衬托出忧郁、哀伤的情感基调，尤其体现了"物哀"这一审美内涵。

二、作品节选

穿过县界长长的隧道，便是雪国。夜空下一片白茫茫。火车在信号所前停了下来。

一位姑娘从对面座位上站起身子，把岛村座位前的玻璃窗打开。一股冷空气卷袭进来。姑娘将身子探出窗外，仿佛向远方呼唤似地喊道：

"站长先生，站长先生！"

一个把围巾缠到鼻子上、帽耳耷拉在耳朵边的男子，手拎提灯，踏着雪缓步走了过来。

岛村心想：已经这么冷了吗？他向窗外望去，只见铁路人员当作临时宿舍的木板房，星星点点地散落在山脚下，给人一种冷寂的感觉。那边的白雪，早已被黑暗吞噬了。

"站长先生，是我。您好啊！"

"哟，这不是叶子姑娘吗！回家呀？又是大冷天了。"

"听说我弟弟到这里来工作，我要谢谢您的照顾。"

"在这种地方，早晚会寂寞得难受的。年纪轻轻，怪可怜的！"

"他还是个孩子，请站长先生常指点他，拜托您了。"

"行啊。他干得很带劲，往后会忙起来的。去年也下了大雪，常常闹雪崩，火车一抛锚，村里人就忙着给旅客送水送饭。"

"站长先生好像穿得很多，我弟弟来信说，他还没穿西服背心呢。"

"我都穿四件啦！小伙子们遇上大冷天就一个劲儿地喝酒，现在一个个都得了感冒，东歪西倒地躺在那儿啦。"

站长向宿舍那边晃了晃手上的提灯。

"我弟弟也喝酒了吗？"

"这倒没有。"

"站长先生这就回家了？"

"我受了伤，每天都去看医生。"

"啊，这可太糟糕了。"

和服上罩着外套的站长，在大冷天里，仿佛想赶快结束闲谈似地转过身来说：

"好吧，路上请多保重。"

"站长先生，我弟弟还没出来吗？"叶子用目光在雪地上搜索，"请您多多照顾我弟弟，拜托啦。"

她的话声优美而又近乎悲戚。那嘹亮的声音久久地在雪夜里回荡。

火车开动了，她还没把上身从窗口缩回来。一直等火车追上走在铁路边上的站长，她又喊道：

"站长先生，请您告诉我弟弟，叫他下次休假时回家一趟！"

"行啊！"站长大声答应。

叶子关上车窗，用双手捂住冻红了的脸颊。

这是县界的山，山下备有三辆扫雪车，供下雪天使用。隧道南北，架设了电力控制的雪崩报警线。部署了五千名扫雪工和二千名消防队的青年队员。

这个叶子姑娘的弟弟，从今冬起就在这个将要被大雪覆盖的铁路信号所工作。岛村知道这一情况以后，对她越发感兴趣了。

但是，这里说的"姑娘"，只是岛村这么认为罢了。她身边那个男人究竟是她的什么人，岛村自然不晓得。两人的举动很像夫妻，男的显然有病。陪伴病人，无形中就容易忽略男女间的界限，侍候得越殷勤，看起来就越像夫妻。一个女人像慈母般地照顾比自己岁数大的男子，老远看去，免不了会被人看作夫妻。

岛村是把她一个人单独来看的，凭她那种举止就推断她可能是个姑娘。

也许是因为他用过分好奇的目光盯住这个姑娘，所以增添了自己不少的感伤。

已经是三个钟头以前的事了。岛村感到百无聊赖，发呆地凝望着不停活动的左手的食指。因为只有这个手指，才能使他清楚地感到就要去会见的那个女人。奇怪的是，越是急于想把她清楚地回忆起来，印象就越模糊。在这扑朔迷离的记忆中，也只有这手指所留下的几许感触，把他带到远方的女人身边。他想着想着，不由地把手指送到鼻子边闻了闻。当他无意识地用这个手指在窗玻璃上划道时，不知怎的，上面竟清晰地映出一只女人的眼睛。他大吃一惊，几乎喊出声来。大概是他的心飞向了远方的缘故。他定神看时，什么也没有。映在玻璃窗上的，是对座那个女人的形象。外面昏暗下来，车厢里的灯亮了。这样，窗玻璃就成了一面镜子。然而，由于放了暖气，玻璃上蒙了一层水蒸气，在他用手指揩亮玻璃之前，那面镜子其实并不存在。

玻璃上只映出姑娘一只眼睛，她反而显得更加美了。

岛村把脸贴近车窗，装出一副带着旅愁观赏黄昏景色的模样，用手掌揩了揩窗玻璃。

姑娘上身微倾，全神贯注地俯视着躺在面前的男人。她那小心翼翼的动作，一眨也不眨的严肃目光，都表现出她的真挚感情。男人头靠窗边躺着，把弯着的腿搁在姑娘身边。这是三等车厢。他们的座位不是在岛村的正对面，而是在斜对面。所以在窗玻璃上只映出侧身躺着的那个男人的半边脸。

姑娘正好坐在斜对面，岛村本是可以直接看到她的，可是他们刚上车时，她那种迷人的美，使他感到吃惊，不由得垂下了目光。就在这一瞬间，岛村看见那个男人蜡黄的手紧紧攥住姑娘的手，也就不好意思再向对面望去了。

镜中的男人，只有望着姑娘胸脯的时候，脸上才显得安详而平静。瘦弱的身体，尽管很衰弱，却带着一种安乐的和谐气氛。男人把围巾枕在头下，绕过鼻子，严严实实地盖住了嘴巴，然后再往上包住脸颊。这像是一种保护脸部的方法。但围巾有时会松落下来，有时又会盖住鼻子。就在男人眼睛要动而未动的瞬间，姑娘就用温柔的动作，把围巾重新围好。两人天真地重复着同样的动作，使岛村看着都有些焦灼。另外，裹着男人双脚的外套下摆，不时松开耷拉下来。姑娘也马上发现了这一点，给他重新裹好。这一切都显得非常自然。那种姿态几乎使人认为他俩就这样忘记了所谓距离，走向了漫无边际的远方。正因为这样，岛村看见这种悲愁，没有觉得辛酸，就像是在梦中看见了幻影一样。大概这些都是在虚幻的镜中幻化出来的缘故。

黄昏的景色在镜后移动着。也就是说，镜面映现的虚像与镜后的实物好像电影里的叠影一样在晃动。出场人物和背景没有任何联系。而且人物是一种透明的幻像，景物则是在夜霭中的朦胧暗流，两者消融在一起，描绘出一个超脱人世的象征的世界。特别是当山野里的灯火映照在姑娘的脸上时，那种无法形容的美，使岛村的心都几乎为之颤动。

在遥远的山巅上空，还淡淡地残留着晚霞的余晖。透过车窗玻璃看见的景物轮廓，退到远方，却没有消逝，但已经黯然失色了。尽管火车继续往前奔驰，在他看来，山野那平凡的姿态越是显得更加平凡了。由于什么东西都不十分惹他注目，他内心反而好像隐隐地存在着一股巨大的感情激流。这自然是由于镜中浮现出姑娘的脸的缘故。只有身影映在窗玻璃上的部分，遮住了窗外的暮景，然而，景色却在姑娘的轮廓周围不断地移动，使人觉得姑娘的脸也像是透明的。是不是真的透明呢？这是一种错觉。因为从姑娘面影后面不停地掠过的暮景，仿佛是从她脸的前面流过。定睛一看，却又扑朔迷离。车厢里也不太明亮。窗玻璃上的映像不像真的镜子那样清晰了。反光没有了。这使岛村看入了神，他渐渐地忘却了镜子的存在，只觉得姑娘好像漂浮在流逝的暮景之中。

这当儿，姑娘的脸上闪现着灯光。镜中映像的清晰度并没有减弱窗外的灯火。灯火也没有把映像抹去。灯火就这样从她的脸上闪过，但并没有把她的脸照亮。这是一束从远方投来的寒光，模模糊糊地照亮了她眼睛的周围。她的眼睛同灯火重叠的那一瞬间，就像在夕阳的余晖里飞舞的妖艳而美丽的夜光虫。

……

火势燃得更旺了。从高处望下去，辽阔的星空下，大火宛如一场游戏，无声无息。尽管如此，她却感到恐惧。有如听见一种猛烈的火焰声逼将过来。岛村抱住了驹子。

……消防队员把一台水泵向着死灰复燃的火苗，喷射出弧形的水柱。在那水柱前面突然出现一个女人的身体。她就是这样掉下来的。女人的身体，在空中挺成水平的姿势。岛村心头猛然一震，他似乎没有立刻感到危险和恐惧，就好像那是非现实世界的幻影一般。僵直了的身体在半空中落下，变得柔软了。然而，她那副样子却像玩偶似地毫无反抗，由于失去生命而显得自由了。在这瞬间，生与死仿佛都停歇了。如果说岛村脑中也闪过什么不安的念头，那就是他曾担心那副挺直了的女人的身躯，头部会不会朝下，腰身或膝头会不会折曲。看上去好像有那种动作，但是她终究还是直挺挺的掉落下来了。

"啊!"

驹子尖叫一声,用手掩住了两只眼睛。岛村的眼睛却一眨不眨地凝望着。

岛村什么时候才知道掉落下来的女人就是叶子呢?

实际上,人们"啊"地一声倒抽一口冷气和驹子"啊"地一声惊叫,都是在同一瞬间发生的。叶子的腿肚子在地上痉挛,似乎也是在这同一刹那。

驹子的惊叫声传遍了岛村全身。叶子的腿肚子在抽搐。与此同时,岛村的脚尖也冰凉得痉挛起来。一种无以名状的痛苦和悲哀向他袭来,使得他的心房激烈地跳动着。

叶子的痉挛轻微得几乎看不出来,而且很快就停止了。

在叶子痉挛之前,岛村首先看见的是她的脸和她的红色箭翎花纹布和服。叶子是仰脸掉落下来的。衣服的下摆掀到一只膝头上。落到地面时,只有腿肚子痉挛,整个人仍然处在昏迷状态。不知为什么,岛村总觉得叶子并没有死。她内在的生命在变形,变成另一种东西。

叶子落下来的二楼临时看台上,斜着掉下来两三根架子上的木头,打在叶子的脸上,燃烧起来。叶子紧闭着那双迷人的美丽眼睛,突出下巴颏儿,伸长了脖颈。火光在她那张惨白的脸上摇曳着。

岛村忽然想起了几年前自己到这个温泉浴场同驹子相会、在火车上山野的灯火映在叶子脸上时的情景,心房又扑扑地跳动起来。仿佛在这一瞬间,火光也照亮了他同驹子共同度过的岁月。这当中也充满一种说不出的苦痛和悲哀。

驹子从岛村身旁飞奔出来。这与她捂住眼睛惊叫差不多在同一瞬间。也正是人们"啊"地一声倒抽一口冷气的时候。

驹子拖着艺妓那长长的衣服下摆,在被水冲过的瓦砾堆上,踉踉跄跄地走过去,把叶子抱回来。叶子露出拼命挣扎的神情,奓拉着她那临终时呆滞的脸。驹子仿佛抱着自己的牺牲和罪孽一样。

人群的喧嚣声渐渐消失,他们蜂拥上来,包围住驹子她们两人。

"让开,请让开!"

岛村听见了驹子的喊声。

"这孩子疯了,她疯了!"

驹子发出疯狂的叫喊,岛村企图靠近她,不料被一群汉子连推带搡地撞到一边去。这些汉子是想从驹子手里接过叶子抱走。待岛村站稳了脚跟,抬头望去,银河好像哗啦一声,向他的心坎上倾泻了下来。

(川端康成:《雪国·古都》,叶渭渠、唐月梅译,中国社会科学院出版社,1996)

三、新文科阅读

一般认为，日本文化对世界文化的贡献主要在于审美表达。日本文论家、美学家们就此归纳出三种所谓日本美："物哀""幽玄""寂"。据北师大王向远教授在其论文集《日本之文与日本之美》中考证，这三种美学概念都与中国古典有关。先说"幽玄"。"幽玄"在中国古典文献中是作为宗教哲学词汇使用的。而被日本引进之后，则用来表达日本中世上层社会的审美趣味："所谓'幽玄'，就是超越形式、深入内部生命的神圣之美。"诸如含蓄、余情、朦胧、幽深、空灵、神秘、超现实等等，都属于"兴入幽玄"之列。

后来逐渐渗透到平民百姓的日常生活层面。例如作为日本女性传统化妆法，每每用白粉把整张脸涂得一片"惨白"，以求幽暗中的欣赏效果；日式传统建筑采光不喜欢明朗的阳光。

（林少华：《小孤独》，作家出版社，2017）

四、问题研究

1. 物哀

"物哀"这一概念是由江户时代的学者本居宣长提出。本居宣长说："日本文学中的'物哀'是对万事万物的一种敏锐的包容、体察、体会、感觉、感动与感受，这是一种美的情绪、美的感觉、感动和感受。"因此可以说"物哀"表达了日本文学的独特风格。《日本国语大辞典》认为"物哀"是"事物引发的内心感动，是一种低沉的情感情绪"，即"托物寄情"。"物哀"可以分为三个层次：第一个层次是对人的感动，以男女恋情的哀感最为突出。第二个层次是对世相的感动，贯穿在对人情世态的咏叹上。第三个层次是对自然物的感动，尤其是季节带来的无常感，即对自然美的动心。

2. 分析驹子的"一种美的徒劳"

美丽、洁净的驹子认真进取、积极向上的人生态度和对爱情纯真执着的追求在作者看来是"一种美的徒劳"。她对待人生的态度是认真的、积极进取的，虽然经历了人间的沧桑，沦落风尘，但是依然保持着乡村少女那种朴素、单纯的气质。她对生活充满了热情和渴望，执着地追求一种"正正经经的生活"。她为人善良无私，尽管她不爱行男，也未与他缔结婚约，但为了给行男治病，她甘愿牺牲自己，卖身当了艺妓。她坚持不懈地记日记、学歌谣、习书法、读小说、练三弦琴。在爱情上，她虽然长期忍受着被人肆意践踏的屈辱生活，但她依然渴望得到普通女人应该得到的纯真爱情，因而当她与岛村相遇，被岛村的气质和修养深深吸引，便不顾一切地把全部感情倾注于他，虽说这种爱的方式是畸形的，但她的爱毕竟是真诚无私的。作者写岛村把她的认真生活态度和真挚的爱恋情感都看作"一种美的徒劳"，正是通过这种徒劳、这种观念传达了一种虚无的思想。

3. 叶子的虚幻美

小说中叶子出场不多，大都是对岛村所见的形象进行描绘，通过作家岛村的眼睛来写叶子。如夜晚岛村透过行驶着的列车车窗的镜子，看到叶子的脸在光影中浮动。作品中叶子形象的完美性是在与驹子形象的缺憾美的对比中实现的，驹子的性情躁动不安，叶子的性格宁静安逸；驹子是现实人生的代表，稍纵即逝，叶子是精神世界的象征，圣洁永恒；驹子是病态的，叶子是理想的；驹子可以触摸得到，叶子只能感受得到。两者相辅相成，完整地表现了川端康成的美学思想。

4. 分析小说的结构

小说的安排自由灵活。《雪国》在结构上借鉴西方"意识流"的创作手法，突破时空的连贯性，以人物思想感情的发展或作者创作的需求作为线索，展开叙述。小说在总体结构上按照事物发展的时间顺序来构建框架，某些局部又通过岛村的自由联想展开故事和推动情节，从而打破了事件发展的时间顺序，使作品内容上具有了一定的跳跃，避免了平铺直叙和呆板，情节内容波澜起伏。

五、延伸思考

1. 《雪国》中物哀的表现

可参考：小说《雪国》中，物哀审美也包含了三层含义。一是恋情，二是世相，三是自然物。物哀在《雪国》中的第一层体现，是对男女恋情的哀感。本居宣长在《紫文要领》中提出，在所有的人情中，最令人刻骨铭心的就是男女恋情。《雪国》中，川端康成对主人公岛村、驹子和叶子之间或暧昧纠缠或细腻含蓄的情感描写，使物哀被挖掘到最深层面，哀感直抵读者内心。

驹子对岛村的爱是卑微的，她深知他们之间有一道无法逾越的鸿沟，却依旧渴望被爱。她处处为岛村着想，希望能够与岛村坦诚相见，却苦于得不到岛村的理解和回应。而岛村暗自倾心于叶子，小说开篇这样写叶子的美："火车继续往前奔驰……景色在姑娘的轮廓周围不断地移动，使人觉得姑娘的脸也像是透明的。……这使岛村看入了神，他渐渐地忘却了镜子的存在，只觉得姑娘好像漂浮在流逝的暮景之中。"

物哀在《雪国》中的第二层体现，是对死亡这一世相的悲叹。叶子的死是这一哀感的鲜明体现。《雪国》结尾处这样写道："她在空中是平躺着的，岛村顿时怔住了，叶子像木偶一样没有挣扎，没有生命，无拘无束的，似乎超乎生死之外。"岛村对叶子的死并没有觉得什么恐怖，他觉得在她摔下来的那一瞬间，她仿佛是在自由地、无拘无束地飞翔。在叶子不是生就是死，不是死就是生的那一瞬间，岛村的目光从生到死、从死到生，自由穿梭其间，顿悟了生死这一人类永恒的主题。

物哀在《雪国》中的第三层体现，是自然景物描写所体现的哀感。小说中关于雪的描写处处可见。雪在日本文学的意象里，是典型的悲美之物。雪国的冬天，北风刺骨，白雪阴山，带给人冷哀之感。"山头上罩满了月色，不禁使人产生冬夜料峭的感觉。"小说的景物多写白色的色彩，如白茫茫的雪，雪夜如银河，织布的雪白，女孩儿面容的雪白。日本人信奉"禅"文化，铃木大拙说："禅造就了日本的性格，禅也表现了日本的性格。"这种性格投射到色彩上，就体现为日本人喜爱纯净、古朴、素雅的颜色更胜于艳丽的色彩。因此日本民族喜爱白色，认为白色象征高贵与神圣。

总之，川端康成认为"'物哀'中的'物'指的是人类本身的外部世界，是客观存在的各种事物；而'物哀'中的'哀'指的则是对于外部世界人类自身的一种主观情感表达，不仅限于哀伤的情感，更是一种对世界万物独特的审美"。《雪国》的物哀美，正是体现了日本文学的审美精神。川端说要保留日本文学的美，继承了《源氏物语》里的物哀，并融合了新感觉的手法，深化了物哀。总之，《雪国》中物哀的体现既有恋情，又有世相，还体现在自然物上。

2. 谈谈小说既美且悲的风格

可参考：川端康成既受到日本古典文学物哀审美的影响，又受到西方现代派文学的影响，因此小说表达细腻，唯美哀伤。在《雪国》中，川端康成以敏锐的感受力和高超的叙事技巧，表达物哀审美，虚无之意，孤寂的诗意，心灵的空灵。小说里雪国的冷清纯净之美，驹子的爱情之悲，岛村的虚无人生，叶子的死都体现了作品既美且悲。小说结尾写夜里地上洁白的雪景，天上灿烂的银河，天地之间火花飞舞，而叶子在大火中从楼上飘然落下死亡。叶子之死将小说既美且悲的风格推向极致。

3. 新感觉派手法在作品中的体现

可参考：新感觉派是日本第一个现代主义文学流派。1924 年，横光利一、川端康成等 14 名新作家在菊池宽的支持下，创办了杂志《文艺时代》，掀起了一场破坏既有文坛的"革新运动"，即新感觉派运动，该派于 1925 年至 1926 年发展到高峰。新感觉派主张进行文体改革和技巧革新，追求新的感觉和对事物新的感受方法，强调主观和直觉作用，否定一切旧的传统形式。新感觉派在创作中大量使用感性的表达方式，运用新奇的文体和辞藻，刺激人们的感官，大多作品中渗透一种神秘主义和悲观主义思想。在人物描写上重视感觉和细微的刻画，表现人物纤细的感情和瞬间的感受。《雪国》鲜明地体现了"新感觉派"所主张的以纯粹的个人官能感觉作为出发点，依靠直觉来把握事物的特点。《雪国》巧妙运用联想这种独特的心理描写手法，通过映在车窗玻璃上的一只眼睛凸显叶子的纯洁迷人、虚幻空灵之美，让岛村在遐想中强化和美化叶子的形象。小说中驹子的心理矛盾和感情变化、对岛村的迷恋与无奈心理也同样表现得细致入微。

六、资料参考

川端康成在 1968 年得诺贝尔文学奖的时候，评委会是这样赞扬的，说川端"虽然受到欧洲近代现实主义文学的洗礼，但同时也立足于日本古典文学和继承"。用川端本人的话来说，他的文学"既是日本的，也是东方的，同时又是西方的"。在这一点上，给川端文学定位是比较恰当的，对于包括《雪国》在内的川端文学是非常必要的。刚才谈的，就是一个解决传统与现代、本土与外来的关系问题。在这方面，川端康成的探索是比较成功的。在这里，我想补充一点，十年前我写了一本《川端康成评传》，在座的王中忱教授当时是这部书的责任编辑，他建议书名加上"东方美的现代探索者"，我觉得加上这几个字，川端文学的定位就更一目了然了。以上谈的是第一个问题，川端康成文学性格的成因，他的文学的定位。

（叶渭渠：《未来文学猜想：叶渭渠文录》，北岳文艺出版社，2016）

至于日本这个国家，川端在一九三五年连载于《读卖新闻》的文艺随笔中说得甚是明确："日本这个国家很糟糕。没有文学精神，没有文学传统，乃是我们国土的罪孽。"然而战争改变了川端。尤其太平洋战争开始后，"我在战争越来越惨的时候，每每从月夜松影中觉出古老的日本。……我的生命不是我一个人的。我要为日本美的传统活下去"。《天授之子》战后一九四七年发表的随笔《哀愁》进一步表示："战败后的我，只能返回日本古来的悲戚中去。我不相信战后的世态人心，不相信所谓风俗，或者也不相信现实那个东西。"就这点而言，确如平山三男在此书附录中所说，川端由于战争这个死亡而得以邂逅永恒，得以追求超越一己肉体生命的永恒。换言之，面对战争的灾难和战后日本混乱的社会现实，川端痛感只有"日本美"、只有回归传统才能使自己得到解脱，进而使日本得到拯救。

（林少华：《小孤独》，作家出版社，2017）

自不待言，战争是将人置于生死极限的特殊环境，而川端和东山却因此开启了感受风景之美、感受传统"日本美"的心眼。用川端在《临终的眼》中引用芥川龙之介的话说，"自然所以美，是因为映在我临终的眼"。用川端本人接下去的话说，"一切艺术的终极，都是临终的眼"。东山视之为维系两人的又一条纽带。他说："战争即将结束时，我从死亡一侧观望风景，因风景而开眼——纵使这种由死而生的人生之旅具有同先生心心相印的东西，而先生所以对我那般亲切，想必也还是因为我是基于达观的单纯质朴的感受者而非意志性分析者和构筑者，是因为我是从放弃自我的地方出发、将自然中所有的生之现象视为恩宠而一路修炼不才之身的缘故。"

换言之，美是对生死的了悟，亦即对生的救赎和对死的超度。这是回荡在川端和东山"美的交响世界"中主旋律的内核，因而也是我们开启东山绘画之美和川端文学之美的钥匙。

最后，请允许我挪用此前拙译两本书译序中的两段话来结尾。一段是拙译川端康成《雪国》译序中的：在火车窗玻璃中看见外面的夜景同车厢内少女映在上面的脸庞相互重叠，这是不难发现的寻常场景。

（林少华：《小孤独》，作家出版社，2017）

　　川端康成对民族文化和文学传统是尊重的，对民族文化和文学与外来文化和文学关系的认识是正确的；而这种认识则成为他选择自己创作道路的指导思想。当然，他对民族传统和外来影响关系的认识，对民族文学和外国文学关系的认识及所采取的态度，也并不是百分之百正确无误，完完全全无可非议。例如，他对日本民族文学传统的评价就未必完全准确，其中含有不少他主观的好恶在内；他所继承的日本民族文学传统未必都是积极的，其中也有消极的因素在内。由于种种原因，他偏爱感伤主义色彩比较浓重的作品，并且使得自己的作品也带有浓重的感伤主义色彩，就是一个明显的表现。不过尽管如此，从整体来看，川端康成的认识和态度还是正确的。

（何乃英：《川端康成和他的小说》，华中科技大学出版社，2017）

　　从此，川端康成一味描写那些家庭婚姻和道德规范之外的"爱"。《雪国》中的岛村是个有妇之夫，却每年一次地到"雪国"寻找家外野花。他与艺妓驹子的关系，也不过是带一点情感色彩的嫖客与妓女的关系罢了。很难说是什么"爱情"。在1950年发表的中篇小说《舞姬》中，川端强调地描写了家庭婚姻的乏味。女主人公波子奉家长之命与矢木结婚，但她与丈夫是同床异梦，心里一直念念不忘年轻时的情人竹原。她明知竹原已有妻室，即使自己同丈夫分居，离婚后也不可能与竹原结合，她也知道同竹原保持那种暧昧关系是"不合法的"，但她却仍然不断地与竹原幽会。川端在这里把人的自然情感要求与社会道德对立起来加以表现，而自然情感往往超越于社会道德。由于社会道德的制约，波子与竹原不可能得到合法的爱，但唯有这种爱的不可能性才能带来悲哀，唯有这种悲哀才能形成美，于是乎在川端笔下，美只有在社会和道德的钳制和挤压下才能产生，同时，美又超越于社会道德。

　　……

　　正如当代美国著名作家诺曼·梅勒所说，20世纪后半叶给文学冒险家留下的垦荒地只有性的领域了。川端康成有意无意地汇入了20世纪世界文学的这一潮流，从而在以爱情、性为题材的文学创作中找到了日本传统文学与当代世界文学的契合点。

　　川端康成创作中的有关爱情、性的内容，不是一般的低级庸俗的桃色之作，而是表达了深幽、复杂的审美观念，并且呈现出明显的阶段性特点。

　　……

美的、悲哀的爱是短暂的、虚幻的。为了突现这一点，作者通篇使用了"志野瓷"作为一个基本的象征。三四百年前流传下来的志野瓷依然如故，而曾经拥有它的人都已作古。活着的人只有面对它回忆那逝去的一切、逝去的人。志野瓷作为永恒的象征，反衬人生的虚幻、爱的虚幻和短暂。在川端看来，用以弥补短暂之爱的，是爱的承续——父死子承、母死女承。父子、母女的性爱界限和伦理界限在这里模糊不清、"浑无区别"了。文子把那件志野瓷摔掉，意味着消了母亲与她的界限。"会有更好的志野瓷的！"文子说。不能"叫我妈的亡魂把自己给缠住"，要"想法超脱"。她摔掉了象征母亲灵魂的志野瓷，便委身于菊治，于是菊治觉得"母亲的身体妙不可言地转生在女儿身上"。这种大逆不道的乱伦的爱，恰恰弥补了生命的短暂，带来了爱的永恒，也带来超越时光、超越生命、超越道德的美。

［王向远：《王向远著作集（第1卷）·东方文学史通论》，宁夏人民出版社，2007］

读完之后，留下的也只是一点点"感觉"和情调。但是，倘若要用逻辑的、理论的语言把"感觉"和情调加以总结和提升，就会觉得非常困难。在这种时候，才知道原来自己并没有读懂川端康成，原来川端康成并不那么简单。川端康成的作品和日本的传统文学、传统的审美文化，有着深刻的渊源关系。他的作品大都通过男女恋情和性爱的描写，来表现他的日本式的"人情"、日本式的"感觉"和日本式的所谓"美意识"。而中国一般读者，要从日本传统文化和美学的角度看待川端康成，理解其中的日本之"美"，那就非由学者和评论家加以研究阐释不可。而且川端康成的作品大多涉及到嫖妓（如《雪国》）、乱伦及乱伦意识（如《千鹤》《山音》）、性变态与性妄想（如《睡美人》《一只胳膊》）等悖德、颓废的内容。在性道德比较严格的中国，要理解这些东西，是有着文化隔膜的。如何看待这些作品，也非要评论家和研究家对读者加以引导不可。

［王向远：《中国外国文学研究的学术历程（第9卷）·日本文学研究的学术历程》，
重庆出版社，2016］

1980年代，围绕着川端康成的作品，特别是他的代表作《雪国》的理解和评论，我国文学界、学术界长期进行了热烈的、有时是激烈的讨论和争鸣。总起来看，对川端康成的评论和理解，大体可以分成立场、角度各有不同的三派：一派从现实主义观念及"典型人物""典型环境"论的角度解读川端康成，认为川端康成的作品是现实主义的，权且称为"现实主义观念"派；一派站在社会现实的角度，从作品与社会现实的直接的关系上冷静分析作品，认为川端康成的作品没有正确地反映时代和现实，因而不是现实主义的，姑且称为"社会现实派"；另一派从日本传统文化、从日本与西洋文化融合的角度，特别是审美文化的角度研究和评论川端，姑且称为"审美文化派"。

[王向远：《中国外国文学研究的学术历程（第 9 卷）·日本文学研究的学术历程》，

重庆出版社，2016]

《雪国》主人公驹子是在屈辱的环境下成长，经历了人间的沧桑。但是，她没有湮没在纸醉金迷的世界，而是承受着生活的不幸和压力，勤学苦练技艺，对生活、对未来抱有希望与憧憬，具有坚强的意志，挣扎着生活下来。驹子对生活的热爱和追求，还表现在她对纯真爱情的热切渴望上。她虽然沦落风尘，但仍然要追求自己新的生活，渴望得到普通女人应该得到的真正爱情。作家对她同行男的关系写得比较含糊，但他们之间没有真正的爱情却是事实。因此，在作家笔下，驹子同岛村邂逅之后，便把全部爱情倾注在岛村身上。她对岛村的爱不是出卖肉体，而是爱的奉献，是不掺有任何杂念的。这种爱恋，实际上是对朴素生活的依恋。她这种苦涩的爱情，实际上也是辛酸生活的一种病态的反映。岛村把她的认真的生活态度和真挚的爱恋情感，都看作"一种美的徒劳"，从某种意义说，是相当准确的概括。

驹子的不幸遭遇，扭曲了她的灵魂，自然形成了她复杂矛盾而畸形的性格：倔强、热情、纯真而又粗野、妖媚、邪俗。一方面，她认真地对待生活和感情，依然保持着乡村少女那种朴素、单纯的气质，内心里虽然隐忍着不幸的折磨，却抱有一种天真的意愿，企图摆脱这种可诅咒的生活；另一方面，她毕竟是个艺妓，被迫充当有闲阶级的玩物，受人无情玩弄和践踏，弄得身心交瘁，疾病缠身乃至近乎发疯的程度，心理畸形变态，常常表露出烟花女子那种轻浮放荡的性格。

（叶渭渠、唐月梅：《20 世纪日本文学史》，青岛出版社，2004）

女性美既表现在外貌上，也表现在心灵上。他认为外貌美当然是必要的、不可或缺的，但不是最主要的，心灵美才是最主要的，二者兼备的美才是最完美的。所以，他小说里的女性当然也写外貌美，但不是重点，着重写的是心灵美。再如，女性的心灵美既表现在对待日常生活的态度上，也表现在对待爱情的态度上。他认为在日常生活中的表现当然是重要的，但在爱情中的表现尤其重要。所以，他的小说大多以描写后者为主。

川端康成特别注重描写女性形象，并不是偶然的现象，而是与他的独特经历、独特观念和传统影响等有密切的联系。

（何乃英：《端康成和他的小说》，华中科技大学出版社，2017）

七、讨论习题

试讨论川端康成对"物哀"的描写还体现在哪些作品中。

本节课件　　本节视频

第九章　20世纪文学（下）

第一节　存在主义文学

一、作品导读

20世纪的西方社会，一方面，科学文化获得了空前发展，人类社会的物质财富极为丰富；另一方面，无数战乱，尤其是两次世界大战为人类带来了巨大的灾难与痛苦。在一百年的时间里，人类的生存模式和他们的思维方式也随之发生了深刻而剧烈的变化，"以尼采'上帝死了'的宣告为开端，20世纪的欧美文化精神发生了裂变，完成了以批判基督教文化、反抗传统理性主义为前提和突出特征的现代转型"。因此，"20世纪的欧美文学和艺术经历了从传统到现代主义再到后现代主义的裂变"①。

对"后现代"这个概念，有人认为它是对"现代主义"的反对，也有人认为它是"现代主义"的延续，这个争论实际上与人们对"现代主义"的不同定义有关。但无论哪种意见，都必须承认后现代与现代主义的密切关联。即如马泰·卡里内斯库在《现代性的五副面孔》中曾提出："后现代主义是现代性的一个新面孔。它显现出与现代主义的某些惊人相似（它的名称中仍然带有'现代主义'），特别是在它对权威原则的反抗中，如今这种反抗既及于乌托邦理性，也及于为某些现代主义者所推崇的乌托邦非理性。"②因而，无论如何理解"后现代主义"，有一点是十分明确的，那就是后现代批判超越的

---

① 曾繁仁主编：《20世纪欧美文学热点问题》，高等教育出版社，2002，第1页。
② 卡林内斯库：《现代性的五副面孔》，顾爱彬、李瑞华译，商务印书馆，2002，第334页。

对象是现代性。^①在后现代文学的背景下，我们可以看到诸如存在主义文学、荒诞派戏剧、黑色幽默小说、新小说、后殖民文学等文学流派，它们都呈现出不同的个性与色彩。但从总体上而言，"现代主义的哲学基础是叔本华、柏格森、尼采、弗洛伊德等人的思想和学说，而后现代主义主要是存在主义，特别是海德格尔的影响，并和后结构主义合流"^②。

因而我们需要首先对存在主义文学有所了解，与大部分文学流派不同的是，"存在主义"这个概念一开始并不为我们所熟知的存在主义学者所承认。西蒙娜·波伏娃曾言："在1945年夏天组织的一场讨论中，萨特拒绝马塞尔把存在主义这个词加诸于他。他说：'我甚至不知道什么是存在主义。'我和萨特一样被激怒了……但是我们的抗议只是枉然。"^③当然，波伏娃最终表示她与萨特还是接受了这个称呼，两人也根据自己的目的来使用这个概念。从根本上说，作为一股文化潮流，存在主义首先是一股哲学思潮，因而存在主义文学是在存在主义哲学的基础上形成的。从时间上看，它诞生于第二次世界大战前夕的法国，之后蔓延至整个欧洲。让-保尔·萨特、阿尔贝·加缪以及德·波伏娃等人都是存在主义文学的最重要的代表作家。其中让-保尔·萨特一生共著有50多部作品，代表作有长篇小说《恶心》（1938）、短篇小说集《墙》（1939）以及剧作《苍蝇》（1943）、《禁闭》（1944）等等。

在让-保尔·萨特的《禁闭》剧作中，我们可以看到萨特非常著名的"存在先于本质"以及"他人即是地狱"等存在主义哲学思想的体现。这部剧作主要以伊内丝、艾丝黛尔、加尔散以及一位听差在地狱的生活展现全剧的情节。剧本一开始讲述了加尔散，一位自称为政论文作家的文人向听差抱怨他的居住环境。后来伊内丝小姐也住了进来，她来自巴黎，曾经在邮局里当职员，她一开始把加尔散当作拆散她和弗洛朗丝的刽子手。之后，又走进来了艾丝黛尔太太，她一进门就要求加尔散让出躺椅，开始讲述在自己葬礼上姐姐勉强的哭泣。之后3个人开始谈话。我们从中得知，艾丝黛尔死于肺炎，伊内丝死于煤气中毒，而加尔散则死于枪毙。在他们讨论彼此到底因何被放

---

① 可参考曾繁仁主编：《是"后期现代主义"还是"现代主义之后"》，载《20世纪欧美文学热点问题》，高等教育出版社，2002，第53-62页。

② 郑克鲁主编：《外国文学史（下）》，高等教育出版社，2006，第175页。

③ 西蒙娜·德·波伏娃（Simone de Beauvoir）：《环境的力量》（*Force of Circumstance*），Richard Howard 英译，Penguin，1987，第45-46页，载大卫·E.科珀（David E.Cooper）《存在主义》（*Existentialism: A Reconstruction*）第二版，孙小玲、郑剑文译，复旦大学出版社，2012，第1页。

在一起时，伊内丝意识到，这个地狱中缺少一名刽子手，因而"我们当中的每一个人，都是另外两个人的刽子手"。在一阵激烈的言语交锋中，加尔散自述自己下地狱的原因不仅源自做了胆小怯懦的逃兵，还源于他在战争中所保持的中立的政治态度。除此以外，他还通过明目张胆的出轨等行为对妻子进行了长达多年的折磨。伊内丝生前则是一名女同性恋者，她唆使自己表兄弟的妻子，也就是弗洛朗丝转而投入自己的怀抱，在表兄弟死于车祸之后，一天夜里，弗洛朗丝打开了煤气，两人双双中毒身亡。进入地狱后伊内丝又不可遏制地喜欢上了唯一的女性艾丝黛尔小姐，后者却对她抱有敌意。艾丝黛尔小姐生前与死后都热恋男色，没有男人她似乎无法生活。生前她婚内出轨，生下私生女后却杀死女儿，气死了情夫，来到地狱之后，她又开始不停引诱加尔散。加尔散一边厌恶她，一边又与她游戏，还想要说服认为他是胆小鬼的伊内丝。三人之间互相猜忌，互相挑拨，完美体现了"他人即是地狱"的局面。

二、作品节选

禁闭 节选

加 尔 散：（不停地使劲敲门）开门！开开门！我一切都接受：夹腿棍、钳子、熔铅、夹子、绞具，所有的火刑，所有撕裂人体的酷刑，我真的愿意受这些苦。我宁可遍体鳞伤，宁可给鞭子抽，被硫酸浇，也不愿使脑袋受折磨。这痛苦的幽灵，它从你身边轻轻擦过，它抚摸你，可是从来不使你感到很痛。（抓住门环，摇）你们开不开？（门突然打开，他差一点儿跌倒）啊！

[静场很久。

伊 内 丝：怎么样，加尔散？走吧。

加 尔 散：（慢慢地）我在想，为什么这门打开了。

伊 内 丝：您还等什么？走呀，快走呀！

加 尔 散：我不走了。

伊 内 丝：那你呢？艾丝黛尔？（艾丝黛尔不动，伊内丝大笑）怎么样？哪个要出去？三个人中间，究竟哪一个出去？道路是畅通无阻的，谁在拖住我们？哈，这真好笑死了！我们是难分难舍的。

艾丝黛尔：（从背后扑到伊内丝身上）难分难舍吗？加尔散，来帮帮我，快来帮帮我！我们把她拖出去，把她关在门外。有她好看的！

伊　内　丝：（挣扎）艾丝黛尔！艾丝黛尔！我求求你，把我留下来吧，不要把我扔到走廊里！不要把我扔到走廊里！

加　尔　散：放开她。

艾丝黛尔：你疯了，她恨你呢！

加　尔　散：我是为了她才留下来的。

　　　　　［艾丝黛尔放开伊内丝，惊愕地看着加尔散。

伊　内　丝：为了我？（稍停）好，那么，把门关上吧，门打开后，这儿热了十倍。（加尔散走去关门）为了我？

加　尔　散：是的，你，你知道什么叫胆小鬼。

伊　内　丝：是的，我知道。

加　尔　散：你知道什么是痛苦、羞耻、恐惧？有些时候，你把自己看得很透，这使你十分泄气。而第二天，你又不知怎么想了，你再也搞不清楚头一夜得到什么启示了。是的，你知道痛苦的代价，你说我是胆小鬼，那一定有正当理由的，嗯？

伊　内　丝：是的。

加　尔　散：我应当说服的正是你，你跟我是同一种类型的人。你以为我真的要走？你脑子里装着这些想法，有关我的种种想法，我不能让你这么洋洋得意地留在这儿。

伊　内　丝：你真的想说服我吗？

加　尔　散：除此以外我没有别的办法。你知道，我已听不见他们说话了。他们一定已跟我一刀两断了。一切都已经结束，我的事已经成为定局。我在人世间已化为乌有，甚至连胆小鬼也不是了。伊内丝，我们现在是孤零零的了，只有你们两人想到我，而艾丝黛尔呢，她这人等于没有。可你，你又恨我；只要你能相信我，你就救了我。

伊　内　丝：这可不容易。你看看我，我脑子不开窍。

加　尔　散：为了使你开窍，我花多少时间都可以。

伊　内　丝：噢，你有的是时间，所有时间都是你的。

加　尔　散：（搂着她肩膀）听着，每个人都有自己的目标，是不是？我以前就不在乎金钱和爱情，我要的是做一个男子汉，一个硬汉子。我

把所有赌注都押在同一匹赛马上。当一个人选择了最危险的道路
时，他难道会是胆小鬼吗？难道能以某一个行动来判断人的一生
吗？

伊 内 丝：为什么不能？三十年来你一直想象自己很有勇气，你对自己的无
数小过错毫不在乎，因为对英雄来说，一切都是允许的。这太轻
松便当了！可是后来，到了危急时刻，人家逼得你走投无路……
于是你就乘上去墨西哥的火车……

加 尔 散：我可没有幻想过这种英雄主义，我只是选择了它。人总是做自己
想做的人。

伊 内 丝：拿出证据来吧，证明你这不是幻想。只有行动才能判断人们的愿
望。

加 尔 散：我死得太早了，他们没有给我行动的时间。

伊 内 丝：人总是死得太早——或者太迟。然而，你的一生就是那个样，已
经完结了；木已成舟，该结账了。你的生活就是你自己。

加 尔 散：毒蛇！你倒什么都答得上来。

伊 内 丝：得啦！得啦！不要泄气，你不难说服我。找一找论据吧，努力一
下。（加尔散耸耸肩）怎么样？我早就说过你是个软骨头。啊！现
在你可要付出代价了。你是个胆小鬼，加尔散，胆小鬼，因为我
要这样叫你。我要这样叫你，你听好，我要这样叫你！然而，你
看我是多么虚弱，我只不过是一口气罢了。我仅仅是一道盯着你
的目光，一个想着你的平庸无奇的思想。（加尔散张开双手，逼近
她）哈，这双男人的大手张开来了。可是你想要怎么样呢？用手
是抓不住思想的。好了，你没有选择的余地了：你得说服我，我
抓住你了。

（萨特：《禁闭》，载《萨特戏剧集》，沈志明等译，安徽文艺出版社，1998）

三、新文科阅读

有人认为后现代主义是对现代主义的超越和反叛，按照这种看法，"后
现代主义"当然是"现代主义之后"。詹明信（Fredric Jameson）认为：在
50 年代末 60 年代初，西方发生了某种剧变，这突如其来的冲击导致了人们

必须跟过去的文化彻底"决裂"。这里所说的"决裂"，其矛头所指不只包括现代主义所反叛的西方传统文化，也包括现代主义。"顾名思义，后现代主义之产生，正是建基于近百年以来的现代（主义）运动之上；换句话说，后现代主义文化的'决裂性'也正是源自现代主义文化和运动的消退及破产。不论从美学观点或从意识形态角度来看，后现代主义表现了我们跟现代主义文明彻底决裂的结果。""至此以后，所有称得上为'现代主义'的精神文明，也就显得特别平淡和无力，难以为继了。"[①]佛克玛认为后现代主义文学不仅是接着现代主义而来的，而且还是与它逆向相悖的。后现代研究的另一重要人物哈桑（Ihab Hassan）在《后现代转折》一书中举出了后现代主义的 11 个特征（定义），试图用来区分后现代主义与现代主义。有学者认为"后现代主义标志着那种与现代主义相类似的东西已经一去不复返，同时标志着现代主义在各个领域和艺术形态中取得一系列惊人的历史奇迹已经成为过去，并画上了句号"。"后现代主义的演进与其说是对现代主义的深化和补充，不如说是对现代主义的反拨，它直接与现代主义背道而驰。"

　　但另一些研究者持不同意见。哈贝马斯（Jürgen Habermas）认为现代性设计决非已经大功告成或已告失败因而应予放弃的事业，他拒斥"后现代性"一类的概念，认为后先锋派的存在并不意味着是向所谓的后现代性的更广泛现象的转变；按照这个观点，要区分现代主义与后现代主义当然是无意义之举。

　　　　　　　　　　　（曾繁仁主编《20世纪欧美文学热点问题》，高等教育出版社，2002）

　　正如我们所看到的，后现代主义一词最早应用于文学是在美国，四十年代后期美国一帮诗人运用这个词，借以远离 T. S. 艾略特所代表的象征主义式现代主义。如同早期的后现代派，大多数后来加入反现代主义运动的人都是美学激进派，而且往往在思想上接近于对抗文化的精神。这些作家的作品构成文学后现代主义的历史内核。在诗歌上，美国后现代主义写作的群体应包括黑山派诗人（查尔斯·奥尔森，罗伯特·邓肯，罗伯特·克里利），垮掉派（艾伦·金斯堡，杰克·凯鲁亚克，劳伦斯·弗林格蒂，格雷戈里·科索），"旧金山文艺复兴"的代表人物（格里·施奈德），或纽约派成员（约翰·阿什伯里，肯尼斯科克）。在小说上，经常被援引的名字是约翰·巴斯，托马斯·品

---

① 詹明信：《晚期资本主义的文化逻辑》，陈清侨等译，生活·读书·新知三联书店，1997，第421页。

钦，威廉·加迪斯，罗伯特·库弗，约翰·霍克斯，唐纳德·巴塞尔姆，以及"超小说派"（surfictionists）的雷蒙德·费德曼和罗纳德·苏肯尼克。

（卡林内斯库：《现代性的五副面孔》，顾爱彬、李瑞华译，商务印书馆，2002）

　　古典文化通过它的理性和意志在追求美德时的和谐如一体现出自己的统一。基督教文化在以天堂地狱差别观念去复制秩序井然的社会等级与教阶制度时，在寻求它的社会与价值观念的神谕天命时也反映出相应的一致性。现代社会的早期，资产阶级文化和资产阶级社会结构融合成一个特殊的整体，并围绕着秩序与工作要求形成了自己独有的品格构造。

　　与上述观点相反，我发现今天的社会结构（技术-经济体系）同文化之间有着明显的断裂。前者受制于一种由效益、功能理性和生产组织（它强调秩序，把人当作物件）之类术语表达的经济原则。后者则趋于靡费和混杂，深受反理性和反智情绪影响，这种主宰性情绪将自我目为文化评价的试金石，并把自我感受当作是衡量经验的美学尺度。从十九世纪遗传下来的那种强调自律自制、先劳后享的品格构造目前仍与技术-经济结构相互关联，但它正同文化发生着剧烈冲突，因为今天的文化已把资产阶级的价值观摒弃无遗——如此结果的部分原因，说来可笑，正来自资本主义经济体系本身的活动。

　　运动感和变化感——人对世界感知方式的剧变——确立了人们赖以判断自我感觉和经验的生动而崭新的形式。较为微妙的是，对于变化的感受却在人的精神世界引起了一场更为深刻的危机，即对空虚的恐惧。宗教的衰败，尤其是灵魂不朽信念的丧失，使人们一度放弃了人神不可互通的千年传统观念。这时，人们偏要跨越这一鸿沟。正如第一位现代人浮士德所说，人们要得到"神圣的知识"，来"证明在人的身上有上帝的形象"，否则就干脆承认自己是"虫豸的亲戚"。

（丹尼尔·贝尔：《资本主义文化矛盾》，赵一凡、蒲隆、任晓晋译，生活·读书·新
知三联书店，1989）

四、问题研究

1. 存在主义文学的思想来源

　　对于存在主义文学的哲学思想的来源问题，萨特曾在《存在主义是一种人道主义》中借用陀思妥耶夫斯基的话，表示存在主义的起点正是有关于上帝是否存在的问题。①因而，我们可以说，存在主义思想首先起源于宗教的衰微。这种宗教思想的衰微，把人们在生活中所感受到的焦虑推向了顶峰。正如威廉·巴雷特在《非理性的人》中所说："由于失去了宗教，人就失去了与存在的一个超验领域的具体联系，他就可以毫无约束地同这个世界的全部无理性的客观现实打交道。然而，在这样一个世界中，他必然感到无家可归，这个世界已不再满足他的精神需要。"因而，"缠住现代艺术和存在哲学的主题的，是人在世界中的异化和陌生感；是人类存在的矛盾性、虚弱性和偶然性；对失去了在永恒之中的立脚点的人来说，是处在中心地位和压倒一切的时间的现实性"。②这意味着由宗教信仰所设定的人的生存的终极目的如今被取消了，因而人们开始处于巨大的虚无之中，他们需要为自己的存在寻求新的价值与意义。

这种思想层面的变革与资本主义文化的发展也深有关联。丹尼尔·贝尔指出，20 世纪后半叶的文化呈现出断裂性的特征，资本主义的文化原则与其经济原则和政治原则等皆表现出冲突性。而在资本主义发展的内部，现代科学技术的进步及人类对理性的极端推崇，一方面造就了新的理性的神话，另一方面也在20 世纪的诸多社会现实，如世界大战、经济危机等现象背景下，促使人们意识到理性其实也有无能为力的时刻。因而存在主义哲学的基本主题，就在于对人与世界问题的进一步挖掘，对存在问题的深入探讨。

2. "他人即地狱"

"他人即地狱"可以说是萨特《禁闭》中的一个核心概念。剧中曾提及："不需要烧得通红的火钳，他人即地狱。"对此，萨特自己曾经评论说："我想通过这个剧本表达另外的思想，不仅仅是偶然的机会提供我说一般的话。我想说：地狱即他人。但是'地狱即他人'一直被曲解。人们以为我想说我们跟他人的关系总是很坏的，关系始终恶劣的。然而我想说的完全不是这么回事。我的意思是说，如果跟他人的关系起了疙瘩，变坏了，那么他人只能是地狱。为什么？因为人要有自知之明，实际上他人最为重要。当我们捉摸自己，当我们试图了解自己，所用的其实是他人对我们的认识，我们运用他人掌握的手段，运用他人判断我们的手段来判断自己。不管我对自己怎么想，反正他人的判断已经进入我的脑海，不管我感觉自己怎么样，反正他人对我

---

① 可参考让-保尔萨特：《存在主义是一种人道主义》，周煦良、汤永宽译，上海译文出版社，2005。

② 威廉·巴雷特：《非理性的人》，段德智译，上海译文出版社，2007，第 24—28 页。

的感觉已经在我身上扎根。这就是说，我跟他人的关系之所以不好，是因为我自己完全依附于他人，于是我当然犹如处在地狱里。世界上有大量的人处在地狱的境地，因为他们太依附他人的判断。但是这绝不意味着我们不能跟他人有其他的关系，这只不过表明所有其他人对我们每个人说来是至关重要的。"①从这段话中我们可以看出，这句话首先意味着我们与他人之间的关系如果特别恶劣，则很有可能形成"他人即地狱"的局面。例如当我们互相之间不能正确对待对方时，我们就会互相成为彼此的"地狱"。《禁闭》中的加尔散对于他的妻子来说就是一个"地狱"，时刻折磨着对方，反过来，他也不会在婚姻生活中体会到正常的爱情的甜蜜。伊内丝引诱了表兄弟的妻子，彼此形成了罪恶的内在精神状态，最终弗洛朗丝拉着她一起死于煤气中毒。艾丝黛尔因为极度贫困而选择嫁给了一个有钱却年龄较大的男性，之后发生婚外恋，她杀死了私生女，气死了情夫，因而她虽死于肺病，最终却也无法获得心灵上的平静。她害怕面对质问，害怕失去男性的追捧，无法直面自己的内心，只能沉溺在一场又一场的肤浅的情色生活中。

　　除此以外，萨特在这段话中还传达出一层含义，也就是说，当人们过于依赖他人对自我的评价时，他人也会变成自我的地狱。剧中的加尔散即便已经进入地狱，还要不停地关注编辑部的那些人如何评价自己。后来当他听不见这些生人的谈论后，他又不停地希望说服伊内丝相信自己并非一个胆小鬼，但伊内丝就是不承认这一点，她不停地表示："怎么样？我早就说过你是个软骨头。啊！现在你可要付出代价了。你是个胆小鬼，加尔散，胆小鬼，因为我要这样叫你。我要这样叫你，你听好，我要这样叫你！"加尔散对此难以承受，但伊内丝同时也表示："然而，你看我是多么虚弱，我只不过是一口气罢了。我仅仅是一道盯着你的目光，一个想着你的平庸无奇的思想。"②加尔散却无法体会到这一点，他让伊内丝用"胆小鬼"的评论把自己完全缠住了，成了拉康所说的一个被划线的主体。

　　最后，从外部眼光对自我的评价态度层面来看，"他人即地狱"实际上也包含了自我对自我的评价维度。也就是说，当我们过于依赖他人对自我的评价时，恰恰说明了我们自己其实并没有正确地评价我们自己，因而，自我也会成为自我的"地狱"。例如剧中的贵妇人艾丝黛尔，她沉溺在一个又一个男

① 萨特：《萨特谈"萨特戏剧"》，沈志明选译，载《萨特文集·戏剧卷Ⅱ》，郭安定等译，人民文学出版社，2000，第540页。

② 译文引自让-保尔·萨特：《萨特戏剧集·禁闭》，冯汉津、张月楠译，安徽文艺出版社，1998。

人对自己美貌的追捧中，只追求动物本能般的直感享乐，却不能严肃对待自己，也不去改变自己，所以走上犯罪的道路，落入了自己的"地狱"。

五、延伸思考

1. 后现代主义与现代主义有何差异？

可参考：新文科阅读部分。卡林内斯库："利奥塔所说的各种现代性元叙事的共同之处，是一种普遍的终极目的论观念。无论它们如何歧异，所有现代规划都以一种关于整个历史的终极目的论幻想为前提，在这种意义上说，基督教（作为人类最终从亚当的原罪中获得拯救的叙事）本质上是现代的。现代性所有主要的'解放叙事'本质上都是基督教范式的变种：通过知识-借助它人性从邪恶无知中获得解放，取得进步的启蒙元叙事；心智或'精神'（Geist）通过辩证法从自我异化中获得解放的黑格尔式纯理论叙事；通过无产阶级的革命斗争人类从压迫中获得解放的马克思主义叙事；通过市场，亦即通过亚当·斯密的'看不见的手'的干预（它从无数矛盾冲突的私利中创造出普遍和谐），人性从贫穷中获得解放的资本主义叙事。"①

2. 如何理解"存在先于本质"？

可参考：萨特"我们说存在先于本质的意思指什么呢？意思就是说首先有人，人碰上自己，在世界上涌现出来——然后才给自己下定义。如果人在存在主义者眼中是不能下定义的，那是因为在一开始人是什么都说不上的。他所以说得上是往后的事，那时候他就会是他认为的那种人了。所以，人性是没有的，因为没有上帝提供一个人的概念。人就是人。这不仅说他是自己认为的那样，而且也是他愿意成为的那样——是他（从无到有）从不存在到存在之后愿意成为的那样。人除了自己认为的那样以外，什么都不是。这就是存在主义的第一原则"。②

六、资料参考

要谈后现代主义，首先要同意作以下的假设，认为在50年代末期到60年代初期之间，我们的文化发生了某种彻底的改变、剧变。这突如其来的冲击，使我们必须跟过去的文化彻底"决裂"。而顾名思义，后现代主义之产生，

---

① 卡林内斯库：《现代性的五副面孔》，顾爱彬、李瑞华译，商务印书馆，2002，第294页。
② 萨特：《超越生命的选择》，阎伟选编，陈宣良等译，长江文艺出版社，2009，第130页。

正是建基于近百年以来的现代（主义）运动之上；换句话说，后现代主义文化的"决裂性"也正是源自现代主义文化和运动的消退及破产。不论从美学观点或从意识形态角度来看，后现代主义表现了我们跟现代主义文明彻底决裂的结果。

……

回顾一下，在现代主义的巅峰时期，高等文化跟大众文化（或称商业文化）分别属于两个截然不同的美感经验范畴，今天，后现代主义把两者之间的界限彻底取消了。后现代主义为我们今天的文化带来一种全新的文本——其内容形式及经验范畴，皆与昔日的文化产品大相径庭。而这种创新的文本，居然是在那备受现代（主义）运动所极力抨击的"文化产业"（culture industry）的统辖下产生的［众所周知，一些大展旗帜捍卫"现代"精神的论者，从英国的李维斯（Leavis）到美国的"新批评"家（New Critics）以及阿多诺（Adomo）、法兰克福学派，无不义正辞严地斥责现代社会里的所谓"文化产业"，视之为20世纪西方文明的首号敌人］。

（詹明信：《晚期资本主义的文化逻辑》，陈清侨译，生活·读书·新知三联书店，

1997）

我们叫做的这个存在主义究竟是什么呢？……说实在话，在所有的教导中，这是最不招摇、最最严峻的：它完全是为专业人员和哲学家们提出的。尽管如此，它还是很容易讲清楚。问题之所以变得复杂，是因为有两种存在主义。一方面是基督教的存在主义，这些人里面可以举雅斯贝斯和加布里埃尔·马塞尔（Gabriel Marcel），两个人都自称是天主教徒；另一方面是存在主义的无神论者，这些人里面得包括海德格尔以及法国的那些存在主义者和我。他们的共同点只是认为存在先于本质——或者不妨说，哲学必须从主观开始。

（让-保尔·萨特：《存在主义是一种人道主义》，周煦良、汤永宽译，上海译文出版

社，2005）

我想说的第二层意思是，这些人跟我们是不相同的，你们在《禁闭》中听到的三个人跟我们没有相似之处，因为我们是活人，他们是死人。当然，这里"死人"有某种象征的意义。我想指出的是，确实有很多人困于陈规陋习，苦恼于他人对自己的定见，但是根本不想改变。这样的人如同死人，从

这个意义上讲，他们不可能冲破框框，超越他们的忧虑、他们的定见和他们的习惯，因而他们常常是他人对自身定见的受害者。由此清楚地看出他们是懦夫或坏人。一旦他们当上了懦夫，没有任何东西可以改变这一事实，正因如此，他们是死人，或者说他们是活死人。这是一种说法，意思是指那些老是苦恼于他人的定见，受人摆布，而不想改变现状的人。我这是极而言之，因为我们是活人，我想通过荒诞的形式指明自由对我们的重要性，即以行动改变行动的重要性。不管我们处在怎样的地狱圈内，我想我们有砸碎地狱圈的自由。如果有人不这么做，他们就是自愿呆在里面，归根到底，他们自愿入地狱。

综上所述，跟他人的关系，禁锢和自由，通向彼岸的自由，这就是该剧的三个题材。我希望当你们听到剧中人说：地狱即他人，你们能想起上述的论点。

（萨特：《萨特谈"萨特戏剧"》，沈志明选译，载《萨特文集·戏剧卷Ⅱ》，郭安定等译，人民文学出版社，2000）

萨特对马克思主义的保留，的确不容忽视。一个保留是，他力图以他的存在主义来补充马克思主义关于人生存状态与其自主意识的哲理之不足，也就是他所谓的"坚持存在主义在马克思主义内部的自主性"。再一个保留是，他要以心理分析学来补充马克思主义对于人自身心理机制缺少研究与论述之不足。

（柳鸣九：《严酷无情的自我精神分析——萨特自传：〈文字的诱惑〉》，《外国文学研究》1990 年第 1 期）

七、习题讨论

一般情况下，我们认为萨特的存在主义代表文学就是他的"境遇剧"，如《苍蝇》《禁闭》等剧本。问题就在于：为什么在萨特笔下，人物必须要处于极端的境遇中？或者说，作家这样设定人物处境的目的何在？

本节课件　　本节视频

第二节　荒诞派戏剧

一、作品导读

　　从时间上来看，荒诞派戏剧于 20 世纪 50 年代，即第二次世界大战后不久，首先产生于法国。到了 20 世纪 60 年代之后，它逐渐风靡于欧洲各国，它又被称为"反戏剧流派"或者"先锋派"。就历史时段而言，可以说，从1950 年尤内斯库《秃头歌女》的上演，到 1952 年贝克特的《等待戈多》达到高潮，再到 70 年代走向衰落,荒诞派戏剧前后经过了 10 多年的发展历程。

　　法国剧作家尤内斯库的第一部荒诞派戏剧名为《秃头歌女》，副标题是《反戏剧》，这部作品最早曾于 1950 年在巴黎上演，结果只有 3 名观众。据尤内斯库自述："引起最大骚动是在比利时的布鲁塞尔上演《秃头歌女》的时候，观众拼命地喊'退票！退票！'，他们堵在戏院门口等演员们出来，扬言要把他们绞死。演员们只好从后门走了。"①出现这种现象的原因就在于，在这部戏剧中，不仅剧名与戏剧内容毫无关系，并且整场戏剧也没有完整清晰的故事情节。尤内斯库承认自己把它叫作"反戏剧"其实是"为了震动世界，搅动人心；用情感摧毁语言，肢解动词"。

　　从具体情节来看，整部戏剧分为 11 场，共 6 位人物。其中两对夫妻分别是史密斯夫妇和马丁夫妇,还有史密斯家里的一位女仆玛丽和一位消防队长。幕启时，英国人史密斯夫妇坐在典型的英国式客厅的沙发上,先生在看报纸,夫人在补袜子,在一阵长长的静默后，英国式的挂钟敲了 17 下。史密斯夫人先感叹道："已经九点钟了……"接下来是一大段关于晚餐食物的谈话。由食物讲到疾病，再由疾病讲到医生，等等。这时，另一对夫妻马丁夫妇上门拜访，女佣玛丽将两人引入客厅，但两人却互不相识又好像在哪里见过。最后通过互报行程，在一连串的"真巧"以及回忆起小女儿后，他们终于记起他们就是夫妇。这时，钟很响地敲了一下，响得叫观众吓一跳。此时又进来了

---

① 尤内斯库、廖星桥：《荒诞之父走向更加荒诞的深渊——访"荒诞派戏剧"领袖尤奈斯库》，载廖星桥《荒诞与神奇——法国著名作家访谈录》，海天出版社，1998，第 18 页。

一位消防员，进门后讲了许多毫无意义的故事和寓言。在第八场的结尾，消防队队长正在为史密斯夫妇和马丁夫妇讲故事时，突然想起自己正在值勤，随即他向史密斯夫妇询问时间，史密斯先生则回答，家里的时钟有毛病，指的时间总是相反的。整场戏剧最后在两对夫妻的一片无意义的吵闹声中逐渐落幕。剧终灯光重新亮起，马丁夫妇取代了史密斯夫妇，一成不变地重复史密斯夫妇在戏剧一开场时的对话。

这部独幕剧，据尤内斯库自述，一开始并非名为《秃头歌女》，而被称为《轻松英语》或《英国时间》，前一个剧名来源于尤内斯库自学英语时的经验。由于他被秉持同化教学法的教科书《轻松英语》中那些毫不连贯的机械性对话所震惊，于是决定以此为名写作一部剧本，戏剧中的人物也都来自《轻松英语》。后一个剧名来自剧中不停响起的英国挂钟。但在 1949 年的一次排演过程中，饰演消防队队长的男演员因为错把小学女教师念成了"秃头歌女"，尤内斯库随即将这个无意识的口误定为了剧名。尤内斯库在此后让这位演员在第 10 幕下场时问了一句"秃头歌女"，有人回答说"她还是那样戴着假发"。除此以外，剧中根本不存在一位"秃头歌女"。因而，这部剧本的题目和戏剧的内容可以说毫不相干。

通过对这部戏剧情节的细致了解，我们也由此可以看出，这出独幕剧并没有完整的故事情节，也没有戏剧的矛盾冲突，更未塑造出合乎情理的人物形象。马丁·艾斯林曾表示："他所悲叹的是个性的泯灭、大众对口号的接受、对现成观念的接受，这些东西日益把我们的大众社会变成集中指导的自动化集体。"[1]从根本上来讲，《秃头歌女》的时间倒错特征与人物的机械状态都必然会引起习惯于理性主义作品的现代读者的困惑，因而它的初次上演的失败看起来就似乎不可避免。尤内斯库本人也认为，他对自己的失败并不感到奇怪，反倒是对后来取得的成就感到惊奇。在《秃头歌女》之后，他也继续创作了如《椅子》《犀牛》等作品。随后，贝克特也加入到了这个阵营之中，并最终于 1953 年创作出《等待戈多》，使得荒诞派戏剧最终取得了巨大成功。

从这部作品中我们可以看出，荒诞派戏剧的基本艺术形式在于，它突破了传统戏剧的一切基本规律。其实，当荒诞派戏剧的始祖尤内斯库还是一个孩子的时候，他热爱戏剧，但此后不久就开始讨厌和批判提线木偶式的戏剧表演，因而他的"新型"戏剧（荒诞派戏剧）形式，必然呈现出"反戏

---

① 艾琳斯：《荒诞派戏剧》，华明译，河北教育出版社，2003，第95页。

剧"——反传统戏剧——的基本特征。而这种反戏剧的戏剧形式，本质上还是来自戏剧所想要传达的荒诞主题。尤内斯库自己就曾表示："在《秃头歌女》中，我把世界和语言都肢解了，因为我觉得这个世界上的人表面上在讲话，实际上什么也没讲，他们都是滑稽可笑的。即使是世界本身，我也感到它是一种奇怪的、不可解释的东西。"①所以他说："我在研究荒诞，我感到这个世界既是陌生的、令人吃惊的，也是可怕的。"②

二、作品节选

秃头歌女 第一场 节选

[一个英国中产阶级家庭的内室，几张英国安乐椅。英国之夜。史密斯先生靠在他的安乐椅上，穿着英国拖鞋，抽着他的英国烟斗，在英国壁炉旁边，读着一份英国报纸。他戴一副英国眼镜，一嘴花白的英国小胡子。史密斯夫人是个英国女人，正坐在他身旁的另一张英国安乐椅里，在缝补英国袜子。英国的沉默良久③。英国挂钟敲着英国的十七点钟。

史密斯夫人：哟，九点钟了。我们喝了汤，吃了鱼，猪油煎土豆和英国色拉。孩子们喝了英国酒。今儿晚上吃得真好。要知道我们住在伦敦郊区，我们家又姓史密斯呀。

[史密斯先生照样看他的报，打了个响舌。

史密斯夫人：猪油煎土豆特棒。拌色拉的油原先可没哈喇味。拐角那家杂货铺子的油比对面那家杂货铺子的好，甚至比坡下那家杂货铺卖的还好。但是我不愿意说他们这些铺子卖的油差。

[史密斯先生照样看他的报，打了个响舌。

史密斯夫人：不管怎么说，拐角那家铺子的油比哪家的都好……

[史密斯先生照样看他的报，打了个响舌。

史密斯夫人：玛丽今儿土豆烧得好。上回她可没烧好，土豆要烧得好我才爱

---

①尤内斯库、廖星桥：《荒诞之父走向更加荒诞的深渊——访"荒诞派戏剧"领袖尤奈斯库》，载廖星桥《荒诞与神奇——法国著名作家访谈录》，海天出版社，1998，第11页。

② 尤内斯库、廖星桥：《荒诞之父走向更加荒诞的深渊——访"荒诞派戏剧"领袖尤奈斯库》，载廖星桥《荒诞与神奇——法国著名作家访谈录》，海天出版社，1998，第9页。

③"英国的沉默良久"和下文的"英国的十七点钟"，都属于文字游戏，剧中大量采用这类词句的反常搭配，以显示作者对常规的讽刺。

吃。

[史密斯先生照样看他的报，打了个响舌。

史密斯夫人：鱼倒是新鲜。我可没馋嘴，就吃了两块，不，三块。吃得我拉肚子。你也吃了三块，可你那第三块比头两块小。我可比你吃的多得多。今晚我比你吃得下。怎么搞的？往常总是你吃得多，你可不是个没胃口的人呀。

[史密斯先生打了个响舌。

史密斯夫人：可就是汤多少咸了点，反正比你有味儿，嗳嗳嗳！大葱搁多了，洋葱少了。真后悔没叫玛丽在汤里加点大料，下回我可得自己动手。

[史密斯先生照样看他的报，打个响舌。

史密斯夫人：我们这小儿子也想喝啤酒，他将来准是个酒鬼，象你。饭桌上你没见他瞅着酒瓶那副样子？可我呀，往他杯子里倒白水。他渴了，照喝。埃莱娜象我，是个好主妇，会管家，会弹琴。她才不要喝英国啤酒呢，就象我们小女儿只喝奶吃粥。才两岁就看得出来。她叫培吉①。芸豆奶油馅饼特棒，吃甜点心的时候最好能喝上一小杯澳大利亚的勃艮第②葡萄酒。可我没让葡萄酒上桌，免得让孩子们学会喝。得教他们生活简朴、有节制才好。

[史密斯先生照样看他的报，打个响舌。

史密斯夫人：帕克太太认识一个杂货店老板，是个罗马尼亚人，叫波彼斯库·罗森费尔德，他刚从君士坦丁堡来，是个做酸牛奶的大行家，安德烈堡的酸奶制造商学校毕业的。明天我去找他买一口专做罗马尼亚民间③酸奶用的大铁锅来，在伦敦郊区不常碰上这种货。

[史密斯先生照样读他的报，打个响舌。

史密斯夫人：酸奶酪对胃病、腰子病、盲肠炎和偶像崇拜症都有特效。这是常给我们邻居乔恩家的孩子看病的那个麦根基–金大夫告诉我

---

① 培吉原文用的英文，剧中不时用几个英文的词，以便造成奇特的效果。

② 勃艮第，法国地名，当地以产葡萄著称。剧中人说成是澳大利亚的地方，正如下文把土耳其的城市君士坦丁堡说成是罗马尼亚的地名一样，为的是引人发笑。

③ 台词中往往故意塞进些不伦不类的词语，如下文的"偶像崇拜症"，以便挖苦剧中人不学无术又好卖弄聪明。

　　　　的。他是个好大夫，信得过的。他自己没用过的药是从来不开
　　　　的。他替帕克动手术前，先给自己的肝脏开刀，尽管他什么病
　　　　也没有。

史密斯先生：那为什么他自己动手术没事，帕克倒被他治死了呢？

史密斯夫人：他自己的手术成功了，可帕克的手术没做好呀。

史密斯先生：麦根基总归不是好大夫。他俩的手术要不都成功，要不都该完
　　　　蛋。

史密斯夫人：为什么？

史密斯先生：一个有良心的医生要是不能同病人共同把病治好就应该同病人
　　　　一块去死。遇到海浪，船长总是同他的船一起殉职，不自个儿
　　　　偷生。

史密斯夫人：病人能比做船？

史密斯先生：干吗不能？船也有船的毛病嘛，再说，你那个大夫跟军舰①一
　　　　样健康。所以说，他得和病人同时暴死，象大夫同他的船一起
　　　　完蛋一样。

史密斯夫人：噢！我原先没想到……或许有道理……那——这得出什么结论
　　　　呢？

史密斯先生：这就是说，医生没有不是江湖骗子的，而病人也都是一路货色。
　　　　英国只有海军才是正直的。

史密斯夫人：水手可不。

史密斯先生：那当然。

　　　　〔间歇。

史密斯先生：（报纸仍然不离手）有件事我不明白，为什么这民事栏里总登去
　　　　世的人的年龄，却从来不登婴儿的年龄？真荒唐。

史密斯夫人：这我可从来还没有想到过！

　　　　〔又一阵沉默。钟敲七下。静场。钟敲三下。静场。钟半下也不敲。

史密斯先生：（报纸不离手）咦，这儿登着勃比·华特森死了。

史密斯夫人：我的天，这个可怜人，他什么时候死的？

　　　（尤内斯库：《秃头歌女》，高行健译，载《荒诞派戏剧选》，外国文学出版社，1983）

---

　　① 以下一些不合逻辑的语句，都讽刺了思维逻辑。

三、新文科阅读

同样，日复一日，生活毫无光彩，同时裹挟着我们。然而，总会有那么一刻，应当裹挟时间了。我们生活在未来："明天""以后""等你混出个样儿来""等你长大就会明白"。这些不着调的话令人赞叹，因为最终，就关系到死亡了。总归有那么一天，人觉察到，或者，说他已三十岁了。他这样也是强调年轻，但是这样一来，他就根据时间给自己定位了。他在时间里就位了。他承认自己处于人生弧线的某一时间点上，从而表明他应当走完全部路程。他从属于时间了，不免心生恐惧，确认了时间是他的死敌。明天，他盼望明天，而他全身心本该拒绝的。肉体的这种反抗，就是荒诞。

再低一个层次，就是陌生性了：发现世界"厚实"，看出一块石头陌生到何等程度，我们感到无能为力，大自然显示何等强度，一处风景就可以否定我们。自然美的深处，无不潜伏着非人的东西：就说这些山峦、天空的晴和，这些树木曼妙的图景，转瞬间就丧失了我们所赋予的幻想的意义，从此就跟失去的天堂一样遥不可及了。世界原初的敌意，穿越了数千年，又追上我们了。这个世界，一时间我们看不懂了，只因多少世纪以来，我们所理解的世界，无非是我们事先赋予它的各种形象和图景，只因从此以后，我们再无余力使用这种伎俩了。世界又恢复原样，也就脱离我们的掌握了。这些由习惯遮饰的布景，又恢复了本来的面目，离我们远去了。同样，本来一位女子熟悉的面孔，已经爱了数月或数年的一位女子，有些日子忽然觉得是个陌生人了，甚至可以说，我们也许渴望使我们突然如此孤独的东西。不过，时间还没有到。唯一可以肯定的是：世界的这种厚实和这种陌生性，正是荒诞。

······

一个能够用理性解释的世界，不管有着什么毛病，仍然是人们熟悉的世界。但是在一个突然被剥夺了幻想和光明的宇宙里，人感到自己是陌生人。他的境遇就像是一种无可挽回的终身流放，因为他忘却了所有关于失去的家乡的回忆，而且丧失了对未来乐园的希望。这种人与他的生活之间的分离，演员与舞台之间的分离，真实地构成了荒诞的感觉。

（加缪：《西绪福斯神话——论荒诞》，杜小真译，生活·读书·新知三联书店，1987）

尤涅斯库的戏剧有两个基本主题，它们经常共存于同一部戏剧中。次要的主题是抗议今日机械性的资产阶级文明的穷途末路、真实可感的价值的丧失以及所导致的生活堕落。尤涅斯库攻击这样一个世界，它丧失了它形而上的维度，世上的人不再有一种神秘感，在面对他们自己的存在的时候不再有敬畏感。在对于僵化的语言进行猛烈抨击的背后，还存在着一种要求恢复诗意的生活概念的请求：

"在一个美好的早晨，当我从日常生活的精神睡眠中醒来，我突然感觉到我的存在和宇宙的存在，对我来说，一切事物都显得奇异同时又熟悉，此时对存在的惊奇之感浸润了我——这些情操、这种感觉属于所有时代的所有的人。我们发现，所有诗人、神秘主义者、哲学家都以几乎相同的词汇表达了这种精神状态，他们以和我完全相同的方式感觉到了它……"

但是，如果说尤涅斯库猛烈抨击了把神秘排除在存在之外的那种生活方式的话，那么这并不意味说他认为对于人类存在含义的充分了解就是一种快乐。相反，他试图传递的对于存在的直觉是一种绝望。在他的剧作中反复出现的主题就是个人的孤独与寂寞，他与其他人交流的困难，他对于令人难堪的外部压力、对于社会的机械性一致以及对于他自己个性中同样令人难堪的内部压力的屈服，他的个性包括性欲和随之而来的负罪感，以及产生于人的自我身份的不确定性和死亡的必然性的焦虑。

（艾琳斯：《荒诞派戏剧》，华明译，河北教育出版社，2003）

一个极为悲观的主题贯穿各个作品，揭示出一个经历了野蛮性的爆发和各种理性与人道主义体系破产的时代的各种焦虑。通过它们的结构和对话，这些作品玩弄它们明确的无条理，达到一种有时仿佛是陷入无意义的程度。作者们——每人以自己的方式——发明一种新的构思戏剧作品的方式，他们利用戏剧性的所有潜在能力，扰乱我们对于戏剧表现的概念，而且，最终把在无疑是不存在一个意义的地方制造一个意义的责任留给观众。如果荒诞指的只不过是所有不可理解的东西，那么这些戏剧确实能被认为是荒诞的，因为它们似乎拒绝传达甚至最少的可被理解的信息，宁愿让我们直接面对世界的无政府状态和生存的空虚。通过打碎观众的期待体系，同时使他们面对一种双重的无意义，即世界的无意义和想要表达这个世界的语言的无意义，他们通过否定戏剧写作一直到那时都依赖的传统戏剧范畴和修辞手法作为自己的特点。

荒诞（absurde）一词的词源属于音乐领域：在拉丁语中，absurdus（听不到的，聋的）意思是"不在声音中的东西，不协和的、不调和的东西"。这个术语更加普遍地属于哲学的书写，指的是同逻辑规则冲突的东西。荒诞，就是与理性不一致的事物，缺乏条理的事物。在日常用语中，这个词指的是与常识相抵触的事物，它形容所有看上去荒谬的东西。人们如此谈论荒诞行为，以称呼一种怪诞可笑的行为举止。荒诞这个概念因此也包含着意义的问题。它牵涉到与一种规范的关系，并且假设一种暗示的比较。通过引申，它包含着一种差距，一种移位，甚至是与既定秩序的断裂。人们将会认识到那些被称为荒诞戏剧作家的作者常常是通过他们所采取的与既定体系的距离而被定义的，他们的剧本通过一种与传统形式的断裂和一种对所有直接严密性的拒绝而显得独特。

（普吕讷：《荒诞派戏剧》，陆元昶译，浙江大学出版社，2014）

四、问题研究

1. "反戏剧"："荒诞派戏剧"的基本艺术形式

具体说来，首先，荒诞派完全丢弃了在传统戏剧中必不可少的情节和结构，展现出"反情节""反主题"的基本特征。就如荒诞派戏剧的代表性作品《等待戈多》，关于"戈多"代表什么，为什么"等待戈多"等都是未知的；其次，荒诞派戏剧的舞台形象支离破碎，以破碎的舞台形象代替性格鲜明生动的人物，展现出"反人物"的基本特征；最后，从语言层面来看，尤内斯库称其为"语言悲剧"，认为社会语言"不是别的，只是陈腐、空洞的公式和口号而已"。因而其作品常以缺乏逻辑的、荒诞的对话来代替传统戏剧中机智的对话。

马丁·艾琳斯在《论荒诞派戏剧》中总结道："如果一出好戏必须有个精心结构的故事，那么这些剧作没有故事或者情节可言；如果一出好戏应该按照性格塑造和动机描写的精妙来判断，那么这些剧作时常没有鲜明的人物，呈现给观众的只有一些几乎是机械性的木偶；如果一出好戏必须有一个充分阐释的主题，做出明确的展示和最终的解决，那么这些剧作既没有开端也没有结尾；如果一出好戏必须是自然的一面镜子，以优雅细致的笔触描绘时代的风尚和特点，那么这些剧作时常似乎只是梦境和噩梦的反映；如果一出好戏依赖于妙趣横生的应答和一针见血的对话，那么这些剧作时常只有不合逻辑的唠唠叨叨。"①

2. "荒诞"：荒诞派戏剧主题的内涵及其根源

在谈到荒诞派戏剧这个概念时，尤内斯库表示这是英国人马丁·艾斯林创造的，他于 1961 年发表了《荒诞派戏剧》这部理论作品，此后，荒诞派戏剧才正式定名。对于尤内斯库而言，世界是荒诞的，"因为人要反对自己，违背自己的意志。所有人造的东西反过来都是为了反对人自己"②。并且这种对世界是荒诞的认识，并不是因为第二次世界大战所造成的影响，而是因为"世界始终是荒诞的，只不过以前没人想到，现在人们才意识到而已"③。在尤内斯库看来，这种荒诞感产生于人生的无意义。

而我们之所以会在现在才意识到世界是荒诞的，则是因为从时间上看，20 世纪 50 年代后，西方进入工业社会，科学技术突飞猛进。在物质生活建设取得极大成功的另一面，是传统文化价值观念的逐步解体，甚而在"上帝已死"和"娱乐至死"的世界里，人们逐渐在物质世界中迷失了自己，因而以往不够清晰的感觉现在都逐渐越来越强烈。诚如尤内斯库的追问：为什么一次火山爆发要杀死成千上万的人？为什么世界要接受痛苦？为什么人类社会要想方设法相互残杀？人不能确定自己的生存目的是什么，对存在的目的产生了怀疑，面对自己对于生存目的的追问无法得到答案，这种生存的无目的性就是荒诞意识产生的全部根源。因而，我们可以说，荒诞派戏剧中"荒诞"的本质就在于人的无目的性，这种无目的性在"上帝已死"的后现代世界显现得更为鲜明。现代人对自身终极目的追问、质疑与失败，正是荒诞感受呈现出来的基本契机。正如尤内斯库自己所说："世界不过是一个可悲的玩笑，是上帝用以玩弄世人的一个闹剧而已。"④

五、延伸思考

1. 我们说荒诞派戏剧的基本主题就是揭示现代生活的"荒诞性"，而这

---

① 艾琳斯：《荒诞派戏剧》，华明译，河北教育出版社，2003，第 7 页。

② 尤内斯库、廖星桥：《荒诞之父走向更加荒诞的深渊——访"荒诞派戏剧"领袖尤奈斯库》，载廖星桥《荒诞与神奇——法国著名作家访谈录》，海天出版社，1998，第 19 页。

③ 尤内斯库、廖星桥：《荒诞之父走向更加荒诞的深渊——访"荒诞派戏剧"领袖尤奈斯库》，载廖星桥《荒诞与神奇——法国著名作家访谈录》，海天出版社，1998，第 19 页。

④ 尤内斯库、廖星桥：《荒诞之父走向更加荒诞的深渊——访"荒诞派戏剧"领袖尤奈斯库》，载廖星桥《荒诞与神奇——法国著名作家访谈录》，海天出版社，1998，第 13 页。

种对人和世界面貌的揭示对我们来说具有什么样的意义呢？

可参考：马丁·艾斯林，"通过使人面对人类状态的严峻现实，他要使存在变得真实、变成活生生的。但这也是解放之路。攻击（人类状态的）荒诞，尤内斯库说，'就是说出非荒诞的可能性的一种方法……因为还有什么其他地方存在参照点呢？……在禅宗佛教中，没有直接教导，只有不断寻找出路，寻找顿悟。没有什么比非悲观主义的责任更加使我悲观的了。我感到，有关绝望的每一个信息都在表达这样一种处境，即每一个人都必须自由地从中设法寻找到一条出路'"。[①]

2. 如果说"荒诞感"表达的是人生的无意义性或无目的性，那么存在主义作家如萨特、加缪等也通过文学创作表达了类似的主题，从这一点上来讲，存在主义作家通过明晰的文学形式探究存在问题，而荒诞派戏剧作家则通过反戏剧的形式表达荒诞主题，你认为两种方式各有什么样的利弊？

可参考：马丁·艾斯林，"荒诞派戏剧家试图通过本能和直觉而不是有意识地努力加以克服和解决。荒诞派戏剧不再争辩人类状态的荒诞性：它仅仅是呈现它的存在——也就是说，以具体的舞台形象加以呈现。这就是哲学家和诗人的方法之间的区别"。[②]

六、资料参考

尤内斯库本人这样描述下面发生的事情："我开始学习。我自觉地抄写识字课本上的整段句子，为的是记忆它们。在专心致志地阅读它们的时候，我不仅学习了英语，而且学到了某些令人震惊的事实——例如，一个星期有7天，都是些我早就知道的事情；地板在下面，天花板在上面，一些我已经熟知的事情，也是我从来没有认真想过的，或者已经遗忘掉的事情，对我来说，突然之间，它们既是那样无可否认地真实，又是那样令人震惊。"

随着课程变得越来越复杂，又出现了两个人物——史密斯先生和史密斯太太："让我吃惊的是，史密斯太太告诉她丈夫说，他们有7个孩子，他们住在伦敦附近，他们家姓史密斯，史密斯先生是个职员，他们有个仆人，名叫玛丽，和他们一样也是英国人……我想指出，史密斯太太的话是不可辩驳的，

① 艾琳斯：《荒诞派戏剧》，华明译，河北教育出版社，2003，第132页。
② 艾琳斯：《荒诞派戏剧》，华明译，河北教育出版社，2003，第9页。

完全具有格言的特性，而我那本英语识字课本的作者具有完美的笛卡儿式态度；因为它的突出之处就是它在追求真实中采用的明显的有条不紊的步骤。在第5课，史密斯夫妇的朋友马丁夫妇来了；他们四个人开始谈话，他们从基本的公理开始，发展出更加复杂的真理：乡下比大城市安静……"

这是以对话形式出现的喜剧情境：两对已婚夫妇一本正经地告诉对方他们一直完全知道的事情。但是随后，"一个奇怪的现象发生了。我不知道是如何发生的——文本不知不觉和不由自主地开始在我眼前发生变化。我煞费苦心地抄进笔记本中的那些非常清楚明白的陈述句自行其是，活动起来，失去了它们原来的身份，膨胀，溢出"。会话识字课本的陈词滥调和老生常谈曾经具有意义，现在却变得空洞和僵化，让位于虚假的陈词滥调和虚假的老生常谈；它们分解成为粗野的漫画和戏仿，最后语言自身分解成为词语的散乱碎片。

（艾琳斯：《荒诞派戏剧》，华明译，河北教育出版社，2003）

看尤内斯库的戏，你不必等到第三幕再看到主人公的死，他的人物从一开始就已经死了。许多人物都是看不见的人，是生活在地狱底层的人。但正是因为如此，他的戏才让人过瘾。这不是那种不死不活的人物，而是活着，同时又已经死了的。这里我是特别指《椅子》而言的，尽管《秃头歌女》（这个人物一直没露过面）也同样充满生活气息。尤氏所采用的都是大家广为熟悉、一眼便能认出的生活素材，看戏的人对情节熟悉得有时甚至弄不清自己是在看尤氏的思想在剧中的体现，还是在复活节前一周在阿尔瓦拉多大街上散步时看到的情景。他的戏剧气氛中有一种被赫拉克立特称为"灵魂的最佳、最具智慧的状态"的"冷静、毫无渲染的光芒"。剧中的一切都是喧闹的，同时又注定是悲剧性的。舞台无进出口之分，大幕落下又拉开。什么都不会失去，因为永恒本身就是不可限定、不可描述的。

过后，你会发现自己也拉过几把椅子或别的什么坐在那里等人，等着去给人开门。你已经抛弃了年迈的双亲，出卖了手足般的同志，学了一猪脑袋辩证唯物主义，找不到治痔疮的灵丹妙药，得到了又失去了诺贝尔奖，从阿加诺已经三去三回，加入过同宗教会或匿名戒酒协会，忠实于你的妻子和所有的情妇，并用一支最高级、最漂亮的金笔在自己的死刑执行令上签了字。

或者，在你与朋友们花天酒地的时候，你会发现那个刚刚和你睡过了的女人竟是你的老婆。生活是多么滑稽啊！然而，就是在这种时刻秃头歌女就会显形了（作者从未告诉过我们这歌手是男是女，他只告诉了我们他的头是秃的。）

（亨利·米勒：《稳如蜂鸟》，陆薇、陈永国译，时代文艺出版社，2000）

从人生与先验的世界，与上帝彼此不相关这个角度来看，它是可笑的。因为，只有上帝才能赋予人的生命以某种意义。

（尤内斯库、廖星桥：《荒诞之父走向更加荒诞的深渊——访"荒诞派戏剧"领袖尤内斯库》，载廖星桥《荒诞与神奇——法国著名作家访谈录》，海天出版社，1998）

七、习题讨论

请首先阅读荒诞派戏剧的经典作品，贝克特的《等待戈多》，然后思考作品中两位等待主体所等待的是什么。

本节课件　　本节视频

第三节　马尔克斯《百年孤独》

一、作品导读

加夫列尔·加西亚·马尔克斯（1927—2014）是哥伦比亚当代著名作家，也是拉丁美洲魔幻现实主义文学的杰出代表。略萨评价说，马尔克斯的代表作《百年孤独》在拉丁美洲引起了一场文学地震。他也是史上"最无争议"的诺贝尔文学奖得主，是 20 世纪世界最重要的文学大师之一。

1927 年，马尔克斯出生在哥伦比亚加勒比地区的一个小镇。他幼时就热爱文学，1948 年，马尔克斯开始新闻工作和文学创作，担任过《观察家》报的记者。1955 年，他的第一部长篇小说《枯枝败叶》出版，故事以作者虚构的小镇马贡多为背景，带有魔幻现实主义色彩，是《百年孤独》的前奏。

1961 年，他出版了中篇小说《没有人给他写信的上校》，其主题是反映社会的冷漠无情和人们孤独彷徨的情绪。1962 年，马尔克斯出版了短篇小说集《格朗德大娘的葬礼》和长篇小说《倒霉的时辰》。《格朗德大娘的葬礼》是对独裁者的揭露和讽刺。这两部小说集都体现了作者的魔幻现实主义风格。

1967 年，马尔克斯出版了他的代表作《百年孤独》。评论界称赞这部小说是"20 世纪用西班牙文写作的最杰出的长篇小说之一"。

1975 年，马尔克斯发表了长篇小说《家长的没落》，塑造了一个独裁者的形象，他和阿斯图里亚斯的《总统先生》中的总统一样，身上集中了所有拉丁美洲国家的独裁暴君的一切特征。

1981 年，中篇小说《一件事先张扬的凶杀案》发表。小说以新闻报道的纪实手法，叙述了一件触目惊心的凶杀案，批判了人们愚昧落后的社会习俗。

1982 年，马尔克斯"因为他的长篇小说把幻想和现实融为一体，勾画出一个丰富多彩的想象中的世界，反映了拉丁美洲大陆的生活和斗争"而荣获诺贝尔文学奖。

1985 年，长篇小说《霍乱时期的爱情》发表，被评论界誉为"人类有史以来最伟大的爱情小说"。

马尔克斯的代表作《百年孤独》描写了布恩迪亚家族 7 代人充满神奇色彩的坎坷命运。第一代人西班牙移民的后裔霍·阿·布恩地亚与表妹乌苏拉结婚，乌苏拉担心会像姨妈和姨父近亲结婚那样生出长猪尾巴的孩子而拒绝与丈夫同房，布恩地亚与邻居发生口角因此受辱而杀了邻居。死者的鬼魂不断出现在他们的生活中，搅得一家日夜不宁，布恩地亚只得带领全家和部族人远走他乡，经过两年多的艰苦跋涉后，定居到荒无人烟的小镇马贡多。起初家族人丁兴旺，过着田园诗般安宁的生活。但是随着内战的爆发和外敌的入侵，命运急转直下，一代不如一代，甚至奥雷良诺·布恩地亚上校领导的 32 次土著居民起义都以失败而告终。内战之后，铁路修通了，外国种植园主、冒险家蜂拥而至，布恩地亚家族却由盛转衰，一代不如一代。第六代奥雷良诺·布恩地亚因与姑妈乌苏拉通婚，生下一个带猪尾巴的男婴，正好应验了一百年前吉卜赛人用梵语在羊皮纸上写下的密码，而这个密码的破译者就是第六代奥雷良诺·布恩地亚自己。此时，这个猪尾巴男婴被蚂蚁咬烂后拖入了蚁穴。随后，小镇马贡多消失在一阵飓风中。总而言之，小说《百年孤独》描绘了虚构的马贡多小镇从荒芜的沼泽中兴起到最后被一阵旋风卷走而完全消亡的一百多年的图景，形象地展示了马贡多由建立、发展、鼎盛到消亡的历史演变。

小说《百年孤独》被称为拉美魔幻现实主义文学的里程碑式的作品。《百年孤独》在艺术上也形成了其鲜明的特点。第一，《百年孤独》充分体现了魔幻现实主义"变现实为幻想而又不失其真"的原则。第二，小说中大量神话、传说的引用中也显示了魔幻性特征，加强了作品的奇特神秘气氛。第三，马尔克斯广泛运用了象征手法，寓意深刻，小说具有鲜明的现实意义。小镇马贡多就是哥伦比亚的象征，小镇的变迁史就是哥伦比亚的近代史。第四，小说创作融合了西方现代派技巧技法，作家运用离奇的想象、梦幻、梦呓体现"神奇即美"的美学主张，常以幻想梦境描写，再现布恩迪亚家族眼中的梦幻现实。

二、作品节选

马贡多的人们被如此五花八门的神奇发明搞得眼花缭乱，简直不知道从何惊讶起了。人们通宵达旦地观赏一只只光线惨淡的电灯泡。这是用奥雷良诺·特里斯特第二次坐火车旅行时带回来的发电设备供的电。隆隆的机器声昼夜不停，人们着实花了时间和气力才慢慢习惯起来。在一家售票窗口象狮子嘴的剧院里，财运亨通的商人勃鲁诺·克雷斯庇先生放映着会活动的人影。马贡多人对此不禁怒火中烧，因为一个人物在一部片子中死了，还被葬入土中，大家为他的不幸而伤心落泪，可是在另一部片子中，这同一个人却又死而复生，而且还变成了阿拉伯人。那些花了两分钱前来与剧中人物分担生死离别之苦的观众，再也无法忍受这种闻所未闻的嘲弄，他们把座椅都给砸了。镇长应勃鲁诺·克雷斯庇先生的要求，发布了一则公告解释说，电影是一种幻影的机器，观众不必为此大动感情。听了这一令人失望的解释，许多人认为他们是上了一种新颖而复杂的吉卜赛玩意儿的当，决意再也不去看电影了。他们想，自己的苦楚已经够他们哭的了，干吗还要去为虚假人物装出来的厄运轻弹热泪呢？

……对奥雷良诺上校来说，这是他可以赎罪的最后机会了。他突然感到一种义愤，如同他年轻时看到一个被疯狗咬过的女人被棍棒活活打死时所感到的一样。他望着屋前看热闹的人群，用过去那种洪亮的嗓音，一种由于对自己的深切蔑视而恢复了的嗓音，冲着他们发泄自己内心再也忍受不住的愤恨。

"就这几天里，"他喊道，"我要把我的弟兄们武装起来，消灭这帮狗屎不如的美国佬。"

在那个星期里，他的十七个儿子在沿海各地被看不见的凶手们象逮兔子似地打死了，而且每个人都是被子弹打中了圣灰十字的中央。奥雷良诺·特里斯特晚上七点走出他的母亲家，黑暗中飞来一发步枪子弹打穿了他的脑门。奥雷良诺·森特诺是在他挂在厂里的那张吊床上被人发现的，眉间有一把碎冰用的锥子一直捅到把手处。奥雷良诺·塞拉多看完电影把未婚妻送回她父母家后，顺着灯光明亮的土耳其人大街回家，路上不知是谁从人群中向他射了一颗左轮枪子弹，把他打翻在沸烫的油锅里。几分钟以后，有人敲门，奥雷良诺·阿卡亚正和一个女人在里面。敲门人大声嚷嚷说："快，快开门，有人在杀你兄弟了。"同奥雷良诺·阿卡亚在一起的那个女人后来说，他从床上跳下去开门，等着他的却是一梭子毛瑟枪子弹，把他的脑壳都打烂了。就在那个死神肆虐之夜，正当全家准备为那四具尸体守灵时，菲南达象疯子似地在镇子里到处寻找奥雷良诺第二。原来，佩特拉·科特把他给锁在大衣柜里了。她以为有人要杀绝所有与上校同名的人，直到第四天才把他放出来，因为沿海各地来的电报使人终于明白，那些隐身敌人的怒气只是冲着额头上有圣灰十字标记的兄弟。阿玛兰塔找出记事本，那上面记载着侄儿们的情况。每收到一封电报，她就划去一个名字。到后来，只剩下老大一个人的名字了。大家都清楚地记着他，因为他黝黑的皮肤和绿莹莹的大眼睛太显眼了。他叫奥雷良诺·阿马多，是个木匠，住在山脚下一个偏僻的村子里。等他死讯的电报足足等了两个星期，奥雷良诺第二以为他还不知道死难临头，便派人去提醒他。派出去的人回来说，奥雷良诺·阿马多已经幸免于难。那个灭绝之夜也曾有两个人找到他家，用左轮枪向他射击，但是没有打中圣灰十字。奥雷良诺·阿马多翻过院墙，消失在深山密林的迷宫之中。因为他同印第安人做过木材生意，关系很好，他对那里的山地了如指掌，以后就杳无音讯了。

这是奥雷良诺上校交黑运的日子。共和国总统给他发来了唁电，电文中答应对此进行彻底的调查，并为死者致哀。遵照总统的命令，镇长带着四个花圈出席了安葬仪式。本来镇长想把花圈放在棺材上的，但是上校却把它们放到了大街上。葬仪之后，上校给共和国总统起草了一份措辞强烈的电报并亲自去发送，但是报务员不肯办理。于是，他又增添了十分尖刻的攻击性言词，塞进信封邮寄去。如同他妻子去世时，或在漫长的战争中每当一个密友战死疆场时的情形一样，他感到的不是悲痛，而是一种无可名状的暴怒，不知向谁去发泄，他越来越感到力不从心，他甚至指控安东尼奥·伊萨贝尔神父也是帮凶，因为神父给他的儿子们画上了擦不掉的圣灰标记，好让他们的敌人辨认出来。那位神父老态龙钟，说话前言不搭后语，在圣坛上布道时常会乱说一气，把信徒们都给吓跑。这天下午，他来到布恩地亚家里，手里捧着一个装有星期三圣灰的钵子，他要给全家人搽一下以证明这圣灰是可以用水洗掉的。但是，那不幸事件引起的恐惧深深地刻在大家的心中，所以连菲南达也不敢去试一下，而且在圣灰星期三那天，再也看不到一个布恩地亚家的人跪在领圣体的大厅里了。

奥雷良诺上校久久不能平静，他不做小金鱼了，吃起饭来也不香，象个梦游症患者似地裹着毯子，嚼着无声的怨恨，在家里踱来踱去。三个月以后，他的头发花白了，原先翘角的胡子垂了下来，盖住了没有血色的嘴唇，但他的那双眼睛又成了两团烈火。当初，这双眼睛曾使那些看到他降生的人望而生畏。在过去，只要他看一眼，椅子就会打起转来。他气恼至极又枉费心机地想激发起一些预兆，这些预兆曾在他年轻时指引他铤而走险，直至落到眼前这种令人伤心的没有荣誉的地步。他茫然若失，迷了路来到了别人的家中，这里没有一件事、没有一个人能激起他对亲切感情的回忆。有一次，他打开墨尔基阿德斯的房间，想寻找一点战争以前的踪迹，却只遇见一堆堆由于多年弃置而积起的瓦砾、垃圾和一堆堆乱七八糟的东西。在没有人再去翻阅的书籍硬皮上，被潮气浸蚀的破旧的羊皮纸上长满了一层青紫色的霉花；过去这里是家中空气最明净的地方，现在却弥漫着一阵令人难以忍受的尽是陈腐回忆的气味。一天早晨，他看到乌苏拉正在栗树下她死去的丈夫的膝边哭泣。家里只有他奥雷良诺上校一人没有再去看望这位强有力的老人，这是一位在露天折磨了半个世纪的老人。"向你父亲问个好吧！"乌苏拉对他说。他在栗树前停了片刻，再次感受到就连这个冷清的空间也不能引起他的一点好感。

"你说什么？"他问。

"他很难过，因为他相信你快要死了。"乌苏拉答道。

"请你告诉他，"上校笑了笑说，"一个人不是在该死的时候，而是要到能死的时候才能死去。"

（马尔克斯：《百年孤独》，黄锦炎、沈国正、陈泉译，上海译文出版社，1984）

三、新文科阅读

　　任何一种异质文化或外来文学在中国的接受，都有着多种层面的原因与复杂的机制。拉美文学代表作《百年孤独》在中国的接受就是如此。……在20世纪以来的中外文学交流史上，《百年孤独》以其在中国接受的广泛性与持久性，其跨文化接受是最值得关注的一例。《百年孤独》为什么能够在中国获得广泛而持久的接受与传播呢？笔者认为，对《百年孤独》的意识形态化、审美经典化与功利价值化不仅完成了《百年孤独》的中国化阐释，也是《百年孤独》在中国的跨文化接受与传播得以成功实现和持久延续的基础和关键。

　　　　［曾利军：《论〈百年孤独〉的中国化阐释》，《西南大学学报（社会科学版）》2009
　　　　　　　　　　　　　　　　　　　　　　　　　　　　　　　年第2期］

　　在魔幻现实主义小说中，作者的根本目的是借助魔幻来表现现实，而不是把魔幻当成现实来表现。小说中的人物、事物和事件本来是可以认识的，但是作者为了使读者产生一种怪诞的感觉，便故意把它们写得不可认识，不合情理，不给以合理的解释，象魔术师那样变幻或改变了它们的本来面目。于是，现实就在作者的虚幻的想象中消失了……在现实消失（即魔幻）和表现现实（即现实主义）之间，魔幻现实主义所产生的效果就像观赏一出新式的剧目一般令人赞叹，也像在一个新的早晨的阳光下用新的眼光观察世界：这个世界的景象即使不是神奇的，至少也是光怪陆离的。在这种小说中，事件即使是真实的，也会使人产生虚幻的感觉。作者的意思是要制造一种既超自然而又不离开自然的气氛；其手法则是把现实改变成象神经病患者产生的那种幻境。

　　　　（柳鸣九：《未来主义·超现实主义·魔幻现实主义》，中国社会科学出版社，1987）

四、问题研究

　　1. 作品的象征艺术手法
　　《百年孤独》广泛使用了象征艺术手法。比如，描写马贡多人患上了一种奇怪的失眠症，进而发展为可怕的健忘症，而且这种病还带有传染性，很快健忘症传遍全村，人们不得不用贴标签的办法来与这种顽症斗争，这是警示拉丁美洲人不要忘记民族的文化和历史。作品中，一些看上去很普通的事物往往都具有一定的象征意义，如黄色往往象征不幸和死亡。当何塞·阿卡迪奥·布恩迪亚去世时"窗外下起了细微的黄花雨。整整一夜，黄色的花朵像无声的暴雨，在市镇上空纷纷飘落，铺满了所有的房顶，堵塞了房门，遮没了睡在户外的牲畜。天上落下了那么多的黄色花朵"。"天使"蕾梅黛丝是小说中具有象征意味的人物，她单纯美貌，最终在马贡多毁灭之前离开了这个小城，成为马贡多唯一一个幸免于难的人。作者似乎是在告诉人们只有"美"和"善"才能摆脱宿命。

2. "百年"的现实意义与历史循环观念

作品描写百年的现实意义是对整个苦难的拉丁美洲被排斥在现代文明世界的进程之外的愤懑和抗议，是作家在对拉丁美洲近百年的历史以及这块大陆上人民独特的生命力、生存状态、想象力研究之后形成的倔强的自信，它使人们重新审视、关注拉丁美洲的悲剧历史及其根源，从而找出一条帮助拉美人民摆脱孤独、实现振兴的正确道路。《百年孤独》表面上讲述的是小镇马贡多的百年沧桑，影射和浓缩的却是哥伦比亚自19世纪初到20世纪上半叶的历史，揭露了哥伦比亚封建专制与军事独裁统治的罪恶。在作品中，马贡多的历史进程是停滞的、凝固的，百年来马贡多由衰及盛、由盛及衰的历史，百年的循环，构成了一个过去、现在和将来重复循环的象征框架。这影射了拉丁美洲百年来循环往复的历史发展。拉丁美洲是世界上开发最晚的地区之一，哥伦比亚近百年来始终处于封闭、落后、停滞、保守的"孤独"境地。书中的人物姓名也是循环往复的，家族中的男性始终是阿卡迪奥与奥雷良诺的重复或相加。循环往复包含着深刻的意蕴，揭示了马贡多陷于孤独和停滞的深层原因，即文明程度的低下，政治的麻木，经济的落后，思想观念的保守。同时，也象征了哥伦比亚乃至整个拉美的社会现实，封建统治下的专制愚昧，无休止的党派之争，漫长的残杀战争，外来资本主义的入侵，构成了拉丁美洲各国的百年沧桑。

3. 分析乌苏拉形象

乌苏拉是家族的女创始人，她曲折的一生几乎贯穿了整个家族和马贡多镇的兴衰。乌苏拉勤劳、干练、有主见、有魄力、讲求实际、积极进取，她最早发现了与外部世界联系的道路，并带来了商人与货物，使小村庄变成了一个热闹的市镇。她还在动荡的政治时局中大胆支持儿孙们的正义事业，坚决反对暴虐行为。即使在百岁双目失明之后，依然保持着充沛的精力和清醒的头脑并积极干预生活。孤立无援的困窘和超负荷的付出耗尽了她顽强的生命，乌苏拉最终无力挽回家族的颓运，她死后住宅便成了废墟，与马贡多一起被飓风吹散了踪影。这种从零到零的艰苦历程显出了世界的荒诞和存在的虚无。

4. "魔幻"手法的运用

小说通过描写人鬼混杂、生死交融的奇异世界体现魔幻性特征，如对不断出现在布恩迪亚家中的阿吉拉尔的鬼魂的描写。小说还通过对生活中的千奇百怪的神奇事物的描写来突出魔幻性，如当何塞·阿卡迪奥被人枪杀在家中时，鲜血到老宅向母亲乌苏拉报信。在神话、传说的引用中也显示了魔幻性特征，如下了四年十一个月零二天的暴雨使人想起人类史上的洪水时期。还有，各种神话典故、民间传说巧妙地穿插在作品中，加强了神秘奇特的气氛。

五、延伸思考

1. 分析《百年孤独》的孤独主题

可参考：《百年孤独》的主题就是孤独。第一，从故事层面来看，小说讲述了家族百年孤独的历史。小说在对布恩迪亚家族众多人物形象的刻画中，着力表现了他们身上共有的特质——深切的孤独感。孤独像瘟疫一样附着在布恩地亚家族的每个成员身上，延续了百余年。从第一代霍·阿·布恩地亚到第六代奥雷良诺·布恩地亚，每个人都生活在各自的孤独中。比如阿玛兰塔幽居独处一生，在缝制裹尸布的过程中孤独地等待死神的召唤。这种孤独感的本质在于人们因为不能掌握自身命运而产生的绝望、冷漠和疏远感。

第二，隐喻了哥伦比亚以及拉美的孤独。《百年孤独》以马贡多小镇的兴衰存亡，影射和浓缩了哥伦比亚自 19 世纪初到 20 世纪上半叶的历史。马贡多原是一片未开垦的沼泽地，初创时期不过 20 来户人家，河水清澈，河岸上盖着土房。这是个与世隔绝的小镇，封闭、落后。这是 16 世纪以前哥伦比亚土著生活的写照。然而随着西班牙殖民者的到来和大批移民的涌入，哥伦比亚的社会面貌发生了重大变化。殖民掠夺和权力倾轧导致社会秩序极为混乱，给广大民众带来了无穷灾难。小说影射着现实中哥伦比亚的社会动乱，动乱严重损毁了哥伦比亚的人际关系和家族伦理，导致社会和家庭成员之间缺乏信任。这种弥漫于布恩地亚家族和马贡多镇的孤独感，实际是哥伦比亚乃至拉美民族狭隘、愚昧、落后、保守、僵化的象征，是阻碍哥伦比亚和拉美民族发展、进步的绊脚石。

第三，时空循环中的孤独表达。首先是循环的时间结构及其完美呈现。《百年孤独》的主旨是呈现一百多年作为哥伦比亚乃至拉美缩影的马贡多停滞不前的循环史。《百年孤独》调用了多种艺术手法来实现这一创作意图。作者运用了"圆圈式"的叙述方式。布恩地亚家族的第一代害怕生育猪尾巴的人，经过六代到第七代果然又生下猪尾巴的孩子，形成一个圆圈似的循环。马贡多从最初的开发，到经过一系列事件，又回到初建时的贫困落后和与世隔绝，最后被狂风刮走，从零开始，又回到零，形成一个孤独的大圆圈。其次是圆圈式的循环还体现在小说中人物姓名与秉性的循环往复。布恩地亚家族中的男性，始终是阿卡迪奥与奥雷良诺的重复或相加，性格也一直延续，其中隐含的也是时间的轮回反复。

总之，对于孤独的主题，马尔克斯说，拉丁美洲的历史是一场巨大然而徒劳的奋斗的总结，是一幕幕事先注定要教人遗忘的戏剧的总和，至今，在我们中间，还有着健忘症。只要事过境迁，谁也不会清楚地记得香蕉工人横遭屠杀的惨案，谁也不会再想起奥雷良诺·布恩地亚上校。但是马尔克斯也指出虽然我们有孤独，但要乐观坚强。

2. 小说《百年孤独》艺术手法的继承性和开创性

可参考：马尔克斯继承了拉美本土的文学传统，又灵活借鉴了福克纳、卡夫卡、乔伊斯等西方现代主义作家的创作技巧，同时也从阿拉伯神话故事中汲取养料，从而形成了他独特的审美心理品格和艺术思维方式。

六、资料参考

《百年孤独》讲述布恩迪亚一家七代人在南美洲乡村"镜子之城"马孔多这个神奇而具有超现实主义色彩的地方的经历。

马尔克斯（1927—2014）在哥伦比亚乡村长大，每当评论家暗指他作品中奇幻的、不真实的元素是虚构出来的时，他都会坚持说"我所有作品里的每一个字，无一不具有现实依据"。他最初从事记者行业，哥伦比亚当局把他所在的报刊关停之后，他转向创作小说，而正是《百年孤独》让他成为全世界最重要的作家之一。

一方面，马尔克斯微妙、错综复杂的杰出作品十分直白：为了过上好日子，族长何塞·阿尔卡蒂奥·布恩迪亚带着妻子离开了哥伦比亚的里奥阿查。一天晚上，他在一条河旁安营，做了一个带有预言性质的梦，梦见一座用镜子建造的城市。他决定建造这座城市，把它称为马孔多。小说接下来讲述了布恩迪亚众多后代的故事。

然而，以传统叙事手法标准来看，除了镇子里发生的一系列怪事，以及注定要毁灭的布恩迪亚家族的兴衰过程，小说并没有太多内容。一家七代，每一代都有很多人，共同构成了众多的"出场人物"，虽然读者有可能厘清支撑故事多个部分的家族脉络，这却不一定是解读文本的最佳方式。马尔克斯的成就在于他所营造的氛围，以及众多引人深思乃至富有诗意的强烈叙事瞬间。氛围跟一定程度的纷乱、忙碌和结构有关，而这些反过来又展现了丰富多彩、错综复杂、充满了意外的生活图景。

建城者的次子奥雷里亚诺·布恩迪亚上校就是一个范例。小说著名的开篇语如此介绍他："许多年后，面对行刑队，奥雷里亚诺·布恩迪亚上校将会回忆起，他父亲带他去见识冰块的那个遥远的下午。"奥雷里亚诺不仅是士兵，还是诗人，能制作精美的手工金鱼制品。十七个女人为他生下十七个私生子，全都叫奥雷里亚诺。这十七个孩子在同一天来到他家，其中四个决定留下来定居，但无论是留下的，还是出走的，全都在三十五岁之前被一个神秘的杀手谋杀了。

（劳拉·米勒主编《伟大的虚构》，张超斌译，北京联合出版公司，2019）

《百年孤独》乃至整个魔幻现实主义艺术从拉美大陆传往西方世界时，人们惊讶之余又喜不胜言，其原因就在于它们和西方现代精神意识是相契合的。马贡多人在孤独中的循环与循环中的孤独，同"毛猿"的孤独、"大甲虫"的痛苦、"等待戈多"式的迷惘及来自"荒原"的渴望与焦虑，出自同一种人类情感和精神意识。马尔克斯居于世界之一隅，探索现代人共同追寻的生存奥秘，他把人类历史的过去、现在与未来糅合在一起，进行现实的与历史的审视。因此，小说中的"怪圈"是魔幻的与非理性的，而作者对"怪圈"式的人类生存现象的思考又是理性的、合逻辑的。所以，《百年孤独》的艺术世界既神奇又真实；它是神话，又是现实；它所表现的是发自现代人的心智结构的全新的拉美民族的精神，它所凝结的也是全人类的心理情绪。

（蒋承勇：《文学与人性：外国文学面面观》，浙江工商大学出版社，2019）

《百年孤独》描写布恩迪亚家族 7 代人的命运，描绘了哥伦比亚农村小镇马孔多从荒芜的沼泽中兴起到最后被一阵旋风卷走而完全毁灭的 100 多年的图景。

（徐曙玉等：《20 世纪西方现代主义文学》，百花文艺出版社，2001）

马孔多的兴衰史，实际上就是哥伦比亚的演变史。哥伦比亚丰富的史实和复杂的社会现象都凝集到了这个小小的村镇里。

（廖星桥：《外国现代派文学导论》，北京出版社，1988）

我认为《百年孤独》这部标志着拉美文学高峰的巨著，具有惊世骇俗的艺术力量和思想力量。它最初使我震惊的是那些颠倒的时空秩序，交叉生命世界极度渲染夸张的艺术手法，但经过认真思索之后，才发现艺术的东西，总是表层。

《百年孤独》提供给我们，值得借鉴的……是加西亚·马尔克斯的哲学思想，是他独特的认识世界、认识人类的方式。他之所以能如此潇洒地叙述，与他哲学上的深思密不可分。我认为他在用一颗悲怆的心灵，去寻找拉美迷失的温暖的精神家园……

（莫言：《两座灼热的高炉——加西亚·马尔克斯和福克纳》，《世界文学》1986 年第
3 期）

作品中对于鬼魂的描写，是按照印第安神话的传统格调来完成的。

（朱雯：《外国文学新编》，上海社会科学出版社，1987）

乌苏拉是我心目中的理想女人，是我描绘的女人的楷模。

（加·加西亚·马尔克斯、普利尼奥·阿·门多萨：《番石榴飘香》，林一安译，生活·读
书·新知三联书店，1987）

看上去是魔幻的东西，实际上是拉美现实的特征。我们每前进一步，都会遇到对属于其他文化的读者来说似乎是神奇的事情，而对我们来讲则是每天的现实。……其实我们的世界是浩淼无垠的，理解能力也是极为宽广的，所以，我们能理解"现实"，"真正的"现实。而这在其他人看来则是不真实的，并想方设法要加以解释，于是他们就作出结论，认为这是鬼怪的现实主义或者魔幻的现实主义。而对我来说，这些就是现实主义。我自认为，我是个社会现实主义者。

（加·马尔克斯：《我的作品来源于形象》，傅郁辰译，《世界电影》1984 年第 2 期）

我认为小说是用密码写就的现实，是对世界的猜测。小说中的现实不同于日常生活中的现实，尽管前者源于后者，这和做梦一个样。

（《加西亚·马尔克斯谈创作》，李德明译，《外国文学动态》1982 年第 12 期）

哥伦比亚作家加西亚·马尔克斯的《百年孤独》是当前读书界、文学界的热门话题，"幻想加现实"已经成为人们评论它时常用的套话。诚然，窃以为"幻想加现实"的说法过于笼统，何况《百年孤独》的幻想决非传统意义下的幻想……它基于现实，最终又导向现实，简而言之，它是一种艺术夸张，一种艺术手法，即拉丁美洲作家在专制统治的重压下所采取的避实求虚、以虚喻实的表现现实的曲折手段；同时它更是一种描写对象，是内容——不然，作品也就无别于幻想小说——即拉丁美洲的神奇现实，拉丁美洲的民族特色、文化特征及拉丁美洲人的心理结构。

（陈众议：《〈百年孤独〉及其艺术形态》，载汪介之、杨莉馨主编《欧美文学评论选》，

北京大学出版社，2011）

《百年孤独》这个魔幻的世界蕴含了深刻的真实性和现实性，这体现了魔幻现实主义文学既有神奇性又有现实性的特点。

（蒋承勇：《现代文化视野中的西方文学》，上海社会科学院出版社，1998）

七、讨论习题

　　《百年孤独》传入中国后，影响了陈忠实、莫言、阿来等一大批作家。试以具体作品为例，谈谈《百年孤独》对中国当代文学的影响。

本节课件

《外国文学史》中马恩文学批评摘录

导 论

"各民族的精神产品成了公共的财产。民族的片面性和局限性日益成为不可能，于是由许多种民族的和地方的文学形成了一种世界的文学。"

(《马克思恩格斯文集》第二卷，人民出版社，2009，第35页)

恩格斯称赞拉萨尔的剧本《弗兰茨·冯·济金根》"情节的巧妙安排和剧本的从头到尾的戏剧性使我惊叹不已"。

(《马克思恩格斯文集》第十卷，人民出版社，2009，第173页)

但同时马克思也指出剧本《弗兰茨·冯·济金根》"最大缺点就是席勒式地把个人变成时代精神的单纯的传声筒"。

(《马克思恩格斯文集》第十卷，人民出版社，2009，第171页)

恩格斯指出剧本《弗兰茨·冯·济金根》忽略了"历史的必然要求和这个要求的实际上不可能实现之间的悲剧性的冲突"。

(《马克思恩格斯文集》第十卷，人民出版社，2009，第177页)

在《致玛·哈克奈斯》的信中，恩格斯赞扬巴尔扎克的《人间喜剧》汇集了19世纪上半叶法国的全部历史，可从中学到的东西"要比从当时所有职业的史学家、经济学家和统计学家那里学到的全部东西还要多"。

(《马克思恩格斯文集》第十卷，人民出版社，2009，第571页)

恩格斯同时也指出巴尔扎克"在政治上是一个正统派"和"对注定要灭亡的那个阶级寄予了全部的同情"。

（《马克思恩格斯文集》第十卷，人民出版社，2009，第571页）

第一章　古代文学

正如马克思所说："任何神话都是用想象和借助想象以征服自然力，支配自然力，把自然力加以形象化。"

（《马克思恩格斯文集》第八卷，人民出版社，2009，第35页）

神话是"通过人民的幻想用一种不自觉的艺术方式加工过的自然和社会形式本身"。

（《马克思恩格斯文集》第八卷，人民出版社，2009，第35页）

正如马克思所说的那样："希腊神话不只是希腊艺术的武库，而且是它的土壤。"

（《马克思恩格斯文集》第八卷，人民出版社，2009，第35页）

正如马克思所说的那样，希腊的文学艺术"仍然能够给我们以艺术享受，而且就某方面说还是一种规范和高不可及的范本"。

（《马克思恩格斯文集》第八卷，人民出版社，2009，第35页）

荷马史诗作为人类童年时代的杰作，永远保持着"儿童的天性"中的纯真，显示出"永久的魅力"。

（《马克思恩格斯文集》第八卷，人民出版社，2009，第36页）

恩格斯称阿里斯托芬为"喜剧之父"，赞扬他是一个"有强烈倾向的诗人"。

（《马克思恩格斯文集》第十卷，人民出版社，2009，第545页）

恩格斯称埃斯库罗斯为"悲剧之父"和"有强烈倾向的诗人"。

　　　　（《马克思恩格斯文集》第十卷，人民出版社，2009，第545页）

　　普罗米修斯敢于反抗统治世界的强大暴君，是民主派的化身，被马克思称为"哲学历史上最高尚的圣者和殉道者"。

　　　　（《马克思恩格斯全集》第一卷，人民出版社，1995，第12页）

　　恩格斯认为，《俄瑞斯忒斯》三部曲"是用戏剧的形式来描写没落的母权制跟发生于英雄时代并日益获得胜利的父权制之间的斗争"。

　　　　（《马克思恩格斯文集》第四卷，人民出版社，2009，第20页）

第二章　中古文学

　　恩格斯也多次谈到哈菲兹，他热情地说道："读一读放荡不羁的老哈菲兹的原著是相当愉快的，它听起来很不错。"

　　（《马克思恩格斯论艺术》第二卷，中国社会科学出版社，1983，第81页）

　　诚如恩格斯所言："中世纪完全是从野蛮状态发展而来的。它把古代文明、古代哲学、政治和法学一扫而光，以便一切都从头做起。"

　　　　（《马克思恩格斯文集》第二卷，人民出版社，2009，第235页）

　　"（基督教）最初是奴隶和被释奴隶、穷人和无权者、被罗马征服或驱散的人们的宗教。"

　　　　（《马克思恩格斯文集》第四卷，人民出版社，2009，第475页）

　　"（《伊戈尔远征记》）这部史诗的要点是号召俄罗斯王公们在一大帮真正的蒙古军的进犯面前团结起来。"

　　　　（《马克思恩格斯全集》第29卷，人民出版社，1972，第23页）

　　恩格斯曾称赞破晓歌"是普罗旺斯爱情诗的精华"。

　　　　（《马克思恩格斯文集》第四卷，人民出版社，2009，第83页）

恩格斯称"（但丁）是中世纪的最后一位诗人，同时又是新时代的最初一位诗人"。

（《马克思恩格斯文集》第二卷，人民出版社，2009，第26页）

第三章　14—16世纪文学

恩格斯在《〈自然辩证法〉导言》中，对文艺复兴运动的历史作用给予了全面、高度的评价，称其为"人类以往从来没有经历过的一次最伟大的、进步的变革"。

（《马克思恩格斯文集》第九卷，人民出版社，2009，第409页）

文艺复兴摧毁了"教会的精神独裁"，催生了欧洲近代新型国家，诞生了"现代的自然研究"和"最初的现代文学"，推动了前所未有的艺术繁荣，哺育了一大批"在思维能力、激情和性格方面，在多才多艺和学识渊博方面的巨人"。

（《马克思恩格斯文集》第九卷，人民出版社，2009，第408、409页）

莎士比亚往往讲由宫廷谋略和战场厮杀构成的"正史"宏大叙事，与表现"五光十色的平民社会"日常生活的"小叙事"相交织。

（《马克思恩格斯文集》第十卷，人民出版社，2009，第176页）

福斯塔夫的广泛活动和交游构成了恩格斯所称道的"福斯泰夫式的背景"。

（《马克思恩格斯文集》第十卷，人民出版社，2009，第176页）

马克思称赞"莎士比亚把货币的本质描绘得十分出色"。

（《马克思恩格斯文集》第一卷，人民出版社，2009，第244页）

莎士比亚塑造的一系列舞台人物形象不是作者思想和"时代精神的单纯的传声筒"，而是取自生活，血肉丰满、性格复杂的人物。

（《马克思恩格斯文集》第十卷，人民出版社，2009，第171页）

莎士比亚的戏剧情节在因袭中创新，根据内容需要安排调度，不受僵化教条的束缚，体现了恩格斯所赞赏的"情节的生动性和丰富性"。

（《马克思恩格斯文集》第十卷，人民出版社，2009，第174页）

莎士比亚的戏剧语言以丰富多彩、生动形象著称，不仅极大地增强了他的戏剧表现力，对英语的成熟和完善也做出了突出贡献。这些艺术成就被马克思高度概括为"莎士比亚化"。

（《马克思恩格斯文集》第十卷，人民出版社，2009，第171页）

正如恩格斯所说："在这种普遍的混乱状态中，王权是进步的因素，这一点是十分清楚的，王权在混乱中代表着秩序，代表着正在形成的民族[Nation]而与分裂成叛乱的各附属国的状态对抗。在封建主义表层下形成的一切革命因素都依赖王权，正像王权依赖它们一样。"

（《马克思恩格斯文集》第四卷，人民出版社，2009，第220页）

第四章　17世纪文学

莫里哀还写出了阿巴贡这个资产者身上存在"积累欲和享受欲之间的浮士德式的冲突"。

（《马克思恩格斯全集》第二十二卷，人民出版社，1972，第651页）

马克思指出："弥尔顿出于同春蚕吐丝一样的必要而创作《失乐园》。那是他的天性的能动表现。"

（《马克思恩格斯文集》第八卷，人民出版社，2009，第406页）

第五章　18世纪文学

恩格斯称鲁滨逊为一个真正的"资产者"。

（《马克思恩格斯全集》第三十六卷，人民出版社，1975，第211页）

恩格斯称《阴谋与爱情》是"德国第一部有政治倾向的戏剧"。

（《马克思恩格斯选集》第四卷，人民出版社，1995，第673页）

在艺术表现手法上，马克思曾指出席勒的创作有"席勒化"的倾向，即"把个人变成时代精神的单纯的传声筒"。

（《马克思恩格斯选集》第四卷，人民出版社，1995，第555页）

恩格斯指出席勒"为了观念的东西而忘掉现实主义的东西"。

（《马克思恩格斯选集》第四卷，人民出版社，1995，第559页）

恩格斯称赞卢梭对专职君主用暴力进行统治的批判是"几乎是堂而皇之地把自己的辩证起源的印记展示出来"。

（《马克思恩格斯文集》第九卷，人民出版社，2009，第146页）

恩格斯在《诗歌和散文中的德国社会主义》一文中对歌德的矛盾曾做了这样精辟的分析："在他心中经常进行着天才诗人和法兰克福市议员的谨慎的儿子、可敬的魏玛的枢密顾问之间的斗争；前者厌恶周围环境的鄙俗气，而后者却不得不对这种鄙俗气妥协、迁就。因此，歌德有时非常伟大，有时极为渺小；有时是叛逆的、爱嘲笑的、鄙视世界的天才，有时则是谨小慎微、事事知足、胸襟狭隘的庸人。"

（《马克思恩格斯全集》第四卷，人民出版社，1972，第256-257页）

恩格斯也曾肯定了黑格尔对恶的历史作用的论述："在黑格尔那里，恶是历史发展的动力的表现形式。这里有双重意思，一方面，每一种新的进步都必然表现为对某一神圣事物的亵渎，表现为对陈旧的、日渐衰亡的、但为习惯所崇奉的秩序的叛逆；另一方面，自从阶级对立产生以来，正是人的恶劣的情欲——贪欲和权势欲成了历史发展的杠杆，关于这方面，例如封建制度的和资产阶级的历史，就是一个独一无二的持续不断的证明。"

(《马克思恩格斯文集》第四卷，人民出版社，2009，第 291 页)

第六章　19 世纪文学（上）

《论德国宗教和哲学的历史》这本书里关于德国哲学革命的言论受到恩格斯的高度评价："不论政府或自由派都没有看到的东西，至少有一个人在 1833 年已经看到了，这个人就是亨利希·海涅。"

(《马克思恩格斯文集》第四卷，人民出版社，2009，第 267-268 页)

第七章　19 世纪文学（中）

恩格斯说，现实主义"除细节的真实外，还要真实地再现典型环境中的典型人物"。

(《马克思恩格斯文集》第十卷，人民出版社，2009，第 570 页)

恩格斯称格奥尔格·维尔特为"德国无产阶级第一个和最重要的诗人"。

(《马克思恩格斯全集》第二十一卷，人民出版社，1965，第 7 页)

恩格斯精辟地论述过《人间喜剧》的深刻意义。他认为，巴尔扎克"在《人间喜剧》里给我们提供了一部法国'社会'，特别是巴黎'上流社会'的卓越的现实主义历史"，又说："他汇集了法国社会的全部历史。"

(《马克思恩格斯选集》第四卷，人民出版社，1995，第 683-684 页)

《人间喜剧》反映了贵族阶级的没落衰亡史，描写了"这个在他看来是模范社会的最后残余怎样在庸俗的、满身铜臭的暴发户的逼攻下逐渐屈服，或者被这种暴发户所肢解"。

(《马克思恩格斯选集》第四卷，人民出版社，1995，第 683 页)

　　查尔斯·狄更斯被马克思归入"现代英国的一批杰出的小说家"，认为"他们在自己卓越的、描写生动的书籍中向世界揭示的政治和社会真理，比一切职业政客，政论家和道德家加在一起所揭示的还要多"。

　　　　　　　　（《马克思恩格斯全集》第十卷，人民出版社，1962，第686页）

第九章　20世纪文学

　　卡夫卡出生、成长于奥匈帝国统治下的布拉格。一方面，"由继承和窃得的小块土地拼成的七零八落的奥地利君主国，这个由十种语言和民族构成的混乱局面，这堆由绝然矛盾的习惯和法律乱七八糟凑成的东西，终于开始土崩瓦解了"。

　　　　　　　　（《马克思恩格斯全集》第四卷，人民出版社，1958，第516页）

　　所谓"异化"，"就是物对人的统治，死劳动对活劳动的统治，产品对生产者的统治"。

　　　　　　　　（《马克思恩格斯全集》第四十九卷，人民出版社，1982，第48页）

后 记

本教材编写组依照"马工程"教材《外国文学史》(高等教育出版社 2018 年版）所列的主要作家作品，选取外国文学经典作品 30 部，并撰写了导读。

本教材的编写任务由西安外国语大学中国语言文学学院比较文学与世界文学研究所教师孙霄、乔琦、邹莹共同承担并完成，陈兰薰老师对该教材提出了宝贵的修改建议，因此该教材是各位老师通力合作的结晶。

各章节具体分工如下：

孙霄：第一章第三节；第二章第三节；第六章第二节、第三节；第七章第一节、第二节、第三节；第八章第二节、第三节、第五节、第六节；第九章第三节。（共计撰写 12 节，12 万字）

乔琦：第二章第一节；第四章第一节、第二节；第五章第一节、第二节；第七章第四节；第八章第四节。（共计撰写 7 节，7 万字）

邹莹：第一章第一节、第二节；第二章第二节；第三章第一节、第二节；第六章第一节；第八章第一节；第九章第一节、第二节。（共计撰写 9 节，9 万字）

本教材在"新文科阅读"和"资料参考"部分选编了一些较有代表性论著的节选，在选编中都一一标明作者和出版社或期刊名，在此表示感谢。此外，在教材的编写过程中也借鉴和采纳了许多专家、学者的研究成果，在此一并表示最衷心的感谢。由于外国文学的译本众多，同一部作品的译名和作品人物名在不同的译本中有差别，因此本教材在编写过程中，均采用"作品节选"译本的人物名。

在教材的出版过程中，感谢南开大学出版社的田睿老师和赵珊老师对本书的出版所做的辛勤付出。

　　由于编写时间仓促，加之水平有限，不足之处在所难免，敬请读者批评指正。

《外国文学作品导读》编写组

2021 年 12 月